디스크, 미니멀, 그리고 산책할 기분

차례

1. 일어날 들의 전조

2. 이력서 혹은 진단서

3. 재활일지

4. 효능 및 효과

5. 후일담

1. 일어날 일들의 전조

비수기 라오스 행 왕복표 값

카톡

'Y야, 형이 요 몇 년 이리저리 한숨 돌릴 여유가
없었던 거 같아서 내가 오라고 했어.
형은 네 걱정하던데 내가 너한테 얘길 한다고 했어.
이번에 어디 바람 좀 쐬고 오면, 거기서 생각도 정리하고,
시나리오 아이디어도 얻어오고 그러지 않겠나 싶어서.
함 보내주라.'

나와 10년을 사귄 Y에게, 필리핀에서 어학연수를 막 마친 대학 후배 C가 보낸 카톡의 내용은 이러했고, C의 꿍꿍이는 다음과 같다.

- 필리핀에서 한국으로 들어오는 비행기 편이 일주일쯤 여유가 있다.
- 관광지에 가보고 싶다. 보라카이로 가자!
- 보라카이를 혼자 가면 심심할 것 같다.
- 지금 당장 오라면 올 수 있는 프리랜서는 '햄' 뿐이다.
(햄은 형님의 변형인 햄님의 줄임말로, 동의어로는 '희야' 가 있다. 공교롭게도 C의 이름 마지막 자가 '희'라서, '희야'는 그를 높여 부르는 느낌이 든다.)

– '햄'이 오려면 빨리 비행기 표를 예약해야 하는데,

   장소는 궁극의 휴양지, 신혼부부들의 천국 보라카이,

   일정은 듣기만 해도 설레는 12/24~12/28.

– Y의 허락이 필요하다.

Y는 그 카톡을 내게 보여주며 이렇게 대답했다.

　　　　'시나리오는 무슨. 노트북 놓고 가.'

C는 나의 비행기 값과 숙박비를 댄다고 했고, Y는 내게 카톡으로 현금 50만 원을 송금해줬다. 카톡 만세.

2019년 연말에 일어난 일이다.

Y의 남동생의 크룩스 슬리퍼를 빌려 신고, Y의 50만 원 중 환전한 200달러를 지갑에 넣은 나와 함께, 최대 풍속 200KM에 육박하는 태풍 '판폰'이 필리핀에 상륙했다.

태권도 5단의 'C'

C는 현재 한국 나이로 서른아홉이다. 서른여덟의 나이에 필리핀에서 석 달 동안 영어 공부를 한 그는, 그 직전까지 라오스 영사관에서 근무했다. 그전에는 라오스에서 중고차를 팔았고, 그전에는 라오스에서 코이카 태권도 단원으로 봉사했으며, 그전에는 서울의 내 자취방, 혹은 때론 내 자취방 윗집 등에서 지내며 이런저런 일을 했다. 그전에는 포항의 언덕 위에 있는 한 대학교에서 나와 같은 학부에 다녔고, 군 전역 후 같은 영화동아리를 했다. 그전에는 51사단의 공병부대 운전병이었고, 그가 입대하기 몇 달 전, 나는 51사단 신병훈련소 조교로 있다가 전역을 했다.

만약 내가 서너 달 늦게 군대에 갔다면 C가 내게 훈련을 받았을지도 모르고, 그랬다면 전역 후에 C가 나를 다시 같은 과 선배로 만났을 때, 날 반가워하지 않았을지도 모른다.
다행이 아닐 수 없다. C는 곰 같다.

그냥 하는 말이 아니라, C는 라오스에 처음 태권도를 가르치러 가서, 자신을 '미남' 이라 부르라고 현지의 아이들에게 소개했는데, 아이들은 웃으며 그를 그렇게 불렀다. 라오스 말로 '미남'이란 발음은 '물곰' 이라는 뜻이라고 했다. 난 그 말에 동의

한다. 아마 라오스 전 국민이 그 별명을 본명 삼으라고 했을 게 다.

그가 대학교를 졸업하고 '월드 오브 워 크래프트'의 만렙 캐릭 터를 서넛 보유하게 되었을 때, 난 그를 서울로 불렀다. 난 그 때 다시 늦깎이로 학교에 다니고 있었는데, 그 시절의 나는 온 갖 단편영화 현장에 그를 부르곤 했다.

영화과 학생들은 물론이고 외부에서 온 스텝들마저 모두 그의 풍채와, 그에 어울리지 않는 수줍음과, 역시나 풍채에 어울리 는 힘과(보통 두 명이, 힘들 땐 세 명이 들고 옮기는 소형발전 기를 로케 옥상까지 혼자 들고 올라와, 땀을 내며 헉헉대는 자 신을 부끄러워한 일화가 아직 이문동 어디선가 떠돈다.), 역시 나 쉬이 적응하기 힘든 그의 발가락 양말과, 놀랍지만 납득은 가는 젠틀한 트럭 운전 솜씨에 반했다.

그는 드라마 현장의 발전차를 몰기도 하고, 상업 영화 제작부 를 하기도 하고, 나와 디아블로3를 하기도 하고, 때때로 글도 쓰고, 골목에 눈이 쌓이면 눈삽을 구해 와서 자기 집뿐만 아니 라 큰길에 접어들기 전까지 모든 골목의 눈을 치웠다. (나에게 도 꼭 삽을 쥐여줬다.) 그러면서 내게 이런저런 시나리오 아이 디어를 얘기하기도 하고, 날 보채기도 하고, 나에 대해 기대하 기도 하고, 우리(대학 시절 같이 영화 동아리를 했고 충무로에

발붙이려 애쓰는 몇몇과 다른 나라로 떠난 몇몇)의 몇 년 후에 대해 같이 이야기하기도 했다.

아무튼 간에, C는 '햄'이 빨리 뭔가 되길 바랐고, 그럴 수 있다고 믿었고, 응원했고, 때로 맞먹고 놀렸고, 가끔 시장에서 감자를 스무 개쯤 사 와서 매시 포테이토를 해서 먹기를 권하고, 내가 먹다 남기면 삐졌다.

난 때때로 C와 있는 것을 매우 즐거워했고, 때때로 C의 말이 갑갑하거나 지루하기도 했다. 라오스로 떠난 C가 한국에 잠시 들를 때면 항상 내가 사는 곳에 머무르곤 했다. 내 집엔 한국에서만 필요한 그의 겨울옷과 베개, 그가 놓고 간 드럼세탁기 등이 있었다.

햄 함 와요.

난 그 후로 두세 번 이사를 했고 몇 개의 단편영화를 만들고, 몇 군데서 상영을 한 뒤 학교를 졸업했고, 두세 개의 엎어진 프로젝트, 한두 개의 웹툰 기획, 수십 개의 알바, 몇 개의 뮤직비디오, 다시 보기 민망한 셀 수 없는 바이럴 광고, 이런저런 여러 누군가들과의 작당, 성과, 실패, 허리 디스크로 인한 두 번의 구급차 시승, 여러 번의 위궤양, 위염, 조직검사, 식도염, 지

방간, 그리고 최근의 2년을 채우고 있는 심리상담, 무엇보다 Y
와의 꿈같은 시간, Y와 떨어져 지낸 악몽 같은 시간, 다시 Y와
함께 하는 깨끗한 아침 공기 같은 시간 등을 지쳐쳐왔다.

그렇게 포항에 있던 C를 이문동 자취방에 부른 때로부터 11년
이 흘렀다. 그동안 라오스의 약 2,000명 남짓 되는 한국인들이
모두가 이름을 아는 영사관 직원이 된 C는 지치지 않고 말했
다.

'햄, 함 와요.'

C가 코이카 단원이었을 시절에는, 단독 주택에 혼자 살았다.
주방에는 종종 도난당한다며 오토바이를 주차해놓았다. 그 말
인즉, 주방이 내 집보다 넓을지도 모른단 말이다. 그가 사치스
러워서가 아니라, 주거비로 나오는 돈은 다른 용도로 쓸 수 없
기에 굳이 아끼지 않은 결과라고 했다. 그는 검소하다. 그가 우
리 집에 놓고 간 겨울옷이 담긴 상자에, 라오스에 있는 그의 모
든 옷이 들어가고도 남을 만큼.

그가 살고 있지 않았다면, 정확히 어디에 있는지도 알지 못했
을 동남아의 한 나라, 라오스에 사는 C. 나는 그의 근황을 들을
때마다, 마치 내 자랑을 하듯, C가 우리 중 제일 재밌고 보람차
게 산다고, 그의 소식을 지인들에게 신나게 전하곤 했다.

오랜만의 연락에 내가 그의 안부를 물으면, 그는 언제나 내 근황을 더 자세히 묻고, 살림살이는 괜찮은지, 잘 지내는지 확인하고 나서, 조심스레 내가 스트레스를 받지 않도록, 자긴 잘 모르지만, 그래도 아마 내가 하는 작업은 잘 될 거라는 말도 잊지 않았다. 그리고 그러다 마지못한 척 뜨문뜨문 이어지는 내 이야기를 다 듣기도 전에, 내게 필요한 건 없는지 물었다. 내가 계절이 바뀔 때 즈음 한 번씩 카톡으로 그에게 먼저 연락을 하면, 이유를 묻지 않고, 검소한 그의 생활이 남겨준 그의 월급의 여유분을 계좌로 쏴주곤 했다. 그리고 다시 한번 이렇게 덧붙였다.

'너무 신경 쓸 게 많고 여유가 없으면 시나리오가 나오나.
함 와요.'

그리고 항상 이렇게 덧붙였다. 내가 죽고 못 사는 고슬고슬한 볶음밥이 몇 푼 안 되는 돈에 산처럼 쌓여 서빙이 되는 동네라고, 그늘에 잘 매달아 둔 해먹도 있으니 와서 실컷 누워 있으라고. 풀리지 않는 시나리오를 꾸역꾸역 담아놓은 노트북만 들쳐 매고 오라고. 밥도 주고 방도 주고 가이드도 해줄 테니 비행기만 타라고 했다. 우기에 오면 시원한 맛이 있고, 건기에 오면 습하지 않아 그늘이 시원하니 오라고 했다.

'햄, 진짜 걍 함 와요. 여기서 몇 달 쉬면서 시나리오나 써요.'

내가 아는 한, C는 지치는 법이 없다.

그럴 여유

인스타나 페북으로 서로의 근황을 염탐하고 서로의 상태를 넘겨짚으며 시간은 잘 흘렀다. 2014년에서 2015년으로 접어들 때였다. 나는 좋지 않은 일들을 겪고 있었다. C는 내 걱정이 되어 연락을 해 왔다. 나는, 여태 반복했던, '생각해보겠다'라거나 '한 번 가긴 가야 할 텐데.'라는 말 대신 다른 대답을 했다.

거기 볶음밥이 맛나고 양도 많아 좋겠다고 했다. 그런데, 난 우기든 건기든 모르겠고, 걍 아무도 안 떠날 가장 싼 비수기의 왕복 비행기 값 몇십 만 원 남짓의 현금이 아쉽고, 자릴 비울 동안 가만히 앉아 꼬박꼬박 월세를 삼킬 내 방을 눈 뜨고 보기가 너무 쓰리다고 했다.

타지생활을 하다 보니 겪는 것 많고 생각도 많아져, '마침 말해주면 햄이 재밌어할, 햄이 쓰는 이야기에 들어가면 좋을 아이디어가 나왔다'고 신이 나 얘기하는 것이 내게 그리 도움 되진 않는 것 같다 말했다. '이런저런 일 하는 거 고생이 많다'라며 '

멀지 않은 장래에 잘 풀릴 거'라며, '프리랜서로 일하며 만난 관계나 일에 감정을 너무 쏟지 말고 자기 작업을 하라'고 말하는 것이 이제 응원이 되지 않는 것 같다고도 했다.

와이파이가 빵빵한 숙소에서 내게 걸어온 카카오톡 전화가 신호가 좋지 않을 리 없었다. 하지만 서로 상대의 말을 잘 못 알아들었거나 아니면 그런 척을 했다. 언제 한 번 오라는 이야기가 나오지 않고 통화는 끝이 났다.

나는, 월세를 꼬박꼬박 내며 그렇게 훌쩍 떠나있다 올 수는 없다고 말해놓고서, 이사를 했고, 새로 이사 간 집을 물건들로 가득 채웠다. 위장과 척추를 갈아 간신히 해치운 일들의 보상으로는 살 수 없을 많은 물건들을, 내가 사는 투룸에는 과하다 싶을 원목 가구들을 샀다. 나의 상태를 걱정하여, 마침 자신도 일정이 비니 C를 만나러 같이 라오스로 가자던, 또 다른 후배 K가, 억지로라도 나를 데리고 가려고 빌려준 돈으로 그것들을 샀다. 살던 동네를 당장 떠나야겠고, 그러나 집에 틀어박혀 있고 싶다고 K에게 말했다.

C는 라오스에 8년 넘게 살았다. C와 연락이 끊겼거나 사이가 나빠진 건 전혀 아니었다. 그는 한국에 들어오면 다른 이는 몰라도 부모님과 나는 꼭 만났다. 내 상태는 조금씩 나아졌다. 하지만 난 한 번도 C를 만나러 가지 않았다. 가지 못했다고 생각

했으나, 사실 가지 않은 거라는 걸 인정하게 된 것은, 2019년 연말, C가 Y에게 보낸 저 카톡을 본, 불과 1년 전이다.

그 사이, 내 상태가 어떠했는지에 대한 이야기가 앞으로 이어질 것이다. 살짝 간단히 떠들어 보면 이렇다.

한 번에 수십 권의 책을, 한 번 조립하면 인스타에 올린 뒤 먼지 한 번 털지 않을 레고 모형들을 샀다.

몇 시에 자리에 누운 들, 해뜨기 직전까지 눈이 감기지 않았고, 눈을 억지로 감아도 머릿속에 떠올리는 말들이 어깨를 지나 귓구멍으로 흘러들어오는 것이 들렸다. 허리가 아파 그런 것이라 생각해 매트리스를 바꾸고, 침대를 버리고 침상을 사고, 침상을 버리고 라텍스를 사고, 라텍스를 버리고 요를 깔고, 쿠션 두 개를 무릎에 괴고, 아로마 디퓨져를 켜고, ASMR을 밤새 틀고, 그래도 잠이 안 오면(거의 매일 그랬다.) 편의점에서 눈에 보이는 아무 도시락이나 사와 유튜브를 보며 먹었다. 해가 뉘엿뉘엿 뜨기 시작하면 마지못해 안대를 하고 귀마개를 끼고 가만 누워있었다. 그렇게 하면 삼일에 하루 이틀 정도는 내가 코를 고는 게 느껴지며 의식이 고요해졌다.

2년 남짓한 시간 동안 22kg이 쪘다. 허리가 아픈 게 먼저였는지, 잠이 안 온 게 먼저였는지, 먹기 시작하며 아팠는지, 아프면서 먹었는지 모르겠다. 술을 마시는 날은 일 년 중 한 손에 겨우 꼽는데, 의사는 항상 간 수치에 대해 경고했다.

큰 방의 두 벽을 가득 채운 책장에는 각 칸마다 책이 가득 꽂혀 있고, 책 위의 공간에도, 그 앞의 공간에도 겹겹이, 책장 밖 집 곳곳의 모든 평평한 자리마저 다시 또 책이 쌓였다. 모든 책등에는, Y가 날 만나고 사준 첫 생일선물인, 내 이름이 새겨진 책 도장을 꾹꾹 눌러 찍었다. 혼잣말로 욕을 하며 웃기 시작했다. 자주 불안해하는 Y를 나무라고 걱정하는 척하며, 사실은 내가 불안에 떨면서, Y에게 하는 말을 빌미로 사실은 내게 해야 할 말을, 장문의 카톡으로 수십 개씩 밤새 쉬지 않고 보냈다.

2018년, 결국 상담을 다니기 시작했다. 그럴 여유가 없다고 대꾸하는 나를 Y가 떠밀었다.

'그럴 여유가 언제까지 없을 건데? '

자전거 도둑

적당한 하이브리드 자전거

Y의 남동생은 BTS의 RM과 초등학교 동창이다.
RM은 이런 가사를 썼다고 한다.

세상에서 가장 조화로운 곳
자연과 도시, 빌딩과 꽃
한강보다 호수공원이 더 좋아 난
작아도 훨씬 포근히 안아준다고 널
내가 나를 잃는 것 같을 때
그곳에서 빛바래 오래된 날 찾네
– 'Ma City', BTS

내가 봐도, 남이 봐도, 상태가 안 좋던, 가까운 지인들이 보기
엔 영 맛이 가보이던 2015년, 살던 동네를 떠나 오래된 신도시
로 이사를 왔다. (오래된 '신'도시라니...) 저 노래를 알았다면
더 빨리 이사했을까? 이사하고도 얼마 전까지 저 노래를 알

지도 못했다. 하지만 내 예상을 훨씬 뛰어넘는 크기의 인공호수는, '세상에서 가장 조화로운 곳'인지는 모르겠으나, 중랑천보다는 걷기가 편했다.

상태가 좋아지려 선글라스와 신상 츄리닝을 한 벌로 맞춰 입고, 애플뮤직의 핫한 플레이리스트를 재생하며 억지로라도 매일같이 산책을 했다. 집에서 호수공원까지는 빠른 걸음으로 20~30분이면 갈 수 있었지만, 호수 주변엔 자전거가 많았다. 나는 호수에서 걷고 싶지 도로변을 걷고 싶지는 않았다. 마침, 공유자전거가 잘 갖춰져 있었다. 운 좋게도, 우리 집 바로 앞의 작은 놀이터와 호수 바로 앞 육교에 공유자전거의 스테이션이 있었다. 빨리 신도시인이 되고자 공유자전거 멤버십 카드를 샀다.

공유자전거를 타다 보니 쌩하니 날 앞질러 가는 로드바이크들이 눈에 들어왔다. 수 백만 원은 우습게 넘는다는 자전거의 세계에 빠질 생각은 없었다. 적당한 십 수만 원짜리 빨간색 하이브리드 자전거를 샀다. 공유자전거보다는 기어가 좋아 빨리 달렸지만, 안장은 훨씬 불편했다. 안장을 바꾸려 예쁜 가죽 안장을 알아보았다.

보기 좋은 가죽 안장이 사실 딱히 더 편하지 않다는 평이 많았다. 게다가 내가 산 자전거 값의 절반 정도 가격이라니 깔끔하게 단념하려던 차에, 지하철역 앞 거치대에 묶어놓은 하고 많은 자전거 중에 내 안장만이 도난당했다. 그 와중에, 누가 훔쳐가랴 싶던 싸구려 자전거용 라이트도 함께 없어졌다. 다른 자전거들 중 나름대로 가격대가 있는 자전거의 안장은 육각 렌치로 풀어야 탈착이 된다는 것을 후에 알게 되었다.

새로 자전거 라이트를 사면 오래 자리를 비울 땐 빼놓아야겠다는 생각과, 쉽게 탈거할 수 없는 라이트는 얼마면 살 수 있을지, 그런 종류의 라이트가 있는지 당장 알아봐야겠단 생각이 동시에 들었다. 생각은 꼬리를 물었다.

'마침 잘됐어.
이참에 엉덩이가 아프든 말든
제일 얄쌍하게 잘 빠진 가죽 안장으로 교체하자.'

'그럴 게 뭐 있어 자전거를 바꿔.'

'잘못 손대면 흠집이라도 낼까 봐
가까이 오다 흠칫할 정도로 비싼 자전거라면
그 누구도 안 건드릴 거 아냐!'

곧이어 내겐 그런데 쓸 돈 따위 없다는 생각, 아니 더 정확히는, 그런 자전거를 살 돈이 내겐 없단 생각이 들었다.

그리고, 무시당하고 있단 기분이 들었다.

자전거 도둑에게.
내 밥벌이 능력에.
이 도시에.
내가 사는 빌라 옆 새로 인테리어 중인 단독주택에게.
블루투스 스피커로 흘러나오는 최신가요와 함께
굳이 나를 추월해 지나가는 로드바이크 라이더에게.

병든 심보로 자전거를 버리는 방법

산책과 러닝을 할 때마다 꺼내 신는, 오래된 까만 나이키 프리
런 운동화는 언제부턴가 '까망런'이라 불렸다. 고급은 아니지
만 있을 건 다 있는, 공유자전거보다 훨씬 폼이 나 보이는 그
빨간 자전거를 '빨강런'이라 부르자고 했었다. 안장이 달아난 '
빨강런'. 그걸 보며 왜 온통 무례한 세상에 무시당하지 않겠단
생각이 든 걸까?

호수공원 자전거 라이딩 따위 개나 줘버리라고 혼자 뇌까렸
다. 그럼 공유자전거를 타면 될 일이었다. 호수공원 산책의 정
석은 모름지기 두 발로 걸어서 한 바퀴 도는 것이니까. 그런데

그렇게 하기가 싫어졌다. 게다가, 서울로 나갈 일이 있을 때마다 맘에 드는 자리에 내 자전거를 매어 놓고 지하철을 타고, 집으로 돌아올 때면 그때까지 그 자리에서 날 기다리는 자전거를 타고 괜히 동네를 한 바퀴 돌곤 했던 일이 이제 더는 불가능하다는 것이 돌연 실감이 났다.

사실 불가능한 건 아니었다. 안장을 다시 사면 될 일이다. 그러나 그렇게 하는 대신, 나는 뻗쳐나가는 망상을 더 풀어놨다. 무시당한 기분에서 더 나아가, 내가 분주하게 오가며 하고 있는 일들이 무슨 의미가 있는지를 되물었다. 전부 하찮아 보였다. 기껏 맘을 추스르고 억지로 몸을 일으켜서 뭐라도 해보려는데, 그게 우스워 보이는 거다, 내가 그리 보이는 거다 싶었다.

우스워 보이지 않으려고(도대체 누구한테?) 여전히 공유자전거를 대여할 수 있는, 아직 금액이 많이 남은 플라스틱 카드를 접어서 버렸다. 그게 더 우스운 꼴이었지만 난 웃지 않았다.

안장을 제외하곤 멀쩡한 상태로, 집에서 십분 남짓 되는 지하철역을 오갈 때마다 매번 묶어놓던 그 자리에, 여전히 새것인 자물쇠로 잘 채워진 그 자전거, 빨강러니를 그냥 그대로 묶어놓았다.

한 달 동안 낙엽도 먼지도 쌓였다. 나는 그러거나 말거나, 어쨌든 지하철역을 오갔다. 눈도 쌓였다. 나는 계속 빨강러니를 벌 줬다. 벌을 주는 거라 생각했다. 자전거 도둑을 무시하는 거라 생각했다. 아직은 고칠 수 있다 생각했다. 하지만 그대로 뒀다. 그러면서 나는 빨강러니를 탓했다. 굳이 자전거 거치대를 지 나치며, 아직 거기 있는지 없는지 확인했다. 갈수록 처참해지 는 그 자전거의 몰골을 멸시했다. 그러다, 경고 딱지가 붙었다. 경고 딱지마저 너덜너덜하다 떨어졌다. 바퀴 바람이 빠졌다. 브레이크 레버가 부러지고 없어졌다. 이제 마음먹고 고친다고 해도 벗겨지고 헤진 프레임을 도색할 자신이 없어졌다.
그러다가, 빨강러니는 사라졌다.

자전거 말고...

지하철역 주변을 샅샅이 뒤졌다. 자전거는 없었다. 한창 인터 넷으로 알아봤던, 꽤 유명한 자전거 가게로 향했다. 고급 접이 식 자전거를 위시한 매끈하고 반짝이는 온갖 고가 자전거들이 진열된 통유리 창 앞에 서서 서성였다. 유리창에 내가 비쳤다.

지하철역 앞에서 내 자전거가 완전히 사라져버린 것을 확인한 후에, 그 잘난 바이크샵에서 젤 눈에 띄는 놈은 얼마면 가져갈 수 있는지 물을 요량으로 택시를 잡아타기 전에, 나는 굳이 집 으로 다시 들어가 산책용으로 마련했던 새로 산 츄리닝 한 벌과 운동화 세트를 갖춰 입고 나왔다.

난 이미, 옷을 갈아입고 굳이 택시를 불러 이곳으로 올 때부터, 나에게 무시당하는 기분이 들었다. 멍청하고 하찮은 내게 벌을 주고 멸시하려 그렇게 했다.

그렇게, 꼼짝 못 하게, 반등과 변명의 여지 없도록 묶어놓고, 어쩔 수 없었고, 결국 회생 불가가 되었다고 말할 수 있게 되기를 바라며, 집요하게 방치하다 결국 잃어버렸다. 이건 잃은 걸까, 버린 걸까, 지키지 못한 걸까, 포기한 걸까? 무엇을? 다른 것으로 차고 넘치게 채울 필요 없이, 바로 그것을 다시 되찾아 그만큼만 얻고 싶다. 그러니까 무엇을?

그러니까, 잃은 것은, 되찾고 싶은 것은, 결국 얻어내고 싶은 것은, 마음을 먹었을 때 앞뒤 잴 것 없이 곧바로 콧노래를 부르면서 가장 가까운 매장을 찾아가서, 허세 없이 고르고 무리하지 않고 사들여서, 유치한 이름까지 붙여가며 의심이나 불안 없이 기분 좋게, 힘차게 페달을 밟아 보던…. 내 빨간 자전거?

다음 문장을 알기까지 오래 걸렸다. 그러니까, 자전거가 아니라 비슷한 발음의 이것들 문제란 것.

자전거 말고, 자존감, 그리고, 자족감.

2. 이력서 혹은 진단서

을지로 3가 10번 출구

작업실을 얻다.

'힙지로'가 아직은 을지로라 불리울 때, 그러니까 '감각의 제국'과 '잔'이 생기기 전, 졸업한 동기들과 함께 을지로 3가에 작업실을 얻었다. 스물아홉에 들어간 두 번째 대학교를 우여곡절 끝에 졸업하고, 그 후로도 몇 년이 지났을 때 얘기다.

서로 촬영 알바 거리가 있을 때나 겨우 문자로나마 생사 확인을 해 오다가, 오랜만에 만나 얼굴을 맞대게 된 어느 날, 울컥하는 마음에 누가 먼저랄 것도 없이 모여있자고 입을 모았던 것 같다. 같은 방에 같은 크기의 책상을 놓고 서로의 골방에 쌓여있던 책을 하나의 책장에 같이 섞어놓고, 계속 이 모양 이 꼴로 폐 끼치지 않고 가끔 우울해하며 살아가도 될 이유를 서로에게 하나씩 더 얹어주고자 했다. 나의 경우엔 그러했다.

다른 멤버들의 속마음을 모두 알지는 못한다. 우린 이후 3년간 수십, 수백의 나날을 함께 밤새웠지만, 서로의 가장 깊은 심연의 울분과 취약함을 소심하게 짐작만 할 뿐이다. 그것을 짐작만 하며 굳이 매만지지 않는 것이, 우리 각자의 존엄을 서로가 지켜주는 그나마 쉽고 가능한 길이며, 우리가 서로에게 질릴 지언정 동정하거나 모독하지 않게 하는 적정거리일 게다. 우린 본능적으로 필요한 조치를 취했다. 나는 그렇게 생각한다. 지금에야.

그곳에서, '투자 유치를 위한 기획개발을 위한 미팅을 위한 기획안을 위한 시놉을 위한 레퍼런스 작업' 정도의 목적을 지닌, '잘 되면 너희에게 좋은 경험이 될' 것이라는 제안 비슷한 강권의 결과로 만들어 낸, 글자와 이미지가 뒤섞인 문서 여럿, '어딘가의 대표의 지인의 아는 피디의 친한 배우와 언젠가 같이 작업한 감독의 아끼는 후배의 아이디어를 입에서 메모로 옮긴 짧은 단상에서 기인한 원대한 유니버스의, 아직은 국내에 없는 새로운 이야기의 골조' 등을 우린 자주 접했다.

우린, 드물게도 모여있는, 그리고 흔하게도 일이 없는, 간혹 있는 단편영화제 수상작 연출자들이었다.

말인즉슨, 우리는, 명함과 사원증이 있는 문화예술계 종사자들이 핵심역량을 아웃소싱하기에 적당한, 또한 윗선에 가시적 성과를 증명하는 동시에, 함께 뭔가 만들어낸다는 성취감을 주면서도 우월감을 유지할 수 있게 해주는 파트너, 그러니까, 배고픈 영화과 졸업생이었던 게다. 그들이 발굴한(어쩌다 건너건너 알게 된), 아직 빛을 못 본, 아직은 배고프고 우울하고 조금은 다듬어지지 않은(팔리는 걸 시키는 대로 써본 적 없는), 하지만 업계에서 다달이 봉급을 받으며 버틴 각자의 경력만큼 쌓인 귀하디 귀한 지식과 진지한 조언으로 조금만 이끌어주면 딱 적당히 밥값을 할 것 같아 보이는, '같이 모여 있는 너희'는 그렇게 작업실 월세를 근근이 충당하며 버텼다.

지금은 바로 위 문단에 적은 것처럼 생각하지 않는다. 최대한 건조하게 돌아보면 그 시절은 이렇다. 을지로에 모인 우린, 그냥 각자의 좀 안 좋은 시기가 겹쳤다. 그렇게 짐작한다. 공교롭게도 조바심과 들뜸과 불안이 갈무리되지 않은 클라이언트들을 연이어 만났다. 조바심과 들뜸과 불안은 쉽게 전염된다. 우리에겐 항체가 없었다. 나에 대해서는 짐작이 아닌 진단을 내릴 수 있다. 난 뭐든 해야 한다고 생각했고, 우리를 위해 내가 견인하면, 뭐라도 성과가 나고 나면, 모두가 다 잘 풀릴 거라 생각했다.

사실은, 자기 안의 풀어야 할 것들을 풀고 나서야 뭔가가 되기 시작한다. 각자 뭔가가 되고 나서야 함께 무엇인가 할 수 있는 것이 생긴다.

나는, 나와 주변에 통제력을 발휘하려 했고, 완벽주의(이것에 대해 나중에 시간을 들여 따로 말하고 싶지만, 이건 짐짓 자랑삼아 쓸만한 속성의 단어가 절대 아니다. 이건 인간이 지닐 수 있는 인지 왜곡 중 최악이라 할 수 있다.)와 흑백논리에 빠져 있었고, 속으론 뒤틀린 우월감과 경멸과 억하심정과 자기연민을 숨기고, 겉으로는 겸손함을 가장한 정신승리를 반복하고, 그럴 이유도 마음도 없는 상대에게 우아함을 바라며 마치 본을 보이듯 저자세로 일관하며, 스스로에게는 모든 것에 대한 모든 자격을 지녔는지 지속해서 되물었다.

마치 이런 비유.

굳이 흰 스니커즈를 신고 길을 나서서 기어이 진흙탕을 바라보면서 무사히 아무 흠 없이 그곳을 지나갈 수 있기를 바라고, 그러는 동시에, 그럴 준비가 전혀 되어있지 않다고 자책하고, 왜 내가 딛는 땅은 언제나 하얀 스니커즈에 맞지 않는지, 왜 내겐 이런 우스꽝스러운 하얀 신발 한 켤레뿐인지, 왜 나는 이 신발을 신기를 항상 우기는지 따지는 기분. 그러다 한 발을 잘못 헛짚은 척 물웅덩이에 집어넣고 신발을 더럽힌다. 그리고는 체념한 듯 어쩔 수 없다며 더 깊이 들어간다. 그러면 당연하게도 진창과 수렁에 처박혀 온몸이 엉겨 붙고 무겁고 옴짝달싹 못 하게 되는 지경이 되어야만 평온함을 느끼기에 이른다. 목까지 잠겨있으면 누구도 함부로 놀리지 못한다. 건져내기 쉽지 않아 보이므로. 그럴 땐 내가 오히려 진흙 묻은 손을 꺼내보이며 괜찮다고 한다. 너도 여기 들어와 볼래?

그리고 지금은 좀 괜찮아졌다. 그게 전부다.

하지만, 나는 지금처럼 생각하기까지 많은 걸 갖다버려야 했다. 이 말은 비유가 아니다. 나는 물건을 다 갖다버렸다.

이번에 이걸 잘하면...

물건을 갖다버리기 전의 이야기를 마무리해야 한다. 물건 버린 얘길 얼른 하고 싶기 때문이다. (그렇다. 이 글은 믿기지 않게도 미니멀리즘에 관한 얘기다.)그러려면, 그때의 내 상태를 얼른 진단해야 한다. 간단한 예들을 몇 개 들고 서둘러 정리해보자면 이런 식이 될 것이다.

'이게 잘 되면..' '모여 있는 너희가 같이...' '너희한테도 도움이 되는….' 으로 운을 떼고, '배고플 텐데 맛있는 거 먹자. 이 동네 내가 아는 맛집이 있다.'로 시작하여, '아무튼, 이건 중요하고 시급한 프로젝트니 잘 써야 한다.'로 마무리되는 미팅에서 계약서를 쓴 것은 딱 한 번이다.

그나마 그 한 번의 계약은, 내게 통상 트리트먼트(대충 분량으로 따지자면 A4 30~40장, 내용으로 따지면 대사나 디테일한 장면묘사는 없지만, 캐릭터의 성격과 일어날 사건은 모두 들어가 있는 상세한 줄거리)를 쓰고 받는 금액에 대해 말해달라

고 한 뒤, 그 금액에 초고(대충 분량으로 따지면 A4 80-100
장, 내용으로 따지면 모든 것이 들어 있는 시나리오)를 써달라
고 했다. 제작사는 기간 내 두 번의 수정을 명시하고 피드백을
차일피일 미루다, 내가 금액이나 마감 시한에 상관없이 그 아
이템에 애착을 가지기에 충분한 시간이 흘렀을 때, 누구의 요
구도 없이 계속 자료조사를 하며 고치고 있던 그 프로젝트를
중단시켰다. 몇 년 뒤 담당 피디에게 연락했지만 그는 퇴사를
했고, 아마도 기성 작가가 붙어 영화화를 준비 중이란 이야길
들었지만, 뭐, 괜찮다. 중요한 건 아니다.

기성 작가와 다른 '젊은 친구들의 시각'이 필요하다며 가성비
를 따지다, 젊은 친구들이 해 놓은 밥이 식당에서 팔리려면 결
국 이름이 난 쉐프를 내세워야 한다는 것 마냥 기성 작가에게
마무리를 맡기는 사례도 이제 괜찮다. 그냥 원래 그런 거니까.
진심이다. 항체가 없을 때는 세상의 모든 '원래'들에 몸서리를
쳤던 것뿐이다. 무균실에서 증류수만 마시고 싶었던 것뿐이
다. 사람은 H2O로만 이뤄진 순수한 물을 마시면 목구멍으로
넘기지 못하고 구역질을 할 것이란 얘길 언젠가 들은 적이 있
다. 사실인지는 알 수 없지만, 비유적으로는 진실에 가깝다고
생각한다.

수십 명의 사공들이 이끄는 대로 너덜너덜해진 아이템을 이리
저리 기워놓고 이것이 내가 수습한, 무엇보다 중요한 나의 영

혼이노라 주장해야 하는 유령작가가 되어, '어쩌면 너희들에게, 혹은 너희 중 누구 하나에게 이야기의 일부라도, 혹은 다른 작은 프로젝트라도 연출을 맡겨줄 기회가 오게 되길 바랄 수도 있는, 무지막지하게 엄중하고도 중요한 미팅에 가서 숨겨진 유령의 실체를 넌지시 소개해보겠노라'는 말에 모든 걸 걸어보는 건 그냥 호구 짓이라는 걸 사실 알고 있었다는 자기합리화도 이젠 괜찮다.

단지 사소하게 궁금한 것이 있다.
우린 바라지도 꿈꾸지도 않던,
하지만 되어야만 한다는 그 '기성' 뭐시기가 언제 되는 걸까.

이젠 '더 이상 젊은 나이도 아니니 제대로 하든 정신을 차리든 해야 한다'던가 '하고 싶은 걸 다 하고 살 순 없는 세상이란 걸 인정해야 될 나이'라는 말을 듣기 시작했는데. 여전히 지망생이란 소릴 듣고 꿈이 영화냐고 묻는 업계의 갑들에게 우린 언제까지 '난 꿈꾸는 게 아니라 적당한 돈을 받고 일을 하고 싶다'고 해야 할까.

증명해야 하고 평가받아야 되는 것은 언제나 '꿈꾸는' 쪽이다. 누구든 헛꿈 꾸는 자를 평가할 수 있고 증명을 요구할 수 있다. 그 법정의 룰을 존중해주겠노라. 허나 내가 모은 증거는 실체가 없다고 말한다. 엎어진 프로젝트는 커리어가 아니다. 커리어가 없으면 시작할 수 없다. 시작할 수 없으면 증명할 수 없다. 무한궤도. 그리고, 그래도 뭔가가 있으면 가져와 보라고 말한다. 비용처리는 우리가 한다. 참가비도 상금도 장소 대여비도 게스트 초대도 모두 내가 해야 하는 나는 원치 않는 경기를 주최해서 준비가 다 되면 앉을 자리를 알려달라고 말한다. 앉아서 신호를 하고, 그 신호에 우리가 달리면 얼마나 빠른지 말해주겠노라 말한다. '너희가 원하는 것이니까.' 라고 말한다.

우린 '출발선에 서기 위한 경주에 참가하기 위한 접수대로 가는 길'조차 모르는 기분으로 지냈다.

경주마가 되려면 부지런히 영양을 보충하고 스스로를 관리하고 부단히 훈련하라는 말이 들려온다. 똑같은 워딩을 각자 한 번씩 진심을 다해 전해온다. 우린 흘려들을 수 없다. 그 와중에 여물을 얻어먹기 위해 품삯을 받고 밭을 갈고 있으면, 조련사들이 우릴 물끄러미 쳐다본다. 그리고 우리에게 꿈이 경주에 나서는 거냐고 묻는다. 밭을 가는 것은 경주에 도움이 되지 않는다 말한다. 우린 그때마다 파르르 떨리는 초라한 뒷다리에 힘을 줘, '미치고 팔딱 뛴다.'

이것도 별로 중요한 건 아니다. 한 번씩 철 지난 실없는 농담을 떠올리듯 피식 웃게 될 뿐이다. 다행히 지금은 그렇다.

'그런 데랑 일하지 말고 나랑 하자'는 사람들과 함께 '한' 것들 중 '내 것'이라 할만한 것은 없다. 그 사람들 중 좋은 사람, 고마운 사람, 괜찮은 사람도 분명히 있었고, 그들과 좋았고, 그들에게 고마웠지만, 난 괜찮지 않았다. 내가 괜찮지 않았던 건 그냥 나의 문제였다. 그러니 나는 어떤 일도 나의 것으로 만들지 못했다. 이 말들을 써도 괜찮아지기까지 오랜 시간이 걸렸다. 그렇게 되기까지, '내가 가진' 물건들을 계속 줄였다. 결과적으로, 내 물건을 버리니 내가 남았다. 하지만 아직 먼 훗날의 이야기다. 서두르지 말자. 조바심과 들뜸은 잠시 제쳐두고 마저 이야기해야 한다.

만들어지지 않은 상업 영화 초고를 한 번, 각색을 한 번, 웹툰으로 방향을 튼 아이템의 원안의 트리트먼트를 한 번, 만들어졌지만 사람들 기억에는 남지 않은 바이럴 광고를 수십 편, 사내 방송 대본 쓰기, 광고 조명팀, 메이킹 촬영, 기업 신입사원 오리엔테이션 영상 편집(연례행사인 이 일은 두 해에 걸쳐 계속했다. 그들은 내게 항상 계약서를 써 주었다. 나는 화학품을 가공해 뭔가를 만든다는 이 생소한 회사의 본사 건물을 지날 때마다 맘속으로 응원한다. 지금 이 글을 쓰다 보니 내친김에 내년 신입사원 오리엔테이션 영상을 그냥 재미로 만들어주고 싶어진다.), 강남의 어느 유치원 졸업생들의 중국어 연극 촬영 등을 닥치는 대로 했다.

광고 현장 메이킹을 찍으러 갔더니, 첫 대학 동기가 PD로 있던 때도 있고, 외국 도서 전시의 재고정리 알바를 갔더니, 거기 오프라인 행사 담당자가 몇 해 전 나와 함께 캠페인 광고를 진행하던 이라, 나를 감독님으로 부르며 당황해하던 적도 있다.

2년 사이, 74kg이던 몸무게는 96kg을 넘기고 있었다. 자려고 누우면 내가 머릿속으로 생각하는 모든 것들이 말소리로 변해 어깨를 타고 넘어가 귓구멍으로 흘러 들어가는 것이 똑똑히 느껴졌다. 귀마개와 안대를 하고, 아로마 디퓨져를 켜고, 파도 소리, 이발하는 소리, 산사의 풍경 소리, 차창 밖 빗물 소리 등등의 온갖 ASMR을 밤새 틀어놓아도, 미명이 밝아오기 전까진 절대 잠들지 못했다. 화가 나고 지쳐서 다시 자리를 박차고 일어나 동네를 쏘다니다 편의점에서 아무 도시락이나 집어 들고, 그걸 전자레인지에 돌리는데 걸린 것보다 짧은 시간 동안 입에 모조리 밀어 넣고, 줄담배를 피우며 혼잣말로 욕을 하며 가로등에 발길질하며 집까지 걸어오면 지쳐 잠이 들었다.

거의 매 순간 누구에게나 화가 나 있었지만, 누구에게도 인상 찌푸리지 않으며 웃으며 천천히 말하는 나의 일그러진 표정이 거울을 보지 않아도 느껴졌고, 그들의 요구를 모두 수용하고, 이를 제대로 수행하지 못하게 되면 이불로 베개와 쿠션 두 개를 둘둘 말아놓고 발로 밟았다.

'이걸 왜 내가 수습해야 하지.'

'왜 말할 때 나오는 대로 쉽게 말하지? '

'내가 솔직히 말하기 시작하면 저 사람은 감당할 수 있을까? '

' 내 사정을 짐작도 못 할 텐데 왜 내게 함부로 하지? '

'내가 해야 할 건 이런 게 아냐.'

'누가 저 무능한 자를 저 자리에 뒀지? '

'운도 실력인가.'

'사실 가장 바보는 나야.'

'이번 일만 잘 정리하면.'

'이번 주말만 지나면.'

'다음 주 평일 이틀 동안엔 내 걸 써야지.'

이력서 혹은 진단서

자주 눈 밑의 피부가 경련을 일으켰고, 입가엔 버짐이 피었다. 대충 이런 상태. 흔한 밑바닥. 눈에 보이는 결말.

과정상의 디테일은 각자가 조금씩 다르겠으나, 대동소이한 30대 프리랜서의 지리멸렬한 드라마, 그 중에도 특히 뻔한 사례 모음집이 내게 펼쳐졌다.

3. 재활일지

병원 매점에서 파는 흰 수건

일격

2017년 2월 초.
이틀 밤을 꼬박 새우고 쓰러져서 잠들었고, 몇 시간 자지 못하고 오전에 눈을 떴다. 이상하게 머리가 가뿐했다. 몸이 뻐근하니 목욕부터 하자고 마음먹었다.

씻고 청바지와 코트를 입고 집을 나서자!
노트북을 챙겨 까페로 가자!

용케도 활기차게 하루를 시작하는 드문 날이었다.
따뜻한 물에 오래도록 목욕을 하고 나와 머리를 말렸다. 7만 원이 넘지만, 색깔별로 세 벌이나 지른 케빈클라인 속옷을 입었다.

> '이딴 걸 아무 생각 없이 걍 막 사재끼려고
> 내가 그렇게 내 인생을 갈아 넣은 거 아니더냐!'

머리에 왁스를 바르고 손을 씻었다. 옷장 문을 열고 흥얼거리다가, 사놓고 한 번도 입지 않은 새 청바지를 꺼냈다. 내가 제일 맘에 들어 하는 색상의 겨울 모양말도 마침 다 말라 있었다.

선 채로 양말을 신고 청바지에 왼쪽 다리를 넣었다. 모양말을 신은 터라 바닥이 조금 미끄러워, 한 다리로 중심을 잡으며 다리를 쭉 뻗어 바지 안에 밀어 넣었다. 허리를 세우자마자 이상한 기분이 들었다. 아니, 소리가 들렸다. 사실 확실치 않다. 소리가 정말 났을까? 그럴 리가 없다. 내가 들은 소리는 이런 소리였으니까.

'푸욱!'

'왕좌의 게임'의 킹슬레이어가 내 허리에 검을 찔러넣은 느낌. 존 스노우의 애매하고 거친 공격 말고, 킹슬레이어의 정확하고 간결한 일격. 순식간에 양다리에서 힘이 빠져나갔다. 왼쪽 다리 절반만 청바지에 넣은 채로 앞으로 고꾸라졌다.

간헐적 단식은 해본 적 없지만, '간헐적'이란 단어의 뜻을 이제 정확히 안다. 온몸을 행주 짜듯 뒤틀며 허벅지와 종아리 근육이 뭉칠 듯 힘이 잔뜩 들어간 채로, 어금니를 악물고 '으으으윽' 앓는 소리를 안 내고는 절대로 버틸 수가 없는 통증이, '간헐적으로' 한 점에서 시작되어 몇 초 동안 지속되었다. 방금 전 통증이 지나가고 나서 통증이 사라진 그 상태 그대로 자세를 조심스레 유지해도, 통증은 다시 다른 점으로 돌아왔다. 조금 움직여 자세를 바꾸면 아주 잠깐 괜찮다가 다시 통증이 시작되었다.

그렇게 통증이 십여 번 지나갈 동안, 방에서 기어 나와 문턱을 지나 화장실 앞 선반에 둔 핸드폰을 팔만 겨우 뻗어 집을 수 있었다.

    '누가 있을까? 누가 날 병원에 데려다줄 수 있지?
        차가 있는 애. 그중에 제일 가까운 애.'

조건에 부합하는 한 친구가 떠올랐다. 맹 씨 성을 가진 내 친구 '맹.' 내가 만난 모든 인류 중 가장 성씨와 어울리는 사람, 맹. 맹은 올 수 있다고 했다. 하지만 한 시간이 걸린다고 했다. 나는 화를 냈다. 하지만 맹은 가장 빨리 올 수 있는 시간을 정확하게 말했다.

    "하..한 시간? 하하..아..어...그럼... 으으으으윽.."

간헐적 비명에 맹은 많이 아프냐고 물었고, 나는 그 물음에 헛웃음을 짓다 다시 비명을 질렀다.

핸드폰으로 검색을 시작했다. '일산. 허리. 척추.'

몇 개의 병원이 떴다. 그때 그 생각이 들었다.

'병원까지 어떻게 갈래? '

번호를 눌렀다. 망설임 없이.

'나인원원.'

한심하게 웃었다.

'미드를 그만 봐라, 멍청아.'

이를 갈며 숫자 세 개를 다시 눌렀다. 119.

문을 직접 열어주셔야 되요.

전화기 너머의 구급대원이 주소를 물은 뒤 말했다.

"어느 병원으로 가실 거예요? 다니시는 병원 있으세요? "

스마트폰 만세! 검색해둔 병원 중 한 곳의 이름을 말했다. 구급차가 도착하기 전까지, 5분 안에 바지를 입어야 했다. 할 수 있을까? 내 입에서 처음 들어보는 소리가 들렸다. 이를 갈면 나는 소리가 이런 건가.

'난 아파. 아프다고. 못 해. 괜찮아, 못해도.
바지도 못 입을 만큼 아파.
그러니까 잘해주겠지, 으으으아 쓰ㅂ'

울고 싶은 5분이 지나고, 계단을 오르는 구급대원들의 발소리
가 들렸다. 제발, 남자분들만 들어오...

재활일지

"119입니다. 문 열 수 있으세요? "

여자 목소리였다. 몰라, 이제.

"제가..아..그..번호 누르고 들어와 주세요."

현관문 넘버락을 알려줬다. 문이 벌컥 열리다가 멈춘다. 걸쇠
로 된 잠금장치를 걸어놓았구나아! 오예~!

"저...사장님? (듣기엔 좋았다)"
"으으...아으으"
"문을 열어주셔야..."
"아아크으으으으...으..."

"아버님? (저렇게 더 부르기 전에 문을 얼른 열자)"

이를 악물고 현관까지 무릎으로 기어가 걸쇠를 풀었다. 나는 엄한 아버지와 함께 사는 여친의 집에서 도망쳐 나오다 걸린 사람처럼 현관문 앞에 쓰러져 고개를 푹 숙였다. 그 와중에 케빈 클라인을 입어 다행이라 생각했던 것도 같다.

남자 구급대원이 억지로 내게 슬림핏 데님을 어떻게든 입혀보려다가, 내가 ㅈㄹ을 하자(달리 표현할 단어가 생각나지 않는다.) 옷방에서 츄리닝을 꺼내왔다. 기상 시 생각했던 것과 사뭇 다른 착장이 완료되는 동안, 나는 구급대원의 신발에 왁스 바른 머리를 비벼대며 비명을 질렀다. 대원들은 내게 신발을 신기려다 포기하고, 들것에 싣고, 신발을 팔에 안겨줬다.

여자 구급대원이 선임인 듯했다. 그녀는 내가 바지를 입을 때까지 기다렸다가, 들것에 실려 나오는 순간 내게 물었다.

"지갑 어디 있으세요? "

내가 가리키는 곳으로 막내로 보이는 대원이 뛰어가 지갑을 챙겼다. 그녀가 막내 대원에게 말했다.

"저기 담배도 챙겨드려."

머릿속엔 담배 광고 콘티가 떠올랐다.

맹이 사준 흰 수건

들것에 실려 내려가는 동안 나는 계속 악다구니를 썼고, 구급
차에 실려서는 막내 대원의 손을 잡았다. 내가 검색한 병원은
모두 나를 맞이할 준비를 하고 있었다. 구급차가 멈추고 내가
내려지자, 다들 고맙게도 할렘가에서 총상을 입은 FBI 요원을
맞닥뜨린 듯 다급히 움직였다. 나는 곧바로 세 명의 팔에 들려
침상에 올려졌고, 침상에 굴러 오르자 마자 진통제를 맞았다.
간호사가 들어왔다.

 "앰뷸런스에 실려 오셨다면서요? 지금은 좀 괜찮으세요? "

아픔이 좀 가시고 나자 추위가 느껴졌다. 이런저런 걸 맞고, 이
런저런 설명을 듣고, 이런저런 걸 찍었다. 내 4, 5번 척추 사이
의 추간판이 돌출하여 신경을 누르고 있었다. 그 사이 맹이 도
착했다.

그날 난 여기저기 싸인을 하고 보호자 동의를 받고 시술을 받
았다. 다행히 수술이 아닌 비수술 치료라 하루나 이틀 정도 입

원 뒤 재활을 하면 된다고 했다. 맹은 내가 동의서에 싸인을 하려고 하자 간호사에게 잠시 기다려달라며, 허리 디스크가 터져서 수술받은 적 있다는 후배에게 전화해 내가 받는다는 그 시술이 괜찮은 것인지, 어떤 것인지 물어보았다. 난 정신이 깜빡거리는 와중에 맹이 너무 미웠다.

'아프다고! 빨리 치료받을 거라고!'

시술을 받으러 수술실에 들어가 마취제를 맞고 기다렸다. 시술을 하실 원장님은 조금 뒤 온다고 했다. 잠시 자세를 고치려다 통증이 도졌다. 엉덩이와 허리를 까고 진열된 냉동포장육처럼 수술대 위에 엎어진 채로 어금니를 물고 비명을 질렀다. 부원장님이라는 분이 다급히 들어와 내 손을 잡고 진정시키는 사이 마취제인지 진통제인지를 또 맞았다. 우여곡절 끝에 신경치료를 마쳤다.

간호사는 맹에게 내가 저녁 아홉 시 전까진 잠들지 않게 지켜보라고 했다. 아마 내가 맞은 진통제의 양이 좀 많았기에 그런 것 같았다. 멍하고 붕 뜨는 기분이 들고 졸렸다. 그러면서 마이클 잭슨이 떠올랐다. '마 형'이 잔뜩 맞고 푹 자다가 다신 못 일어난 게 이거 비슷한 걸까. 피식 웃음이 났다. 맹은 나를 물끄러미 쳐다보고 있었다. 나는 무심하게 화장실을 가겠다고 일어섰지만, 몸이 일으켜지지 않았다. 간신히 땅에 발을 디뎠지만 일어설 수 없었다.

남자 간호사가 와서 움직임이 많이 불편하냐고 물었다. 내가
그렇다고 하자 그는 내가 누운 자리에서 소변을 볼 수 있게 관
을 삽입했다. 죽이고 싶을 만큼 아팠지만, 그 순간도 스리슬쩍
지나갔다.

묘하게도, 입원실에 누운 나는 기분이 나쁘지 않았다. 아니, 기
분이 살짝 좋아졌다. 여러 명의 각기 다른 사람들이 자신의 위
치에서 단지 자기 업무의 일환으로 나를 이토록 케어해준다는
게 너무 고마웠다. 억지로 연민하는 것도 아니고 그렇다고 대
수롭지 않게 처리하지도 않는 적정거리의 신경 쓰기가, 뭔가
절묘하다고 느꼈던 것 같다.

'부담스럽지도 않잖아.
내가 징징대거나 갑질해서
막무가내로 얻어낸 호의가 아니라고.
그들은 그들의 일을 할 뿐이야. 그런데 그게 날 돕잖아.
이게 바로 종심소욕불유구,
혹은 코사 노스트라의 현현 아닌가.'

살며 맞닥뜨리는 모든 사건과 관계들을 소화하며, 모두가 그
정도의 에티튜드, 딱 이 정도의 거리를 유지하면 모두의 삶이
멋져질 거 같았다. '힙'보다 '쿨', 아니 '쿨'보다 '찐' 의 느낌?

(부연하자면, 다음 날 아침 병원 밥을 먹으며 이 차오르는 고양감은 한술 뜬 차가운 국과 함께 식었다. 쓰면서 돌아보니 아마 약 기운 때문이었던 것 같다. 아, 아님 요즘 내가 감기약을 먹는 중이라 이따위 글이 써지는건가.)

아무튼, 내가 누운 채로 열반에 이르기 전에, 맹은 내가 마실 음료수와 치약, 칫솔, 그리고 수건을 한 장 사 왔다. 아무 무늬도 글자도 없는, 비싸 보이진 않지만 깨끗한 새 수건.

"뭐하러 샀어? "
"집에 가져가서 써."
"짐만 되지.."

그렇게 말했지만, 깨끗한 수건은 내 눈길을 끌었다. 새 수건을 본 게 얼마 만인가.

머릿속에, 내 집 풍경이 떠올랐다. 막내 구급대원은 부엌 옆 선반까지 가서 내 지갑을 들고 왔으니, 편집실로 쓰는 작은 방을 봤을 게다. 빌트인 옷장에 터질 듯 빽빽이 걸려 있는 옷들. 빨래 건조대. 듀얼 모니터, 컴퓨터, 아무렇게나 엉겨 붙은 외장하드, 카메라, 각종 전선, 콘티, 메모지, 수첩, 창문을 모조리 막아둔 흑지에 덕지덕지 붙여둔 포스터들.

큰 방도 열려있었으니 다 보였겠지. 쌓이고 무너지고 그 위에 또 쌓여 절묘한 균형을 이루며 독특한 양식의 기둥이 된 책들, 촬영 장비, 소품, 상자에 가득 담겨 쌓여 있는 A4 용지들, 냉장고에 가득 붙은 배달음식 전단지, 선반마다 쌓여있는 로션, 썬크림, 안경들, 먼지 쌓인 레고 모형, 덩그러니 커다란 TV, DVD, 지난 세기말 혹은 이번 세기 초에 현상한 필름 더미들, 6mm DV테잎(!), VHS 테이프(!!), 바닥에 기대어 포개져 있는 퍼즐 액자들 (반고흐, 에드워드 호퍼, 스튜디오 지브리…. 300피스, 500 피스, 1000 피스….), 다 쓴 캔들 유리병, 온갖 크기와 재질의 새 수첩, 새 노트, 온갖 잡동사니들…

그리고 화장실. 아직 문이 그대로 열려 있고 드라이기가 널브러져 있을 화장실. 그리고 수건. 화장실 수납 선반에 꽉 들어찬 수건들.

수건이라니! 수건이 왜?

난 근 몇 년, 엉망이긴 하지만 게으르진 않았다고 자부했다. 뭐가 됐든 몸과 맘이 분주한 딱 그만큼, 정리되진 않지만, 가만 멈춰있지 않으니 나쁘지 않다고 생각했다.

반지하, 옥탑, 고시원, 컨테이너, 원룸, 풀옵션, 연립주택… 살아볼 수 있는 거의 모든 종류의 자취집을 거쳐 지금 사는 집.

분리형 주방, 다용도실이 있는 투 룸에, 벽지가 아닌 여러 톤의 페인트를 칠한 집. 창문 사이즈에 딱 맞게 우드 블라인드를 주문해 달아 둔 집. 구석구석 포인트 조명을 둔 집.

그리고 홀린 듯 닥치는 대로 사서 다시는 돌아보지 않는 온갖 물건들. 인스타에 프레이밍 잘해서 전공자답게 색보정도 심혈을 기울여 찍어 올리는, 오 마이 스윗 홈.

그러고 보니 맹은 이 집에 이사를 올 때 짐을 같이 옮겨준 친구였다. 나는 맹에게, 우리집 보일러가 아직 온수 모드로 되어있을 테니 외출 모드로 바꿔 달라고 부탁했다.

저녁 아홉 시가 넘었고, 맹은 돌아갔다. 혼자 덩그러니 6인실에 누워 수건을 얼굴에 덮었다.

'지금 집에 내가 새로 산 수건은 몇 장이 있지?
언제 샀지? 수건은 많잖아.
그런데 내가 좋아하는 수건은 없어.
수건이 그런 거지. 좋아하는 수건이라니.
아니, 내가 좋아하는 수건이란 게 있을 수도 있잖아.'

문득, 나와 7년째 연애 중이던 Y가, 내게 읽어보라고 준 책이 떠올랐다. (우린 한창 우리가 함께 있을 공간에 대해, 물건과 공간에 대한 취향에 대해 하나하나 오랫동안 얘기하길 즐기고 있었다.) 비싸고 좋은 오일 하나만 있으면 여러 종류의 화장품은 필요 없다거나 아주 좋은 물건을 심혈을 기울여 하나를 사서 오래 쓰는 간소한 삶에는 돈이 오히려 더 많이 든다는 말이 적힌 책. 다 읽고 나서도, 공감은 되지만 그렇게 살 엄두는 나지 않던 책.

그 책이 계속 기억에 남은 건, 그 책이 나온 뒤, 너무하다 싶을 만큼 비슷한 디자인의 표지를 한 책들이 놀라울 만큼 여러 권 등장한 탓이었다. 하지만, 내겐 오히려 Y가 좋아하는 또 다른 작가, 타샤 튜더가 더 이입이 되었다. 타샤 튜더처럼 정원을 가꾸는 것은 재미있어 보였으니까. 뭔가가 집에 가득하거나, 눈앞에 뭔가가 가득 펼쳐지면 뿌듯할 테니까. 혹은 남에게 자랑삼아 보여주기 좋을 테니까.

하지만, 그래서, 수건은? 15년 넘게 자취하며 여기저기서 끌어모아 이고 지고 다닌 그 다 헤진 수건들은? 절대 인스타그램 따위에 찍어 올릴 리 없으니 계속 그 수건들을 쓰겠다고? 수건뿐이겠어? 눈엔 안 보이는 니 속에서 곪아 터진 게 디스크뿐이겠어?

하얀 민무늬 수건 한 장, 치약, 칫솔, 지갑, 담배만이 올려진 침대 옆 선반을 보자 이상하게 마음이 너무 편했다. 심지어 핸드폰 충전기도 없다. 핸드폰은 곧 꺼졌다.

Y의 그 책은 분명히 큰 방 정면 책장의 제일 왼쪽 위에서 두 번째 칸에 있을 터였다. 거기가 내가 분류한 '기타 등등' 칸이니까. 지금 떠올려 보면, Y는 진정한 선구자였다. 내가 그 책을 Y에게 건네받은 건, 내가 입원한 2017년으로부터도 이미 몇 년 전이었다. 나는 이틀을 더 있다 퇴원했다.

전야, 또는 마지막 밤

집에 도착하자마자 큰 방 책장을 훑었다. '도미니크 로로'의 '심플하게 산다.'를 찾아냈다. 곧바로 발바닥이 뜨끈하다 못해 뜨거워지고 방 안의 공기가 후끈하게 달아오르고 온몸에서 땀이 흐르는 것이 느껴졌다. 아직 펼치지도 않은 책 때문은 아니었다.

내가 입원한 그 날, 맹은 내 부탁을 받고 고맙게도 내 집에 들러주었다. 훗날 맹은 자신은 분명히 온수 모드 버튼을 껐었노라 말한다. 나는 그 말을 믿는다. 2월. 실내온도는 40도가 넘고 있었다. 맹은 내 친구다. 그러니까, 맹은 이틀 전에 내 집에 들러 보일러를 조작해주었다. 이틀 동안 보일러는 맹이 조작해 둔 대로, 혹은 자기 마음대로, 아무튼 나를 반길 준비를 했다. 나는 맹을 여전히 좋아한다.

나는 창문을 열고 심호흡을 하며 끓기 직전의 집을 둘러보았다. 나와 함께 텅 비어 있던 이 집의 처음을 봤던 맹은, 이제 내가 다시 이 집을 비우는데 시동을 건 셈이었다. 아..맹!

나는 맹이 사준 흰 수건으로 땀부터 닦았다. 그리고 바닥에 누웠다. 입원실에서 문득 느낀 만큼의 영혼의 고양감은 일어나지 않았으나, 허리를 지지기에는 안성맞춤인 바닥 온도가 내 기분을 붕 뜨게 만들었다.

          '문을 직접 열어주셔야 되요.'

나를 일으켜 세웠던 구급대원의 대사가 떠올랐다.

이 문을 열면, 어디로든 길이 열릴까? 벌떡 일어나...고 싶었지만, 허리는 아직 뻐근했기에, 영화 '옥자'에서 모든 비만인들의 심금을 울리는 옥자의 일어나는 포즈처럼, 누운 몸을 옆으로 빙글 굴려 팔꿈치를 짚고, 상체를 천천히 펴고, 살금살금 일어났다.

그리고, 집에 있는 모든 수건을 꺼내 한 곳에 쌓았다.

리셋 같은 건 없다.

- 눈에 띄지도 않는 먼지 같은 것들이 쌓이는 시간

일의 일어나는 순서

낡은 수건들을 버리는 것은 쉬웠다. 하지만 당연히, 그날 이후로 모든 일이 착착 진행된 것은 아니다. 사실 여러 가지가 한꺼번에 일어났고, 그때 겪고 접하고 생각한 것들의, '바로 그렇게 일어난 순서대로 쌓인 결과'로, 지금의 내가 정확하게 지금 이 모양 이 꼴이 되어 이 글을 쓰고 있는 것일 테다. 생각보다 많은 시간이 걸렸고, 생각보다 정리해야 할 것들이 많았다. 정리해야 될 것은 물건이 전부가 아니었다.

퇴원할 때 20 몇만 원인가 하는 복대를 구입했다. 원무과에서 입원비를 낼 때 비닐봉지에 담긴 새 제품이 내 손에 쥐어졌다. 다른 디자인이나 다른 색상은 없는지 물어보기도 전에 간호사가 내게 그걸 착용시켜주었다. 그 복대는 말이 복대지 사실 착용하면 아이언맨이라도 된 것처럼 보이는, 거대하고 견고한, 듣도보도 못한 물건이었다. 지금도 그 아이언맨 복대는 내 책상 옆에 놓여있다. 내가 어느 날 득도하여 내가 가진 모든 물건을 모조리 없애버린다 해도, 이 물건은 살아남을 것이다. 아이러니하게도, 이 물건은 내가 '미니멀리즘'이라는 단어를, 건축이나 디자인이 아니라 라이프스타일에도 적용할 수 있는 하나의 가치관으로 받아들이고 나서, 처음으로 내 인생에 새로 '추가된 물건'이다.

물건을 줄이는 것이 능사는 아니다. 물건이 줄어든다고 해결되는 것은 아무것도 없다. 줄이고 버리는 행위 자체에 몰입하다 보면, 결국 다시 물건을 사게 된다.

그렇게 선불리 새로 무언가를 사는 행위 중 절반 정도는 '다시 버리게 될 뻘짓'이고, 나머지 절반 정도는 '결국 다시 사야만 하는 그걸 버렸던 뻘짓의 댓가'다. 개인적 견해로는, '미니멀리즘'이라는 기묘한 체계에서 일어나는 변화의 영역은 확장성이 너무 넓고, 그 과정은 어쩌면 매우 지리멸렬하다. (물론 day1 부터 정확히 세기 시작하여 가공할만한 각성과 영향력을 발휘하는 이들도 있다. 어느 특정 영역이나 행위에 관해서는 그런 드라마틱한 변화에 대해 언급할 수 있겠으나, 내 경우엔 경험이 지나고 난 뒤의 복기와 개인적인 의식 변화가 더 흥미롭다. 그러니 이리 주저리주저리 영원히 집필 중인 사소설마냥 말이 많아질 수밖에.)

말하자면, '미니멀리즘'이라는 개념은 '귀에 걸면 귀걸이, 코에 걸면 코걸이'가 되거나, 모든 일의 해법인 양 '절대 반지'처럼 내세우게 되기 쉽고, 또 한편으로는 전혀 눈에 띄는 변화가 없어 보이기도 한다. 하지만, 일어나는 일들을 그냥 지나치지 않고 의미를 적극적으로 해석하다 보면 지나온 일이 작동한 순서나 상호작용의 결과가 얼핏 보인다. 난 지금 그 지도를 가능한 한 되짚으며 의미 있는 이정표들을 찾으려는 중이다.

이 시점에서 그나마 내가 단정해서 말 할 수 있는 게 하나 있다. 이 정리, 혹은 미니멀라이즈, 개선, 성장, 변화, 혹은 허세, 혹은 유행, 혹은 자뻑, 정신승리, 자다 두드린 봉창 등등 뭐라 말하든, 아무튼 이것은 정해진 끝을 향해 달리는 게임이 아니란 것이다. 아마도 목표지향적인 자를 좌절시킬 것이다.

이 게임은, 결국 도달해야 할 상태가 아니라 취해야 할 태도에 가깝다. 태도는 상태와 상관없이 지속된다. 아니 지속될 수 있어야 '걸맞은 태도'라 하겠다. (그럴 수 있는 태도가 목표라면 목표겠으나, 이걸 누가 측량할 수 있을까.)

축구 팬들의 입버릇, '폼은 일시적이나 클래스는 영원하다. (Form is Temporary, Class is Permanent)'랑 비슷하려나. 좌우지간, 이 글은 끝이 정해져 있다. 안심하시라.

눈 뜨고 오래 누워 있으면 보이는 것

다시 수건을 버리고 난 직후로 가보자. 나는 2주는 누워있어
야 하고, 2주 뒤부턴 살살 걷기 시작하라는(당연히 그 '복대'
를 차고, 아이언맨 마크 1처럼 뻣뻣하게) 의사 선생님의 명령
탓에, 죄책감 없이 무릎 아래 쿠션을 받치고 누워, 지금은 거의
구음진경에 버금가는 무림비급의 지위에 오른 문제의 그 책,
도미니크 로로의 '심플하게 산다'를 읽었다.

이후에 처리해야 할 실무, 그러니까 어떤 수건을 새로 살지에
관해서는 전적으로 Y의 선택에 의지했다. Y는 기다렸다는 듯
이미 작성한 '수건 관련' 몇 개의 후보군 (수건 두께에 꽤나 여
러 규격이 있다는 걸 아시나? 나는 처음 알았다. 이 항목에 관
한 여러 후보군을 이미 리스트업 해놓은 Y에게 놀라기엔, Y는
좋은 물건에 대한 알찬 리스트를 무척 많이 가지고 있다.) 을
제시했고, 이후엔 일사천리로 새 수건들이 입주했다.

책은 생각보다 빨리 읽혔고(반나절...), 남은 2주는 생각보다
길었다. 그때까지만 해도 지금은 없는 커다란 TV가 큰 방 한
벽을 차지하고 있었던 터라, 나는 리모컨을 무심하게 눌러보
며, 머릿속 한 켠으로는 갓 완독한 책의 내용을 곱씹고 또 곱씹
었다....고 말하고 싶지만... 어느 채널로 돌려도 다섯 번에 세

번 정도는 드라마 '도깨비'의 재방송을 해주었다. 내가 처음 본 것은 4화 정도였던 것 같은데, 그 화를 다 보고 채널을 이리저리 돌리다 보니, 그날이 다 가기 전에 1,2화가 방영되는 채널을 발견하는 기적을 체험했고, 나는 결국 며칠 만에 재방송 랜덤플레이를 통한 '도깨비' 전 회차 랜덤주행(모든 화를 순서대로 볼 수 있는 기적은 일어나지 않았다.)을 끝마칠 수 있었다. 매우 유익한 시간이었다. 아, 그 며칠간, 바닥과 가까운 눈높이로 내 방을 구석구석 살필 기회가 주어진 것 말이다.

무엇보다, 구석구석의 먼지들이 눈에 띄었다. 일부러 그걸 보려고 한 건 아니다. '도깨비'를 시청하며 간혹 바닥을 손바닥으로 쓸면 어디선가 굴러온 먼지나 머리카락 따위가 달라붙어, 그때마다 운동 삼아 조심스레 몸을 일으켜, 손에 붙은 먼지를 쓰레기통에 털어 넣는 짓이 반복되었다. 솔직히 말하자면, 내가 살아온 동안 가장 깨끗하게 유지한 집 상태였다. 그럼에도 한 번 눈에 띈 먼지는 계속 눈에 띄었다.

하지만, 그 먼지들의 쌓임, 그리고 그렇게 위태롭게 한데 모여 있다 미세한 공기의 흐름에 마지못해 떠밀려 그늘 밖으로 흘러나와 내 눈에 띄고야 마는 현상은, 허락 없이 자릴 잡은 그 먼지들 자체의 탓도, 어디서 구한 건지도 기억나지 않은 거대하고 오래된 진공청소기 탓도(작동엔 아무 문제가 없다. 이 글을 쓰는 지금도. 필터도 멀쩡하고 흡입력도 나무랄 데가 없다.

나는 물걸레 기능을 겸비한 무선청소기 LG코드제로를 너무 사고 싶다. 다이슨은 비싸다. 물걸레질도 안 된다. 차이슨이라 불리는 중국제도 좋다고 한다. 유튜브에 저장한 청소기 리뷰가 스무 개가 넘고 있다. 이 글은 미니멀리즘에 관한 글이다.), 내 탓도 아니라는 것(물론 내가 전적으로 결백하진 않겠지. 거 빡빡하게 굴지 맙시다. 그래도 밤에 코를 골며 자다가 목이 아파올 때쯤엔 꼭 환기를 하고 대청소를 했다고. 머리가 간지러워지면 머릴 감는 것과 비슷한 빈도 정도로.)을 깨달았다! 그때의 기분을 여러분들은 상상도 못 할 것이다. (괄호 속에 써넣은 삼천포로 빠지는 헛소리가 너무 길어 이 문단은 가독성이 최악이지만, 아무튼 요는, 내가 뭔가 깨달았다는 게 중요하단 것이니 이를 주지하고 나서 다음으로 넘어가 주시면 좋겠다.)

방의 곳곳에, 먼지가 내려앉을 자리는 너무 많았다. 누워서 보면 보인다. 높낮이가 너무나도 다양한 방 안의 등고선. 깨알같이 펼쳐지는 수많은 깊은 골짜기와 봉우리들. 멀티탭과 콘센트, 전선과 못이 이루는 거대한 협곡과 교각, 옷걸이와 커튼, 블라인드와 책장, 각기 다른 책의 높낮이, 좌식 테이블과 입식 책상의 경이로운 공존, 러그의 굵은 솔기, 쿠션과 의자, 의자에 달린 바퀴, 상자 아래 놓인 쓰레기통과 그 옆에 자리한 화분, 제멋대로 뻗은 각기 다른 모양의 가지와 이파리와 그 옆의 물조리개, 액자, 선반, 복잡하고 정교한 모양으로 그 짜임새를 자랑하는, 레고 모형의 작은 창틀 하나하나의 틈새와 공간 모두!

먼지는 어느샌가 어떻게든 나타나 '마련된 자리'에 안착한다.

'도깨비'를 다 본 후, 다음 정주행할 콘텐츠를 찾지 못한 채 여전히 누워있던 나는, 방의 각 방향을 좌 상단에서부터 우 하단에 이르기까지 눈으로 찬찬히 훑어보다가, 급기야 이런 환상을 목도하기에 이른다.

⟨ 내가 누운 방이 마찰계수 0의 유리 벽으로 이루어진 정육면체라고 생각해보자. 유일하게 마찰력을 지닌 바닥에 먼지가 소복이 쌓인다. (물리학 저널 아닙니다. 그냥 그렇다 치고) 나는 바닥 전체에 먼지가 쌓일 때까지 기다린다. 바닥에 징그럽게도 골고루 도포된 먼지를 보고, 마스크를 쓰고 빗자루와 쓰레받기로 방을 시원하게 쓸어제낀다. 한가운데로 모인 먼지는 쓰레받기 절반의 절반도 채우지 못한다. 쓰레기통에 탁 털어넣는다. 다시 티끌 하나 없는 방이 된다. 이렇게 방을 되돌리기까지 30초가 걸리지 않는다. ⟩

이 환상에 희열을 느끼던 나는, 그러나 곧바로 의아해졌다.

'니가 언제부터 그렇게 청소를 좋아했니? '

차라리,

< 아, 난 책이 너무 많아. 예쁘게 꾸민 저 집들 사진 봐봐. 그래, 저렇게 몇 권 안 되는 책을 이쁘게 쌓아놓고, 넓은 테이블에선 밥만 먹고, 작고 단아한 빈티지 테이블에선 아이패드로 블로그 글을 쓰고, 커피를 많아야 아침에 한 잔 내려 먹는 정도면 저렇게 드리퍼 세트만 아일랜드 테이블 위에 가지런히 둬도 자리가 많이 남겠지. 집에서 영상 편집도 하고 글도 쓰고 레퍼런스가 될 책들을 일단 구입해서 읽고 되팔아야 하고, 사진집과 화보집을 언제나 꺼내 보기 좋게 잘 보이는 곳에 두어야 하고, 베란다는 고사하고 다용도실엔 드럼세탁기와 보일러만 놓아도 발 디딜 틈이 없어 언제나 펼쳐진 빨래건조대가 풀옵션보다 견고한 관습법적인 옵션인 데다가, 몇 년 전 찍은 알바 영상의 소스를 클라이언트가 갑자기 연락해서 내놓으라고 할지 모르니 두 군데씩 백업해서 외장하드로 쌓아놓는 종류의 인간에겐 불가능한 인테리어지. 집에서 일하고, 집에서 쉬고, 집에서 아웃풋을 내고, 집에서 인풋도 채워야 하는 삶을 살면서 밥도 지가 해 먹는 싱글 프리랜서로 살아보라지, 저게 되나. '이번 달에 수정이나 일정 연기 없이 무사히 페이가 지급되어야, 할부로 지른 컴퓨터 값 걱정 없이 밤새 편집을 기꺼이 할 텐데...' 따위의 생각 안 해도 되는 저들은 좋겠다. 존경합니다, 성공한 분. 하아, 그러면서 넌 또 오늘 교보문고에 들러 스티븐 킹 신작 쇼핑을 하고 온 거냐. 책 좀 팔아야지, 담배 값이 모자라네. >

이런 식의 의식의 흐름이라면 이미 질릴 만큼 익숙하겠지만, (실제로 방금 저 문단은 생각하는 시늉도 하지 않고 실실 쪼개며 단번에 썼다. 찌질하고 수다스러운 놈.)

'먼지 하나 없는 방, 청소가 제일 쉬웠어요.'

이런 캐치프레이즈 따위를 꿈꾸는 나는 도무지 낯설었다.

리셋 서사는 그만

맹을 포함한 몇 안 되는 내 동갑내기 친구 G는, 한 번씩 밤에 찾아와 다짜고짜 나를 태우고 시속 120km로 달려가 주먹고기나 목살을 15인분쯤 사이 좋게 조지곤 했다. G가 그럴 때는, 스트레스가 찰 때까지 찼단 얘긴데, 그때마다 우리는 이런 꿈 같은 비유로 셀프테라피하곤 했다.

〈꾸덕꾸덕해진 피와 부식된 뼈와 삭은 근육과 말라가는 뇌를 조립의 역순으로 하나하나 분해해서, 옥시크린에 푹 담갔다가 꺼내서 햇볕에 바싹 말리고, 바짝 깎은 손톱을 지닌 야무진 두 손으로 다시 조립하고 싶다.〉

우리 둘만 즐기는 농담으로 뇌까리던 그 문장이, '도깨비' 전

회차 시청을 마치고 목도한 환상과 일맥상통하는 바가 있었다. '리셋하고 싶다...'를 암시하는 문장. 뭔가 잘못되었고, 바로 잡고 싶다는 욕망. '초기화는 항상 옳지만, 우리가 선택하지 않을 뿐이다.'라는 암시.

생각이 여기에까지 미치자 이곳으로 이사 온 날 아침이 기억났다. 그러니까 맹이 내 이삿짐을 같이 실어나르던 아침, 우연히 길에서 G를 마주쳤다. 우리는 마트 옆, 헌 옷 수거함 앞에서 만났다. 나와 맹은 총 다섯 박스의 옷가지, 이불 따위를 수거함에 쑤셔 넣고 있었다. 나는 싹 다 놓고 가고 싶었다. 이문동에서의 세 번의 이사와 7년의 시간 동안 쌓인 꿉꿉한 냄새를 나와 상관없는 척하고 싶었다. 곰팡내가 나지 않고 뽀송뽀송하고 상태가 괜찮은 옷가지들이라 해도, 근 몇 년의 몇몇 기억을 상기시키는 것들을 서슴없이 모두 버렸다. 그때, G가 예의 그 우렁찬 목소리로 반갑게 우리를 불렀다. G는 이삿짐 트럭에 몸을 싣는 나를 보며 이사를 가냐 물었고, 나는 그렇다고 했다.

나는 그날 아침이 오기 전까지 약 1년을 G와 연락하지 않은 상태였다. 극적인 계기랄 것은 없다. 우린 어떤 면에선 누구도 범접하지 못할 만큼 즉각적으로 서로를 잘 이해했고, 어떤 면에서는 절대 서로에게 타협하지 않았다. 내가 가끔, 아니 매우 자주 G의 말을 귓등으로도 듣지 않는다는 것을 G도 잘 알았고, G도 자신을 절대 굽히지 않을 때가 있음을 스스로 잘 알았다.

우린 서로를 누구보다 적극적으로 도와주곤 했고, 동시에 놀랍게도 자주 서로의 문제에 전혀 관심을 보이지 않았다. G는 자주 내게 '네 걸 해야지. 그런 거 말고 네 걸 해야 해.' 라고 말했고, 나는 G가 자신에게 하는 말을 내게 한다고 느꼈다. G는 내가 그렇게 느낀다는 것을 알면서도, 다른 이들처럼 듣고 반문하거나 조언하거나 혹은 여타 어떤 리액션도 하지 않는 내게, 정말이지 그의 말을 한 귀로 듣는 족족 한 귀로 흘려버리는 내게 도리어 더 자주 자신을 토로했다.

우린 둘 다 뭔가 잘 풀리지 않았고, 하지만 괜찮다고 자주 입 밖으로 소리 내 말했다. 입 밖으로 괜찮다고 말하는 횟수만큼 우린 자괴감에 빠졌다. 그렇지만 우린 괜찮은 척했다. 남에게도 스스로에게도 우리 서로에게도.

그날 아침에도 우린 마치 그저께 거하게 밤새 달린 술친구처럼 아무렇지도 않게 짧은 인사를 하고 헤어졌다. 마치 내가 뒤돌아 도망치는 탈영병으로 보이지 않게 해주려는 것마냥, G는 크게 웃으며 멀어지는 트럭 뒤에서 손을 흔들어 주었다.

이삿짐을 싼 직후, 짐을 같이 실어줄 맹을 기다리면서, 텅 빈 집의 까맣게 더러운 방충망 사이로 떠오르는 해를 핸드폰으로 찍었다. 나는 그 사진을 내 인스타 계정의 첫 사진으로 올리고 그곳을 떠나왔다. 후배들에게 돈을 빌리고, 내게 동기들 모임에 오라고 끈덕지게 연락하다 나의 매번 다른 핑계에 질려버린 대학 동기에게 무턱대고 전화를 걸어 일을 달라고 하고, 핸드폰 주소록을 스크롤 해가며 여기저기 전화를 해 뭐든 어떤 일이든 할 거라고 얘기해 두었다. 그리고, 이사를 온 이후 1년이 넘도록 일로 만난 새로운 사람들을 제외하곤 거의 누구와도 연락하지 않았다.

그러니까, 초기화.
쉬이 선택하지 않을 뿐 누구나 원한다는 그것.

새로 산 물건들로, 백지 같은 새집을, 그리고 나를, 리셋하기 시작했다. 인스타그램에 파스텔 톤의 벽에 덤벨과 기타를 기대놓고 찍은 사진을 올렸다. 나는 잠을 잘 자고 싶었다. 암막커튼과 새 침구와 실내용 슬리퍼를 샀다. 사진을 찍고 해시태그를 붙였다.

그리고 2년 후, 복대를 차고 이렇게 누워있는 거다. 그사이 먼지 앉을 자리를 빼곡히도 만들어 놨구나. 분명히 다섯 박스의 옷과 침구를 버리고, 캐리어 두 개와 백팩 두 개 분량의 책을 팔고 이사를 왔는데, 이제 책장은 세 개 더 늘었고, 백팩 두 개는 커녕, 보스턴 백, 메신저 백, 토트백, 힙색까지 널려있다.

그래서? 또 리셋? 그런데 이제 문제가 생겼지. 살림살이가 많아지고 씀씀이가 늘어나니 잠시라도 가만있으면 잠수가 아니라 익사할 지경이네? 근데 웬 걸? 아픈 몸이 되어버렸잖니, 그래서 케어가 필요해, 더더욱 잠수를 못 타네? 왜 이렇게 된 걸까?

'왜냐니? 여기 내가 누운 이 집을 봐라.
월급도 연봉도 계약금도 없이 하루하루 이 일 저 일,
몸뚱아리 하나로 이렇게 버티면서,
말로나마 남는 시간에 내 작업을 지속하며,
1인분 몫으로 사람 사는 모양을 건사하는 게
네 눈엔 우습냐.
터진 디스크라고 함부로 떠들어.'

짠한 자기 연민. 졸음이 쏟아졌다.

손톱 깎는 것처럼

열댓 시간을 자고 일어나도 달라지는 건 아무것도 없었다. 하얗고 깨끗한 빈방과 건강한 허리, 평균 체중이 다시 주어져도 망가지는 건 시간문제일 뿐이란 생각이 들었다.

'난 그때그때 상황을 겨우 모면하거나 어찌어찌 지나가거나,

그게 아니면 그저 기분전환을 한 것뿐이야.

모든 일에 그렇게 대처한 거야.'

깔끔하게 다시 시작할 수 있는 백지상태의 시공간이 필요한 게 아니라, 부족한 뭔가를 채울 수 있는 물건이, 부족하면 더 넓힐 영토가 필요한 게 아니라, 먼지가 쌓이면 치울 마음이 필요하단 생각이 들었다. 영화 '뮌헨'의 대사가 떠올랐다.

'손톱은 계속 자라니까 그때마다 깎아주는 거야.'

영화에서의 맥락과는 전혀 다르지만, 나는 긴 손톱을 네일아 트로 가리다가, 길어진 손톱이 어딘가 부딪혀 깨지면 그제서 야 애꿎은 손이나 좁은 복도를 탓하는 짓 같은 태도를 관두기 로 마음먹었다.

의식적으로 '그럭저럭'에 머물거나 '꼭 그래야만 해?'의 곁길 로 새다가, 필연적이고도 스스로 의도한 '어쩔 수 없음'에 가 닿는 삶 말이다. 그러다 그 결과가 못마땅하면?

초기화 따위는 없다. 언제나 지금, 여기, 이 상태에서 다음 순 간이 연결된다. 끝도 없이 새로이 발견되는 바닥의 먼지들을 보며 문득 무서우면서도 한편으로 두근거렸다.

'이건 인생을 통째로 바꿔야 되는 일이겠는데? '

너무 밑도 끝도 없잖아. 그러니까 이런 뜻이다. 있지도 않은 리셋은 서사적으로 반복될 뿐이다. 필요한 것은 리셋이 아니라 방향 전환이다.

'난 이제 어떻게 살아야 될까? '

아니, 사실은 더 정확하게 말하자면 이런 질문.

'나는 커서 뭐가 될까? '

서른여덟에 다시 묻는 생뚱맞은 질문. 더 커야 된다는 건지, 아직 더 클 수 있다는 건지, 아니 사실 '그냥 뭐가 뭔지 아무것도 모르겠다'는 고백.

즐거워서 한 건 아니고, 사실은 무서워져서, 앉는 것도 힘든 몸뚱아리로 무릎을 꿇고 엎드려, 어느 때보다 자주 바닥을 쓸었다.

'정신 차려, 정신!' 모멘트
- 헤드샷 맞은 듯이

안 보이면 그만

중학교 2학년 아님 3학년 때. 중요한 건 아니다. 그 친구 이름
도 기억나지 않으니. 아무튼 느긋한 인상에 언제나 여유가 있
는 풍채 좋은 친구가 있었다. 말도 느릿느릿, 행동도 느리지만
웃으며 언제나 자신이 하는 말을 정확한 문장으로 끝내는 친
구. 은근 곰돌이처럼 생겨 사뭇 귀엽기까지 한 그 친구를 다들
좋아했다. 점심시간이었다. 그 친구와 함께 복도 한쪽에 기대
서서, 테이프로 칭칭 감은 우유갑을 공 삼아 축구를 하는 애들
을 보고 있었다.

햇살이 워낙 좋아 기분 좋게 살짝 졸리는 그런 날. 유일한 흠이
라면 우유갑 축구를 하는 애들의 몸놀림 때문에 복도 곳곳에
서 먼지가 피어올랐고, 햇빛을 받은 먼지가 반짝이는 것이 너
무 눈에 잘 보인다는 것 정도. 그러다 군데군데 반짝이며 스모
그처럼 퍼지는 먼지가 복도를 거의 채우고 우리 눈이 매워질
지경이 될 때쯤, 그 친구가 복도가 꺾이는 곳까지 걸어갔다. 나
도 당연히 걸음을 옮겼다. 나는 아래층으로 내려가 매점에라

도 갈 요량이었는데, 그 친구는 그림자가 드리워져 어두워진 중앙계단의 창가에 다시 자리를 잡고 말했다.

"이제 안 보이네."
"뭐가?"
"먼지."
"뭐야 그게."

우린 웃었다. 하지만 그 친구는 계속 그 자리에서 아이들을 구경했다. 나는 창문을 열며 기침을 했다. 바깥 운동장도 바글바글하긴 마찬가지였다. 전형적인 90년대 남자 중학교의 점심시간이 끝나야 비로소 가라앉을 매캐한 공기.

"오늘 먼지가 너무 심하네."
"괜찮은데? 안 보이잖아."

실로 그러했다. 어두운 복도의 공기 중엔 티끌 하나 비치지 않았다. 정말로 기침이 잦아드는 것도 같았다. 뿌옇던 복도가 마치 리셋이 된 것 같았다. 존재하지 않는 그 리셋...

하지만 난 그 당시에도 그 친구의 농담에 웃지 않았다. 참담한 기분이랄까, 아니면 뭐였을까. 아무튼 묘했다. 저 아래에서 뭔가 치밀어오르는데 차분해지는 기분. 다소 갑갑하다가 이내 익숙해지는 기분. 아니, 익숙해지지 않으면 억울할 것 같아서, 그런 셈 치자고 마음먹지 않고선 넘어갈 수 없는 상태. 몸서리치며 도망치다 억지로 떠밀려 들어간 목욕탕의 열탕에 앉은 기분. 처음으로 체념 비슷한 뭐시기를 체화한 기분이었을까.

스코프는 확대가 아니라 조준하려고 쓰는 것

삐져나온 척추 4번 5번 사이의 추간판을 살살 달래며 몇 주를 방바닥에 누워 있을 때도, 난 기억 속의 저 중학생들의 대화가 어리석다고 생각할 정도만큼은 충분히 나이를 쳐 잡수신 상태였다. 그런데 왜 저 기억이 떠올랐을까?

처음 저 기억과 그 당시의 내가 느낀 감정이 떠올랐을 때, 나의 해석은 이러했다.

'내가 언제 어디선가 혼자 창문을 열고 맹렬히 손부채질해도, 뿌연 연기가 아랑곳하지 않고 들이닥치는 상황이 있을 수도 있단 걸 시사하는 경험이었던 거야. 혹은 내가 먼 훗날, 그러니까 지금 같은 순간이 왔을 때, 왜 상황은 나아지지 않는 거냐고 하늘을 우러러보며 짜증을 내면, 안보이니 괜찮지 않냐며 느긋하게 웃는 누군가들은 너처럼 자주 짜증 내는 일이 없다고 타이르는, 하늘의 개소리를 미리 들은 거지.'

그런데 나이에 걸맞게 허리가 작살난 난 생각할 시간이 많았다. 지금에 와서 소환된 저 기억의 진짜 의미는 이거다 싶었다.

'이제 체념도 느끼지 않잖아.
그럴 필요가 없지, 너도 그냥 그게 편하잖아?'

바닥으로 하늘을 가릴 순 있지만, 손바닥을 든 나를 속일 수는 없다. 눈이 그칠 때를 기다려서 한 번에 모조리 없앨 수도 있겠지만, 눈이 계속 내린다면 그 눈을 맞으며 길을 내고 그 길에 쌓인 눈을 그냥 아무런 다른 생각 말고 계속 쓸어야 한다. 눈에 보이지 않는다고 먼지가 없을까. 먼지는 쌓인다. 먼지를 덮어 두는 방법은 없다. 먼지는 치워야 한다.

안다! 나도 안다고. 그래서, 청소를 좀 더 자주 하면 되겠니? 물건이 좀 많네, 그래서 먼지가 많이 쌓였네, 이제 청소를 자주 하자, 그래. 그러자. 됐냐? 근데 내가 쵸큼 아프거든? 디스크에 난 스크래치가 다 아물면 물티슈로 싹싹 닦아줄게, 창틀들아, 새삼 깔끔 떨지 말아 줄래?

아니, 그게 아니다. 지금 그런 결론을 내려는 게 아니다. 알고 있었다. 몸져누운 김에 생각을 더 해야 했다. 뭐에 대해? 나에 대해. 나에 대해서는 충분히 생각하고 있거든? 다행인지 불행인지 꼼짝하지 않고 생각할 시간은 충분하단 말이다. 나의 무엇에 대해? 내가 왜 아픈지에 대해? 하루 세끼, 탄. 단. 지를 골고루 맞춰 밥 잘 챙겨 먹고 유산소 위주로 주 3회 조지자, 됐냐? 생각을 좀 하라니까. 뭘?! 니가 가리고 싶어하는 게 뭔지에 대해서. 맨땅이 흉하게 말라붙어 다 갈라져 있다고, 그걸 가리려고 먼지로 덮어둘 수는 없는 노릇이지, 안 그래?

허리를 다치니 몸속 장기를 감싸는 이름 모를 근육들의 존재가 죄다 느껴졌다거나, 하루 종일 누워있으니 시간의 흐름에 따른 벽에 닿는 햇살의 변화가 민감하게 느껴졌다는 등, 끝도 없이 이어 말할 수 있는 소소한 깨달음의 순간(처럼 느껴지는 '좋은 생각'류의 휘발되는 사념들)의 향연. 조각조각 건져 올려지는 디테일들. 그것들이 모인다고 뭐가 달라지진 않는다.

난 디테일이 훌륭하다는 평이 전면에 나서는 영화를 신뢰하지 않는다. 내게 있어서 그 '디테일'이란 건 대사의 욕이 찰지다거나, 취재해서 직접 들은 얘기가 영화에 그대로 재현되어 그쪽 업계 사람들이 진짜 같다고 말하더라..는 뜻 이상을 의미하지 않는다. (물론 '악마는 디테일에 있다'는 그 유명한 문장도 있지만, 그건 미세한 디테일로 성패를 다퉈야 하는 경지의 전장에서나 유효한 말이라 생각한다.)

나는 그때까지도 헛다리를 짚고 있었다는 말이다. '인생을 통째로 바꿔야겠는데?' 라거나 '이제 난 어떻게 해야 하나.' '리셋이 아니야, 전인격적인 대전환이 필요한 게야.' 따위의 말을 혼자 중얼대면서도, 각 사안의 디테일에 매달려 있던 것이다.

이를테면, 수건 교체. 예를 들면, 먼지를 치우는 사람이 되자. 예컨대, 운동을 하자. 스트레스를 먹는 걸로 풀지 말자. 나를 좀 더 아끼자, 맘이 허하다고 sns를 보며 밤새우지 말자, 남이 가진 것 중 멋져 보이는 걸 나도 가지는 것이 나를 더 그럴싸하게 만든다는 생각은 하지 말자, 조금은 간소해지자... 이런 생각들. 다 맞는 말. 하나같이 다 맞는 말이라 모아놓으면 아무것도 아닌 말.

요는 이렇다. 나에겐 고배율의 스코프가 달린 스나이퍼 총이 주어졌다. 스코프를 통해 각 지점의 취약점, 혹은 문제점이 또렷하게 확대되어 보이기 시작한다. 이것도 저것도 모조리 쏘아 맞힐 수 있을 것만 같다는 기분이 든다. 아마 정말 다 맞출 수 있을 것이다. 당연하고 이치에 맞는 말처럼 쉬운 표적은 없다. 그 말을 대뜸 믿고 의지하지 않는 것이 오히려 더 어려울 것이다. 하지만, 스나이퍼에겐 무한대의 총알이 지급되지 않는다. 행여 자리 잡은 위치에서 탄창 하나 가득 들어찬 총알을 모두 쓸 수 있다 해도, 스나이퍼는 그런 짓은 하지 않는다. 첫발에 실패하면 자신의 위치를 완벽히 은폐, 엄폐한 그곳에서 신속하게 벗어나 다른 완벽한 장소를 찾아 거기로 무사히 이동

해야 한다. 익숙하지 않나? 리셋.

나의 위치가 발각되고, 내가 사격에 실패하면, 표적은 위협을 느껴 그곳에서 사라진다. 기회는 다시 오지 않을 수도 있다. 리셋이 영원히 반복될까? 그 반복을 통해 나는 과연 나아질까? 아니, 내가 과녁이 되지 않으면 다행이겠지. 가능한 단 한 발로 가장 효과적인 지점을 정확히 타격해야 한다.

내 인생에 핀셋 정책을 영원히 반복할 수는 없는 노릇이다. 내가 미생물의 팔다리 개수마저 훤히 들여다볼 수 있는 현미경을 지녔다고 자랑하는 것은 해충박멸에 아무 도움을 줄 수 없다. 세스코가 와서 집에 해충이 들끓는 이유가 되는 통로를 찾아내야 한다.

저격의 시간

몇 해 전 한 번 읽고 난 후, 또다시 몇 해를 방치해 둔 도미니크 로로의 책은, 은연중에 내게 영향을 끼치고 있었다. 방향이 교묘히 틀어져 적용되는 핀셋 정책. 사람은 결국 선택을 한다. 그저 가만히 내버려 두거나 결정을 피하는 것마저 하나의 선택이다. 회피나 안주가 아닐지라도 대부분의 선택은 관성에 따른다. 많은 경우, 이 관성은 우리 삶을 운전하는데 효율을 높여

준다. 혹은 그렇게 착각하게 만든다. 그 결과는 완전히 반대다.

하지만 우리는 굴러 내려가지는 대로 아무렇게나 구르면서, 무의식에 휩쓸리면서, 멈추지 않고 꽤나 속도를 내고 있다는 것을 근거로, 그것이 나의 선택의 결과이자 성과라고 착각하기 십상이다. 실제로 효율을 높여주는 경우와, 익숙한 패턴 안에 안주하게 하는 서로 다른 이 두 경우는, 멈춰서 구분하려 하지 않으면 분간하기 힘들다.

그래서, 한 번 들인 습관은 바꾸기 힘들고, 반대로 새로운 습관을 어떻게든 생활의 루틴 안에 안착시키면 그 효과는 놀라운 것이다. 외부로부터 유입된 새로운 자극은 흔히, 빠른 시간 내에 기존에 존재하는 관성을 유지하는 데 연료로 사용되고 만다. 쉽게 말하자면, 우린 뭐든 '지 편한 대로 갖다 붙인다.'

나는 언젠가부터 '난 그럴만한 자격이 있다.'는 걸 증명하기 위해 굳이 필요하지 않은 물건들을 사고 있었다. 조금만 시간이 지나면 굳이 필요 없었다는 걸 스스로 깨우치는 경우가 태반이었지만, 차라리 그런 경우는 나은 편에 속했다. 몇몇 경우엔 그저 그것을 사기 위해서, 좀처럼 속아 넘어가지 않는 스스로를 교묘하게 설득시키는 과정이 필요했다.

처음엔 흔히들 뿌듯하게 되뇌곤 하는 말이 동원된다.

'야, 어릴 땐 침만 삼키며 구경만 하던 것들을 이제 버젓이
사 모을 수 있는 능력이 있으니 얼마나 잘 컸니, 나 자식.'

혼자 어깨를 토닥이며 우쭈쭈하는 듯한 이 말이 좀 겸연쩍으
면 다른 방법을 취한다.

지금 스스로를 설득하는 나 자신이, 유별난 경우가 아니라 세
간에 통용되는 개념에 속하는 평범한 존재라 설득하는 거다.

'넌 그냥 흔하디흔한 키덜트일 뿐이야.
그게 아니면 그냥 스트레스 받는 프리랜서가
자기에게 주는 선물 그런 거 있잖아.
아, 진짜 누가 뭐 은행이라도 털라니?
그냥 좀 생각 없이 뭔가를 더 가지라고.'

과연 이는 실로 효과가 있다.

그마저 효과가 없을 땐, 교묘하게 죄책감과 당위성을 자극하
는, 하지만 사실은 전혀 그와 상관이 없는 메시지를 전한다.

'글 쓴다는 놈이, 영상 만든다는 놈이, 광고 밥 먹은 놈이,
지 영화 만들겠다는 놈이...아무튼 딴따라 소리 들으면

황당해하고 예술한단 소리 들으면 당황하고,

나도 사실 예전에 꿈이 뭐였어..하는 분들과는

다신 겸상하고 싶어 하지 않는, 암튼 재수 없는 너 이 자식아.

그래, 그런 놈이 예리한 취향도 없고 좋아하는 것도 없고,

맨날 보던 책, 수백 번은 본 영화, 수천 번은 들은 음악이나

계속 파먹으면서, 트위터 최신 이슈도 제때 팔로우 못 하고,

인스타는 멀리 사는 지인 안부 묻는 데나 써먹어?

핫하고 힙하고 아무튼간에 '새로움을 위한 새로운 거, 뒤처지

는 게 무서워 앞으로 튀어나온 거, 다르기 위해 달라진 거'

따위가 얼마나 많은데, 지금 그걸 다 쌩까, 게으른 쉐키,

넌 직무유기, 임무 태만, 역할 방기, 갱생 불가, 인생 포기야!

그래, 그냥 그렇게 살아.

넌 절대 단번에 산화하는 것조차도 못할 팔자야,

그러니 시시하고 사소하게 긴긴 시간 점차 사그라지려무나.'

말하자면, '이 모든 게 취향의 문제. 남에게 내보일만한 취향이
라고 비칠만한 것이야말로 애처로운 너의 전부' 공격이다. 그
안에 든 메시지는 가히 '최후통첩'이라 할 만하다.

이 말을 듣는 나는 참을 수가 없다. 사실 저 공격의 첫 벌스가
시작될 때부터 지고 들어간다. 반칙이라고 투덜댈 뿐, 승패를
뒤집을 수 있는 경우는 드물다. 이 공격은 남용되지 않지만, 굳
이 여러 번 사용될 필요도 없을 정도로 성공률이 높다.

물건을 줄이고, 여러 사람들에 섞여들고, 말만 할 뿐 전혀 해볼 생각 못 하던 것을 직접 해보고, 지인들을 담백하게 다시 만나고, 산책을 하고, 요가를 하고, 일기를 쓰고, 수영을 하고, 여러 책을 읽고, 상담을 꾸준히 받고, 급기야 이 글을 쓰기에 이르러서야, 이 '최후통첩'이 모든 것의 원흉임이 판명되었다. 저 최후통첩에 겁을 집어먹지 않는 것, 아니 더 나아가 저 최후통첩이 애초에 성립되지 않는 일종의 비문 임을 진심으로 아는 것이, 내가 타격해야 할 과녁의 정중앙인 걸 깨우쳤다. 그걸 알게 되는 데 몇 년이 걸렸다.

뭔가 아는 것은, 납득하고 이해하고 동의한 후에 행동을 돌이켜 다시는 모르던 때의 행동을 반복하지 않는 것까지 포함되는 것이라 생각한다. 혹은 실수를 반복하더라도 자책하지 않고 다시 돌이키는 것을 최우선 순위로 둘 수 있게 되는 것. 그것이 앎일 것이다. 그런 의미에서, 내가 안다고 생각한 무수한 것들은 그저 억지로 동의하거나 겨우 납득, 애써 이해하는 수준에 그쳤던 것 같다. 그리고 지금은 저것 하나를 겨우 '안다.'라고 할 수 있을 정도가 된 것 같다.

내가 이룩한 먼지의 제국을 둘러보며, 최후통첩이 그저 못 본 척 피해가길 바라는 내 누운 모습이 보였다. 유체이탈된 내가 직부감으로 내려다보고 있는 나는 혈색이 창백했다. 머리통의 피가 다 빠져나가는 느낌이 들었다. 헤드샷을 얻어맞았던 게지. 추간판 탈출은 위력사격의 공포탄 한 발처럼 느껴졌다. 이건 경고야.

은폐, 엄폐물이 없는 개활지

물론 단번에 저걸 다 깨달은 건 아니다. 시쳇말로 한순간 '모골이 송연해졌'을 뿐이다. 나는 은폐, 엄폐할 돌무더기 하나 없는 개활지에 발가벗고 서 있다는 느낌을 받았다. 아니 더 정확히 말하면, 나의 자랑스러운 물건들 전부를 한데 모아 견고하게 벽을 쌓아도, '진실의 탄환'은 그것들을 쿠킹호일 만큼의 장애물로도 여기지 않을 거라는 느낌이었다. '다음엔 디스크가 아니라 머리통이 터질 거야.' (물론 이 사고는 비유적 표현으로 내게 작동했다. 하지만 정상은 아니지. 점점 머리가 부풀어 오르다가 눈부터 튀어나오고 그다음엔 이마, 그리고 끝까지 부풀다 겨우 멈춰서 풍선이 터지기 직전의 기분 나쁜 긴장감이 내 평생을 따라다닐 거라는 상상이 계속되었으니까. 아, 물론 지금은 그렇지 않다. 상담 선생님한텐 이 비유를 말한 적 없었는데…. 젠장, 이거 지울까. 아니, 그냥 두자.)

나는 납작 엎드려보기로 했다. 어차피 일어나 앉기도 힘드니까, 핑계 좋잖아?

나는 무엇인가를 소비하는 행위에 있어서는 도미니크 로로의 말마저 제멋대로 갖다 써먹었다는 것이 드러났다. 질이 좋은 담요가 하나 있다면 유용하게 쓰일 것이라던가, 울 100%의 목도리나 스카프 하나면 겨울 액세서리는 충분할 거라는 문장들은 내게 좋은 핑계가 되었다. '혹시 누군가 집을 방문하면 꺼내 줄 필요가 있으니'(새로 이사 간 집의 주소를 아는 이는 가족을 포함해서 한 손에 꼽을 수 있음에도) 오래된 침구는 버려지지 않고 그대로 공간박스에 들어가고, 그 위엔 새로 산 비싼 담요 하나가 얹혀졌다.

목도리의 경우엔 그나마 제 효과를 발휘했는데, 살 때 스스로 미친 짓이라고 여기며 산 10만 원이 넘는 울 목도리는 언제 어디서 났는지 모를 수많은 목도리를 단번에 대체했다. 하지만, 누군가가 준, 혹은 누군가가 놓고 간, 몇 년째 손에 집히는 대로 목에 감기곤 하던 두세 개의 목도리는 여전히 옷장에 걸려 있었다.

선반과 공간박스는 더 필요했다. 예전에 쓰던 못생긴 박스들은 새것으로 다시 대체되었다. (새하얀 brute box, 무인양품...) 자신이 좋아하는 향기를 맡는 것만으로도 좋은 하루를 시작할 수 있다는 말에, 훈옥당 향 스틱, 아로마 디퓨저, 온갖 에센스 오일을 침대 옆에 디스플레이 해두기 시작했다.

나를 지켜주는 건 내 물건이 아니라 나

향에 대한 집착에 대해 재미 삼아 얘기할 에피소드가 있다. ('재미 삼아'가 '재미있음'을 뜻하진 않을 수도..)오히려, 향에 대한 나의 진짜 취향은, Y와 HB와 함께 향수 만들기 1일 클래스에 가서, 조향사와 함께 내가 직접 만든 향수를 몸에 뿌려보고 나서야 생겨났다. 온갖 향, 캔들, 스틱을 되는대로 일단 사고 보던 내가 그 클래스를 들은 건, 향수를 너무 좋아해서라거나 이제 향수 오타쿠 짓을 할 때가 되었다고 여겨서가 아니었다. 그저 며칠째 집 밖으로 한 걸음도 나가지 못하던 우울감에서 벗어나려고 뭐든 하려는 발버둥의 결과로 질러 본 일이다. (사실 끌려간 것도 같다. 아니면 '그럴까.'라는 미온적인 대답으로 대충 뭉개는 내게 거듭 물어봐 주어 마음이 동했던가.) 그리고 거기서 내 인생 향수를 내가 만들었다. (이름도 지었다. 'black star'. 옛날 TV 아동 인형극 '검은 별' 말고, 데이빗 보위의 마지막 앨범 'black star'!)

그때, Y와 HB는 내가 만든 향수를 시향한 후, 나 '답다' 라고 말해주었다. 그 말은 정말 많은 힘이 되었다. 조향사 선생님은 그 대화를 나누는 우리를 보며 부러운 사이라고 말해주었다. '나'라는 게 있구나..라는 기분이 들게 해줘 누군가에게 고마워한 경험이 있으신지? 그건 정말 진짜 참으로 귀한 경험이다.

그보다 몇 년 전, 내 동기 HC는, 내가 날이 추워지면 기분 전환 삼아 꺼내 입는 두꺼운 모 재질의 스트라이프 바지를 입고 학교에 들어서자 이렇게 말해주었다.

"형, 이제 진짜 겨울이 왔나 봐."
"응, 슬슬 추워지네."
"아니, 그게 아니라, 난 형이 그 바지를 입은 걸 보면,
아, 겨울이 왔구나..란 생각이 들더라."

난 아직도 그가 한 말을 기억하고 있다. 그는 인격적으로 다른 훌륭한 면이 많지만, 내겐 그 대화가 그 녀석을 평생 편애할 이유가 되는 건 어쩔 수 없다.

여러분은 가급적 '나라는 게 있긴 있구나.'라는 문장이 필요하게 될 지경에 이르지 않길 바란다. 하지만, 그렇더라도 누군가 여러분에게 그렇게 말해줄 것이다. 뭔가를 한다면. 나를 내 맘에 들게 하는 무엇인가를 발견한다면. 몸을 일으켜 누군가와 아무리 쓸데없고 사소한 뭐라도 하기만 하면! 그럴 수 있다.

내가 그 향수를 뿌릴 때면, Y와 HB는 내 향기가 난다고 알아채 주었고, 그 후로 다른 누군가를 만나기 전에도, 나는 '나'다운 향, 더군다나 내가 맡아보고 마음에 들어 했던 향들의 조합

으로 만들어진 '나에 대한' 그 향기를 은근히 내뿜는다는 것이 즐거웠다.

보통의 경우, 내가 직접 탐구하는 데 시간을 들여 알아낸 것은 시간이 지날수록 점점 만족감이 커진다. 그런 류의 만족감은 내가 알아내거나 만나거나 취한 물건에서 오는 것이 아니라, 내가 어떤 인간인지 내가 스스로 설명할 수 있는 문장이 늘어난다는데서 생겨난다.

하지만, 이 생각을 갖게 된 것도 한참 후의 일이다. 아닌 게 아니라, 난 '1차 물건 버리기 대난동' 정도로 칭할 수 있을 어느 날, 'black star'의 성분과 제조 방법을 적어둔 수업 노트를 버렸다. '향수 따위, 낭비다!'란 대찬 생각으로. 하지만, 이제 내가 마음을 빼앗기는 향이 어떠어떠한 것들의 조합인지를 대충 안다는 정도만 해도 어딘가. 미니멀리즘은, 다른 말로 '뻘짓의 반복과 점진적 소폭 성장'일지도 모르겠다.

'나'보다, '이걸 지닌 나'

납작 엎드려 내 허울이 벗겨지는 과정은 계속되었다. 잘근잘근 밟혀 가루가 될, 먼지의 제국을 떠받드는 물건 천지는 아직 차고 넘치니까.

'이런 물건을 지닌 나' 가 '나' 보다 더 신경 쓰이는 이 기묘하고도 흔한 정신 상태에 관한 좀 더 쉬운 예가 있다. 한때 모두가 한 번쯤은 따라 해 본, 세계적 IT 기업의 수장 둘의 패션이 그런 경우일 것이다. 검정 티셔츠(그냥 티셔츠라기엔 몹시 비싼 이세이 미야케 터틀넥이긴 하지만)와 청바지에 회색 뉴발란스 992를 신은 스티브 잡스, 혹은 회색 면 티셔츠를 입은 사이보그, 아니, 마크 주커버그.

이들은 에너지 효율의 법칙에 입각하여, 자기 뇌가 생각할 의제의 양을 줄이고, 중요한 사안에 대한 사고의 퀄리티를 높이기 위해, 항상 같은 옷차림을 입는 것을 선호한다고 말했다. 생각할 필요 없이 늘 하던 대로 하는 그 움직임이 전체적인 자신의 삶의 방향에 비춰볼 때 올바른 방식이라면, 그 '생각하지 않음'으로 인한 효율성은 두말할 필요도 없을 것이다.

이는 꽤 괜찮은 관성적인 선택이 반복되어 습관으로 정착되었을 경우의 바른 예라 할 수 있다. 하지만, 이 의식적 선택과 집중이 아직 내재화되지 않은 누군가가, 그 표면적인 결과값을 자신의 삶에 단순 적용할 때, '삑사리'가 나는 것이다.

일련의 움직임에 관한 스스로의 필요를 고찰하지 않으면, 이것은 결국은 습관으로 정착되지 않을 뿐 아니라, 그 이전에 이미 또 다른 쓸모없는 움직임을 불러일으킨다. 더구나, 그 움직임을 그대로 모방한다는 것 자체가 자신과 맞지 않은 비효율적인 움직임이 될 수 있다.

나이키 에어포스 원과 에어맥스 95가 있는데, 왜 또 회색 뉴발란스 992를 사야 하는가. 쓸모없는 새로운 움직임. 혹은, 단 한 번도 등산화가 아닌 운동화에 10만 원 이상을 써 본 적 없는, 발이 시린 것을 도저히 견디지 못하는 고산지대에 사는 이에게 20만 원을 호가하는 매시 소재의 신발이란? 비효율적인 움직임. 말하자면, 연료 낭비, 나쁜 연비의 운전습관, 자신의 차체에 대한 이해 부족, 자신의 차로 가고자 하는 길의 부재, 다시 말해 주체적이지 못한 나. 그러니까 모든 난제의 근원이자 총체적 난국.

내가 아직 내가 아닌 것. 내가 무엇을 원하는지 모르는 것, 내가 어디까지 갈 수 있을지 모르는 것, 내가 나를 믿지 못하는 것, 그리고 내가 나를 마음에 들지 않아 하는 것. 다 제쳐두고, 아침에 일어나서(아, 이쯤 되면 일반적으로 사람이 일어나는 것은 아침이라고 전제하는 말투마저 굉장히 언짢게 들릴 확률이 다분히 높다.) 거울에 비치는 면상(을 포함한 나란 존재 자체)을 참고 봐줄 수 없는 상태.

그리고 그 상태에 대처하는 여러 최악의 방법 중 위험부담이

상당히 낮아 보이므로 지극히 높은 확률로 채택되는 솔루션.
지금의 내가 마음에 들지 않으므로 그것을 '이 물건을 지닌 나'
로 덮어보겠다는 발버둥. 그것이야말로 나를 가꾸어 줄 '취향'
이라고 속이며 '몰개성의 쓰나미에 몸을 싣고 개 중 가장 튀는
색의 파도'가 되어보겠노라 다짐하는 나.

'아. 나는 계속 내가 마음에 안 드는 거구나.'

개활지를 벗어날 첫 계단이 나타났다. 그리고 그 계단을 딛고
서자, '디테일'한 각 행동은 맥락을 찾기 시작했다.

우선, 먼지의 제국 가장 높은 곳의 가장 뾰족한 첨탑, 다시 말
해 진실의 헤드샷이 그 위를 스치기만 해도 기왓장이 내려앉
기 시작할 위태로운 봉우리가 눈에 보였다.

'탐정 사무소' '파리의 레스토랑' '팰리스 시네마'

엄선하고 엄선하여 고이 모실 자리부터 터를 닦은 뒤 조심스
레 모셔 놓은 존재들. (탐정, 파리, 시네마 라잖아!) 입으로 작
게 그 이름을 불러보는 것만으로도 30여 년 인생사가 오그라
들어 한 점 먼지가 되는 기분을 선사하는, 아, 레고 모듈러 시
리즈.

우선 먼지부터 털어볼까? (이럴 때를 예상하고 산 무인양품 고운 털 먼지떨이...개소리 마. 2년 동안 커버도 안 벗긴 주제에) 재미 삼아 다시 분해해서 Y와 함께 조립해볼까? (그럴 일 있을까 봐 설명서를 안 버렸다고 지껄여보지?)

그때 번뜩 어떤 생각이 들었다. J에게 연락하자!

가는 데 순서 없고, 버리는 데 원칙 없다.

- 탐정과 파리, 그리고 시네마

초심자의 행운

'누구에게 나의 것을 거저 주는 것.'

지난번 글을 뭔가 대단한 결심이나 발견을 한 것처럼 마무리해놓고 너무 뻔한 소릴 하는 것 같지만, 사람들은 생각보다 이행동이 자신에게 주는 풍요로운 효과를 간과한다. 단지 '버리기 아까우니 아무에게나 주는 것' 이상의 의미를 찾고 그 과정을 의식적으로 반추해 본다면, 이 행위는 거의 기적에 가까운 선물을 안겨 준다.

어떤 기적? 이와 비슷한 기적. 모르는 장소에서 처음 보는 여러 사람들 중 하필 누군가에게 다가가 내가 가고자 하는 목적지로 가는 길을 물었을 때, 내 말에 멈춰선 이가 그 길을 알고 있고, 자신이 아는 바를 친절히 내게 알려주는 것과 비견될만한 기적.

이 정도의 일을 약간은 경이로운 경험으로 여길 수 있다면, 도

처에 그 정도의 기적이 널려있음을 느낄 수 있다.

마침 뭔가 떠올라 메모를 하고 싶은데, 오랜만에 나와 만나 까페에 마주 앉은 이의 작은 가방에 메모지와 볼펜이 들어있고, 그가 테이블 너머로 슬쩍 던진 볼펜을 내가 손으로 탁 받아든다. 중력과 가속도, 상대방의 메모습관, 마침 그의 다음 일정에 필요했던 동선, 마침 그 시각 내가 그를 만나러 조금 일찍 도착한 까페 창가에 앉아 무심코 내려다본 풍경과 거기 등장한 어떤 사람들의 모습 등등. 이 모든 것들이 아무렇게나 이리저리 뒹굴다가 일어난 해프닝.

하지만, 그날 그 순간 빌린 볼펜으로 끼적인 메모가, 그 볼펜의 주인공이 훗날 비참한 오후를 보내다 우연히 SNS의 새로운 피드에서 발견하고 위로를 얻는 글귀가 될지도 모르는 일이다. 사소하다면 사소하고 아무것도 아니라고 하면 눈에 보이지도 않는, '스쳐 지나가다 잠시 교차하는 순간.'

누군가는 이 말에 '오바하지 마라.'고 할지도 모르겠다. 오버까진 아니고, 한때 이런 걸 민감하게 느꼈던 적이 있다. 그 생각의 꼬리를 붙잡고 늘어져서, '얹혀사는 원룸에서, 빌린 노트북에 끼적인', 20페이지 정도의 시나리오가 있다.

이 시나리오로, 지금은 없어진 포항고속버스 터미널을 배경으로 단편영화를 찍은 적이 있다고 하면 진지하게 들리려나. 춘천에서 하는 영화제에서 그 영화를 상영하며 숙소와 기차값을 대줘서, 닭갈비를 야무지게 해치우고 온 십여 년 전 기억. 그 영화제의 심사위원이었던 양반을, 두 번째 대학교에서 교수로 만난 기억. 아무튼 그 정도의 기적.

J는 대학 후배다. 레고를 바라보며 J에게 연락하려는 마음을 먹기 불과 몇 달 전, 나는 또 다른 후배의 결혼식에서 그를 만났다. 몇 년 만이었다. 그의 아내는 넷째 아이를 임신 중이라고 했다. 그는 요즘 새로이 더해진 업무 탓에 김포, 일산 등지를 들를 일이 종종 있다고 했다. 나는 세계인의 관용어구를 시전했다.

"그래, 조만간 한번 보자."

그 말 뒤로 미처 못 다 이었던 문장은, 이제 더 이상 관용어구 연습 구문이 아니게 되었다.

"야, 레고 가져가."
"레고요? 크하하하.
(J는 실제로 이런 소리를 내며 웃는다) 좋죠, 형님"

'파리의 레스토랑', '탐정 사무소', '팰리스 시네마'를 사서 조립하고 디스플레이하고 핸드폰으로 사진을 찍고 흐뭇해하던 시간은 지나갔다. 지금은 결국 누군가에게 줘버리고 말 물건을 그렇게 오래 방치해뒀다는 후회는 없었다. 놀라운 일이었다. 후회하진 않는다는 감각이 내겐 중요했다. 후회하지 않는 것은, 마치 맞춤 양복처럼 딱 맞는 용도로 그 물건들을 비울 수 있게 되었기 때문이리라.

파리의 레스토랑, 탐정 사무소, 팰리스 시네마는 각각 내가 무엇을 좋아하고 무엇을 원하는지 상기시킨다. 그것들이 상기시키는 바와, 그렇게 상기시키는 촉매로서의 저 레고 모형들을 내가 계속 지니고 있을 수 없었던 이유를 아는 것이 중요했다.

파리는 내게 '장 피에르 멜빌'과 '에릭 로메르'와 첫 해외여행의 기억 등등을 즉각 환기시킨다.

탐정 사무소는 '레이먼드 챈들러', '대실 해밋', '험프리 보가트', '차이나타운', '제3의 사나이'…. 그 외 중절모와 흑백 필름과 나무 블라인드와 관련된 모든 글과 영상을 머릿속에 재생시킨다.

팰리스 시네마는? 수많은 잠복 경찰들이 차이나타운에서 테이크아웃한 종이박스에 든 누들을 집어삼키며 앉아있는 풍경 뒤에 걸려 있을 것만 같은 그 극장.

영감과 자극의 통로가 되어 주리라 생각하고 설레는 마음에
모셔놓았으나, 얼마 지나지 않아 쌓인 먼지를 털어내기를 포
기하게 만드는 플라스틱 조각들. 이것들은, 벽돌 하나하나 다
시 조각내고, 설명서를 보며 다시 완성한 후에 꼼꼼하게 구석
구석 구경하고 싫증 나기 직전까지 이리저리 쌓아 올리고 무
너뜨리길 반복할 이에게 가야 한다.

마침맞게 떠오르는 대상. 내게는 필요가 없지만, 누군가에겐
필요한 물건.

첫 스텝으로 레고를 처분하자고 한 건 우연일지 모른다. 하지
만 곧이어 J를 떠올린 이후, 이 우연은 더할 나위 없는 좋은 출
발이 되었다. 레고가 있던 자리가 휑하게 비고 나서 내 다이어
리엔 세 줄이 적혔다.

　　'파리에 다시 가자. 탐정물을 쓰자. 버디 무비를 쓰자.'

실현되어도, 그렇지 못해도 좋다. 물건으로 우회하지 않고 곧
장 바라고 원하고 행동하는 것이 낫다.

(탐정물을 쓰자는 바램은 얼마 전 신제품 전시회의 체험 용도
이긴 하지만 인터렉티브 무비의 시나리오로 실현되었다.)

이왕이면 맞춤으로

여러 번의 반복 경험을 통해 알아낸 것이 있는데, 누구에게 무엇인가를 주는 행위에, 아주 약간의 양념처럼 하나의 과정이 더해지면 좋다는 것이다. 그 양념은 이렇다.

'무엇'과 '누구'를 잠깐이나마 고심해보기. 심각할 필요는 없다. 재미로 해야 한다. 핵심은 재미다. 내가 이 재미를 느끼면, 받는 사람도 재미있을 것이다. 그게 의미가 된다.

그 물건이 생필품이 아닌 것이 더 효과가 크다. 누군가에겐 다소 쓸모없을지도 모르는 어떤 물건이, 또 다른 누군가에겐 참으로 딱 맞게 생겨난 것이면 좋을 것이다. 물론 생필품을 필요한 이에게 주는 것은 무조건 좋은 일이다. 의미 있는 일임과 동시에 보람도 있다. 하지만, 몇몇 경우, 물건 비우기는 봉사활동이나 구제 활동과는 다르다. '양립할 수 없는 문제가 아니라, 양립할 수 있기에' 물건 비우기에서 다른 재미를 추구해도 된다. 봉사도 하고 구제 활동도 하라. 그리고 물건 비우기도 하라.

물건 비우기로 남에게 적선하는 기분을 느끼려 하지 말고, 둘을 섞지 마라. 그럴 거면 둘 다 따로 해라. 내 생각은 그렇다.

따로 하면 각각에서 각각의 재미와 의미와 보람을 느낀다. 스스로를 위해서도 그렇게 하는 것이 좋다.

몸에 맞지 않고 해진 헌 옷을 한데 모아 헌 옷 수거함에 쑤셔 넣는 것보다, 상태는 괜찮지만 내가 입지 않는 옷을 다림질한 후에 '아름다운 가게'에 기부하는 것이 더 좋고, 아주 아주 가끔 한 번씩 필요에 의해 마지못해, 혹은 산 것이 아까워서 입는, 내게는 어울리지 않는 꽤 괜찮은 옷을, 마침 그런 옷을 찾고 있던 누군가에게 선물처럼 포장해서 주는 것이 더 좋다.

이보다 더 좋은 케이스는? 누구도 입지 않을 것 같은 특이한 옷, 하지만 분명 나는 그 옷을 너무너무 애정한 적 있는, 한때 나의 애착의 대상이었으나 지금은 그렇지 않은, 하지만 그 애착에 걸맞게 너무도 잘 관리되어 온, 누구나 함부로 소화할 수는 없는, 다소 실용성이 떨어지지만, 내가 이 옷을 샀을 때와 똑 닮은 누군가가 있다면 반드시 꼭 한 번 갖고 싶어 할 것이 확실하다고 여겨지는, 거기 더해서, 하지만 자기 돈으론 살 생각을 하지는 않을 법한, 그런 옷이라면 어떤가? 그 옷을 그렇게 딱 맞는 이에게 짜잔~건넨다.

   "나에게 이런 게 있는데, 마침 네 생각이 났어."

그 상대가 나와 매우 자주 만나거나 나를 너무 속속들이 알고 있는 것보다, 심리적, 물리적 거리가 조금은 있다면 더 좋다. (어, 이거 네가 언제 이러이러한 핑계를 늘어놓으며 얼마를 주고 가져온 후로, 옷장 어디 어디 걸려서 몇 년을 방치했던 바로 그 옷이네? 참 고오맙다~.... 이럼 곤란하다.) 서로의 기질과 대충의 상황을 알고 있는, 한때 매우 가까이 있으며 많은 대화를 나눈 적이 있는 상대. 그리고 오랜만에 만나 기분이 좋을 만한 이벤트. 얼굴 한번 보자는 것이었는데, '뭘 또 이런 걸 다…' 보다는 '어!~ 이게 뭐야. 오오.' 정도의 반응을 기대할 만한 물건.

어떤가. 이게 과연 받는 사람에게만 좋은 일로 그치겠는가. '좋은 일 한다 치고 뿌듯한 일' 보다는 확실히 내게 재미도 있고 의미도 있다. 재미가 있거나 의미가 있으면 된다지만(살면서 이 둘 모두 없는 경우의 일이 허다하지만…), 둘 다 있으면 더 좋은 것 아닌가. 내게 있어 이 양념, '이왕이면 맞춤으로'는, 그 드물다는 '재미와 의미' 두 마리 토끼 잡기를 가능케 해준다.

그때그때 다른 게 국룰

J는 공동체 활동에 관심이 많았다. 그리고 그 관심의 연장으로 유학을 다녀왔다. 그 이전에는, 전역 후에 이스라엘 성지순례를 한 번 갔다 오겠다며 믿을 수 없이 싼 가격에 산 비행기 표

가, 그를 프로펠러가 달린 경비행기로 안내했다고 전해진다. 그가 성지순례를 제대로 하고 왔는지는 모르겠지만, 아무튼 무사히 이스라엘 땅에 닿아 접시를 많이 닦고 왔다. 그는 설거지를 잘한다.

그가 설거지의 왕이 되기 이전엔 대학교 졸업여행으로 중국을 며칠 다녀왔다. 친구들에게 선물을 줄 요량으로 짝퉁 롤렉스 시계를 여러 개 샀다고 했다. 마음 씀씀이에 맞게 수십 개 남짓 사 왔던 것 같다. 남들은 다들 자신의 손목에 차거나 일행의 손목에 하나씩 채워 몇 개 정도 사 오는 그 짝퉁 롤렉스를, 그는 일일이 포장해서 박스에 담아 캐리어에 고이 모셔서 가지고 들어오려다 세관에 걸렸다. 나는 이 사건의 전말을, 그가 학교에서 탄원서에 서명을 받고 다닌다고 해서 알게 되었다. 그는 학교의 모든 선후배에게 사인을 받은 탄원서를 들고 법정에 서서 당당하게 자신의 변을 시작했다.

　　　　"존경하는 재판장님."
　　　(정말로 지가 직접 일어서서 말했다.)

판사님은 그의 첫마디를 듣고 딱 한 마디로 그를 제압했다.

　　　"독립운동하다 잡혀 왔냐? 앉아."

J가 졸업여행을 떠나기 전 몇 학기 정도는, 내게 이것저것을 많이 물어보았다. 나는 학교 편집실 조교이기도 했고 학부와 영화동아리 선배이기도 했고, 여름방학 동안 담당 교수님이 주관하는 디지털 단편영화 워크숍의 운영팀장이기도 했다. 그는 야심 찬 첫 단편영화를 완성했다. 기독교의 엄숙한 율법주의를 비판하는 웅장한 실험 영화였다. 내용은 기억나지 않는다. (내용이랄게.... 아마도 로베르 브레송의 영향으로 미니멀리즘적인 연출과 배우를 오브제처럼 활용하는... 그만하자) 제목은 똑똑히 기억한다. "Principle" 그러니까 "원칙"!

마치 '도그마 95선언'처럼 패기 넘치고 진지하고 발칙하고 도전적인 제목과 양식의 그 영화를 뒤로하고, 그는 같이 사는 자신의 동기 녀석(내가 허리디스크로 시술을 받기 직전, 맹이 전화했다는 그 '허리디스크 터져 고생한 적 있는 그 후배')과 함께 두 번째 영화를 만들었다. 제목은 "오! 피 세례." 웃기려고 만든 호러 영화였다. J는 그 뒤로 영상 관련 수업을 듣지 않았다.

내가 J에 대해 이렇게 길게 말하는 이유는, 일단 그냥 재미로.

그리고 J가, 내가 이제야 깨닫고, 그래서 지금에야 이 글에 쓰려고 하는 가치관 하나를 이미 오래전에 깨우쳐 내게 말한 적이 있기 때문이다. 내가 예술인재단에서 지원해주는 10회 무

료상담의 막바지에 이르렀을 때 상담 선생님이 내게 해준 말
도 그와 같았다.

> "아무런 계획도 안 해보는 건 어때요?
> 나랑 다음 달에 만나기 전까지만 생각하고 사는 걸로."

J는 한때는 문화부 장관이 되고 싶다고 했다. "오! 피세례."와 '
성지순례' 사이의 언젠가였던 것 같다. 그러다 문화부 장관은
아니더라도 문화부에서 일하는 공무원이 되는 것의 재미와 의
미에 대해 간혹 말하던 것이 점차 뜸해졌다. 학교 도서관이나
식당, 매점 등지에서 만나 어찌 지내느냐고 물으며 나는 항상
덧붙여 말했다. '문화부 장관은 언제 될 것이냐! 빨리 돼서 내
게 돈을 달라!' J는 그 시기에, 고전문학과 사회복지 등에 대한
관심에 열을 올리고 있었던 것 같다. 아무튼 J는 뜬 눈으로 꿈
을 꾸며 멈추지 않고 걷는 후배였다. 그리고 언제나 그렇듯 J
는 '크하하하' 웃으며 이렇게 말했다.

> "형, 제가 요즘 깨달은 게 하나 있는데요,
> 계획은 아무런 쓸모가 없는 거 같아요.
> 전 이제 계획 안 합니다.
> 제가 만약 계획을 말하면 꼬집어 주세요."

그때 한창 유행하던 싸이월드(명복을….)의 그의 홈피 대문

글(요새로 치면 프로필)에는 이렇게 적혀있었다.

'대화는 만나서 합시다.'

그때도 대문 글의 그 개념은 멋지다고 생각했다. 하지만 '앞으로 어떤 계획도 일절 하지 않겠다'는 그의 말은 스스로 하는 허풍쯤으로 들었던 것 같다.

그는 장교로 전역했고, 결혼을 했고, 유학을 떠났다. 유학을 떠나기 전, 그러니까 내가 두 번째 대학교의 졸업 영화에 2천만 원쯤 때려 박고 나서, 신속히 휴학 후, 메이플 스토리의 새로운 캐릭터 티져 영상 연출 알바를 할 때 즈음에 그를 만난 적이 있다. (넥슨 본사에 그때 만든 영상에 쓰인 그 캐릭터 조각상이 아직 서 있... 카이저, 잘 지내니?)

그러니까, 알 사람은 알만한, 영화학교에서 단편영화 하나에 자기 모든 게 달려있다고 착각하다가, 막상 졸업 직전에, 계약은 고사하고 미팅 한 번 성사시킬 100장짜리 장편영화 시나리오 초고 하나 없다는 게 무슨 의미인지 깨달은 시기.

조바심과 자괴감과 악에 받친 자의식과 온갖 스텝들과의 온갖 자존심 다툼과 실망과 절망과 후회와 참회와 현실 인식과 발등에 떨어진 불의 열기를 느끼던 시기.

이른바 '망했어, 젠장. 나는 머저리야. 니들도 마찬가지고 제기
랄!' 시기.

그때 J가 찾아와 내게 이렇게 말했다.

　　　　"형, 저 영화를 하고 싶어요."

유학을 간다는 소식을 전하러 오랜만에 내가 다니는 학교까지
찾아온 그였다. 그런데 갑자기 웬 영화?

　　　　"가서 하는 공부는? "
　　　"공동체 교육, 청소년 교육 같은 걸 공부할 건데,
돌아와서 영화를 만들고 싶어요. 거기서 그것도 공부해야죠."

뭔가 이런저런 궁리와 고민 끝에 연결고리도 찾고 의미도 찾
고 방법과 과정도 모색한 듯했다.

　　　　"굳이 그런데 왜 찾아와서 물어봐?
　　난 뭐 하나 이룬 것도 없고, 너나 나나 다를 바 없는데."
　　　"제가 생각하는 게 맞는지 듣고 싶어서요."

J가 내게 맞고 틀린 것에 관해 묻고 내가 그에 답하는 것이, 종

종 있던 대화 중 다수를 차지했었던 기억이 났다. 'principle'의 감독과 '영화과 없는 대학의 영화동아리 선배'의 대화란 그런 식일 수밖에.

하지만 나는 지치고 착잡한 휴학생이었고, J는 거칠 것 없이 여기 아닌 다른 곳으로 내달리기 직전의 신혼 남편이었다. J는 내게 핵심을 물었고 대답을 듣기 원했다.

"제 생각이 맞는 걸까요, 형? "

J는 공동체에 관심이 많았다고 내가 아까 말했던 바, 그 J가 고심한 결과, 영화야말로 '함께' 만드는 것이었다.

그는 그러니 영화를 만들 것이라고 했다. 원하는 공부도 마치고 돌아와 영화도 만들 것이다. 영화를 매개로 공동체를 가꾸고 교육하고 자신도 성장할 것이다. 그리고 그러기 위해 어떤 순서로 무엇을 해야 하는지, 무엇이 필요한지 물었다. 그는 대학 시절 만든 두 편의 단편은 그 과정에 아무런 도움이 되지 않는다는 자기인식도 있었다. 처음부터 다시 진지하게 시작해서 차근차근 겸허하게 해나갈 것이다. 나는 J의 그런 마음가짐을 모두 알 수 있었다. 그는 한 번도 진지하지 않은 적이 없었다. 탄원서에 서명을 받을 때도 그랬다. 그리고 나도 진지하게 J와 대화에 임했다. 난 진지하게 물었다.

"영화를 공부하고 만든다는 게

지금 네가 계획을 세우는 대로 되진 않을 거야, 절대로.

목적에 부합시키려고 하면 다 꼬일 거야.

영화를 그냥 좋아하다 보니 어쩌다 이 지경이 되어야지.

어쩌다 이 지경이 된 나도 지금 그야말로 이 지경인데."

J는 내가 어떤 지경에 처했는지 물었다. 나는 벽에 부딪혔다고
간단하게 말했다. J는 간단하게 다 알아들었다. 나는 덧붙여 말
했다.

"계획은 아무 의미가 없어. 의미부여도 의미가 없고.

지금 당장 하고 싶은 이야기가 있어?

지금 당장 찍고 싶은 장면이 있어?

넌 꼴려서 해놓고 보자 싶은 걸 전력투구해서 하잖아.

그렇게 해야지. 영화를 해야겠단 이유를 찾아서 끼워 맞추는

것 같기도 하고, 아님 상충하는 뭔가를 합칠 묘수를 찾아냈다

고 생각하는 것 같기도 하고.

이 상황은 내가 아는 너에 안 들어맞는데."

"그럼 일단 가서 뭐라도 찍고 만들어 보는 것 정도가

최선이겠네요."

"응. 그건 언제든 가능한 방법이지.

맘이 생기면 언제든지 만들면 돼.

'이러이러한 것을 위해 영화를 해야겠다' 라고

큰마음을 먹고 접근하는 게 더 스텝을 꼬이게 하는 것 같아.

내가 그 당위를 찾아주거나 거기 힘을 실어주는 게

문제를 해결해주는 것도 아닌 것 같고."

J는 내 말을 듣고 이런저런 생각이 복잡해 보였다. 하지만, 그는 영화를 만들 것이다. 시도라도 할 것이다. 그리고 거기서 자신의 유학 기간 중 배우는 공부와의 접점을 찾을 것이다. 그리고 그 논리와 당위에 대한 나의 피드백은 조금은 심심한 반응이었을 것이다. 하지만 J는 진지하게 내게 물을 것을 가지고 왔고, 나의 대답은 그의 방문 목적에 부합했다. J도 그것을 알고 있었다. 하지만, 그렇다고 내가 그의 '영화'를 단념시킬 만큼 강한 메시지를 주지도 못한 것 또한 사실이었다. 내 정신 상태는 그럴 생각이 있을 만큼 여유롭지도 못했다. 하지만, 의외로 그 당시 나의 솔직하고 과격한 고백이 그를 단념시켰다.

"그리고, 영화는 같이 하는 게 아니야.

영화는 감독이 혼자 꿈꾸는 걸 눈에 보이게 바꿔서

나머지 모두를 설득하는 게 전부야.

영화를 한다는 게, 스태프로 참여하겠단 말이 아니잖아.

네 영화를 만들겠단 말인데,

돈 대주고 뒤로 물러나 있겠단 것도 아니고,

이름만 어디 올리면 된다는 것도 아니고,

넌 '나의 영화'를 만들겠다는 건데,

'나의 영화를 모두 함께'라고 하면 그 나머지 모두는 뭐가 돼?

차라리 내 걸 하는데 도우라고 말하는 게 솔직하지.

돈 받고 할 일을 해라는 게 더 맞는 말이지.

'우리 모두의 것'이라고 말하려면

'결과는 어떻게 되든 상관없고 행복하게 과정을 즐기자'가

가능해야 될 것 같은데, 그게 정말 가능할까?

내 돈으로 내가 찍는 단편영화에서도 그게 잘 안되더라.

세상 모든 일에 그 정도의 어려움은 있다고 말할지도 모르지.

그럼 난 이렇게 말하겠어.

그러니까 우린 도대체가 모든 일을

그딴 식으로밖에 할 수 없는 건가..라는 회의에 빠졌다고.

그러니까, '영화를 만들어야지.'나 '영화계에서 일하겠다.'가

아니라 '영화를 하겠다'는 건 이런 거겠지.

혼자는 할 수 없는, 그런데 어쩌면 단지 나의 망상일 뿐인,

하지만 대체 불가한 유일한 욕망으로서의 '나의 영화.'

그 비전을 어떻게든 형상화하겠다.

이게 '함께' 하는 것을 전제하고 그 가치를 수호하는 영역일까

싶은 거야. 그걸 하겠단 거야, 네 말은."

나는 아직 일어나지도 않은 J의 영화 만들기의 모든 과정에 과

몰입해서 랩처럼 내뱉은 후에 그 당시 의심해 마지않던 생각을 냅다 던졌다.

"영화는 ㅆㅂ 혼자 하는 거야."

J는 심플하게 대답했다.

"맞네요. 무슨 말인지 알겠어요. 그럼 안 되겠네요.
제가 완전 헛다리 짚은 거 같아요. 고마워요, 형."

그때의 내 조언이 J의 앞날에 크나큰 영향을 끼쳤다고는 절대로 생각하지 않는다. 조언이 사람을 바꾸는 것이 아니라, 서로에게 집중한 대화가 각자의 생각을 정리하게 해주는 것이 맞을 것이다.

J는 스스로 충분히 생각하고 나아갔을 것이다. 타인의 말을 참고할 수 있다면, 스스로도 정할 수 있단 말이다. 오히려 난 그때 J에게 했던 나의 말에 갇혀 여러 해를 힘들게 보냈다.

다행히 지금은 그렇게 생각하지 않는다. 다행히 지금은 J의 그 '무계획의 경이로움'에 대해 허풍이라 생각하지 않는다. 다행히 나는 이제 '모든 건 그때그때 다르다'라는 말이 진짜 문자 그대로의 뜻이 담긴 말이라고 생각한다.

얼마 전, 정말 오랜만에 중고로 카메라를 샀다. 예전에 쓰던 펜탁스 MX와 처음 써보는 소니 미러리스 카메라다. 펜탁스 카메라는 다시 팔지도 모른다. 그리고 다시 살지도 모른다. 그래도 괜찮다. 필요한 누군가에게 주게 될지도 모를 일이다. 그 참에 얼굴도 한 번 보면 딱 좋겠다 싶은 누군가에게 문득 전화를 걸지도 모를 일이다.

물건은 늘어나기도 하고 줄기도 한다. 내게 어떤 물건이 있는지, 그리고 그걸 왜 지니게 되었는지, 그리고 그 이유가 여전히 유효한지가 중요하다. 그러니, 사진을 찍으면 될 일이다. 필름으로 사진을 찍는 것이 여전히 좋다면. 파리가 여전히 궁금하다면. 냄새나던 센느 강 어귀에서 단단하게 잘 말아 쟁여놓은 담배를 꺼내 물고 침낭을 베고 눕는 게 비행기 값을 잊게 해줄 만큼 땡기면. 월세를 날리면서 집을 비워두고 몇 달 일한 돈을 홀랑 다 까먹고 돌아와도 그게 땡기면.

그럼 그러면 될 일이다. 중요한 건 지금의 내가 원하는 것. 그뿐이다. 이것은 이기적인 것이 아니다. 내가 '베베 꼬인, 좀 별로인 인간이 아니게 되는 것'이 남에게도 이롭다. 그게 싫어질 수도 있다. 그럼 어떤가. 물건은 제 역할을 다 했다.

아니, 있는 동안, 제 역할을 다 하게 해주는 것. 그게 우리와 물건 사이에 필요한 의미의 전부다. 그때그때 자신에게 솔직하게 집중하면 된다.

촬영 알바를 갈 땐 그때그때 빌리는 장비와 스텝 구성이 바뀐다. 소규모로 촬영할 일에 더해 혼자서도 가능하겠다 싶은 일들이 생겨나서 산 미러리스 카메라다. 그리고 이제 남에겐 전혀 무용하고 심지어 보여지지도 않을지 모를 무엇인가를 혼자 찍고 있다. J에게 소리높여 말할 때처럼 그야말로 '혼자' 찍고 있는데, '씨ㅂ 혼자 하는 거야.'라는 생각은 들지 않는다. 예전엔, '제대로 된 영화'를 찍는데 필요한 에너지와 아이디어를 낭비하는 것만 같아 절대 시도하지 않던 짓이다.

'절대'라는 것은 없다. 그렇게 '쓸데없이 절대적인 기준', 그러니까 마치 돌판에 새긴 'principle' 마냥, '이데아에 한참 모자라고 못 미치는 자신'을 비추던 거울은 다 박살 나고 있다. 회색 면티와 뉴발란스 992만 입는다고, 남는 시간에 내가 아이패드 미니미나 페이스 노트 따위를 만들었던가 말이다. 오히려 창조에 방해가 되는 것을 없애기 위한 '원칙'을 고수하겠다느니 진상을 피우다 창조할 시간 따윈 없었던 게다.

그러니 모든 건 그때그때 바뀌는 거다.

일관성을 유지하려 애쓰지 않아도 된다. 물건을 버리거나 아끼는 물건을 누군가에게 주는 것이 반복되면 그걸 몸으로 체험하게 된다. 그 물건을 들여놓은 것도 나, 그 물건을 비우고 있는 것도 나다.

그때도 그때엔 지금이었고, 지금도 지금이고, 장차 그때가 지금이 될 게다. 순간만이 있다.

Like water

이소룡의 유명한 인터뷰가 있다.

'Like water.'

그는 물처럼 움직이라고 말한다. 물은 주전자에 담으면 주전자 모양이 되고, 접시에 담으면 접시 모양이 된다. 물은 높은 곳에서 낮은 곳으로 흐른다. 물은 세차게 흐르면 나무를 부러뜨린다.

지닌 기질 그대로.
순간에 집중하기를.
다른 저의 없이 그냥 보이는 그대로기를.
물처럼, 혹은 아이처럼.

그게 아니라면, 아무 생각 없이 아무 데서나 온종일 식빵 굽고 졸고 있는 길고양이처럼. (고양이가 짱이다. 귀여우면 다다)

레고를 보며 J를 떠올리고, J를 떠올리며 J와의 대화를 기억한 것은 정말이지 초심자의 행운처럼 내 시작을 손쉽게 해주었다. 자칫 물을 거스르는 것처럼 힘겹게 시작할 수도 있는 것을, 위에서 아래로 흐르듯 자연스레 시작할 수 있게 되었다. 물론, 이후의 시행착오가 있었지만, 그 순서와 그 첫 방식이 연결해 준 또 다른 것들이 나를 숙달시켰다. '이왕이면 맞춤으로.'

혼자 고립되지 않고 사람들을 만나면서 물건을 줄이는 방식. 뭔가에 이바지하고 연결되는 방식. 물건은 물처럼 흐른다. 손에 쥐고 팔로 감싸 안고 있으면 고인 물이 썩는 것처럼 악취를 풍기게 된다.

그리고, '자연스러움'은 이후 내게 중요한 기준이 되었다. 말하자면, '그냥 그때그때.'

은연중에, '내가 맘에 들어 하는 것'과 '나를 마음에 들게 여기는 것'에 집중하게 되었다. 어떻게? 뭐 그냥 자연스럽게.

덧1

이 모든 것을 이미 20대일 때 알고 있던 J가 멋져 보였다. (뭐,
알고 말했겠나 싶기도 하다. 그래도 말로 내뱉은 바의 퀄리티
라는 것도 있으니까.) 그 녀석의 아이들에게 멋진 아저씨가 될
거라 생각하니 신이 나 레고의 먼지를 털었다. J는 큰아들과 함
께 집으로 찾아왔다. 레고를 보자 '우와' 하고 소릴 내는 아이
에게 '프린츠' 유리컵을 꺼내 마실 것을 따라 주었다. 나름 예
쁜 컵을 고르던 중에 이런 생각이 들었다. '이 컵은 버리지 말
자. 그럼 다른 컵들을 다 살펴봐야 된단 뜻이네. 컵, 그릇, 식기
를 비우자.'

덧2

J는 유학을 무사히 마치고 왔고 여태껏 영화는 찍은 바 없다.
(요즘은 유튜브를 한다) J와 그의 아내는 네 아이를 홈스쿨링
으로 키우고 있다. 그들은 청소년 놀이문화연구소를 운영한다.

덧3

그때 수많은 물건더미 속에 처박혀 있어 결국 찾아내지 못했
던 레고 조립 설명서는 책장까지 비운 후에야 찾았다. 이걸 빌
미로 얼굴을 한번 보자며 간혹 연락을 한다.

잘 먹고 잘사는 법

- 전쟁 같은 삶 말고.

또렷해지는 '의', '식'

퇴원 후 2주 뒤부터 살살 걷기 시작했다. 병원에서는, 배에 찬 복대를 잘 때 말고는 한 달 동안 절대 풀지 말라고 했다. 한 달 뒤엔 양반다리를 하고 벽에 기대 한동안 앉아 있을 수 있게 되었다. 그즈음, 버스를 타고 가까운 거리를 가보려 시도했다가, 버스가 과속방지턱에 들썩이는 순간 허리의 고무바킹이 빠진 것 같은 느낌이 들어 바로 내린 적이 있다. 그다음 달이 되어야 버스에 탈 수 있었다. 결국엔 약 두 달 정도는, 걷지 않을 때는 가능한 한 움직이지 않고 다리에 쿠션을 받쳐 가만히 누워있었던 셈이다. 누워서도 노트북은 열어볼 수 있고 책도 읽고 사람들과 연락도 할 수 있다. 하지만 누워서 절대 할 수 없는 것이 있으니 그건 바로 끼니 때우기. 누가 '누워서 떡 먹기'라는 말을 만들었나. 한 번 해보라. 이왕이면 인절미로.

작은 방에 가만 누워있으면 정면에 채도가 빠진 분홍색 암막 커튼이 보인다. 그것은 10년이 지난 물건으로, 3번의 이사를 거치는 동안 언제나 내가 자는 방의 창문을 가려주는 귀한 물건이었으나, 이번 집으로 이사 올 땐 다른 용도로 쓰였다. 내게 그 분홍색 암막 커튼은 궁상맞은 자취생활의 상징으로 여겨졌다. 그래서 작은 방 창문에 그 커튼을 걸지 않았다. 하지만 버리기에는 정이 많이 들기도 했고 여전히 멀쩡하기도 하여, 어디에 쓸까 고민을 하다가 지금의 위치에 달게 된 것이다.

작은 방에는 깊이가 꽤 깊은 붙박이장이 있다. (문틀까지 합치면 약 80cm? 말하자면 작은 방의 4분의 1 정도는 붙박이장이라는 얘기.) 그 붙박이장에는 원래 있어야 할 문이 없다. 처음 집을 보러 왔을 때, 전에 살던 이들은 거기에 큰 책상을 넣어두고 작업대로 쓰고 있었다. 하지만 나는 원래 용도대로 그 안에 행거를 조립해 넣었다. 자취생이라면 누구나 한 번쯤 조립해보는 그 행거. 충분히 압력을 견디도록 단단히 길이를 늘여 짱짱하게 조립하지 않으면 언젠가 와장창 무너지는, 처음엔 싸구려 행거의 품질을 탓하다가, 몇 번 다시 조립하다 보면 요령이 생겨, 질려도 당최 부서지거나 무너지지 않아 교체하기 애매해지는, 가성비를 인정할 수밖에 없게 되는 그 행거. 그 앞에 암막 커튼을 달았다. 심란한 옷장이 흐리멍덩한 단색으로 뒤덮였다. 최선은 아니지만, 최악도 아니게 되었다.

그렇다면 창문은? 잘 때 혹시나 불빛이 새어 들어올까 봐 암막 커튼을 치고도 안대까지 하고 자는 버릇이 있던 나는, 이사하고 남은 박스들을 잘라 창문을 막고 그 위에 흑지를 붙였다.

그리고 잡지나 사진 따위를 찢거나 오려 붙였다. 그놈의 꼴라쥬 짓을 하는 건 상당히 오랜만이었다. 대학교에 다닐 땐, 동아리방의 네면 전체를 꼴라쥬로 도배했었다. 심지어 한 장 한 장 찢어서 가장자리를 은은하게 라이터 불로 그을려가며. 시간 날 때마다 그 짓을 해서 동아리 사람들 모두가 중독되었고, 급기야 합심하여 그 꽉 찬 꼴라쥬 위로 몇 겹을 더 덧붙일 지경에 이르렀다. (그때 그 벽을 주인공 삼아 '꼴라쥬'라는 단편영화를 찍었지만, WMA로 뽑아놓은 640x480 해상도의 그 영화는 파일이 깨져 이제 아무도 볼 수 없다.) 아무튼 그렇게 브랜 뉴 암실이 탄생했다.

하지만, 수건과 레고를 비워내고 나자, 그 꼴라쥬 한 창문이 좀 보기가 싫어졌다. 옷을 갈아입거나 새벽에만 마지못해 기어들어 오던 그 방에 낮에 누워있으니 또렷이 보이는 게 있었으리라. 처음의 생각은, 그냥 오래돼서 너덜너덜해지기 시작한 몇몇 사진 조각들을 떼어 내고 허리가 좀 괜찮아지면 다시 정비를 하자는 거였다. 그러다 사진 몇 개를 떼내자 다시 더 보기 흉해졌고, 일단 우선 다 떼어내자 싶어 처음 붙여놓은 박스 종이 채로 다 뜯어냈다. 그런데 다시 붙일만한 이미지들도 당장은 없거니와, 떼어낸 창문으로 햇빛이 들어오자 기분이 되레 좋은 거다.

그도 그럴 것이, 나는 밤을 새우고 어떻게든 눈을 붙이러 들어와 누워있는 게 아니라, 뜬 눈으로 거의 온종일 누워있는 것 아니냐. 원래 이 방은 방문을 닫고 불을 끄면 대낮에도 아무것도 보이지 않는 방이었다. 아파서 대낮에 그 상태의 깜깜한 방에 가만히 누워있으면, 약간..뭐랄까...미친 사람이 감금된 기분 비슷한 걸 느끼게 된다. 그런데 창문에 빛이 들어오니 조금은 살 것 같았다.

이런 상황을 종합해보자면, 나는 약 두 달을, 새벽에 동이 트기 시작하면 즉각 눈을 떴다. 슬며시 밝아진다 싶어서 눈을 뜨고 조금만 기다리면 방 전체가 하얗게 빛나는 게 실시간으로 보인다. 해가 질 때도 마찬가지니 해가 뜰 때도 당연한 것 아니겠나. 항상 카메라를 뻗쳐놓고 매직 아워를 기다려서 한 컷 건지려 하면 순식간에 하늘이 깜깜하게 저물고 마는 걸 매번 보지 않았나. 동이 트기 시작하면 좀이 쑤셔, 복대를 차고 롱 패딩을 걸치고 등산 스틱을 대신해 줄 장우산을 가지고 집 밖으로 나왔다.

걷는 게 그리 재밌는 일일 줄이야. 아무 생각 없이 왼발 다음엔 오른발, 이 지점 다음에 밟을 위치는 저기. 이것만 생각하며 걷는다. 그 시각엔 살살 걷는 내 속도와 비슷하게 걷는 사람들이 유독 많다. 그중 내가 나이가 가장 어린 듯하지만, 내가 제일 느리게 걷는 축에 속하기도 한다. 두 달 동안 눈도 오고 비도 오고 화창하기도 하고 바람이 불기도 했다. 어떤 날씨 건 발바닥과 다리와 엉덩이에 잔뜩 힘을 주고 천천히 두 시간쯤 걷고 들어오면 땀이 난다. 단 한 벌의 하의와 외투, 단 한 켤레의 신발, 그리고 속건성 티셔츠 몇 벌로 두 달을 능히 지냈다.

그렇게 걷고 들어와 아침을 먹는다. 하루 세 번 약을 챙겨 먹으라 했으니 밥도 세 번 먹어야 한다. 빨리 먹으면 그 뒤론 할 일이 없어 다시 누워야 하니 가급적 천천히 먹는다. 그러고 나서 다시 걷는다. 그리고 눕는다. 다음 끼니가 온다. 먹는다. 걷는다. 눕는다. 다시 먹는다. 눕는다. 걷는다. 해가 지고 깜깜해지면 바로 눈을 감는다. 마치 다음날 동트기만을 기다리며 오늘이 지나가길 기다리는 사람 같다. 사실이 그랬다. 그렇게 날짜가 지나가고 약봉지가 줄어들면, 시킨 대로 잘 걷고 스트레칭을 잘하고 잘 쉬면, 나아질 거라 믿는다. 그것만 생각한다.

일찍 자고 일찍 일어나고, 아침밥을 거르지 않고, 매 끼니 천천히 꼭꼭 씹어 먹는다. 먹고 난 뒤엔 걷는다. 이 당연한 짓을 처음 배운 것처럼 하고 있으니 보이는 게 있었다.

'의'와 '식.' 다시 말해, '이게 다 먹고살자고 하는 짓'이라며 막상 뒷전에 제쳐 둔, 먹고사는 짓의 품질.

뭐야 이게, 전쟁 시대도 아니고.

우리 집에서 걸어서 5분만 가면 크기가 어마어마한 농협 하나
로마트가 있다. (그 옆엔 '한국화훼농협'이라는 꽃 공판장도
있다. 거기도 무지 크다.) 나는 한때 바퀴 달린 장바구니를 끌
고 그곳을 한 바퀴 돌고 오는 걸 즐겼다. (Y에게 차가 생기고
킨텍스 이마트타운이 생기기 전까진 그랬다.) 거기엔 꽤 괜찮
은 가격의 과테말라 안티구아 SHB 원두도 있고, 옛날식 왕돈
까스도 세트로 파는 엄청 유명한 소바집도 있다.

무엇보다 쌀 4kg을 이동식 장바구니에 싣고 설렁설렁 걸어오
기에도, 야채가 필요할 때 한두 개씩 사 오기에도 무척 가까워
콧바람 쐬기에 제격이다. 덤으로, '지하실에서 키우면서 까먹
고 몇 주씩 물을 안 줘도 죽지 않을 것'이라는 식물을 하나 사
들고 와서, 정말 그런지 실험해보기에도 좋을 대규모의 꽃시
장도 있는 것이다. (지금 내가 키우는 스파트필름의 별명은 '
쥬만지'다. 분갈이를 두 번 해주었음에도 여전히 화분이 터질
듯 자신만의 정글을 확장하고 있다.)

이동식 장바구니를 들고 마트에 가는 재미가 시들해지는 만
큼, 인터넷 배송 사이트는 빠른 속도로 발전했다. 새벽 배송과
총알 배송, 그리고 맛집 배달이라는 최첨단 서비스의 시대가

도래했다. 편의점에는 베트남 쌀국수와 마라탕 면, 우육탕면과 야채 쌈밥 도시락, 심지어 1kg짜리 1+1 대패 삼겹살까지 등 장했다. 나는 마켓컬리와 쿠팡, SSG와 배달의 민족에 충성했다. 모든 개별 포장된 음식 1인분의 양은, 감질나게 해서 도리어 더 먹게 하려는 상술로 여겨졌다.

'최소주문가격'이라는 신비로운 세계의 기묘한 물리법칙으로 인해 먹으면 먹을수록 쌓이는 남는 음식들, 그램 수를 비교하며 조금이라도 싼 가격에 1+1으로 파는 것을 집어 들고 와 냉장고 가득 자리한 냉동식품, 베이컨, 카레, 빙벽처럼 꽁꽁 얼어붙은 고기들, 고기 먹을 때 제발 한 번쯤 먹자며 가열차게 카트에 싣고 온 채소들.

한 번씩, 지난해나 지지난해에 만들어져서 이젠 더 이상 먹지 말라는 싸인을 보내는 음식들을 5L짜리 음식물쓰레기 봉투 세 개쯤에 차곡차곡 나눠 담고 나면, 어김없이 특판이랍시고 파는 고기나 먹지도 않을 야채 따위를 장바구니에 생각 없이 채우지 말자거나, 앱으로 배달음식 따위를 주문하지 말자는 등의 다짐을 한다. 그러다가 이상한 결론에 도달한다. '차라리 한 번씩 마트에 가서 유통기한이 길고 먹기도 간편한 레토르트 식품을 왕창 사 오란 말이다.' 윙?

분기마다 한 번쯤 있는 냉장고 청소가 야기한 '생각 없이 먹고 산 죗값'과 그에 따른 자책은, 다른 쪽으로도 이상한 알뜰함을 견지하는 동력이 된다. 찬장 문을 열면 쏟아질 듯 위태롭게 쌓인 락앤락 플라스틱 용기들. 수십 개의 나무젓가락. 플라스틱 숟가락. 한 번쯤 규모가 큰 촬영을 마치고 나면 생겨나는 믹스커피들, 종이컵, 1.5L 스포츠음료들, 하나씩 포장된 각종 초콜릿(흔히 제작박스라 불리는 것에 들어찬, 사실 그렇게 많이 쟁여놓을 필요도 없지만, 막상 없으면 당 떨어진 스텝들이 민중봉기 직전의 표정을 지을지도 몰라 준비하는 주전부리들 일체.) 나름 알뜰하게 써볼 요량으로 사놓은 일회용 빨대, 일회용 음료 컵, 컵 뚜껑, 심지어 까페에서 테이크아웃한 커피의 일회용 잔에 끼워져 있던, 이쁘다 싶어 모아놓은 컵 슬리브들. 어디선가 어떻게 생겨난 수저들, 그릇들, 컵들, 유리잔들.

이건 누가 봐도 과하다. 하지만 시간이 없다거나 신경 쓸 겨를이 없다고 핑계를 댄다. '이런 건 중요한 게 아니야. 그래도 종류별로 모아서 처박아 둔 게 어디냐? 끼니를 거르지 않는단 게 중요한 거 아냐? ' 안보이니 없는 척하는 먼지처럼 대충 뭉개고 넘어간다. 이제 그럴 순 없다. 누워 있을 때도 그렇지만 걸을 때야말로 이런 '중요하지 않은 문제'를 문제 삼기 적합하다. 매 끼니 후 한 시간에서 두 시간. 하루에 최소 네다섯 시간. 생각할 시간이 없단 핑계는 이제 댈 수 없다.

예를 들면 락앤락. 못해도 서른 개는 넘을 거 같은 그 밀폐 용기들. 김치 한 포기를 능히 담을 수 있는 크기에서부터 양파 반쪽을 겨우 넣을 수 있는 사이즈까지. 그나마 뚜껑에 붙은 고무패킹을 일일이 빼서 씻고 완전히 마른 뒤에 결합하여 깨끗한 상태를 유지하는 그릇은 손에 꼽는다. 나 혼자 살면서, 대부분의 그 용기들은 썩은 음식에서 풍기는 냄새를 막는 용도 이외에는 전혀 아무런 기능도 하지 않잖아. 애초에 거기 담긴 것이 없으면 그 락앤락을 박박 씻어 다시 찬장에 쌓아놓을 필요가 없지 않나.

또 다른 예로 내가 매일 밥을 담아 먹는 그릇. 보통, 그릇 세트에는 국그릇과 밥그릇이 있다. 거기에 수저와 수저받침, 간장종지 같은 것들이 함께 들어 있다. 조금 종류가 많은 세트에는 대접이라 불릴만한 면그릇도 추가된다. 내겐 그 모든 사이즈의 그릇들이 적어도 서너 개씩 있었다. 나는 자취 기간을 통틀어 접시와 컵을 깨 먹은 적이 거의 없다. 그 말은, 자취를 하는 내내 어디선가 생겨난 그릇들이 차곡차곡 쌓여왔다는 얘기다. 그리고, 그럼에도 나는 항상 대부분의 끼니를 단 하나의 그릇으로 먹곤 했다.

좀처럼 세트로는 찾아보기 힘든 사이즈의 그릇도 있는 법이다. 예를 들면, 양푼이라고 할만한 사이즈의 사기그릇. 나는 그 사이즈의 그릇이 세 개 있다. 그 크기의 그릇 하나에, 면 요리를 가득 담거나, 이것저것 한데 섞어 볶은 볶음밥을 담거나, 이도 저도 아니면 밥에 달걀에 간장과 참기름과 고추장 볶음을 때려 넣고 비벼 먹었다. 가끔 닭볶음탕이나 국을 하면, 그 양푼 만한 그릇 하나엔 국을, 다른 하나엔 밥을 담아 먹었다.

우리 동네의 자랑인 그 거대 농협 하나로마트 바로 옆에는 CJ E&M의 세트장이 있다. 가끔 방청객으로 보이는 사람들이 길게 줄을 서곤 한다. '쇼미더머니', '슈스케'와 '프로듀스101'도 그곳에서 촬영을 했다고 한다. 내가 즐겨보던 '마스터 셰프 코리아'도 촬영을 했었다면 한 번 구경을 하러 갔을 텐데.

'마셰코'는 첫 시즌부터 셰프들의 직설적인 말투로 화제가 되었다. 그중 김소희 셰프의 캐릭터가 내겐 너무 재미있었다. 부산 자갈치 시장에서 식당을 하는 어머니 밑에서 자라, 비엔나에 패션과 디자인을 배우러 유학을 갔다가, 그곳에서 일식집을 차린 후 요리를 독학하기 시작한 독특한 이력의 김소희 셰프는, 이른바 '넘사시러워서 살가운 말 잘 못 하는', 단점을 지적할 땐 호되게 독설을 하는 캐릭터로 자리매김했다. 한 참가자와는 몇 마디 뾰족한 말을 주고받다가 참가자가 도중에 앞치마를 벗고 그 길로 본선에서 자진 하차하는 장면을 만들어내기도 했고, 시즌이 계속될수록 한마디씩 진심 어린 조언과 배려로 참가자들을 감동시키기도 한다. 그 많은 장면 중에 내게 각인 된 순간이 있다.

참가자 중에는, 고급스러운 유럽 요리의 종류를 잘 아는 미식가 기질의 참가자나, 요식업에 오래 종사하며 한두 가지 요리에는 자랑할만한 내공이 쌓인 참가자도 있지만, 어느 정도 요리를 즐기고 이런저런 요리를 자기 방식으로 해보거나 그럭저럭 맛나게 만드는 정도의 참가자도 있었다. 성씨가 배 씨고 대구에서 식당을 한다는 참가자가 그런 케이스였다. 내가 봐도 어떤 맛일지 예상이 갈 정도의, 그렇지만 예상 가능하다는 것이 단점이라기보단, 그 음식의 맛을 예측할 수 있기에 나름 맛있어 보이는 음식을 만드는 그 참가자에게 관심이 갔다. 그가 어느 단계까지 올라가서 어느 정도로 레벨업이 될지도 궁금했다. 배 씨에 대구 사람이란 것도 관심에 한몫했다. (단순히 내가 배 씨에 대구 사람이라 그렇다.)

미션에는 시간 제약도 있고 익숙하지 않은 재료로 익숙하지 않은 요리를 해야 하는 어려움도 있다. 김소희 셰프는 슬쩍 지나가며, 요리를 하는 도중에 조금 버거워하는 참가자에게, 시크하게 격려 비슷한 말을 한두 마디 해주었다. 그는 긴장했고 잘하고 싶었던 것 같다. 그의 요리는 내 눈엔 훌륭하진 않아도 나쁘진 않게 완성되는 것 같았다. 바게뜨와 닭요리, 디저트도 시간 내에 만들어냈다. 만약 내가 뷔페에 간다면 그렇게 담아와서 맛있게 먹을 것이다. 큰 실수를 하지 않고, 간도 적당히 맞게, 하지만 탁월진 않게 완성되었던 것 같다. 볼 때 내 느낌은 그랬다.

그런데 김소희 셰프가 그를 평가할 차례가 되자, 그녀는 참가
자의 음식이 가득 담긴 접시를 비스듬히 들고, 나이프로 음식
을 한 부분, 한 부분 쓸어서 쓰레기통에 밀어 넣기 시작했다.
뭐라 뭐라 하면서 하나하나 지적한 것 같은데, 정확하게 기억
나는 말이 있다.

'전쟁 시대도 아니고, 한 접시에 이게 다 뭐에요.'

전식, 후식, 디저트. 다 먹자, 맛있게 다 먹자. 서비스로 이렇게
퍼 주면 맛있게 먹을 텐데. 김소희 셰프는 단 한 입도 먹지 않
고 죄다 쓰레기통에 쏟아 넣었다. 마치 이렇게 말하는 듯했다.

'전쟁 통에, 참호에 수그리고 앉아서 꾀죄죄한 몰골로,
주변에 있는 먹을 만한 걸 모조리 반합에 때려 넣고
급하게 주워 삼키면야 뭐든 맛있겠지. 지금 이 음식도.
아니 그것보단 맛있겠지, 이 음식은.
그런데, 지금 우리가 그런 삶을 살고 있니?
매 끼니 먹을 때마다 이런 아사리판 한가운데 살고 싶니? '

새벽 산책을 마치고 양푼이 크기의 그릇에 햇반과 카레, 계란
후라이를 얹어 숟가락을 뜨다가 갑자기 그 장면이 떠올랐다.
찬장과 냉장고를 죄다 열어 놓고 훑어봤다. 아사리판. 뭐, 또

한 번 분기마다 있는 푸닥거리의 순간이 온 걸까. 아니, 그거랑은 좀 달랐다. 리셋 말고 방향 전환.

'먹기 편하게 큰 그릇에 가득 담아서 한 끼 때우고
잔뜩 배만 차면 되는 게 아니잖아.
배가 고파서 더 먹는 게 아니잖아.
네 삶이 그토록 치열해서
전투적으로 주워 삼켜야만 하는 것도 아니잖아.
뭘 그렇게 전쟁 통에 겨우 연명하는 것처럼 굴고 있어.
할 거 하면서 인간답게 살자.'

김소희 셰프는 마셰코 방영이 끝나고 어느 인터뷰에서 이런 이야기도 했다. (문자 그대로는 아니지만, 맥락은 이렇다.)

'우리 몸은 자기한테 뭐가 부족한지 알아요.
뭔가 먹고 싶단 건 지금 내 몸에 그게 필요하단 거에요.
그런데 그 센서가 제대로 작동하려면,
정말 원하는 걸 필요한 만큼 먹어야 해요.
매 끼니, 자기가 정확히 원하는 양질의 음식을,
적당히 먹어야 한단 거죠.
그게 어렵거나 사치스러운 게 아니거든요.
영양소나 균형 잡힌 식사 이런 얘기는 그 뒤에 챙기는 거고,
일단 한 끼 때운다는 거부터 인식을 바꿔야 해요.'

심플 플랜

정해진 시간에 삼시 세끼를 챙겨 먹고 규칙적으로 걷기 시작하니 매우 심플한 우선순위 두 가지가 정해졌다.

1. 속이 더부룩해지는 것을 먹지 말자.
2. 저녁에 많이 먹지 말자.

그 두 가지 이유의 목적은 다시 하나로 수렴된다. 건강을 위해? 영양분을 골고루 섭취하기 위해? 이 기회에 몸속 독소를 배출하는 올바른 식습관을 가지려고? 아니다. 그 목적은 이렇다.

"화장실 가는 거 힘들어. 쾌변이 아니면 더 힘들어."

골반이 상체를 지탱하며 동시에 괄약근에 힘을 주는 일이, 그리고 앉은 채로 허리를 한쪽으로 돌리는 행동이 허리디스크 환자에게 얼마나 위험천만한 모험인지, 겪어보지 않은 사람은 절대 모른다. 하지만, 경험자들은 입을 모아 그것부터 주의시킨다. I도 그리 말했다. (맹이 전화해서 내가 받을 시술의 효과와 위험성을 물어본, 허리디스크가 터진 그 후배이자 J의 동기이자 동거인. 매번 이렇게 쓰기 귀찮아 이니셜을 하사하노라.)

"형, 앞으로 화장실 갈 때 핸드폰 꼭 챙겨요."

그러니 난 매번 양변기에 앉아 사투를 벌이기 싫다. 피할 수 없다면, 가급적 혹시라도 지인들이 급히 달려와 줄 수 있는 낮 시간으로 한정하겠다.

그럼 일단 기름지거나 튀긴 음식, 밀가루 등을 덜 먹고, 식이섬유를 섭취해야 되는 건 당연한 이치이고, 먹는 양도 줄여야 했다. 화장실 이슈를 제외하더라도 양을 줄여야 하는 이유는 또 있었다. 복대를 푸는 유일한 시간, 누워있는 시간 동안 아무도 모르는 나만의 공포체험이 시작됐다.

똑바로 누워있기가 찌뿌둥해져서 조심스레 다리 사이에 쿠션을 끼고 옆으로 누우면, 내 복부가 중력의 영향으로 지면 쪽으로 쏠리는데, 그때 그 무게가 척추에 주는 하중이 고스란히 느껴지기 시작한 것이다. 마치 금문교의 무게를 지탱하는 케이블들이 팽팽해지고 철골들이 끼기긱 소릴 내는 기분이 든다. 그럴 때마다 기립근에 힘을 주고 허릴 펴려고 안간힘을 쓰며 다시 똑바로 누워 양쪽 요방형근 뒤에 마사지 볼을 끼워 넣고 무릎을 높게 받쳐야 경고음이 사라진다.

한때는 그런 생각을 한 적이 있다. 그냥 종류가 다양한 알약 같

은 게 있음 좋겠다는 생각. '먹는 낙'이라는 건, 내가 항상 무의
식적으로 먹고 싶어 하는 (혹은 우리 모두 대부분 어쩔 수 없
이 땡기는), 튀긴 음식, 기름진 음식, 매우면서 동시에 단 것,
지하철 환승 때마다 내 멱살을 잡는 델리만쥬, 짠 것, 감칠맛
나는 것, 이런 것들을 삼키는 순간에만 잠시 스치는 것 아닐까.
그러니 그 순간을 아주 잠깐 느끼게만 해주고 즉시 필요한 만
큼 배를 채워줄 알약이 있다면 밥 먹는 시간 따위 안 써도 될
텐데...

또 어떨 땐, 나에게 '식감'이라는 것은, 사실 모조리 '목 넘김'
으로 수렴되는 것 아닐까 싶기도 했다. 무슨 음식을 먹어도 씹
는 맛보다 삼키는 맛으로 먹는다 싶을 정도로 쓸어 담으니. 그
렇게 치면 빼갈이나 콜라가 최고의 음식 아닌가. 타는 듯 자극
되는 식도의 감촉. 하긴, 누군가는 내게 혈액형이 콜라의 C형
일 것이라고도 했다. 그는 내게 '역설적이게도, 타고난 건강의
반증'이라고도 했다. 그렇게 먹고 그렇게 사는데 아프지 않다
니... 이제 그 역설은 끝이 났다. 있지도 않은 전쟁 시대의 끝.
이제 사람답게 먹어야 한다.

아니, 거창히 말할 것 없이 심플한 이유가 생기니 고민하거나
오랜 시간 고찰할 필요가 없었다. 화장실에서 큰일을 치르다
실려 갈 순 없다! 이보다 더 간절한 이유가 있을 수 있겠나. 결
론은 났다.

소화 잘되는 음식을,

지금보다 적게,

기분 좋게 천천히 먹을 것.

내려고 하면 나는 것

그릇을 종류별로 두 개씩만 남기고 모두 누군가에게 주거나 버렸다. 두 명 이상의 손님이 올 경우, 크기가 제각각인 각기 다른 그릇을 모두 꺼내 대접한들 문제가 될 것은 전혀 없어 보였다. 그리고, 내 집에는 그리 많은 손님이 올 일이 별로 없다.

락앤락은 유리로 된 것들만 남겼다. 플라스틱으로 된 것들보다 유리로 된 것들이 씻고 나면 냄새가 밸 일이 좀 적을 것 같아서였다. 오래된 컵들도 버렸다. 버린 컵을 대체하여 오래 쓸 컵을 필요한 만큼 새로 샀다. 한 번에 여러 개를 사지 않으려 노력했다. 볼 때마다 예쁘고 마음에 들만한 컵들을, 용도를 고민하고 여러 개를 서로 비교하다가 하나씩 사들였고, 늘어난 만큼 기존의 것을 처분했다.

오래된 수저통을 버리고, 어디서 난 것인지 모를 수저들은 모두 버렸다. 새로 수저를 샀다. 끝이 눌어붙은 뒤집개는 버렸다. 나무로 된 것을 새로 샀다. 수저와 포크는 혹시 몰라 4인분만 남겼다. 그중 평소 안 쓰는 것들은 따로 서랍에 수납했다. 국그릇이나 면그릇보다 큰 그 양푼은 도저히 버리진 못하고 구석에 두었다. 양은냄비와 오래되어 타버린, 크기가 다양한 여러 개의 프라이팬들을 모두 버렸다. 질 좋은 프라이팬 하나와 깊이가 꽤 있는 웍 비슷하게 생긴 팬을 하나 샀다. 실컷 잘 쓴 뒤, 더 이상 쓰기 힘들다 싶으면 지체없이 새것으로 교체했다.

오래된 프라이팬을 더 쓰는 것이 알뜰한 것이 아님을 인정했다. 다른 걸 아끼고 건강하게 먹을 걸 해 먹자. 그걸 못하면서 다른 핑계를 대지 말자. 군데군데 구멍이 난 천으로 된 냄비 받침도 버렸다. 끝이 썩은 도마도 버렸다. 마음에 드는 냄비받침과 실용적인 소재의 도마를 샀다. 싱크대 아래에서 한 번도 꺼내지 않은 믹서기를 다 분해해서 박박 닦았다.

냉장고에 들어찬 과일과 야채가 곧 버려야 할 상태가 될 것 같다는 생각이 들 때마다, 믹서기에 죄다 넣고 갈아 마셨다. 음식물 쓰레기봉투는 2L짜리만 사두었다. 반찬은 꺼내서 끼니때마다 작은 접시에 따로 담았다. 국그릇에 국을, 밥그릇에 밥을 담아 먹기 시작했다. (국그릇은 뼈 통으로, 밥그릇은 계란 풀 때나 쓰던 나로서는 엄청난 변화다.) 소고기를 아주 조금씩 사서 그때그때 먹었다. 아스파라거스를 구워 먹었다. 식당에서 먹는 스테이크 못잖게 근사한 끼니를 눈 뜨자마자 아침에 먹는다는 것에 뿌듯해졌다.

빌레로이엔보흐 유리잔에 소위 '매실 온더락스'를 해 마시면 굳이 음료수를 사놓을 필요가 없다. 그 전엔 단 한 번도 고향 집에서 보내온 매실 원액을 다 먹은 적이 없었다. 그러지 못했던 이유는 단순했다. 근사한 컵에 담아 마시지 않아서다. 만들지 않으면 결코 생기지 않는, '여유'를 만들어내지 않아서다. 아무 컵에나 아무렇게나 따라서 얼음과 물을 섞어 휘휘 저어 한 컵을 원샷하면 될 것을, 그 전엔 그럴 여유가 없다는 핑계로 안 먹었다. 그때가 지금보다 정말로 그럴 시간이 없었을까.

우리 어머니의 명언이 있다. '힘은 내면 난다.'
그 말이 여기에도 그대로 적용된다. '여유는 내면 난다.'

마음에 드는 것들에 둘러싸여 있으면 없던 것들이 생겨난다. 그 반대도 마찬가지다. 딱히 마음에 들지 않는 것들이 눈에 띄는데도 그대로 두면, 은연중에 체념과 울분이 쌓인다. 평소엔 그걸 잘 모른다.

하지만, 마음에 들지 않는 것들을 버리기만 해도, 이를 확실히 알 수 있다. 부족하다고 느껴지고 뭔가 허해서 자꾸 사서 모으거나 버리지 못하고 쌓아두는 것으론 충족이 안 되던 것들이,

오히려 사는 것은 적어지고 버리는 것이 많아지면서 충족이 된다. (물론, 뭔가 사기 위해 이유를 들어 뭔가를 버리게 되는 부작용이 생길 수도 있지만, '뭔가를 사려면 같은 용도의 뭔가를 버린 후에.'라는 원칙 정도를 견지하면 그 부작용은 어느 정도 예방이 된다.)

버리지 못하는 것들의 존재 이유는 보통 '혹시나 하는 불안함'이거나 '아, 영광의 순간이여' 들이다. 그러니 우린 보통 혹시나..하며 불안해하며 살 게 되거나 '저땐 저랬지'라며 과거를 파먹고 뒷걸음을 치며 살 게 되기 십상이다.

'이건 없어도 돼. 만약 필요하면 그때 사면 돼.
그때 이걸 살 능력이 안 되면 어떡하냐고?
그럼 능력을 갖춰서 사야지. 꼭 필요하면 그렇게라도 해야지.'

'지금의 나는 저 때의 나에 못 미쳐.
아니, 저 때는 다 지나갔어. 지금 나는 그때와는 달라.
저건 그때엔 최선이었겠지만, 지금은 그렇지 않아.
이제 뭘 할 거야? 지금 뭘 해야 돼?'

이런 마음을 먹으려면, 단순하고 명확한 기능에 충실한 것들에 둘러싸여 하루하루를 보내는 경험이 필요하다. 정확히 자기 몫을 하는 것들을 사용하여, 의도를 관철시키고, 원하던 피드백을 얻을 수 있는 행위를 해보아야 한다. 다시 말해, 내가 지닌 것과 나 사이에 신뢰가 쌓여야 한다. 그 확실한 효능감을 직접 확인해야 한다.

그럴 여유가 없다고? 내면 나온다. 아니, 내야 한다. 왜 그래야 하냐고? 잘 먹고 잘살려고. 뭐가 잘 먹고 잘사는 건데? 글쎄. 그냥... 사람답게? 바쁜 척 힘든 척 어려운 척 잘나가는 척 모자란 척 불행한 척 행복에 겨운 척... 척척박사인 척 말고. 그냥. 나답게. 살려고.

플레이팅의 나비효과

'플레이팅의 중요성' 정도로 정리될 김소희 셰프의 독설짤은 내게 희한한 결과를 불러일으켰다. 시작은 거대한 양푼이 그릇에 밥을 먹지 말고 '그릇의 크기와 종류에 따라 먹을 것을 제대로 담아 먹자' 정도였다.

그러다가, 나는 음식물쓰레기를 버리는 날짜와 시간, 싱크대와 찬장을 정리할 요일, 냉장고를 한 번씩 비우는 날짜, 1주일에 한 번 장보는 시간을 정하게 되었다. 아침 식단과 저녁 식단이 정해졌고, 일주일에 먹을 육류의 양과 종류도, 각각의 반찬과 요리를 담을 그릇의 종류도 정해졌다.

한 달 식비로 쓸 알맞은 금액도 대충 견적이 나왔다. 내가 음료를 마실 때 입에 닿는 컵의 두께가 어느 정도 되는 것을 선호하는지 알게 되었다. 찬 음료와 뜨거운 음료, 아메리카노와 라떼, 차와 우유, 그냥 물. 모두 담아서 먹는 컵에 따라 맛이 다르다.

그러니까, 존재하는 것에는 이유가 있다는 의미에서 컵이나 식기는 여러 종류가 있어야 하고, 동시에, 가지고 있는 물건에 대해서는 꼭 필요한 이유를 댈 수 있어야 한다는 의미에서 컵과 식기는 딱 필요한 만큼만 있어야 한다.

들은 얘기로, 와인의 종류마다 담아서 마시는 잔의 종류가 다르다고 한다. 그러니까 입에 닿는 컵의 두께, 지름의 차이, 깊이에 따라 맛이 달라진다고 한다. 그러니 와인의 종류에 따라 어떤 잔이 더 어울리는지에 대해서도 전문가들은 말할 수 있다는 것이다. 나는 지금 고급스러운 취향이나 여유 부리는 허세에 대해 말하고 있는 것이 아니다.

내가 지닌 것에 관해서라면, 내가 어떤 사람인지, 내가 무엇을 선호하는지 말할 수 있어야 한다는 것이다. 아니, 내가 지닌 것들이 나를 말해준다고 해도 될 것이다. 그렇다면, 그것들이 내 통제나 설명 아래 있는 것이, 나 스스로에 대한 최소한의 존중 아닐까.

그렇게 자기를 존중하면 스스로 만족하기가 조금은 쉬워지지 않을까. 그리고 나면 남도 돌아볼 '여유'가 생기겠지.

'자연스럽게.'

그러니까, 말마따나 '각자도생' '무간지옥'이라지만, 말이야 바른말, 지금이 무슨 전쟁 시대로 아니고 말이다. '필요에 의한 당위'라는, 전 지구적 미니멀리즘의 관점에서 보자면, 경쟁에서의 비교우위를 판가름하는 전투에 임하는 자세가 아니라, 소박하게 자족하며 스스로 만들어낸 여유로 구제 활동에 임하는 자세가 더 필요하지 않을까.

그릇을 버린 썰로 이딴 소리까지 지껄이니 실로 나비효과.

덧1_아쉬탕가

퇴원 후 두 달이 지나고, 버스나 지하철을 타는 것이 더 이상 공포체험이 아니게 된 이후, 정통 아쉬탕가 요가를 가르치는 요가원에서 재활 요가를 했다. 처음엔 무릎 꿇고 앉는 것도 힘들었는데, 시간을 들여 끈질기게 시키는 대로 해보니 조금씩 나아지는 것이 느껴졌다. 동작을 잘하는 것이 중요한 것이 아니라 마음을 먹고 시간을 들이는 것이 중요하다는 것을 조금씩 깨우쳤다. 여유는 내보려고 하면 난다거나 힘은 내면 난다는 생각에 더해, 하려다 보면, 참기 힘들다는 생각을 버리고 하다 보면 어느새 된다는 걸 확인한 것이 매우 중요했다. 한 자세를 십분 넘게 유지하며 호흡에 집중하다 보면, 수업 시작 때 보다 훨씬 유연해진 몸을 확인할 수 있었다. (선생님 성씨도 배씨... 이 글의 출연자들은 오늘 이 글을 위해 모두 성씨를 통일한 건가.)

10회의 재활 수업이 끝난 후, 그럴 생각까진 없었는데 요가 매트와 밸런틱(요가 할 때 쓰는, 지압봉처럼 생긴 나무 스틱)을 샀다. 물건이 늘었다는 것에 대한 핑계는 아니고⋯. (왜 변명하고 있지?) 몸이 어떤 상태일 때 어떤 걸 하면 어디가 어떻게 개선되는지 알게 되었다는 것이 내겐 엄청난 일이다. 내가 할 수 있는 건 기껏해야 지압 마사지나 간단한 스트레칭 정도의 동작들이지만, (아쉬탕가 프라이머리 시퀀스에 나오는 동작의 십 분의 일도 제대로 해내지 못한다.) 지금도 한 번씩, 스트레칭을 하거나 밸런틱으로 마사지를 하면, 한 시간은 금방 간다. (물론 죽을 만큼 아프거나 땀이 육수처럼 쏟아질 각오를 해야 하지만.)

덧2_음식 명상

요가 얘기를 굳이 하는 것은, 그 재활 요가 수업 중 가장 인상적이던 순간을 굳이 말하고 싶기 때문이다. 이 글의 주제가 되는 '먹는 것'과 연관된 이야기다. 흔히 '먹기 명상' 또는 '음식 명상'이라는 것을 했을 때의 경험이다.

방법은 이렇다. 손에 들린 음식을 바라보며 충분한 시간을 들여 그것에만 집중한다. 다른 생각을 버리고 먹는 것에만 집중한다. 유심히 살펴보고 촉감을 느끼고 식감을 느끼고 몸에 흡수되는 것을 느끼고, 지금 눈앞에 존재하는 음식물이 어떤 시간을 보내고 어떤 에너지를 품고 있는지, 그것이 내 몸에 어떻게 들어오는지 등을 생각해볼 수 있을 것이다. 정답은 없다. 지금, 여기, 음식에만 집중하면서 식사를 하는 것이 핵심이다.

나의 경우, 바나나 하나를 그렇게 먹었다. 선생님은 내게 '먹기 명상'이 끝나면 알려달라며 방을 나갔다. 개인 수업이라 나 혼자 은은히 바람이 부는 방 한켠에 등을 기대 정좌했다. 바나나를 보고 생각을 멈추고 지금에 집중하며 한참을 이리저리 살펴보았다. 그러다가 천천히 한입씩 먹었다. 최대한 조그맣게 베어 물어 보았다. 그 와중에, 잘린 단면의 생긴 모양, 질감, 섬유조직의 모양, 씹히는 맛 등등을 곱씹으며 다른 생각은 하지 않으려 노력해보았다. 어느 순간 입에 한입 베어 물고 꼭꼭 씹는데 웃음이 터져 나왔다. 소리 내 웃는 웃음이 아니라, 아래서 차올라 슬슬 넘쳐서 흐르는 것 같은 웃음이 멈추지 않았다. (쉽게 말해 실성한 듯 실실 쪼갠다?)

입꼬리가 올라간 채로 뭐가 그렇게 흡족한지 바나나를 원자단위로 분해라도 할 듯 바라보면서 혀에서부터 위장까지 3D 그래픽이 홀로그램으로 펼쳐지기라도 하는 듯 눈앞에서 바나나가 내 몸에 들어차는 게 느껴졌다. 시간이 얼마나 지났을까. 선생님이 다시 오지 않으니 아직 수업 끝날 시간이 덜 되었겠거니. 일단 흐름을 끊지 말자. 다시 바나나에 집중.

아무튼 그렇게, 뭐 단순히 말하자면 바나나를 꼭꼭 씹어 먹었다. 그런데 우습게도, 배가 너무 불러 마지막 한 입 정도는 먹지 못하고 남겼다. 마저 먹고 내려갈까 하다가, 급하게 입에 넣어 삼키기는 싫어 남은 것을 그대로 접시 위에 두고 방을 나섰다. 아래층 로비로 내려가는데 계단을 오르는 선생님과 마주쳤다. 선생님이 나를 보더니 다시 로비 층으로 앞장 서 내려갔다. 나도 로비 층으로 따라 내려갔다. 다른 수업을 들으러 일찍 온 회원 두어 분, 카운터의 코디 선생님도 한 분 계셨다. 다들 흥미롭게 쳐다보는 듯했다. 뭐, 혼자 수업을 듣는 남자 회원이 그리 많지 않기에 그런가 보다 했다.

제활일지

나를 담당하시는 선생님이 나를 말 없이 한참 보더니, 물었다.

"어떠셨어요? "

"생각보다 집중이 되던데요.
그리고 이상하게 배가 너무 불러서,
사실 먹다가 조금 남겼어요. "

"우리 수업 시간 90분인데, 지금 30분 오버된 거 모르셨죠?
주무시나 해서 올라가 보려던 거에요."

평소처럼 수업 시작 후 스트레칭 30분 정도. 음식 명상에 대한 설명 조금. 일주일간 있었던 일 얘기 등등. 아마 그 시간을 다 합치면 4~50분은 되었을 것이다. 그럼 나는 최소한 한 시간은 훌쩍 넘게 바나나 하나를 들고 앉아 먹고 있었던 게다.

나도, 선생님도 진지했다. 그 효과도 진지하게 말하지만 놀랄 노 자였다. 내가 정말이지 꽤나 진지하게 수업에 임했던지, 요 가원 블로그엔 내가 그때 한 재활 수업일지가 올라가 있다. 요 즘도 한 번씩 뭔가 아니다 싶은 시기가 오면 바나나를 사곤 한 다. (하지만 아무리 노력해도 요즘은 하나를 5분에 걸쳐 먹는 것도 버겁….)

덧3_개별적용 비법 레시피

당연하지만, 그 뒤로 완벽한 식습관이 언제나 유지된 건 아니 다. 하지만, 뭐에 집중하면 되는지 정도는 알 것 같다. 자기만 의 방법이 있다는 것은 꽤 든든한 일이다. 허리가 어느 정도 뻐 근하면 내가 근래 어떤 자세였는지, 잠에 잘 들지 못하면 무엇 을 해야 하는지, 윗배가 더부룩하면 내가 무엇을 잘못하고 있 는지, 위가 아프면 다음 식사를 어떤 마음으로 임해야 하는지,

마음이 분주해지면 몇 시에 일어나 어디를 걸어야 하는지, 어떤 컵에 뭘 따라 마시고 무슨 향을 켜놓으면 내 맘이 어떻게 될지 아는 것.

그러니까, 이건 다 도대체 나는 어떤 인간인지 조금 더 알기 위한 짓인 게다.

덧4_다음 과제

식기를 비우고 간소하지만 신경 쓴 요리를 직접 해서 기분 좋게 먹고, 먹고 난 뒤엔 걷고, 요가로 재활을 하고, 스트레칭에 습관을 들이면서, 96kg이던 몸무게는 석 달 뒤 88kg이 되었다. 조심스레 츄리닝과 쿠션이 좋은 운동화를 벗고, 벨트와 청바지를 입고, 스니커즈를 신어보았다. 구두를 신는 것은 아직 무리였다.

당연한 수순으로, 옷장에 걸린 옷들을 보며 이런 생각이 들었다.

'이것들은 도대체 다 뭘까? '

궁극의 옷이 뭐냐면
- 이것저것 따질 필요 없는

그게 어떻게 사람이야

'옷이 사람이다.'

이렇게 말하면 사람들이 고개를 돌려 쳐다볼 것이다. 특히 한국에선, 문자 그대로 사람을 옷으로 표현 가능하다고 진지하게 덧붙이면, 그 즉시 행색을 아래위로 훑어보며 스캔을 하겠지. 끄덕이며 수긍하는 사람도 있고 이유를 묻는 사람도 있으리라. 썰렁한 농담임을 알리기 위해 재빨리 빈 종이에 펜으로 '옷'이라고 쓴다.

옷

어릴 때 사람을 그리라고 하면 귀찮은 듯 손을 대충 놀려 '옷'이라고 쓰는 거... 나만 해봤나? 그걸 보고 이렇게 말하는 또래 친구들도 꼭 있었다.

'그게 어떻게 사람이야?'

사춘기를 지나면서, 혹은 그보다 더 일찍, '옷이 사람이다.'까진 아니더라도, 그리고 '옷이 날개다.'를 백 퍼센트 수긍하진 않더라도, '옷이 후지면 삶이 후지다고 생각하는 이들에게 후지게 보이지 않으려면 옷을 잘 입어야 한다.' 쯤의 생각을 하지 않은 사람이 있을까. 덤으로 부모와 어른들의 펀치 라인.

'멀쩡한 사람답게 입어라.'

결국 옷이 사람인 게다. '멀쩡한 사람' 대신 '개성 있게'를 주장해도 마찬가지다. 나와 나의 옷은 연결되어 있다. 그걸 의식하지 않을 수는 없다. 의심할 여지도, 이유도 없다. 옷 대신 다른 단어를 넣어도 크게 다르지 않다. 이를테면, '무엇을 먹는지가 그 사람을 말해준다.'라거나, 그 사람의 말이 그 사람을 설명해준다는 식의 얘기들. 뭐, 틀린 말은 아니지만, 학술논문의 결론처럼 너무 맞는 말이라 달리 할 말이 없는 말들. 이럴 때 중요한 건 디테일이다. 저 단순한 명제들에 관한 자기만의 디테일을 다듬는 것이 우리가 할 수 있는 최선이리라. 미니멀리즘이라는 것도 사실은 그냥 그 일인 게다.

옷이 사람이다.
먹는 것이 사람이다.
지닌 것이 사람이다.

내 물건이 나다. 내가 지닌 것이 나다.

사람은 이러하다. 나는 이러하다.

내겐 무엇이 필요치 않다. 나는 무엇을 필요로 한다.

나는 이게 싫다, 저게 좋다.

나는 무엇이다. 무엇은 무엇이다.

누구에게? 나에게. 어떻게? 이러저러하게.

활짝 열어젖힌 옷장 앞에 서서 그런 생각들을 한다. 여유가 넘쳐서? 시간이 남아돌아서? 할 짓이 없어서? 아니다. 여유를 내서, 시간을 들여서, 해야 할 생각이라서 한다. 내가 가지고 있는 물건에게, 네가 어떻게 나를 만드는지, 네가 어떻게 나인지 묻는다. 나는 무엇인지를 답해보려는 시도다. 홀로 암자에 앉아 도를 닦는 것은 어려우니, 눈앞에 놓인 내 것들에 기대 단서를 찾아보는 것이다.

양대 산맥

내 몸에 걸친 것이 '적재적소'일 것인가, '자기표현'일 것인가.

마치 헬스계의 영원한 화두, '자극이냐, 중량이냐?'와 비견될 만하다. 가치를 두는 기준을 적용해서 달리 표현해보자면, '남에게 영감을 주는 사람이 되자.'와 '남에게 피해를 주지 않는 사람이 되자.' 정도의 입장 차일까. '남에게' 가 아니라 '나에게' 방점을 찍으면, '주목을 받는 재미냐, 쓸데없는 시선을 받지 않는 편안함이냐'로 볼 수도 있을 것이다. 하지만 이것도 결국 '남'을 배제한 개념이 되진 못한다.

온전히 '나'만을 기준 삼아 다시 생각해보면 조금 다른 이야기를 할 수 있다. '몸에 편한가, 편하지 않은가.' 넉넉한 핏이나 부드러운 소재를 말해야만 할 것 같은 이 기준에 입각해서도, 여전히 딴소릴 할 수 있다. 너무 무던하면 외출에 나서는 내 마음이 불편하다거나, 남이 보기에 무던한 것을 걸치고 있을 때야만 내 마음이 편하다는 식으로, 또다시 '남'이 개입되는 이야길 할 수도 있는 것이다. 이건 상황이나 성격에 따라 딱 떨어지는 것이 아니다. 한 개인 안에서도, 어떨 때는 '내가 편하면 장땡'이 적용되고, 또 어떨 땐 '남이 보기에 편해 보여야 제대로 된 것' 이 적용된다.

클래식한 착장에 한두 가지 위트를 더해 포인트를 줄 수도 있다. 한편으로는, 네이비 블레이저 아래 밀리터리 팬츠를 매칭하는 것이나, 니트 타이를 맨 셔츠 위에 오렌지색 패딩 조끼를 입는 것도, '그쪽 세계의 클래식'이 될 수 있다. 슈퍼히어로 업계를 예로 들자면, 그쪽 세계에선 파란 타이즈 위에 빨간 삼각 팬티를 겹쳐 입는 것이 클래식이다.

또 다른 산맥들도 있다. 기능인가, 모양인가.

이 말에는 사실 잘 먹히는 답이 있다. 디자인의 탁월함에 관해서라면, 'simplicity'를 이길만한 단어가 드물다. 기능에 집중한 결과로 도출된, 적확한 소재와 단순한 모양의 위대함.

이 기준을 옷에도 적용할 수 있을 것이다. 그러니 m65 야상이나 a2 항공 재킷 같은, 만들어진 지 수십 년 되는 군복들이 아직도 인기를 끌며, 그 디자인의 수많은 변주가 각종 브랜드에서 제작되는 거 아니겠냐는 주장 또한 설득력 있다.

그런 이유로, 기능에 충실한, 에센스만 남은 심플한 디자인이 결국 갑이라고? 글쎄? 요샌 다시 아이폰 유선 번들 이어폰이 유행한다던데, 그건 뭐에 충실한 거지? 어글리 슈즈는 아무래도 단순하게 생긴 모양으로 보이진 않는데. 호카 오네오네의 트레킹화가 자랑하는 놀랍도록 편안한 쿠션감을 위해선, 모양을 단순히 만드는 것 자체가 힘들지 않을까? 부슬비가 내리는 날엔 고어텍스를 입을 것인가, 왁스드 재킷을 입을 것인가. 왁스드 재킷은 당대의 신기술이었는데, 지금은 그냥 방수가 아니라 폼으로 입는 무거운 옷이라고 말하는 것이 정당한가. 등등.

이게 다 무슨 말일까. 모든 덕질의 금과옥조 쓰리콤보, '아는 만큼 보인다'와 '알면 알수록 어렵다.'와 '그래서 파면 팔수록 재밌다.'를 설파하기 위한 썰인가. 그럴 리가.

그냥 적당히 까다로운 정도

동네 친구 S는, 의류 쇼핑의 귀공자라 칭할 만했다. 두 가지 예
로 충분할 것이다. 카키색 코트와 흰 셔츠. 각각의 옷마다 2주
가 소요되었다. 배송에 걸린 시간이 아니다. 그땐 인터넷 쇼핑
이란 것이 없었다. 직수입 편집숍도, 아울렛도 없었다. 시내 한
가운데 백화점과 옷가게들이 모여 있고, 몇몇 동네에 패션 골
목이라 불리는 곳들이 있고, 우리 동네의 우리만 아는 신실한
거래처인 '보세 옷집'들이 있었다. 섬유산업이 발달했다는 대
구는 패션 도시를 표방하며 한국의 밀라노가 되고자 야망을
품는 중이었다.

기이하게도 전국에서 유일하게 대구에서만 유행하는 몇몇 아
이템들이 있었는데, 그중 하나가 'Trevar fox'라는 이탈리아
직수입 가죽 스니커즈였다. 그 당시 10만 원이 넘던 그 신발
을, 대구의 중고딩 절반은 족히 넘게 신었다. 수학여행을 가면
신발만 봐도 대구에서 온 놈들을 구분할 수 있었다. (주변에
탐문해도 좋다. 진짜라니까. 나머지 절반 중 20% 정도는 케이
스위스 운동화를 신었다. 지금 생각해도 너무 이상하다. 왜 죄
다 그걸 신었지?)

그러나, 그 광란의 대유행 속에서도 나와 S는 그 신발을 신지 않았다. 나는 5cm짜리 굽의 앵클부츠를, 그 친구는 스웨이드 몽크 슈즈를 신었다. 그냥 딱 그 정도의 까탈.

내 앵클부츠는, 아버지가 어디선가 선물 받곤 하던 구두 상품 권으로 고교 입학과 동시에 어머니가 사주신 것이다. 우리 부 모님은 나의 중학교 입학 때부터 줄곧 한목소리로 '교복에는 구두다.'를 주장했다. '기지바지'에 운동화는 꼴 보기 싫다는 심사평이 곁들여졌다. 매년 발 사이즈가 변하는 바람에, 연초 엔 상품권으로 구두를 사는 연례행사가 시행되었다.

그걸 신고 오징어 게임도 하고 얼음 땡도 하고 땅따먹기도 하 고 심지어 농구도 하고, 뜀박질도 하고, 담도 타고, 그러다 보 면 구두 표면이 이내 다 벗겨지고 넝마가 됐다. 맨살처럼 벗겨 진 구두에 아버지의 구두약을 바르고 해진 메리야스 조각으로 신나게 문질러 대는 것이 일상이었다. (군대에서 구두 물광 하 나는 기가 막히게 내기 위한 조기교육이 된 셈이다.)

1년을 무사히 버티는 구두가 없었다. 다행히 아버지 서랍 안의 구두 상품권은 많았고, 아버지는 구두를 신고 운동장을 뛰어 다닐 일이 없으니, 어머니와 내게 구두를 사러 가는 것이라면 꽤나 익숙한 일이었다. 뭐, 그렇다고 버클 달린 앵클부츠를 사

서 신으라는 뜻은 아니었지만, 어머니는 '이쁘다.' 며 매장에서
내가 그 앵클부츠의 텍만 떼고 바로 신고 나가게 했다.

그뿐인가? 나는 겨울엔 으레 롱코트를 입었는데 이 또한 어
머니의 픽이었다. 피코트도 아니고 롱코트. 나는 나이에 맞게
두툼하고 귀여운 더플코트(그건 모자도 달렸잖아!)를 그토록
바랐으나, 내 유일한 겨울 코트는 마치 프로레슬러 언더테이
커의 의상처럼 보이는, 목 카라에 까만 털을 탈부착할 수 있는,
정강이까지 내려오는 새까만 모직 롱코트였다.

짙은 갈색의 목도리도 함께 살 테니 깎아달라는 어머니의 말
에 가게 주인은 난감해했지만, 어머니는 내게 그 코트와 목도
리를 입어보라더니, 자기가 계산하는 동안 마침 파란불로 바
뀐 신호등을 건널 것을 명했다. (가게 주인에게 돈을 쥐여주고
곧장 당신도 따라 건너셨는데, 내 기억에 한 4만 원 정도 깎은
거 같...) 목도리의 끝은 검은 실들이 술처럼 늘어뜨려진 디자
인에, 금색 자수로 베르사체 비슷한 문양이 수 놓여 있었는데,
어머니는 내가 목도리를 맬 때마다 코트의 V 존으로 그 문양
이 나오게 매라고 강권했다. 그게 포인트니까.

그때만 해도, 아무리 추워도 학생들은 교복 위에 오리털 파카
같은 걸 입지 않았는데, 대구가 그렇게까지 춥지 않아서이기
도 했을 것이고 구스나 덕다운 파카가 흔치 않아서이기도 했

을 것이다. 차라리 가디건이나 스웨터, 그리고 목도리를 하고 장갑을 꼈다. 몇몇은 가죽 재킷을 겹쳐입기도 했는데, 교문 앞에선 항상 그걸 잡아내기에, 교문이 보이기 전 골목에서 가방에 겉옷을 구겨 넣는 것은 여간 귀찮은 일이 아니었다. 선도부 선생님이나 학생주임이 가끔 기력이 넘치면 빵빵한 가방을 불시에 열어서 검사를 하기도 했는데, 아니 안 보이게 잘 쑤셔 박아 뒀으면 그냥 넘어가면 안 되나, 겉옷이 무슨 담배도 아니고.

난 아버지가 대리 진급을 했을 때인가 아무튼 한 옛날에 샀다는, 시보리가 여전히 짱짱한 갈색 스웨이드 봄버를 입었는데, 그 재킷은 앵클부츠와 함께 내 등교를 고행으로 이끌 것이 자명했다. 어머니는 등교 시 스웨이드 봄버 착용 정책은 철회했으나, 앵클부츠 착용은 여전히 견지하고자 했다. 학칙 위반이라는 나의 말에 당신은, 그 부분은 스스로 알아서 극복해보라고 동기부여를 시도했다.

모친의 권유대로 극복을 시도한 결과, 입학 첫 달 내내 교문에서 교실까지 오리걸음으로 등교했고, 신발이 이것밖에 없다고 항변도 해보다가 빠따도 줄창 맞았다. 결국 신발을 압수하겠다는 담임 선생님의 말에, 그렇게 되면 어머니가 그 '이쁜' 구두를 직접 되찾으러 올 것이라고 말했다. 놀랍게도, 담임은 포기했다. 나는 운동화를 살 기회를 잃었다.

디테일 사냥

다른 옷들에 관해서는 S만큼의 큰 관심이 없었다. 계절에 따라 필요한 아이템을 잊지 않고 사용하는 것에 재미를 느끼거나 (여름엔 손수건, 겨울엔 목도리와 장갑), 라운드넥의 티셔츠나 스웨터를 싫어해서, 단추가 달린 셔츠나 브이넥 티셔츠, 곧 죽어도 목폴라, 터틀넥만 입었단 것 정도? 까끌까끌한, 정전기가 이는 굵은 실로 짜인 니트는 두드러기가 나서 절대 입지 않았는데, 그럼 결국 얇고 가볍고 부드러운 재질의 목폴라 티나 터틀넥을 찾다 보면 '로엠'이나 '에스쁘리' 같은 여자옷인 경우가 종종 있었다.

아님 뭐, 그저, 왜 남자 셔츠엔 허리 라인이 잡힌 게 없냐고 간혹 어머니에게 묻고, 어머니의 실크 셔츠 중 맘에 드는 것은 주말에 입곤 했을 뿐이다. (나만 그랬어?) 사실 입은 사람이 굳이 말하지 않는다면, 남녀 셔츠의 차이는, 입을 때나 조금 어색하고 마는, 좌우가 반대로 된 단추 달린 위치뿐이다. (난 이게 왜 남녀의 옷에 따라 다른지 아직도 이유를 정확히 모른다.)

아무튼, 세상 모든 옷에 나보다 훨씬 더 관심이 많고 까다로운 S와, 위에 적은 정도만큼만 적당히 골라 입는 내가, 몇 주에 걸쳐 옷 하나를 찾아 헤매고 있었다. 방학이었다. 우린 매일 정해진 시간에 시내로 나갔다. '신전'이라 불리는, 거대한 발코니를 자랑하는 '신일 전문대학교' 도서관 열람실에 가방을 던져놓고, 라디오를 듣든 '천제 수학'을 풀든 무협지를 읽든 하다가, 배가 고프면 도서관을 나섰다. '사람이 먹을 수 있는 맛'과 '사람이 먹을 수 없는 맛' 두 가지로 나뉘는, 1인당 1리터짜리 쿨피스를 옆에 두고 먹어야 하는 매운 떡볶이를 한 접시씩 해치우고 나면, 대구의 모든 매장을 다 돌았다. 버스비는 그 친구가 댔고, 가끔은 밥도 샀다.

아직도 정확히 기억한다. 우린 사실 보편적 세상에서는 쉽게 찾아볼 수 없는 옷을 찾고 있었는데, 이 자식은 결국 그 옷을 찾아냈다. 각기 다른 옷에서 추출한 디테일들을 조합해 그 녀석이 만든 궁극의 코트는 다음과 같다.

'짙은 카키색의 모직 코트.
그런데 뒤트임은 두 개일 것.
싱글 버튼에 허리끈도 있을 것.
주머니에 덮개가 없을 것.
주머니 입구가 수평이 아니라 사선으로 되어 있을 것.
카라는 체스터필드 코트와 비슷하지만,
위쪽 카라는 접힌 채로 직각으로 서 있고,
동시에 아래쪽 라펠도 존재할 것.'

(그러니까, 어디로 보나 클래식과는 거리가 먼 괴랄한 디자인이지만, 그렇다고 얼토당토않은 옷은 아니되, 부분부분마다 희한한 지점이 있는, 얼핏 겅장히 트랜디해 보이지만 과하지 않고, 동시에 너무 싸 보이지 않는 최신 보세 옷.)

대백, 대백프라자, 동아쇼핑, 보세골목, 경대 앞, 영대 앞, 동네 보세 집 등등을 다 뒤졌다. 갔던 곳을 또 가기도 하고, 그런 옷이 들어오면 말해달라고 했다. 1주일이 지나자, 놀랍게도 짙은 회색에 카라만 검은색이란 것을 빼면 나머지를 모두 충족시키는 옷을 찾았다. 하지만 그 녀석은 사지 않았다.

우린 사실 조금 고민했다. 하지만 그 녀석은 카키색이 가장 중요한 요소라고 그제야 말했다. (아마 그 코트가 카키색에 다른 게 달랐다면, 바로 그 다른 점이 제일 중요하다고 말했을 게다.) 다시, 카키색을 최우선으로 놓고 옷가게를 뒤졌다. 하지만 만족할만한 코트는 나오지 않았다. 그러다가! 동네 단골 보세 집에 그런 옷이 들어왔다. 나는 한동안 그 가게 주인아주머니가 그 옷을 직접 만들지는 않았을까 의심했다.

흰 셔츠는? 그건 조금 더 간단했다. 와이셔츠처럼 빳빳한 카라에 주머니가 없을 것. 가슴을 가로지르는 절개라인과 그 가로줄을 손톱만 한 두께 정도로 한 겹 더 덧댄 디테일이 있을 것. 단추가 노출되지 않게, 채우고 나면 그 위로 덮이게 된 모양일 것. 도대체 이 자식은 어디서 그런 레퍼런스들을 찾아내는 것일까. 그 셔츠도 결국 존재했다.

정확한 밑그림을 지니고, 그런 옷이 있을 때까지 발품을 팔기. 이건 쇼핑의 중요한 덕목이라 할 수 있다. S와 나는 심심하면 옷을 구경하러 다니며 궁극의 옷에 대해 떠들기를 즐겼다. (아마 동대문이나 동묘나 부산 깡통시장의 존재를 알았다면 파산을 하지 않았을까. 아님 사입삼촌이 되었을까.) 지금도 나는, 누구와 어떤 옷을 사러 같이 따라나서도 지치지 않을 자신이 있다. (발바닥이 아프지만 않다면, 의자에 잠깐 앉아 쉬고 다시 걸을 상태가 되기만 한다면, 언제까지나 계속할 수 있다.) 마음이 뺏긴 옷의 구입을 단념시킬 자신도, 무심코 손에 든 옷을 곧바로 사게 만들 자신도 있다. 하지만, 무엇을 위해 그래야 한단 말인가?

이러나저러나, S는 그야말로 궁극의 카키색 코트와 궁극의 셔츠를 구입한 것이었다. 그러니 그가 그 옷을 아주 마음에 들어 한 것은 당연하고, 사게 된 경위부터 시작해서, 그가 애초에 사고자 했던 옷이 부합했어야만 하는 디테일들의 목록과 그 실물을 보여주며 하나하나 설명하는 것도 한동안은 재미있어하는 듯했다. 당연한 수순으로, 미팅(우리가 흔히 말하는 그 업무상 미팅 말고, 젊은 남녀가 마주 앉아 눈을 흘기는 그 미팅)에 몇 번 입고 나가는 것을 보았다. 하지만, 코트를 입을 계절이 다시 돌아왔을 때, 그 옷의 수많은 요소들은 '유행이 지났다.' 그 친구는 다시 또 다른 수십 가지의 디테일 리스트를 새로 마련해왔다. 그가 그렇게 새 옷 사냥에 나서는 것을 학창 시절 내내 보아왔다.

디테일은 얼마든지 만들어낼 수 있다. 이 경우, 목적이 없는 디테일은 무용하다고 말하는 것은 무의미하다. 디테일을 파고드는 것 자체가 목적이니까. 그렇게, 옷은 입는 것이 아니라 사는 것이 된다.

재활일지

작은 차이로 돈값을 하는

세세한 사전 조사와 타협 없는 자세로, 일시적이나마 궁극의 옷을 손에 넣는 과정 자체를 즐기는 것 말고 또 다른 길은 없을까? 단 하나의 오답 말고 여러 오답을 노트에 빽빽이 적어놓고 소거법을 써야 할 때가 온 것일지도 모른다. 명백히 오답으로 보이는 것과 일견 일리 있어 보이는 오답이 있을 것이다. 나의 오답이 나에게만 오답이며 남에게는 정답일지 모른다는 인식도 중요할 것이다. 그렇다면, 그 부분부터 살펴 정리해 놓는 것이 좋다.

뜯어보면 볼수록 정교한 피규어를 찬찬히 오랜 시간 구석구석

들여다본 적 있는지. 미치지 않고서야 저렇게까지 할 줄 몰랐다 싶게 자세하게 만들어진, 내부 깊숙하게 들어앉아 있어 부품 여러 개를 덜어내지 않으면 그 내부가 보이지도 않을 작은 부품들, 거기 더해 이건 어떤 미친 자가 해놓은 건가 싶게 정교하게 도색까지 되어있다면 금상첨화다. 얼마 전 내가 팔로우하던 어떤 이가 의뢰받은 피규어 작업에는, 12:1 비율 정도 되는 크기의 스파이더맨의 양쪽 눈에 뉴욕 야경을 그려 넣는 것까지 포함되었다.

대학 시절, 춤추는 동아리에 속해 있었다. 같은 학부 선배이자 동아리의 조상님쯤 되는 형이 한 명 있었다. 축제 공연 몇 주 전에 한 번씩 불쑥 찾아와서, 우리가 따 놓은(녹화 테잎을 반복 재생하며 동작을 카피하는 것을 말한다.) 춤을 체크하곤 했는데, 수십 번 뺑뺑이를 돌리다 애들이 지쳐 나가떨어질 때쯤, 노래의 어느 한 부분에서 모두를 일시 정지 시켜놓고, 힘이 빠져 살짝 쳐진 한 명의 팔의 각도 따위를 콕 집어내곤 했다. 그럴 때마다, 그 양반은 '필립스'의 캐치프레이즈를 말했다.

'작은 차이가 명품을 만듭니다.'

지랄 맞지만, 군무에서 그건 사실 매우 중요하다. 멀리서 봤을 때, 한 명의 각이 쳐지면 모두가 오합지졸로 보인다. 반대로, 그런 것까지 다 맞아떨어지면 전체가 격이 올라가 보인다.

케케묵은 '기능 vs 모양' 논쟁을 차치하고, '만듦새' 하나만을 놓고 보더라도 눈길을 휘어잡는 아우라를 발하는 것들이 있다. 화려한 색깔이나 패턴 같은 표면적인 요소 말고, 한땀 한땀이라는 단어의 현현과도 같은, 흔히들 말하는 '마감의 퀄리티'의 측면에서 말이다. 우린 그런 차이와 사려 깊은 품질, 혹은 강박적이라고까지 할 수 있는 고집과 집착의 결괏값 등에 감동을 받는다.

그러니 그 말은 맞다. '작은 차이가 명품을 만든다.' 우린 그런 물건을 '명품'이라 부른다. (뭐가 명품이냐, 무슨 브랜드가 명품이냐, 아니냐 등등의 골 아픈 얘기는 건너뛰자.) 그러니, 이건 그야말로 정답 아닌가?

만약 사륜구동 SUV를 사야 한다면, 유치원생에게 '찦차'를 그려보라고 하면, 열에 아홉은 크레파스로 단숨에 쓱쓱 그려놓을 그 모양 그대로 사출 성형한 것 같은, 바로 그 '지프 랭글러'를 사야 하는 것은 아닐까?

사람들에게 가방이라는 단어를 던져주면, 각 나이와 성별에 따라 열에 아홉은 떠올리는 바로 '그 가방'을 사야 하는 것 아닐까. 머리가 희끗희끗한 노신사는 '아타셰 케이스'(영화 '인턴'에서 드니로가 가지고 있던 바로 그 서류가방)를, 30대 유니섹스를 지향하는 세련된 도시 남녀는 이를테면 '르메르 범백'을, 단정함을 보이고 싶은 여성은 '셀린느 클래식 박스'를 말이다. 가을엔 아무래도 누구라도 '바바리 코트'를, 젊은 신사라면 '페라가모 홀스빗 로퍼'를, 여행을 간다면 아무래도 '리모와 캐리어, 그중에서도 알루미늄이지.'... 이런 식으로 말이다.

이런 물건들은, 다소 불편한 면이 있더라도 그걸 상회하는 압도적 장점이 분명 있을 것이다. 아니, 다소 불편한 점 따위라곤 없는 경우가 대부분일 게다. 그러니 이것들은 '돈값을 한다.' 원단이 비싼 옷은 당연히 비싸고, 비싼 만큼 좋은 옷이라 불리는데 거리낌이 없다. 여기 무슨 애매한 점이 있을라고. 안목이 높아질수록, 자신의 식견에 견주어 인정해줄 만한 물건의 목록도 늘어날 게다. 그건 좋은 일이다.

가능한 한, 좋은 게 좋은 것이니까?

그런데, 그 궁극의 명품이 너무 마음에 드는 나머지 색깔별로 모아놓으면 어떻게 되는가. 혹은 이 브랜드의 궁극의 보스턴백과 저 브랜드의 궁극의 보스턴백이 둘 다 너무나도 '궁극궁극~' 거리며 내 마음을 두근대게 만드는 명품인 데다가, 수많은 브랜드 중 나의 취향에 부합하는 단 두 개의 브랜드가 있다면 그것이 바로 그 보스턴백을 만들어낸 빌어먹을 바로 그 두 브랜드란 생각이 들 땐? 보스턴백이 두 개인 게 어때서...? 걍 두 개 다 있음 좋은 거 아니냐고?

그래, 그럴 돈이 있다면 좋겠지. 그런데 그게 문제다.

누군가는 지금쯤 나의 이 긴긴 잡소리가, 그럴 능력이 안되는 이의 핑계요, 변명이라고 말할지도 모른다. 하지만, 돈이 없어 서 하는 이야기가 아니라, 돈이 무한정 있을 때를 상상해보면 눈앞이 아득해진다는 게 문제다.

좋다. 하나하나 주옥같은 명품들이 끝없는 평원에 에펠탑 높 이로 쌓여있고, 그것들 모두 하나같이 탁월하고 압도적이고 아름답고 오묘한 신물들이라 그걸 다 가져야겠고, 우리에게 그럴 능력이 있다고 하자. 우린 언제 그 대평원 밖으로 걸어 나 올 수 있는가. 언제 그 포장을 다 뜯을 수 있는가.

그러니까, 어느 날 아침, 백화점 1층으로 직행하여 보스턴 백 과 토트백과 캐리어와 크로스백과 클러치를 모두 샀다. 그걸 사려고 열심히 살았고 그래서 오늘에야 이것들을 한 번에 다 샀다. 캐리어에 짐을 싣고 언제 여행을 갈 수 있나? 아, 그럴 시간과 여유가 충분하다고? 쇼핑은 퍼스널 쇼퍼가 해준다 고? 그럼 다시 물을 수밖에 없다.

'당신은 무엇을 좋아하나요?

아, 좋은 것을 좋아하고 구린 것을 싫어하시는군요.

그럼요. 지당하신 말씀. 그건 저도 마찬가지입니다만.

하늘은 파랗고, 지구는 둥글지요.

네, 제 눈에도 그리 보입니다만. 영 재미가 없군요.'

다른 예로 바꿔보자. 우리 집 앞에는 시립도서관이 있다. 거기엔 장서가 4만 권쯤 있다고 했었나, 아무튼 그렇다. 뭐, 정확하진 않다. 몇백만 권이 있단 소린 못 들었으니, 차이 나봤자 기껏 몇만에서 몇십만 권 차이겠지. 그 차이가 중요하지 않은 이유는 이렇다. 거기 있는 책 대부분이 고르고 골라 살아남은, 인생에 도움이 될지언정 방해가 될 리 없는, 이른바 양서라는 전제하에, 내가 그걸 평생에 걸쳐 다 읽을 가능성은 제로다. 칸칸에 들어찬 그 책들의 목차를 일일이 읽지 못한 것이, 내 천추의 한이 될까?

뭐, 내겐 그렇단 거다. 명품이 항상 정답이 아닌 이유.

오답으로 발전할 가능성이 크게 느껴지는 이유.

'자칫 삐끗하면 뻔하고 재미가 없어진다는 거.'

무엇이? 그 물건이? 아니, 내가. 나 자신이. 나 자신이 무엇인가를 선택하는 과정이, 나 자신이 무엇인가를 선호하게 되

는 이유가, 나 자신이 무엇인가를 선호하지 않는 이유를 설명
하는 말의 논리가, 나 자신이 무엇인가를 시도할 때의 태도가.

고심하고 가려서 선택하고, 그 선택의 결과까지 감수하는 것
이 일반적인 우리의 행위라면, 그럴 필요가 없는 영역에서 행
하는 일체의 행위가 재미있을 리가 없다. 비교와 강박과 중독
과 반복만 낳을 뿐이다. 다 그렇게 된다는 건 아니고 그럴 가
능성이 확연히 높아지는 환경이라는 말이다. 끝맺음이 잘 되
기가 어렵다. 습관이 되긴 쉬울 것이다. 아무 생각 없이 손쉽게
충족을 얻을 수 있으니, 그걸 할 수 없게 되면 좌절 또한 쉽게
찾아올 것이다. 반대로, 할 수 있으니까 하는 것만큼 김새는 일
이 또 어디 있는가. 마치 노트북에 설치된 지뢰 찾기나 카드 게
임 같다.

그러니 다시 물을 수밖에 없다.

> '보편타당, 비교우위, 가능한 한 많이,
> 가능한 좋은 것으로, 가능하면 가능한 만큼,
> 전부 다, 그중 제일, 최대한, 최고로...
> 이런 단어 말고. 당신의 기준은 무엇입니까? '

개인적으로 커스터마이징 되지 않은 개념은, 아까 말한 것처
럼, 하나 마나 한 말처럼 공허하게 느껴진다. 입에서 나오는 대

부분의 말이 며칠 사이에 읽은 책이나 사설의 인용일 뿐인 사람과 대화하는 것과 비슷하다.

단순명쾌한 오답, '가성비'

가성비라는 말. 이건 길게 말할 것도 없다. 최신가요 안무를 16분의 1박까지 죄다 꼼꼼하게 따놓고, 기껏 네 마디에 한 번씩 정도로 포인트가 되는 쭉 뻗는 동작의 팔의 각도만 잘 맞추면 얼추 춤 잘 추는 애들처럼 보이는 것과 같다. 춤을 추잔 건지 못 추는 사람처럼 보이지만 말자는 건지 분간이 안 되는 지점. 이게 가성비라는 댄서의 태도다.

되는대로 더 떠들어보자. 스파(스트릿 걸스 파이터 말고 spa) 브랜드의 옷은 잠재적 폐기물이다. 지금은 아니더라도 곧 쓰레기가 된다. 아, 물론 우리 아버지의 그 역사적인 스웨이드 봄버 재킷도 결국은 쓰레기가 되긴 했다. 하지만, 시간이 더 걸렸다. 나는 유니클로나 자라에서 산 재킷도 그렇게 물려 입을 수 있길 애초에 바라지 않는다.

이 말에 기분 나빠할 사람은 스파 브랜드 종사자뿐일지도 모른다. 그걸 사는 우리도 그걸 알고 산다. 파는 사람들도 알고 있을지 모른다. 그렇다면 내가 그들을 과소평가한 것이 된다.

생각해보니, 그들도 알고 있다는 것이 더 일리가 있어 보인다.

　　　'편한 마음으로 와서 가볍게 집어가세요.'

싸고 질 좋은 것은 없다는 걸 모르는 사람은 이제 없다. 중고차 허위매물 글에나 존재하는 그것을 간절히 바라는 사람도 없다. 우린 다 알고 적당한 물건을 산다. 아는 만큼만 만족한다.

우린 그 정도만을 바란다.
겸허해서가 아니다. 귀찮아서다.
몸이 귀찮아서도 아니다.
생각을 덜 하기 위해서다.
다른 중요한 생각을 하기 위해서가 아니다.
인생 전반에 쉬엄쉬엄 편히 임하고 싶어서다.

물론, 많이 피곤해서 그렇다. 우린 세상 편한 자세로, 세상 편한 손가락 터치 몇 번으로, 너무도 쉽게 누군가의 내밀한 배설을 스크롤하며 지나친다. 찌꺼기 같은 것들이 차곡차곡 쌓인다. 쉽게 쌓여도 소멸에는 오래 걸린다. 쌓인 감정의 찌꺼기들을, 그늘에 들어가면 보이지 않는 먼지처럼 덮어놓기에는, 콜라보레이션한 일러스트가 프린트된 2만 원짜리 티셔츠만 한 것도 없다. 하지만, 이제 티셔츠도 쌓여간다.

어쩌면, 우리가 워낙에 몸이 무거워 일수도 있다. (나의 경우엔 확실히 그렇다.) 앉았다 일어서면 머리가 핑 돌기 시작한 게 몇 년째라거나, 조금만 걸으면 땀이 나고, 일하며 마주친 사람들 대하느라 질릴 대로 질렸는데 또 사람들 마주치면서까지 '내돈내산'에 불필요한 귀찮은 소통의 과정을 거치는 것도 싫고, 그러니 인터넷으로 여러 개 골라놓고, 바구니에 든 것들을 빡치면 하나씩 해치워준다.

몸이 불어 지치니, 단 거, 기름진 거, 간단히 시원한 맥주 한 모금(이라고 쓰고 '네 캔 만원'이라 읽는..), 에어컨 아래 영화를 틀어놓고 후딱 야식도 해치운다.

내일이면 택배가 올 것이다. 내일이면 또다시 새로운 각오도 설 것이다. 스크롤을 더 하고, '좋아요'와 하트를 더 써서 마음을 추슬러 본다. 마침맞게 딱 필요하다 싶은 광고가 부드럽게 재생된다. 부담 없이 휘리릭. 쌓이는 게 뭐가 대수일까, 버리는 것도 그렇게 편한데. 가성비란 그런 거 아닌가. 용도폐기마저 깃털처럼 가볍게 처리해준다. 걱정근심이 즉각, 바람과 함께 사라진다. 그러고 보니 '바람과 함께 사라지다.'의 마지막 대사가 이렇지 않나?

'내일은 내일의 태양이 뜰 거야.'

뭐 이런 주장도 가능하다. 비싼 걸 하나 사서 그것만 주구장창 입고 쓰다가 어차피 수선비로 배보다 배꼽이 더 큰 상황을 맞이하느니, 적당한 가격의 것을 사서 잘 쓰다가 자주 바꾸는 게 더 낫다고. 혹은 돌려가며 로테이션으로 사용하면 여러 물건이 고루 더 오래 쓸 수 있게 된다고.

맞다. 예를 들어, 등산화의 경우도 그런 것에 속할 수 있다. 정작 등산을 자주 하지도 않는, 어디 한 번 등산이라는 걸 해볼까...라고 생각하는 이들이 종종 4-50만 원을 호가하는 가죽으로 된 중등산화를 고른다. 눈을 돌려보면, 일주일에 두 번은 산에 오르는 양반이 10만 원도 안 하는 등산화를 사서 신다가 반년 뒤에 실컷 신어 다 터진 등산화를 새 걸로 교체한다.

그렇게 쓰는 건 옳다. 진정한 의미의 가성비다. 그런데, 여기서의 포인트는, 싸고 나름 괜찮은 걸 샀느냐, 비싸고 엄청 좋은 걸 샀느냐가 아니다.

관건은 '쌓아두느냐, 주구장창 꺼내 쓰느냐.'의 차이다. 더는 가격으로 '가성비'를 따질 문제가 아니다. 내가 무엇에 얼마나 시간을 쓰는 인간인지를 알아내는 것이 먼저다.

'아끼다 똥 된다.' 아무래도 140만 원짜리 한정판에어조던은 농구 할 때 신기 힘들 것이다. 그렇다고 사시사철 캔버스 단화만 신고 다닐 수는 없는 노릇이다. 캔버스 단화가 뭐가 어때서 그러냐고 묻는다면, 난 발바닥이 아파 못 신는다고만 해두자.

누군가에겐 20만 원짜리 스니커즈가 적당한 가격이라 느껴질지 모르고, 누군가에겐 비싼 것일 게다. 게다가, 그 20만 원짜리 스니커즈를 1년 내내 신다 보니, 1년이 채 못 가 뒤축이 다 뜯어지고, 알고 봤더니 그 신발은 아웃솔의 이음새와 발뒤꿈치 컵의 내구성에 관해 다소 아쉬운 이런저런 이야기가 있더라는 소릴 듣게 된다. 하지만 그 신발을 신어본 뒤로는 도저히 다른 신발은 신지 못할 것만 같은, 소위 구름 위를 걷는 듯한 그 편안함을 결코 포기할 순 없다면? (콕 집어 '호카 오네 오네 본디5'를 말하는 것은 아니다. 안 신어봤다….)그럼 20만 원이 '가성비'에 속하는지를 따질 게 아니다. 내가 발바닥의 안녕을 위해 얼마까지를 써야 하는 인간인지를 내가 규명하는 것이 먼저다.

안목의 함정

가성비를 따지지도 않고, 명품에 목을 매지도 않고, 내가 좋아하는 것이 무엇인지, 내가 어떤 것에 시간을 쓰는지를 잘 알기에, 다시 디테일한 안목이 개발되고, 수시로 그 안목이라는 것이 발동되는 케이스가 이제 등장할 차례다.

이 길고 긴 글은 우습게도 다시 첫 파트로 돌아간다. 그러니까 내 친구 S, 궁극의 쇼핑 공작께서 그런 케이스였던 것이다. 그 녀석은 무턱대고 싸구려를 사지도 않았고, 살 때마다 자신이 이 옷을 과연 몇 년에 걸쳐 몇 번을, 어떤 때에 입을 것인지조차 머릿속으로 그려보는 것을 즐겼다. S의 사전에 충동구매나 패닉바잉은 들어선 바 없었다.

카키색 코트와 흰 셔츠 사냥 건에 대한 반전을 말하자면, 그는 내게 이렇게 말했다.

'한 열 번쯤 입겠지.'

S는 무섭게 흥정했고, 있을지 없을지도 모를, 아직 눈으로 보지도 못한 그 옷에 미리 책정해놓은 금액을 넘기지 않았다.

이 경우는 어떻게 해석해야 하나. '대대손손 물려줄 가보'나, '궁극'이라는 개념만 제거하면, 그야말로 완벽한 옷 쇼핑 아닌가? 이쯤 되면, 궁극의 옷이라는 엔딩은 없고, 궁극의 쇼핑이라는 오프닝만이 있다는 생각이 든다.

힌트는 안목을 키우는 것에 대한 고찰에 있다. 지뢰 찾기 이야기를 한 것 기억나는지. 컴퓨터를 켜면 메일함부터 여는 것과 비슷할지도 모르겠다. 아니면, 매일 아침 일어나 드립 커피를 한 잔 내리는 평화로운 루틴이 나를 그런 함정에 빠트릴 수도 있다. '자연스럽게'나 '원칙 없이 그때그때' 에 위배되는 속성. 집착, 강박, 의미화 없는 습관.

내가 어떤지를 규명해줄 요소들이 많아지는 것이, 나를 잘 설명할 수 있다는 사실이 항상 옳은 방향은 아니다. 우린 언제든 이 함정에 빠질 수 있다. 그저, '나는 이런 거 싫어하는 사람이야.'라거나 '나는 어떤 때에 꼭 이런 걸 해야 돼.'라고 말하는 것을 좋아하는 것뿐일 수도 있다.

무엇을 왜 하는지 매번 스스로에게나 남에게 설명할 필요는 없다. 하지만, 설명할 내용은 있어야 한다. 논리적이어야 한다는 말이 아니다. 그 행위라는 그릇에 내용이 비어 있으면 안 된다는 말이다. 좋은 내용물인지 아닌지는 전혀 중요한 것이 아니다. 그건 그저 나 자신에게만 중요한 일이기 때문이다.

이 인식 또한 중요하다. 내 정답이 남에겐 아무 효용이 없을 가능성을 항상 첫째로 전제해야 한다. 그렇지 않으면, 또다시 에펠탑 높이로 쌓인 명품 대평원에서 영원히 떠도는 혼이 될지 모른다. 내게만 적용되는 것일지라도, 내용이 있는지 없는지. 중요한 것은 그게 전부다. 까딱하면 그냥 내뱉은 말에 따르려고 내 몸과 마음이 따라간다. 내가 만들어 둔 상에 부합하려고 그 실체를 만들어내고자 한다.

익숙하지 않나? 카키색 코트가 그렇게 만들어졌다. 물론, 정말로 그렇게 생긴 코트가 실재했으니 그건 문제가 되지 않지 않냐고 묻고 싶을 테니 사소한 장면 하나를 보충하겠다.

그 코트의 주머니 입구는 사선이 아니었다. 심지어 덮개도 있고 수평이었다. 이미 S의 체크리스트를 충분히 숙지하고 있는 가게 아주머니는 수선집을 알려줬다. 수선집에서는 덮개를 뜯어내고 다시 박음질해주겠다고 했다. 내 친구는 결국 수평선을 바라보며 타협했다. 그리고 그 코트는 궁극의 코트가 되었다. 일시적이나마.

우리는 자신에 관한 어떤 것이든 선택적으로 타협하고 합리화하고 난 후, 그 사실 자체를 잊을 수 있다. 그리고, 그렇게 쌓인 성공적인 결과처럼 보이는 경험치 덕분에, 우리는 여태 해오던 과정을 반복하는 것을 멈출 수가 없다. S와 나는 안목의 전당에 (스스로를 추대하여) 오르고, 타협 없는(적어도 그리 보이는) 디테일의 아레나로 또다시 출전했다. 집착할 것을 찾아서 강박적으로, 습관적으로.

'전혀 자연스럽지 않게.'
'내가 임의로 만든 원칙을 획 하나 고치지 못하고.'

S는, 자신의 예언을 적중시키기 위해, 열 번 남짓 입은 옷을 더 이상 입지 않았다. 완벽. 이것이 안목의 함정이다. 안목이 있는 것처럼 보이는 자신에 몰입하는 것. 자신을 관찰하는 것이 아니라, 자신이 그리는 상에 맞게 자신을 재단하는 것.

좀 전에 했던 말을 다시 적어본다.

'쌓아두느냐, 주구장창 쓰느냐.'

한 줄 더 덧붙인다.

'충분히 쓰고 자연스럽게 미련 없이 제때 흘려보낼 수 있느냐.'

가능한 미래

젊은 나이에 무술 감독으로 꽤나 명망 있는 동생 한 명과 오랜만에 조우했다. 근 몇 년 동안, 오랜만에 만난 이들이 모두 덩치가 커져 버린 나를 보면 첫마디로 운동을 하느냐고 말하는 게 반복되고 있었다. 그 말이 나를 놀리는 것이 아니라 정말 그렇게 보이는 건지 궁금했던 나는, 그가 나를 보고 첫 마디를 뭐라 꺼낼지 궁금했다.

"형 요새 운동 열심히 하시나 봐요."

너마저... 각종 무술 유단자에 몸 쓰는 스턴트맨, 무술 감독아!
내 몸이 운동한 몸으로 보이니? 아, 내가 배에 힘을 주고 있구
나. 배에 힘을 빼고 편하게 앉아 말했다.

"2년 새에 20킬로 넘게 쪘어."

"아! 형, 그럼 차라리 이제 더 먹고 더 운동해서 더 키우세요.
머리도 짧게 그냥 투블럭으로 잘라 봐요."

운동했냐는 일반인들의 물음만큼이나 허황한 소리로 들렸는
데, 그제야 그는 전문가처럼 보이는 말을 했다.

"형, 예전에 제가 처음 만난 몸으로 돌아가는 것보다
그게 더 쉬울지도 몰라요.
일단 배보다 갑빠가 더 나오게만 키우면
일단 핏은 괜찮아지지 않을까요."

사실 나도 뭐가 뭔지 모른다. 지금도 물건을 샀다 버렸다 한다.
내가 안다고 할 수 있는 것은, 완벽을 추구하지 않으면 꽤 많은
게 쉽게 풀린다는 정도다. 이상적인 지점을 상정하고 그에 못

미치는 나를 몰아붙이지 말고, 지금의 나를 관찰하는 것도 그 일환이다.

옷장에 터질 듯 걸려있던 옷을 정리하는 것은 의외로 쉬웠다. 하나만 결정하면 됐다. 지금을 인정할 것이냐, 저 때로 못 돌아가고 있는 지금을 변명하려 애쓸 것이냐. 아시다시피, 급격한 체중증가로 절반의 옷은 맞지 않았으니까. 빠지면 그때 맞는 것을 사면 된다. 옷의 핏과 실루엣 이전에 내 실루엣을 보면 된다. 지금의 나.

자주 걸어야 하니 높은 굽의 부츠와 구두는 필요가 없다. 걸을 때마다 찌릿찌릿하게 둘 수는 없으니, 로퍼라도 아웃솔이 부드러운 것이어야 한다. 어떤 신발을 신어도 복숭아뼈를 돋보이게 하고 마치 맨발처럼 보이게 해주는, 이름도 솔직한 '페이크 삭스'는 다 버리자. 왜 언제 벗겨질지 모르는 불안감을 계속 지닌 채로 길을 걸어야 하는가. 절대 벗겨지지 않는 페이크 삭스라고 주장하는 모든 광고들에서 관심을 끄자. 발목 양말이 발목에 어중간하게 걸쳐져 있는 것은 아무런 문제가 되지 않는다. 걔는 그러라고 그렇게 생긴 애다. 나만 괜찮으면 된다.

그럼 나는 언제 어떤 옷차림일 때 괜찮은 걸까? 내가 지금보다 좀 더 가벼워지고, 지금보다 덜 아프면 좋겠다. 그렇게 보이려고 슬림핏 스판 팬츠에 셔츠를 밀어 넣고 벨트를 졸라매는 것과, 하루빨리 그렇게 되는 것 중에 뭘 골라야 하는가.

대신 발목 양말은 회색으로 통일하자. 발목 양말은 여름에만 신고, 보통은 운동화를 신을 테니, 다른 색은 필요 없다. 올이 나가거나 발목이 조금이라도 느슨해진 양말은 버리자. 긴 양말을 세 가지 색으로 사자. 검은색, 갈색, 짙은 회색. 겨울에 신을 두꺼운 모양말은 지금 가진 걸로 족하다.

빨래를 널 건조대도 새로 사자. 지금 있는, 관절 부분이 헐거운 플라스틱 재질 말고, 튼튼한 금속 재질로 사자. 사고 나니 건조대에 빨래를 널 공간이 전에 있던 것보다 좀 작다. 그럼 빨래를 더 자주 하자. 여름에 입는 속건성 티셔츠는 두 벌이면 족하다. 씻을 때마다 손빨래를 하면 되지 않나. 아무렇게나 막 입고 막 빨아도 괜찮을 만한 것으로 사자. 그럴만한 옷은 그저 엄청나게 싼 옷이면 안 된다. 적당히 꽤 좋은 옷이라야 그렇게 막 입고 막 세탁해도 될 옷이다.

덩치가 커졌으니 넉넉한 핏의 맨투맨을 입자. 단추를 잠궈도 사이사이가 벌어지는 핏의 남방이나 빳빳한 카라의 피케티는 이제 입지 않는다. 몸을 구겨 넣고 배에 힘을 주지 말자. 편안한 상태로, 다만 깔끔하게 입자. 집에서 막 입을 옷이라는 것들을 두지 말자.

버리기 귀찮아 그냥 둔 옷을 입고서, 살기 귀찮아 대충 버려진 것처럼 있지 말자. 큰 방에서 일어나 작은 방에 편집이나 글을 쓰러 갈 때도 긴 바지에 티나 셔츠를 입고 슬리퍼를 신고 출근할 것이다. 잠옷을 새로 사자. 단추가 붙은 것으로, 여름용과 사계절용을 따로 사자.

절대 벗지 않던 것

솔직해지자. 혹시 청바지와 티셔츠만 걸쳐도 핏이 사는 몸이 아니어서 옷이 많이 필요한 건 아닐까. 그건 너무 단순한데. 그도 그럴 것이, 몸이 꽤 좋았다고 자부할 때도 옷은 차고 넘친 만큼 많았다는 반론엔 어떻게 대답할 것인가. 뭐가 달라진 결과냐고 물으면, 그때 줄기차게 하던 생각에 지금은 전혀 동의하지 않아 그렇다고 답하겠다.

'매 순간, 모두가 나를 보고 있다…. 라고 생각할 것.'

신병교육대 조교를 하는 동안이나, 막 전역하고 춤을 추고 다닐 때 즈음엔 이 생각이 극에 달했던 것 같다. 아니, S와 주구장창 옷 사러 다닐 땐? 아니, 로라장, 나이트 좀 삐대고 다닐 땐? 그땐 안 그랬고? 그래, 그즈음 뿐만이 아니다. 그 생각에 기름을 부어준 환경이었을 뿐이다. 아니, 그런 환경을 스스로 조성하거나 찾아다녔을지도 모른다.

나는 사실 그냥 어릴 때부터 관종이었다. 시선이 내게 모이면 재밌어했다. 멍청한 짓도, 애꿎은 난장도 많이 피웠다. 그러면서 점점 더 상의는 더 타이트하게, 하의는 바람 불면 펄럭이며 양력을 받아 몸을 공중에 띄울 만큼 통이 넓어지고, 주렁주렁 허리춤에 체인이 절그럭거리고, 구두 굽은 갈수록 높아지고, 앞머리는 스프레이와 무스의 도움으로 '에이스 벤츄라'의 짐 캐리처럼 휘감겨 올라가고, 뿔테 안경의 알은 형형색색으로 바뀌었다.

순간 나오는 대로 큰 목소리로 아무렇게나 지르듯이 말하고 그 말에 푹 찔린 사람에게 어깨동무를 하고 대수롭지 않게 웃어넘겼다. 짝다리를 짚고 서 있는 실루엣에 집착했다. '매 순간 모두가 나를 보고 있는데 그게 감당 가능한 나'라는 캐릭터에 몰입했다.

지금은 가급적 그런 상황이 오지 않길 바란다. 헌데, 내가 어찌 비칠지 생각하는 것이 감당이 안 되는 상태라면, 그럼 그건 그냥 자기혐오 아닐까? 아니다. 그것과는 좀 다른 것 같다. 말하자면, 내가 맘에 들지 않으니 보여지고 싶지 않다기보다는, 내가 뭘 입고 어떻게 보여지고 무슨 짓을 하고 돌아다니든, 사실은 그렇게까지 남이 신경 쓰지 않는다는 게 그다지 기분 나쁘거나 자존심이 상하지 않는다. 그 사실이 오히려 편안하다. 그 걸 신경 써달라고 주장하기 위해 나에 대한 세부사항을 만들어내는 것에 질렸다. 간단히 말해, 자기 연출을 관뒀다.

내가 어떤 존재가 될지를 그냥 바라고, 그냥 그렇게 되자. 누구의 평가를 의식하는 행위를 멈추자.

나의 내부에서부터가 아니라 나의 밖에서부터 오는 것들로 나를 만들어가려고 했을 때 오히려 모순에 파묻혀 허우적댔던 것 같다. 까다롭고 확고한 나의 선호와 취향이라 생각했던 것들에서, 정말로 '지금의 나'만 남기고 나니, 그제야 겨우, 더 이상 남의 관심을 과도하게 끌고 싶지도, 타인의 평가를 빌미로 분노하고 싶지도, 실제 나보다 후한 선의의 평가에 의지하고 싶지도 않아졌다. 도리어 내 발상과 행동이 나를 놀래주기를 바란다.

직접 쌓은 세부사항들의 합이 나라면, 이제 세부사항이 되도록 없길 바란다. 기호나 취향이 예리하게 벼려지면 좋겠지만, 경향성은 언제든 바뀔 수 있길 바란다. 루틴이 있어 편하지만, 루틴이 없어 불편하지 않기를 바란다. 궁극은 없다. 돌고 돌아 난 이제 그냥 'simplicity' 가 좋다.

결국 심플한 디자인의 좋은 소재의 옷이 좋다는 말을 하려고 이렇게 길게 떠들었냐 싶을 것이다. 갈래가 난 오솔길들과 대로와 교차로를 지나온 것이 의미가 있을 것이다. '반지의 제왕'에서 고향 땅 '샤이어'에서의 평화로운 나날을 뒤로 한 호빗들이, 한 번도 떠나 본 적 없던 마을을 떠나 그 난리 통을 겪고, 한참 후 '샤이어'의 한가한 일상으로 다시 돌아온 것을 두고, 결국 돌아와 떠나기 전과 똑같이 앉아있게 되었을텐데 굳이 안 해도 될 짓을 하고 왔다고 하진 않잖아.

위임과 합의

가성비니, 성능이니, 취향 저격의 디자인이니, 압도적인 소재니, 멋진 철학을 가진 쿨한 브랜드니, 뭐 그런 건 언제든 새로이 발견된다. 얼마 전 지구를 사랑하는 그 레오나르도 디카프리오가 투자했다고 알려져 유명해진 '올버즈' 신발도 그런 브랜드일 것이다. 내가 모르면 계속 모를 것이고, 알게 되면 아는 만큼 보일 것이다.

예전엔 적당히 알고 그만큼만 만족하기 위해 '가성비'를 따졌다면, 이제는, 잘 아는 만큼을 담보 받은 후 그 이상의 만족을 덤으로 줄 만한 대상을 시간을 들여 찾고 나서, 더는 따지지 않는다. 일종의 위임장을 내주고, 납득할만한 합의점이 생기면 거기서 멈추고 만족하는 것이다. 그 이상의 것은 기대하되 반드시 원하지는 않는다.

쉽게 말하면 이런 것이다. 진은 리바이스 스트레치 진이면 되지 않을까. 지금 신는 로퍼가 못 쓰게 되면 다시 허시파피 매장에 가면 되지 않을까. 다 똑같은 소재의 반바지라면, 내가 좋아하는 'the rock, 드웨인 존슨'의 심볼과 '블러드 스웻 리스펙트'가 촌스럽게 새겨진 언더아머 '프로젝트 락' 시리즈 반바지를 입어 기분이 조금 더 좋아지면 그걸로 된 거 아닐까. 터틀넥이든 목도리든 그냥 캐시미어를 사서 오래 쓰자. 지금 입는 긴 트레이닝 팬츠가 다 닳으면 다시 룰루레몬으로 가서 똑같은 것을 달라고 하면 된다.

여름에 운동할 때 입는 파타고니아 티셔츠 두 장은 매일 같이 손빨래를 하고 있는데 언제 닳아 없어지려나. 질리지도 않고 세월이 먼저 가고 있으니 좋은 일이다. 얼른 무척 추워져서 롱패딩 안에 저 랄프로렌 가디건을 입어야 되면 좋겠다. 오십이 넘어도, 육십이 넘어도, 춥다 싶으면 어김없이 저 옷을 걸치고 앉아있으면 좋겠다. 가디건이란 물건을 외계인에게 설명하려면 딱 저렇게 그릴 것 같은 모양의 바로 그 가디건이라, 방에 걸어두고 보는 것으로도 기분이 좋으니 퍼즐 액자 못잖은 효과다. 발이 시리거나 눈, 비가 쏟아지면 고민할 필요 없이 발을 집어넣을 팔라디움 부츠가 있으니 생각이 없어져 좋다.

더 좋은 것은, 내가 가진 모든 옷가지와 신발, 액세서리가 무엇인지 내가 언제나 다 알 수 있다는 거다. 하나가 수명을 다하면, 무엇이 필요한지 알 수 있다. 쇼핑몰에 당도해서, 지금 내가 어떤 기능의, 어떤 색상의, 어느 브랜드의 어떤 옷을 사야 하는지, 그것을 사면 무엇이 충족될 것인지, 오늘 새로 산 옷을 언제 입을 것이고 그 옷이 어떤 기분을 줄지 아는 것. 이보다 더 나에 대해 잘 안다고 말할 수 있는 경우는 드물 것이다.

물론 합의안은 언제든 갱신된다. 앞서 말했듯, '궁극'이나 '완벽'만 내려놓으면 된다. 지금과, 여기와, 나만 생각하면 된다.

내게 고만고만한 추운 날에 신는 신발로 올 타임 넘버원에 가장 가까웠던 까만색 나이키 에어포스원 운동화는, 올겨울 호카오네오네 사의 '본디 레더'로 대체될지 모른다.

스탠스미스는 여전히 에브리데이 한결같은 스탠스미스이지만, 언제 느닷없이 올버즈와 함께 하는 매일매일이 될지 모른다. 아디다스 오리지널 져지는 영원불멸한 오리지널이지만, 이제 내겐 한 장밖에 남지 않았다. 가을이 되면 빈 옷걸이 중 하나에 바람막이가 한 벌 걸릴 텐데, 그것이 룰루레몬이 될지 파타고니아가 될지는 아직 모른다. 하지만 그것이 어떤 색일지는 이미 알고 있다.

오랜 시간 찾아보고 비교하고 가격을 따져보고 나서 나온 결론은 물론 아니다. 그냥 무엇이 필요한지 알고 있으니 그게 얼마든 정말 필요할 때가 되면 사기로 한다. 비워내야 하는 것이나 채워 넣어야 하는 것이 있다면 옷장 문을 여는 순간 큰 노력 없이 눈에 띈다. 정말로 필요하지 않으면 물건이 새로 생겨나지 않는 세계관 속에 살고 있는 셈인데, 이 세계관 안에선, 천천히 걸어도 항상 제시간에 목적지에 도착하는 기분이 든다.

가장 마니악하게

정리하자면 미니멀리스트들이 자신의 유튜브나 팟캐스트, 다큐멘터리나 저서에서 줄기차게 말한 그 내용으로 귀결된 셈이다. 심플하고 좋은 소재의 옷. 유행을 타지 않는 클래식한 옷들이 종류별로 하나씩. 이와 비슷한 얘기들. 하지만, 중요한 건 내게 어떻게 적용되는지다. 내가 어떻게 이것을 적용할 수 있는 인간이 되었는지, 나는 그것을 어떤 식으로 해석했는지, 그리고 거기 나의 디테일은 무엇이 첨가되었는지가 의미 있다.

돌고 돌아 다시 도착한 곳이라야 진짜 출발지다. 거기서 또다시 시작해야 한다. 그리고 중요한 것은 나, 그중에서도 '지금의 나' 뿐이다.

미니멀 라이프를 시작한 사람의 수 만큼이나 그들이 살아가는 양상은 다양하다. 이들이 만나서 어떤 궁극의 공식을 공유하는 것이 아니다. 하나의 비법 노트가 있는 것이 아니다. 이들이 하는 말이 다 비슷하다고 해서, 그들의 모습이 모두 비슷할 것이라는 것은 큰 착각이다.

이런 다양한 미니멀리스트들이, 그럼에도 비슷한 것 하나가 있다. 남에게 관심을 가지고 배려하고 예의 바르고 느긋하고 정확하면서도, 결국 자신에게 가장 열광적인 마니아라는 것. 그들은 자신의 가장 집요한 팬이다. 일거수일투족이 궁금하고, 판에 박힌 모습이 계속되거나 자기 복제를 반복하면 어김 없이 눈치를 채고, 변화와 도전을 종용하고, 매 순간 처음 본 것처럼 감탄한다. 할 때마다 새롭게 느껴지는 한결같은 루틴에 매번 집중하고 열광한다.

덧. 말고 덫.
그러니, 단순한 루틴이 반복된다고 해서, 그를 둘러싼 환경이 새로울 것 없어 일견 단순해 보인다고 해서, 매번 똑같이 쳇바퀴를 돌며 점점 무의식적인 습관만 남은 좀비가 되는 것이 결코 아니다.

그런데 그가 스스로 그렇게 느끼게 되는 순간이 있다. 그럼 순식간에 껍데기만 남는다. 디테일 심취 놀이, 안목의 함정에 다시 빠진다. '나'는 아무래도 좋게 된다. 보여지는 나의 세부사항에 목매게 된다. 가진 옷을 다 합쳐봤자 불과 스무 벌도 안된다는 팩트로 자랑을 하게 되거나, 더 많은 물건을 버리는 것에 집착하게 된다.

보이는 물건 수만 적을 뿐, 곤고한 상태에 빠져 스스로를 공격하는 건 물건에 파묻혀 가라앉는 수많은 이들과 마찬가지가 된다. 누군가가 폭음과 폭식을 할 때, 그는 중독상태로 자기 물건을 버리고 불태울 뿐이다.

나의 가장 열광적인 마니아가 나를 가장 불안하게 만드는 스토커가 된다. 그 스토커는 나를 끊임없이 의심한다. 집착, 강박, 놓으면 모든 게 무너질 것 같아 그저 반복하는 습관. 완벽주의가 그런 식으로 다시 스멀거리며 올라온다. 모든 영역에서 미니멀라이프가 잘 이뤄지기 시작했다고 생각할 때 그렇게 된다.

나는 특정 공간에 대해 그런 태도를 취하기 시작했다.

덧
매일 우리 집 앞 공원에 널브러져 기지개를 켜는 길고양이 일동들은(한 마리가 아니다.) 지 털이 무슨 무늬든, 눈동자가 무슨 색이든, 몸매가 어떻든 아무 신경도 쓰지 않는다. 우아하게 걷고 앙증맞게 하품하고 머저리처럼 꾸벅꾸벅 존다. 총체적으로는 걍 귀엽다.

가끔은 날렵하고 때로 여유 있고 어떨 땐 멋있기도 한데(대부분의 경우엔 그냥 바닥에 떨어진 식빵 덩이 같지만), 그건 걔들 각각이 지닌 특색이라기보단 대체적으로 걍 고양이라 그런 듯 보인다.

고양이가 고양이라서 고양이스러운게, 누구에겐 맘에 들 수도 있고 누구에겐 관심 밖일 수도 있다. 그러거나 말거나 고양이는 알아서 잘 산다. 고양이답게. 걔들이 어느 날부터 내가 우습게 보는 걸 알고 보더콜리처럼 기민하게 총총거리기 시작했다고 생각해보라. 상상이 되는가?

상어가 이루 말할 수 없이 오묘한 그 유선형의 생김새를 유지한 건 수만 년이 넘었을 것이라고 한다. 우리가 아는 지금의 상어가, 업데이트 없는 최초 버전이자 최적화가 끝난 상태란 뜻이다. 진화론이든 창조론이든 그건 모르겠고, 각기 모양을 바꿔가며 세상에 적응해 온 수많은 동물들을 아랑곳하지 않고, 상어는 그냥 난 모양 그대로 그렇게 살아왔다.

난폭해 보이는 외관과 달리, 상어는 척추 말고는 몸통에 뼈가 없어서 작살로 찌르면 몸이 푹 뚫리고 꼬치처럼 꿰어진다. 사람들을 까무러치게 만드는 그 이빨은 매일 빠지고 새로 난다. 흉측한 이빨과 달리 상어의 눈매가 어처구니없이 영롱하단 걸 아는 사람은 드물다. 상어의 눈동자는 송아지의 그것처럼 눈 망울이 동그랗다.

사냥감을 물기 위해서 턱을 최대한 벌리면 눈으론 사냥감을 제대로 볼 수도 없을 만큼 입이 벌어지는데, 그때 사냥감의 몸부림으로부터 조금이라도 빠른 시간 안에 눈동자를 보호하기 위해, 상어의 눈동자는 아래서 위로 닫힌다. 초딩 때 줄기차게 본 내셔널 지오그래픽 다큐멘터리에 나오는 내용이다.

나는 상어를 좋아한다. 그러니 저 세부사항들은, 마니아에게만 보이는, 상어에 관한 감탄이라 할 수 있을 것이다. 하지만, 누군가는 상어의 모습을 보기만 해도 몸서리를 칠지 모른다. 그리고, 나나 그 누군가나, 상어의 살아가는 꼴과 생긴 모양에는 어떤 영향도 미치지 못한다. 상어는 알아서 잘 산다. 상어답게.

그러니 결론은 이렇다.

　　　'진리가 너희를 자유케 하리라.'

거창한 뜻으로 해석하려는 건 아니다. 그냥 생긴 대로 사는 것. 그리고 그전에 내 생긴 꼴을 아는 것. 기질대로 움직여 나를 그대로 내보이는 것. 그리고 나면 내게 어울리는 것이 보이기도 하고, 내게 적합한 장소가 보이기도 한다. 의식적으로 노력을 한 끝에, 동물들에겐 저절로 가능한 그 경지를 겨우 알아채는 셈이다.

하지만, 의식해야만 가능한 우리라서, 우리에게만 주어지는 선물이 있다. '자연스럽게'를 느끼는 감각이 그것이다. 그게 구체적으로 어떤 감각일까.

   '이래도 저래도 도무지 나답지 않을 수가 없는 상태.'

다들 한 번쯤은 느껴본 적 있지 않나.
그러니 가자, 다시 그 상태로.
그 마음을 품고, 옷장 문부터 열어보자.

절대적인 잠을 위한 미장센
- 잘 땐 아무것도 안 보여.

벽처럼 보이는 것 두 가지

주변 사람들이 나의 변화를 어느 정도 알아챌 정도에 이르렀을 때, 아이러니하게도, 고요히 혼자 앉아 변치 않는 자신을 본다. 애장품들로 이룩한 먼지의 제국이, 강박으로 회칠한 영혼의 유치장이 되는 것은 순식간이다.

'이런다고 달라지는 건 없어.'

그 이전까지는, 누가 뭐라 생각하든(혹은, 누구도 사실 크게 신경 쓰지 않는 나를 깨닫고) 자신의 문제를 즉각 눈에 보이는 변화로 교정해나가는 희열이 있는 단계라 할 수 있겠다. 행위 하나하나가 곧바로 왜곡 없이 기대한 효과를 보장한다. 시작만 한다면야, 청소하고 쓰레기를 비우는 것이 개운하지 않을 이가 누가 있겠나. 필요한 물건과 필요하지 않은 물건을 분류하고, 보기 좋게 정돈하고, 필요한 이에게 무엇을 나눠주고, 내가 정말 필요로 하고 좋아하는 것들이 무엇인지 정리해보는 것, 좋은 물건을 보는 자신만의 기준과 안목을 기르는 것 등의 효과는 그리 논란의 여지가 있을 수 없다. 물론, 미니멀라이프를 시작하기 전까진 굳이 저렇게까지 해야 하나 싶었던 수위에 도달하긴 하겠지만, 막상 해보면 대단한 일들은 아닌 것이다. 오히려, 이 일련의 '비우기' 과정들은 이내 납득하기 쉬운 일들로 여겨지게 되는데, 그 작은 일들의 효과가 생각보다 크다는 것을 느끼게 된다. 가파른 상승곡선. 계속 이렇게만 지속되면 얼마나 좋을까.

하지만 모든 게 그렇듯, 일이 그렇게 굴러가지 않는다. 초기의 가파른 상승곡선은, 같은 시간과 노력을 들여도 더 이상 그 기울기를 유지하지 못한다. 반드시 상승곡선이 완만해진다. 두 개의 기점이 있다. 둘 중 하나는, 자신을 괴롭히는 동시에 은근히 즐기기에 딱 좋고, 나머지 하나는 고통이 점점 커진다. 의미와 전개가 조금 다르다. 그러나 양상은 비슷하다. 둘 모두 강박적인 사고를 야기한다는 점에서 모두 자신을 고문한다.

하나는 허들에 가깝고 다른 하나는 닫힌 문에 가깝다. 하지만 당시엔 그저 하나의 벽으로 보인다. 나의 경우엔, 공간으로 나를 고문했다. 잠드는 공간으로 허들을 넘고, 책상을 놓은 자리를 옮겨가며 닫힌 문을 응시했다. 허들과 닫힌 문으로 비유한 두 고문 기술자의 이름은 이러하다.

하나는 '누가 봐도' 이고, 또 다른 하나는 '이것만 되면' 이다.

허들

비우면 변하는 것이 있다. 하지만 나의 소유를 비우는 것만으로 충분치 못하다고 여길 때, 우린 비움의 체계와 우열과 정석을 찾아내려 한다. 그리고 그 가상의 '비움의 세계'의 윗자리를 차지하고 싶어진다. 비우는 건 말 그대로 내 걸 비우는 것일 뿐인데, 비움으로 야기되는 결과를 외부로부터 그 자리에 채워넣으려 한다. 청소를 하고 그걸 보여주려 지인을 초대하는 것과 비슷하려나.

이제 누가 뭐라 하든 상관없는 단계가 지나고, 누군가가 보기에 나의 무엇인가가 보이는 단계가 도래한 것이다. 그리고 자신의 눈에도 나 아닌 다른 이들의 무엇들이 보이기 시작한다.

이때 쯤, 많은 책과 영상과 다큐멘터리를 접하게 된다. 그것들은, 초심자에게 클라이머 못잖게 가파른 상승곡선을 등반할 수 있는 힘을 준다. 그러다 점점 도전정신이 고취된다. 000챌린지가 눈에 띈다.(몇 일 동안 매일 몇 개씩 물건 비우기, 물건 몇 개로 며칠 버티기, 내 옷장에 있는 옷 몇 벌 이내로 비우기 등등) 비슷비슷한 모습의 비슷비슷한 말을 하는 특정 사람들에게 편안함을 느끼게 된다. 그들과 같은 부류로 안착한다.

그러다가 한 번씩 이 모든 것이 어쩌면 유행일 뿐이라 생각된다. 이 모든 것의 본령과 곁가지가 있다고 여겨진다. 나는 그것을 구분할 수 있다는 생각을 한다. 무엇이 본질에 가까운지에 대해 말하는 각기 다른 말들을 놓고 그들과 나의 차이를 비교해본다. 편한 쪽을 취하고 불편한 쪽을 피하기도 하고, 반대로 편한 쪽을 박차고 불편함을 좇아 나서기도 한다. 그러다 결국 압도적이거나 극단적인 것은 그것이 곁가지든 본령이든 간에 '누가 봐도' 무시할 수 없는 것일 테니, 바로 그것이 목표가 된다. 목표는 항상 바뀐다. 그래도 상관없다는 것은 이미 숱하게 합리화도 해보았고, 실제로도 그것이 진실의 조각이기도 하니 거칠 것이 없다. 전장을 찾아 헤맨다. 평온한 마을을 찾아 쟁점의 불을 붙인다. 불을 피우고 불을 끄며 마을을 지킨다. 다른 마을로 간다. 길 위의 구도자...아니 관심 없는 척하는 관종이 된다.

오랜만에, '마치 이런 비유' 타임.
영화로 치면, 타르코프스키과 스필버그를 놓고 대가리 깨지게 막걸리 안주로 써먹는 영화과 학생들의 천하제일너드대회 같은 게 시작된다. 모든 장면을 원씬원컷 롱테이크로 찍는 것과 모든 컷을 삼각대 위에 올려놓고 픽스로 찍는 것, 무빙과 픽스의 혼용의 의미, 홍상수의 패닝이 알폰소 쿠아론의 공중부양 미치광이 카메라와 비할 바인지, 영원히 육즙이 흐르는 안줏거리인, 장르의 위대함 혹은 장르의 무용함 운운, what to say

와 how to say의 궁합의 척도, 추상과 구상의 비율을 시사하는 자기만의 레퍼런스가 되는 인상주의를 제외한 화가는 누구인지 말할 수 있는지, 어디선가 어떻게 접한 한정판 dvd의 메이킹 필름이나 크라이테리온 컬렉션에 수록된 미공개 장면, sight & sound 잡지 원서에서 스스로 읽어 낸 남들은 모를 것이라 여겨지는 어떤 누군가의 인터뷰, 디졸브의 촌스러움과 고속촬영의 작위성, 그렇다면 아핏차퐁 위라세타쿤의 그 길고 긴 느린 디졸브의 환상적 효과란 무엇인지, 고속촬영으로 피보라와 땀방울을 애무하는 샘 페킨파의 미학은 무엇인지, 그런가 하면, 영화 속 모든 음악은 네러티브 안에서 내적으로만 재생되어야 한다는 망언, 급기야 '도그마 95 선언', 그리고 그 선언을 스스로 깨버린 라스 폰 트리에, 모든 컷은 그 의미를 모든 차원(미술, 세팅, 연기, 화면 사이즈, 카메라의 움직임, 조명의 움직임, 색깔, 음악, 그 음악의 발췌된 부분, 작곡가의 삶, 제작자의 혈액형, 감독의 발 사이즈, 배우의 조상의 국적.....)에서 합당한 이유를 설명할 수 있어야 한다는 의견과, 모든 것은 하늘에서 내려온 벼락을 맞은 아티스틱한 휴먼의 브레인에서 튀겨진 팝콘의 우연한 찌꺼기의 산물이라는 입장까지... 그러니 이토록 어려운 영화라니. 수도승의 고행이거나 전쟁광의 죽음도 불사하는 각오가 아니라면 이 향연에 끼지 못하리라는 자조와 자뻑이 뒤섞인…. 이 모든 것을 느끼고 감내하고 고려하며 고뇌하는 나는 그러니까 천하제일... 그만하자.

이쯤 되면 영화과 학생들의 술자리는 미명을 맞이하고, 그 즈음해서, 중간중간 술에 취해 졸다 깨길 반복한 결과로 그 시점에 제일 멀쩡한 상태를 유지하는 복학생 한 명의 진지하고 천진한 물음에 모두가 입을 닫게 된다.

'그게 니 영화랑 무슨 상관인데?'

침대의 경우

나는 오랫동안 무인양품의 침대를 쓰고 있었다. 그 브랜드의 매트리스는 세 가지 종류인데, 라텍스나 메모리폼이 아니라, 모두 코일이 내장된 매트리스다. 걔 중 포켓 코일을 사용한 매트리스를 사용했다. 허리디스크로 퇴원한 이후, 몸을 뒤척일 때마다 아주 약간씩 매트리스 전체가 꿀렁거리는 것이 느껴졌다.

매트리스 내부의 어딘가가 고장이 난 게 아니라 내가 더 민감해진 것이다. 나의 움직임으로 인해 생기는 허리 한쪽과 매트리스 사이의 틈이 메꿔지지 않은 채 몸이 움직이면 흡사 그 공간을 메꾸려 내 몸이 내려앉다가 디스크가 빠질 것 같은 기분이 들었다. 실제로도 '헉' 하는 소리가 날 정도로 아찔했던 순간이 종종 있었다.

그리고 그 침대를 Y에게 주었다. Y는 오랫동안 쓴 이케아 침대가 있었다. 그 이케아 침대의 프레임에서 매트리스를 지탱해주는 나무 바닥 부분만을 남기고 나머지는 폐기했다. 그 나무 바닥 부분은 한동안 현관 옆 빈 벽에 기대어 놓고 장식 겸 간이 가방걸이로 유용하게 사용했다. 나는 접이식 라텍스 위에 자기 시작했다. 접이식 라텍스는 미묘하게 내 몸에 맞게 굴곡이 생겼다. 접히는 부분도 은근히 거슬렸다. 며칠에 한 번씩, 뒤집어 놓거나 머리와 발 부분을 바꿔놓고 썼지만, 그때마다 등과 다리에 느껴지는 굴곡이 달라 거슬렸다.

쿠션 두 개를 무릎 밑에 받쳐두고 양쪽 허리 요방형근 밑에 테니스공을 괴고 똑바로 누워 잤다. 하지만 밤새 그렇게 몸을 고정하기란 불가능했다. 옆으로 누울 때 필요한 높이의 베개가 없어, 부들부들한 베개를 반으로 접어 고개를 받치고 다리 사이엔 적당한 높이의 쿠션을 끼고 잤다. 침대가 아니라 라텍스에 누워 자니 방바닥이 너무 가까웠다. 그에 맞는 높이의 좌탁이 필요했다. 낮은 접이식 테이블을 놓고 그 위에 아로마 디퓨저와 알람시계를 올려두었다. 일어나자마자 스트레칭을 하기 위해 요가 매트도 옆에 펼쳐두었다. 매일 일어나면 먼지가 너무 잘 보였다. 잘 때 기침이 많아졌다. 청소를 해도 라텍스와 벽 사이에 낀 머리카락과 먼지가 보일 때면 기침이 올라오는 듯했다.

자다가 허리가 뻣뻣해지고 종아리가 붓기 일쑤였는데, 그럼 요가 매트 위에 누워 스트레칭을 한 시간 정도 했다. 마사지 볼, 벨런틱, 폼롤러 등등으로 능형근, 요방형근, 장요근(장요근 마사지는 정말이지 스스로 하는 고문이다. 자기 손으로 직접 장요근을 느낄 정도로 손가락을 펴서 다른 손으로 손등을 눌러대며 마사지를 하는 건 거의 맨정신으론 불가능하다. 그래도 아프면 그 짓을 하게 된다.), 햄스트링, 발바닥 등등을 미친 듯이 조져대다 보면 몸이 축 처지는데, 그럼 도리어 딱딱한 요가 매트 위에서 꿀잠을 잔다. 물론, 자다 보면 자연히 몸이 옆으로 돌고, 그럼 베개를 라텍스에서 끌어당겨 오고, 무릎 사이엔 쿠션이 들어서고, 자고 일어나면 어깨가 뻐근해지기도 하지만, 잠드는 것이 목적이니까, 잠들었다 깼다는 게 어딘가. 그런데 요가 매트 옆엔 작은 수납장이 있는데, 그 수납장 다리의 높이가 7~8센티 정도 되어서, 그 안으로 바닥에 쌓인 먼지가 누운 내 눈높이로 똑바로 보였다. 가슴이 갑갑해졌다.

재활 요가 수업이 끝나면 사바사나(전신이 이완된 상태로 쉽게 말해 대자로 뻗어 누워 있는 것)을 하고 몸을 이완시키고 호흡을 하며 쉰다. 한 시간 반 정도 요가를 하고 오 분에서 십 분 정도 누워있다 보면, 땀이 다 마르면서 그렇게 개운할 수가 없다. 선생님은 종종 사바사나를 하는 내 무릎 밑에 볼스터를 괴어주고, 내 양팔을 위로 올렸다가 옆으로 잡아당겨 쭈욱 늘인 상태로 요가 브릭 위에 팔목을 얹고, 목에 수건을 접어 받쳐 주었는데, 그때마다 그 즉시 코를 골며 곯아떨어졌다.

나는 그것을 집에서 재현하고자 마음먹었다. 하지만 요가학원에서 쓰는 바로 그 모양의 볼스터와 브릭은 생각보다 비쌌다. 하지만 난 다른 것을 사려고 하지 않았다. 그건 그 순간의 재현이 아니니까. 그럼 돈 낭비니까. 그럼 그 고가의 요가용품들을 똑같은 것으로 사야 하나. 대체할 수 있는 게 없을까? 그러다 나만의 시스템을 구축했다. 쿠션 두 개를 하나씩 무릎 뒤에 놓아도 높이가 충분치 않았다. 쿠션 두 개를 가지런히 놓는다. 그리고 그 위에 내가 쓰지 않는 약간 단단한 베개를 얹는다. 그럼 얼추 높이가 비슷하다. 양팔목을 얹을 만한 높이의 뭔가가 있을까? 수건을 세 번 접어 두 개를 겹치면 비슷하다. 베개 대신 수건을 접어서 쓰자. 그리고, 당연히 요가 매트 위에 눕는다.

그렇게 시작된 세팅은 무인양품 푹신소파(일종의 빈백이다.)를 무릎 뒤에 괴어놓고, 네모 난 쿠션의 모서리를 요방형근 뒤에 끼워 넣고 밖으로 빠져나온 쿠션 위에 팔꿈치를 올려놓는 것으로 정착되었다. 자다가 그 자세가 흐트러지면 바로 일어나 방의 불을 켜고 모든 침구를 옆으로 치우고 요가 매트 위에서 스트레칭을 시작한다. 그러다가, 수납장 아래의 먼지가 보이면 빗자루로 쓴다. 신경 쓰이는 것이 많으니 결국 수납장을 큰 방으로 치운다. 큰 방으로 수납장을 치워 바닥이 훤히 보인다 한들, 붙박이 옷장에 걸린 옷들에서 나오는 먼지는 어떻게 할 것인가. 요가 매트를 큰 방으로 옮긴다. 그건 더 문제다. 큰 방에는 책상과 의자 등 입식 가구들이 있다. 차라리 작은 방을 더 비우자.

그러다 결국 요가 매트는 밤새 누워 자기엔 너무 딱딱하다는 결론에 도달한다. 하지만, 단기간 몸을 뉘어 통증을 완화시키기엔 딱딱한 바닥이 나은 것은 확실하다. 나처럼 허리디스크로 고생하던 또 다른 후배는, 신혼집에 들여놓을 물건 중 가장 먼저, 가장 큰돈을 들여 세상에서 가장 좋다고 주장하는 각종 매트리스를 모조리 누워보고 개 중 자신이 생각하기에 가장 좋은 매트리스를 사서 쓰다가, 허리가 나가고는 자신도 바닥에서 잔다고 했다. 물론 요가 매트보다는 두꺼운 무엇인가를 깔고서.

잠을 자는 작은 방바닥에 놓인 물건이 접이식 작은 테이블, 스탠드, 알람시계, 그리고 요가 매트와 한 켠에 접어놓은 라텍스, 쿠션 정도밖에 없을 때, 뭔가 깨달았다. 이 방은 완벽하게 좌식이구나. 난 아직 양반다리도 힘든데. 앉아서 양말이라도 신으려면 쪼그려 앉아 허리를 구부려야 된다. 이건 위험하다. 다시 침대를 사자. 하지만 딱딱한 평상형 침대를 사자. 온돌 침대? 비싸고 못생겼으니 다른 걸 사자. 미친 듯이 검색을 해서 조립식 평상 형 침대를 샀다. 그 위에 7cm 정도 되는 토퍼를 올렸다. 접이식일 필요는 없으니 싼 것을 샀다.

허들넘기 시연

그러는 동안 물건 비우기는 계속되었다. 내 눈에 보기에 마음
에 드는 물건들만 남기는 것에 혈안이 되어 있었고, 커다란 평
상형 침대는 눈으로 보기에도 별로 맘에 들지 않고, 작은 방은
이제 더 이상 미니멀하지 않게 느껴졌다. 그즈음에는, 어디에
서 누워 자도 척추기립근을 키우지 않고 몸이 뻣뻣하면 모든
것이 허사라는 것을 이미 충분히 잘 알게 되었다. 스트레칭을
더 하자. 더 걷자. 그런데 이상한 데서 문제가 생긴다. 내가 누
워 자는 곳이 도무지 마음에 안 드는 것이다.

내 머리는, 그 유명한 '나는 단순하게 살기로 했다.'와 '나는 습
관을 조금 바꾸기로 했다'의 저자, '나는 00하기로 했다'의 원
조, 바로 그 '사사키 후미오' 씨의 방을 기억해낸다. 그가 출연
한 다큐멘터리에서 그의 집을 보고 받은 충격이 생생했다. 물
론 그의 책을 읽은 후였으나, 직접 눈으로 본 그의 집은 충격적
이었다. 그는 집의 모든 물건을 꺼내서 담는데 10분이 채 걸리
지 않았다. 그의 유일한 가구는 A4용지 크기에 높이가 20cm
정도 되는 나무함이 전부였다. 그는 그 위에 그릇을 놓고 밥도
먹고 차도 마셨다.

그의 침구는 '에어리 매트리스'라는 것으로, 3단으로 접히는 매트리스지만 접히는 부분이 전혀 굴곡이 없고, 무게도 가볍다. 에어리 매트리스라는 이름 그대로, 내장재는 마치 수세미처럼 수많은 구멍이 뚫려있어, 95%는 공기라는 말이 정말이지 싶다. 세척도 용이하고, 여름철에는 그 소재의 특성 때문에 시원하기까지 하다. 2단을 접고 1단을 벽에 기대면 좌식 소파로 쓸 수도 있다. 한국에선 정식 수입하지 않아 아마존 재팬 직구를 해야 한다. 어떤 곳에서는 그 매트리스의 사면을 둘러싸는 프레임을 팔기도 하고 어떤 곳에서는 커버와 그에 맞는 토퍼를 팔기도 한다. 하지만, 사사키 씨는 그저 그 매트리스를 펼쳐서 침대로 쓰고 접어서 소파로 쓸 뿐이었다. 아무튼 간에 나는 그 매트리스가 필요하다고 생각하기 시작했다.

일종의 '영감'을 주는 사람은 사사키 씨 뿐만이 아니었다. 일일이 밝힐 수 없을 만큼 수많은, 내가 팔로우하는, 국적을 망라하는 수많은 미니멀라이프를 시전하는 유튜버들, 블로거, 작가들에게서 각각의 궁극의 레시피를 발견했다. 간단한 예를 들자면, 캐리어와 백팩 하나에 자신의 모든 짐을 싣고 세계를 유랑하며 살아가는 이들이 생각보다 많다. 상당수의, 꿈에 그릴 법한 거의 완벽한 원룸에 사는 이들이 그 방을 이상적으로 유지시키는 해법은, 낮시간 동안에는 벽장 안에 세워서 넣을 수 있는 침대다. 회색 면 티셔츠를 입고, 드립 커피를 내려 마시고,

갈색 가죽 소파에 앉아 맥북 프로 스페이스 그레이 모델을 열어놓고 모닝 저널을 쓰는 수많은 현자들과 그들의 거실과 침실. 내게 뭐가 필요한가. 난 뭘 지향하고 있는가.

그들에 비하면, 나는 여전히 아수라장에 살고 있는 디스크 환자일 뿐이라 여겨졌다. 나는 기껏 쓸데없는 잡동사니를 좀 줄이고, 고만고만한 정리정돈으로 위안 삼는 수준이었다. 그러면서 무슨 대단한 깨달음을 얻은 양, 자랑스레 신선놀음하고 있는 것이란 생각이 들어 얼굴이 화끈거렸다. 뭐 기껏해야 내가 느낀 것들에 대해 가까운 이들에게 이런저런 이야기를 조심스레 하기 시작한 정도였지만, 한 편으로는, 내가 접하고 겪은 변화를 전혀 모르는 이들의 공간에 들어서면, 내색은 하지 않더라도 조금씩 불편한 마음이 생겨나는 것도 사실이었으니까.

그러면서 속으로 '왜 저걸 저런 상태로 두지?' '이들의 생활은 뭐가 문제일까?' 따위의 건방진 생각을 하기 시작했고, 그와 동시에, 소위 나보다 더 '미니멀'한, 그러니까 더 높은 단계에 도달한 것처럼 보이는 이들의 삶을 보며 나의 '보이는 것'들에 부끄러움을 느끼기 시작했다.

북아메리카를 발칵 뒤집어 놓은 '곤도 마리에'씨의 '설레지 않으면 버려라.'의 사례들은, 마치 옥타곤에 들어선 나 같은 프로 파이터의 눈엔, 아마추어에게 장난처럼 호신술을 가르치는 것처럼 보인다는 생각을 한 것도 같다. 그러면서 속으론 나도 아마추어라고 느꼈다. 그러다 오기가 생겨 비교우위에 서고 싶다는 생각을 한 걸까? 그런데 웃긴 건, 그러면서 결국은 또 다른 누군가의 무엇인가를 똑같이 따라 하면 그 비교우위라는 위치에 서게 될 거라 생각한 게다. 그만큼 정신이 없었다.

결국, 에어리매트리스를 사기 위해서였는지는 모르겠지만, 멀쩡했던 평상침대를 갖다버렸다. 그때쯤 TV도 버렸다. 많이 버렸다. 상징적인 사례로, 멀쩡한 칫솔을 버리고 재생 플라스틱인지 뭔지로 만든 칫솔을 새로 샀다. 모든 좌식테이블을 버렸다. 차라리 작은 상자를 바닥에 두고, 그 안에 수납할 것, 그 위에 올려둘 것을 제외하고는 작은 방의 모든 물건을 버리자고 생각했다. 스티브 잡스의 전기에 나온 잡스의 거실 이미지도 떠올랐다. 덩그러니 놓인 고르고 고른 가구 몇 개와 바닥뿐인 그 거실.

사실은 굉장히 럭셔리하고 넓은 공간이라 극도로 미니멀해 보인다는 착각을 불러일으키는 수많은 공간 이미지들에 등장하는, 입이 떡 벌어지는 명품 가구들을 내가 도저히 살 수 없기 때문에, 그에 대한 반대급부로 더 극단으로 치달은 것일지도 모른다. 이를테면 LC2 의자 하나에 빈티지 아르떼미데 스탠드 조명 하나만 덩그러니 놓인 서재가 따로 마련된 집이라면, 결코 맥시멀 하거나 복잡해 보일 리가 없겠지. 우습게도 미니멀리즘을 실현한다고 하면서부터 인테리어 레퍼런스를 더 모으기 시작했다.

'이왕이면 좋은 물건으로'라는 말은 점점 남 보기에도 그럴싸한 답을 찾길 원한다. 왜냐하면, 내가 선택한 미니멀라이프라는 것이 '도망쳐 도착한 착각 속의 낙원'으로 보이는 것은 원치 않으니까.

'누가 봐도 그럴듯하게 적당히 텅 비워져야 한다.'

이 말은, 적당히 비워두고 곳곳에(무심하게, 하지만 느낌 있게) 뭔가를 또 채워 넣어야 한다는 소리다. 말이 되는 소린가.

에어리 매트리스라면 그럴듯하다. 궁극의 미니멀리스트에 가장 가까운, 가장 유명한 미니멀리스트의 '정답'이니까. (정작 사사키 씨는 그냥 적당한 걸 골라 산 것일텐데) 이제, 아마추어지만 프로로 보이고 싶은 체육관 관원은 뛰어넘을 허들을 앞에 두고 넘기 시작한다. 저건 불가능, 이건 어느 정도 가능, 그러니 저걸 넘은 다음엔 저 허들로. 나의 지금과는 전혀 상관없이, 내 공간이 보여지길 바란다. 의도한 대로 보여지는 것만을 남이 보길 원한다. 나머지는 아무래도 좋다.

안 보이는 중요한 것

다행히, 평상침대를 버리기로 한 바로 그 순간, '누가 봐도'라는 허들을 놓고 뛰어넘는 자위를 단번에 관두게 되었다. 그 평상침대를 고른 이유 중에는, 프레임이 다리로 지탱이 되는 것이 아니라 판자 형식으로 사방이 막힌 형태라는 것이 한몫했다. 침대 아래 나뒹구는 먼지가 없을 것이고, 그게 눈에 보이지 않는 것만으로도 잠자리가 훨씬 나아질 것이라 기대했다.

실제로는, 침대를 해체하자 그 안에 이미 서로 엉겨 붙어 덩치가 커진 먼지들이 가득했다. 아마 침대 프레임 사이와 매트리스를 지탱하는 바닥 면의 틈 따위로, 침구와 매트리스에서 발생한 먼지가 들어가서, 도리어 나올 구멍이 없으니 그 안에 차곡차곡 쌓인 것이리라. 상상한 것보다 훨씬 많은 양의 먼지가 쌓여 있었다. 아, 익숙한 이 느낌.

'안 보이니 마음 편한, 덮어둔 먼지.'

작은 나무상자 이외에는 정말이지 아무것도 없는, 바닥이 모두 드러나 있는 '사사키 후미오' 씨의 방이 떠올랐다. 그가 그 방을 그렇게 유지하고자 하는 이유를 정확하게 말한 적 있다.

'언제든 집 전체를 쓸고 닦을 수 있거든요.'

소 뒷걸음으로 쥐를 잡은 격이지만, 나는 정신을 차렸다. 당장 평상침대를 버렸다. 그 위에 얹어진, 그냥 아무데서나 적당한 가격에 산 적당한 높이의, 접히지도 않는 토퍼를 바닥에 깔고 자기 시작했다. 조금 가볍고 3단으로 접히기만 하면 참 좋겠단 생각을 하다가, 청소를 하며 3단으로 접어보았는데, 오히려 어느 정도 무게가 있어 3단으로 접어놓으니 그 모양을 그대로 유지했다. 응? 내가 원하던 게, 가장 아무 생각 없이 산 이 물건으로 충족이 되잖아?

버릴까 말까 몇 번을 고민하다 다용도실에 처박아 둔, 산 지 10년 된 스탠드를 다시 꺼냈다. 심플하고 비싸고 예쁜 스탠드를 놔두고, 결국 내가 이 못생긴 낡은 스탠드를 꺼내 침대 머리 맡에 둔 이유는 명확하다. 그리고 그 때문에 이 물건을 아직 버리지 않았음을 알고 스스로에게 고마워했다. 이 스탠드의 스위치는 달깍 소리가 나도록 누를 필요 없이 툭 갖다 대기만 하면 켜지고 꺼지는 방식이다. 나는 그게 얼마나 편한지 이미 10년 동안 충분히 고찰해왔다.

지금 내 침실은 전혀 아름답지도 세련되지도 않았다. 다만 그냥 내 눈에 편한 침구, 내 손에 편한 스탠드가 놓여있다. 쿠션 두 개와 빈백이 언제나 토퍼 위에 가득 놓여 있다. 하지만 그것들이 내 누운 몸을 어떻게 떠받치고 고정시킬지 나만 알면 된다. 남 보기에 어떨지, 남이 하는 대로 따라 하면 어떨지 생각할 필요 없다. 나는 앞으로도 작은 나무상자 위에 티 세트를 올려놓고 양반다리로 앉아 텅 빈 방에서 명상하듯 차를 마실 일이 없을 것이다. 텅 빈 방이 싫거나, 명상이 싫어서는 아니다. 장시간 양반다리로 앉는 것이 싫을 뿐이다. 차라리 복대를 차고 책상에 의자를 바싹 끌어당겨 앉아 있는 것이 내겐 좋다.

미니멀한 것이 목적이 되면, 결국 알카트라즈의 독방 같은 곳에 갇히게 되길 원하게 될 뿐이다. 그보다 미니멀할 순 없잖아. 나는 그냥 심란하지 않게 잘 잠드는 걸 원했을 뿐이다. 그리고 다소 중구난방인 내 침구와 스탠드가 그걸 보장해준다. 완벽한 침구 세트가 뭘까? 절대적인 잠은 무엇으로 찾을 수 있을까? 먼지 없는 방에서 아프지 않은 몸으로 어두운 밤에 자면 된다.

보여지는 것보다 안 보이는 것이 더 중요하다.
'지금' '여기' '나' 는 남에게 안 보인다.
그것들이 가장 중요하다.

게다가, 잠자는 공간이 어때야 하는지에 대해서 이리저리 아무리 짱구를 굴려봤자 허망한 소리란 생각이 든다. 내가 눈 감고 자는데, 세상이 뭐가 대수야. 아무것도 안 보여. 잠자는 공간은 잠이 잘 오면 된다.

과정이 의미하는 것과 목적이 그대로 연결되는 것이 관건이다. 이건 허들 말고 닫힌 문을 대할 때 더 중요하다.

영혼의 골방을 위한 미장센
- 결코 정리될 리가 없을 공간을 정리하겠다며

닫힌 문

비우면 변하는 것이 있다. 하지만 비워야 할 바로 그것을 비우는 것이나, 변해야 할 그것을 지금 변화시키는 것이 버거울 때, 우린 복잡한 역학관계와 플로우를 설계한다. 가상의 '비움 엔진'의 설계도를 입수하여 그 작동원리를 모조리 섭렵하면 그 엔진이 나를 싣고 목적지를 주파할 거라 믿는다. 배에 달린 스크루가 사막을 횡단할 수도 있을 거라 여긴다. 비움은 궁극의 엔진이니까. 비우는 건 비우는 것일 뿐인데 비움으로 야기되는 결과를 제멋대로 기대한다. 복권을 사고, 당첨이 되지 않아 화를 내는 것과 비슷하려나.

이제 남들이 어떠한지도 상관없는 단계가 지나고, 내가 변한 것과 그럼에도 변하지 못하는 것이 무엇인지가 보이는 단계가 도래한다. 비우는 것은 비우는 것일 뿐이라는 사실이 돌연 실감이 난다. 말 그대로 그건 그냥 그뿐인 것이다.

이때 쯤, 비단 미니멀리즘뿐만이 아니라, 지나고 보면 자연스러운 관심의 확장으로 여겨지는 여러 가지 것들이 연결된다. 물건의 양이 줄어드는 것 자체가 목적이 아니라는 당연한 깨달음과, 여태 줄어든 물건이 도와준 결과로 얻게 된 나름의 가치관들은, 실제로 삶에 변화를 가져다준다.

그릇에 음식을 플레이팅하는 것이 식생활을 바꾸듯, 한 가지 색의 발목 양말을 신는 것이 업무 미팅에 가서 맘에 없는 소릴 하거나 내가 할 마음이나 역량이 없는 것에 대해 부풀려 말하는 것을 멈춰준다. 실체 없는 평판보다 자주 만나는 이들에게 선뜻 시간과 정성을 쏟고 보람을 얻는다.

방 한 켠이 비어있어 아침에 일어나 스트레칭을 하고, 음악을 자주 듣고, 중고 카메라로 사진을 더 자주 찍고, 그림을 그리고, 아침일기를 쓰고, 샐러드를 새벽 배송시키던 것이 쓰레기가 많이 나와 아무래도 맘에 걸리니 자주 장을 보게 된다. 이왕이면 오래 쓸 것을 사고, 이왕이면 일회용품 사용을 줄인다. 나에게만 의미 있는 일에서 남에게도 도움 되는 일을 조금은 생각하게 된다. 안 하던 것을 시도하고 새로운 관계가 생겨나고 소소한 성공의 경험이 축적되고 인간관계의 신뢰를 다시 회복하고, 겸허하게 남을 돕기 위해 시간을 쓰고, 솔직하게 남에게 내 시간과 기분을 존중해달라 말한다.

살아가는 전반에 각각의 프로토콜이 새로 정립된다. 좀 더 지

혜롭고 느긋하게 되었다고 느끼기도 한다. 다소 건조하지만 의뭉스럽진 않은 성격이 되어가는 게 스스로 맘에 들게 된다. 조금씩, 나 자신보다 더 큰 것에 대해 생각할 여유도 생긴다.

그러다가 돌연 모든 것이 초기화된다.

여전한 문제는 여전하다. 하지만 본령을 피하고 곁가지들에 천착한다. 곁가지로 우회했다는 혐의를 피해 보려, 할 수 있는 모든 것을 재가동한다. '비움 엔진' '미니멀라이프 프로토콜' '마음 챙김 루틴' 뭐라 이름 붙이든, 효과를 본 것들을 다시 죄다 점검한다.

모닝 루틴이 완전치 않은 것일까. 문제는 생각보다 시간이 많이 걸리는 저녁 산책일까. 아니, 더 시급하게 필요한 것은 위장을 진정시켜줄 양배추와 식물성 단백질일까. 잠자리를 다시 손볼까. 청소가 밀려 그런 것일까. 얼마 전부터 듣기 시작한 목공수업을 새로운 가시적 프로젝트로 연결시켜내지 못한 것이 문제일까. 바리스타 자격증을 딴 것이 무용하게 느껴져서일까. 일회용품을 아무리 줄여봤자 자급자족을 할 순 없는 노릇이니 한계가 느껴지는 것일까. 한국해비타트에 후원을 하는 것으로 난 착하게 훌륭하게 살고 있다고 퉁치는 건 아닐까. 결국 비건이 되지 못하는 게 문제일까. 꼭 필요하지는 않은 운동화 하나가 더 생긴 것이 문제일까. 전염병이 창궐하여 수영장을 가지 못하는 것이 이리 큰 영향을 주는 것일까. 나는 왜 집에서 홈트를 그만둔 것일까. 아령 말고 이지 바가 있어야 된다고 생각하는 나는 아직도 뭔가 사고 싶은 건 아닐까. 아니, 뭘 사는 게 죄는 아니지 않나. 이것 대신 그럼 이걸 해보자. 이걸 비우고 이렇게 해보자.

전 글에 언급한 영화과 학생들의 술자리 비유를 바꿔보자.
(이번 비유는 그보단 짧을 것이다. 아마도. 부디...)

영화과 학생 몇몇이 밤새 편집과제를 하다 자판기 커피를 한 잔 씩 들고 1교시 촬영 수업 시작 전 장비실 앞 로비에 모여앉아 담배를 피우며 세상 진지하게 담소를 나눈다. 전공자답게 전문적인 소릴 밑도 끝도 없이 서로 뇌까리기 시작한다. 아나모픽 렌즈와 마스터프라임 렌즈와 표준 단렌즈와 번들 줌렌즈의 활용도와 가성비, 세틀러 트라이포드와 중국산 모노포드의 간극, 캐논의 최신 풀 프레임 카메라의 8K raw 촬영의 실체와 4K 해상도의 충분함과 그 옛날 흑백필름의 디지털 리마스터링과 아무래도 결국은 필름 때깔이 짱이라는 말과, 그럴 바엔 아이맥스로 찍지 그러냐는 비아냥과 아날로그 갬성을 운운하려면 학부 시절 필름 깡에 담배 좀 비벼 꺼본 자만 입을 열라는 일갈, 그건 그렇고 자연광에서 찍는 것이 아무래도 개쩌는 것인지, 결국 영화는 빛의 예술이란 말은 조명을 잘 치란 얘기라던가, 혹은 CG 합성을 위한 그린매트 촬영은 이제 한물갔고 이제는 LED screen wall에 직접 소스를 프로젝션 후 실 촬영을 하는 것이 낫다던가, 컬러 그레이딩을 아무리 해보았자 어느 모니터로 보냐에 따라 다르니 다 헛짓거리란 얘기나, TV 주사율이 60Hz인 것과 120Hz인 것은 천지 차이라던가, 이제 영화도 죄다 60프레임으로 찍어야 된다던가 그게 게임이지 영화냔 얘기와 커져만 가는 레졸루션을 어떤 시스템의 스토리지가 어떻게 감당할 것인지와 VR이 대세라던가, 이젠 스낵 영상을 스마트폰으로 소비하는 시대이니 그에 걸맞은 네러티브를 새로 개발해야 된다거나, '너 넷플릭스에서 나온 인터렉티브 무비 그거 봤냐'라던가, '그걸 본다고 해야 하나 해봤다고 해야 하냐'라던가, 애초에 이제 게임이 시네마틱함마저 자신들의 것으로 한지 오래라던가, 기획이라던가 아이템이라던가 테크놀로지라던가 4차산업이라던가 영상이 영화인지 영화가 게임인지 네러티브가 짱이니 결국 콘텐츠가 핵심인데 그게 대체 그러니까 뭐냐라던가, 누굴 만나 뭔가 해보기로 했다던가 등등…. (안 짧네….)

그때쯤, 일찌감치 배우 의상 피팅과 분장까지 마치고 제작부는 이미 로케이션으로 출발했다는 연락을 받은 연출자가, 그날 촬영을 위해 장비실 문을 따려다 그들을 발견한다. 스타렉스에 장비가 다 실리길 기다리며 한동안 잠자코 이들의 토론을 지켜보던 그가 한마디 한다.

　　　'니네, 촬영 안 나가?'

책상의 경우

나는 단 한 번도 내 책상 위를 누군가에게 보여주고 싶었던 적이 없다. 얼핏 보이는 지난한 작업 과정을 암시하는, 적당히 포커스 날린 인스타 갬성 사진 등을 찍어본 적은 있으나, 내가 앉아서 내 머릿속 생각을 굴리는 공간의 구석구석을 남과 공유하고 싶은 마음은 지금이나 예전이나 1도 없다. 온갖 포스트잇과 대충 찢은 메모지에 갈겨 써 둔 활자들, 한창 탐닉하고 있는 책들이나 여기저기서 긁어모은 기사 스크랩에 끼얹어놓은 단상들, 발상의 ㅂ도 시작되지 않았지만 뭔가 마음이 동해서 써갈긴 글자들, 인덱스 카드로 정리 중인 답 안 나오는 플롯들, 딥펜으로 정성스레 써놓은 오글거리는 각종 문구들, 그로 인해 유추해볼 수 있는 나의 낡은 다짐들, 틀려먹은 미래를 위한 허황한 계획들 따위는, 오로지 나만 보면 된다.

그러니 이 공간에 대해서는, 남에게 보여주기식의 허세를 위해 단계적으로 높아지는 만만한 허들을 놓고 뛰어넘기 시연회를 한 적이 한 번도 없다. 다시 말해, 나는 책상 공간의 미니멀리즘이나 최적화에 대해, 전적으로 '지금''여기''나'만을 생각해왔다고 자부했다는 말이다.

다들 마음속으로 간절히 원하는 자기만의 이상적인 공간이 있지 않은가. 버지니아 울프가 우리에게 그토록 맹렬히 주장하던 '자기만의 방'을 가만히 곱씹으면, 다들 머리에 자동재생되는 이미지가 있지 않은가. 십자 모양의 살이 있는 간유리창 아래 화분 몇 개와 좋아하는 책 몇 권, 그리고 소파와 쿠션. 혹은 오성급 호텔을 능가하는 침대 위에서 푹신하고 거대한 베개에 기대앉아 음악을 듣는 상쾌한 아침. 고개를 돌리면 아직 분주해지기 전 대도시의 긴장되는 해돋이가 보이면 더 좋을 것이다. 아주 커다란 원목 테이블과 애프터눈 티 세트, 눈앞에 보이는 벽난로, 카펫 위에서 졸고 있는 골든 리트리버의 배 아래 넣어둔 맨발의 따뜻함과 창밖의 설산. 뭐가 되었든.

나의 경우엔 이미지 중심에 항상 책상이 있다.
굳이 물어본들 답은 뻔하디뻔한 궁극의 그 모습, 마호가니 앤틱 책상에 까만 가죽 의자 말이다.

을지로 작업실에 있던 것은 MDF 합판으로 만든 상판에 흰색 철제 프레임과 다리가 달린 몇만 원 짜리 책상이었다. 인터넷에서 따로 유광 흰색 칸막이를 사서 앞을 가렸다. 몇만 원짜리 바퀴 달린 사무용 의자에 알라딘 중고서점에서 굿즈로 제작된 쿠션과 허리 받침대를 장착하고 배가 책상에 닿게 바싹 당겨 앉았다. 움직일 때마다 삐걱거리는 소리가 들렸지만 그리 거슬리진 않았다. 오디오테크니카의 5만 원짜리 헤드폰을 쓰고 있으면 다른 소리는 잘 들리지 않는다.

그 책상이 마호가니 책상이 아니라서 별로였단 얘기가 아니다. 나는 한 3년, 거기 앉아서 A4 1,000장 정도의 글자를 썼다. 워드나 한글에 양식에 맞게 쓰여진 글 말고도 스크리브너, 에버노트, 메모장, 때때로 노트에 수기로, 쉬지 않고 끄적였다. 가끔은 그림도 그렸다. (전화 통화를 하든, 앉아서 멍 때리든, 습관적으로 끼적이는 몇 가지 그림이 있다.) '작업'을 하는 게 아닐지라도 '작업실 책상'에 가서 앉았다. 조용히 영화나 드라마를 보고 싶을 때도 지하철을 한 시간 타고 가서, 거기 앉아서 보았다. 결국 작업실을 관두고 나서도, 의뢰받은 일을 할 땐 굳이 작업실에 있는 동료들에게 키를 우편함에 두고 가 달라고 부탁한 뒤 저녁에 그 책상에 앉아 아침에 나오곤 했다. 월급을 받으며 목동의 사무실을 출퇴근하면서도 한동안 그 책상에 앉으려 종종 들렀다. 그러니 책상의 재질은 문제가 되지 않는다.

작업실을 오가는 3년을 끝내고 나서 집 한 켠을 작업실로 꾸며놓고도, 아니 심지어 멀쩡한 사무실의 눈이 휘둥그레질만한 야경이 내려다보이는 내 자리, 나의 허리 상태를 염려한 선배이자 동료이자 성실한 대표님이 사준 매우 좋은 의자와 널찍한 책상을 두고도, 계단을 오를 때마다 복도의 공용화장실에서 새 나오는 오줌 지린내가 진동하는(비유적 표현이 아니다.) 예전 작업실 건물에 들어가 창가의 빈 책상에 앉았다. 타이핑을 하다 보면 손이 시릴 만큼 난방이 형편없는(전열기 하나와 라디에이터를 켜놓고 블루투스 스피커를 켜면 차단기가 내려가곤 했다.) 그 자리에 앉아 뭔가 쥐어짜내려 발악했다.

내가 앞선 글에, 요가 수업 때의 이완 상태를 재현하려고 집에서 이런저런 궁리를 했던 것을 써둔 대목이 있다. 작업실의 책상도 마찬가지였던 것 같다. 결론적으론, 거기 앉아 있는 동안 계약서에 도장을 찍고 월세를 청산하고 전세 보증금을 마련하는 일 같은 건 생기지 않았다. 이 책의 2장에 등장한 여러 일들과 마음속 응어리가, 바로 그 을지로 3가 10번 출구 옆의 작업실 건물에서 먼지처럼 쌓였다. 하지만 그곳에서, 첫 장면부터 마지막 장면까지 이어지는 이야기를 여러 번 써냈다.

그때 그 상황이 다시 오길 바라지도 않고 그걸 다시 재현할 수도 없지만, 그 책상에 다시 앉을 수는 있지 않나. 실험실의 연구원처럼, 통제할 수 있는 변인을 염두하며 과정을 다시 복기하면, 불가해해 보이는 시스템의 작동원리를 파헤칠 수 있으리라 생각한 것이다. 조금만 생각해보면 웃기지도 않은 짓인데, 우린 이런 짓을 합리적인 사고의 결과인 양 자주 실행한다.

솔직히 말해보자. 사실 간단한 문제라고. 이쯤 되면 깨달아야 한다고 말이다. 하지만 우린 그렇게 하지 않는다. 적어도 나는, 내가 뭔가를 피하고 있다고 전혀 생각하지 않았다. 오히려 직시하고 있다고 생각했다.

책상에 앉아 갈 수 있는 거리

초중고를 모두 집에서 걸어서 갈 수 있는 거리의 학교에 다녔다. 한 동네에 8~9개의 고등학교가 다닥다닥 붙어 있었는데, 겨울이면 각 학교마다 서울대학교에 30~40명이 합격했다는 플래카드를 붙였다. 이 동네에서만 매년 서울대에 300명쯤 들어간다고? 이게 말이 되나? 1등부터 꼴등까지 평등하게 빠따나 싸대기를 계속 맞으면서 영어사전을 외우고 있으면 궁금증은 가신다.

내가 다닌 고등학교는 입학과 동시에 입학성적순으로 130명을 끊어내 두 개의 반을 만들었다. 65명씩 순서대로 A반과 B반이 되었다. A, B반은 아침 7시까지 등교해서 1교시 전까지 수업 하나와 자습 한 시간이 추가되었고, 저녁 식사를 마치고 밤 11시 반까지 자습을 했다. 나는 믿기지 않게도 A반 실장이 되었고, 한 학기 만에 B반조차 들지 못했다.

나는 도서관 3층에서 뛰어내렸고, 여차하면 또 뛰어내릴 생각이었고, 대신 담임에게 학원을 가겠다고 했고, 집에는 자습을 계속한다고 했다. 학원비는 잘 모아두었다가, 저녁 시간이 시작되면 곧바로 동대구역에서 무궁화호를 타고 광안리로 튀어가 시원소주를 사 먹거나, 수첩에 노랫말이랍시고 되도 않은 글자들을 써 갈기거나, 아님 동성로 구석구석으로 춤을 추러 가거나, 그것도 아니면 동네를 싸돌아다니며 가로등 아래 서서 '택시 드라이버'나 '죽은 시인의 사회'나 '방세옥'이나 '사망유희' 대사를 따라 했다.

그렇지만, 내키면 자습실에 갔다. 자발적으로 꽤 자주 갔다. 거기엔 3면이 가로막힌 내 책상이 있다. 교복 상의 팔 안으로 이어폰을 집어넣어 소매 밖으로 빼낸 뒤 귀에 꽂고 손으로 가린 채로 라디오를 듣던 그 책상. 칼로 새겨놓은 carpe diem도 거기 있다. 문방구에 코팅을 맡긴, 디카프리오와 맥 라이언을 연필로 그린 곳도 그 책상이다. 자작한 노래가사도, 마카를 사서 컬러로 그린 만화도, 친구 몇몇이 돌려가며 쓴 무협지도 거기서 썼다.

그 책상에서, 당시 나오던 세계사 교과서 세 가지를 다 사서 읽었다. 세계사 문제는 수능에 몇 문제 나오지 않는다. 그러거나 말거나. 장정일, 정비석, 이문열, 고우영이 팔목이 빠지게 써놓은 수백 명의 삼국지 등장인물 중에, 교과서에 등장하는 인물은 두셋 밖에 되지 않았다. 후한말부터 진나라에 이르는 지랄발광 100년사는 반 페이지도 되지 않는다. 그럼에도 그 교과서에 몇 페이지나 등장하는 인간들은 그럼 도대체 얼마나 대단한 인간들이길래? 인터넷이 없던 때다. 궁금한 인간, 대단해 보이는 인간이 보이면 세계사 선생님에게 책을 추천받았다. 도서관에서 책을 빌리거나 선생님이 책을 던져주면 그걸 읽으러 자습실에 갔다.

나는 그 책상에 앉아 그림도 그리고 편지도 쓰고 라디오도 듣고 책도 읽고 손톱도 깎고 비듬도 털고 잠도 잤지만, 주로 가만히 앉아 상상을 했다. 대단한 인간들에 대해 생각했다. 그에 비해 보잘것없는 내 미래를 계획했다. 들떴다. 좌절했다. 분노했다. 낙담했다. 설레었다. 이러나저러나 세계사에 손톱자국이라도 내리라 생각했다. 그럴 거라 믿었다.

그때 나는, 이야기를 만들어내는 사람이 되자고, 그게 아니라면 이야깃거리라도 되자고 생각했다.

싸돌아다니다가, 별의별 걸 보고 기억해두다가, 치밀어오르는 감정을 꾹꾹 담아놓았다가, 책상으로 돌아와 보따리를 풀어놓고 끄적였다. 계속 끄적였다.

자습실 의자는 딱딱하고 책상은 지금 내 것의 반도 안 된다. 그런데 거기 가만히 앉아서 혼자 가본 곳들이 내 일생 중 가장 멀리 가 본 곳들이다. 아무 대책도 대비도 계획도 의심도 자조도 교만도 없이. 상상하는 대로.

그리고, 상상은 정리가 안 된다. 이해되거나 정리가 되면 더 이상 상상이 아니다. 촘촘하고 짜임새 있다고 잘 만들어졌다고 말하는 것은 물건에 한정된 말이다. 모든 것이 딱 맞아떨어지고 정교하다는 것이, 가장 핵심적인 요소로 취급되지 않는 영역이 있다. 어떤 것들은 그야말로 '공간'이 필요하다. 여백이나 여지라던가, 구석이라던가, 파고들 곳이라던가. 물리적 공간을 말하는 것이 아니다. 하지만 그때는 몰랐다.

닫힌 문, 벽이 아니라

아무리 좁은 공간이라도 파티션을 두는 것을 좋아한다. 꼭 파티션을 사서 세워두지 않더라도, 공간이 구분되고 나뉘고 각각의 공간에 고유의 구석 자리가 생겨나는 것이 좋다. 높낮이가 계단 두 턱만큼 만이라도 다르면 더 좋고, 벽에 모조리 달라붙어 있는 가구를 어떻게든 방 안에서 이리저리 옮겨놓아 동선이 이리저리 구불거리게 되는 것이 좋다. 그 모든 공간에서 가장 구석 중의 구석, 안에 처박혀있기 가장 좋은 골방 중의 골방은 언제나 책상 자리였다. 매트리스가 방 한가운데 있게 되더라도, 방이 아니라 책상 보관함처럼 보이게 되더라도. 책상을 벽에 붙여놓을 때는 가장 좋은 벽, 가장 말끔하고 넓은 벽 앞에, 벽과 직각이 되게 창문 옆에 둘 때는 가장 햇볕이 잘 드는 곳에, 만약 햇빛이 거슬린다 싶으면 창문 틈새까지 모조리 골판지로 막아놓은 방 하나를 오로지 책상에게.

나는 나름대로 오랜 시간에 걸쳐, 책상으로 상징되는 나의 영혼을 위한 골방에는 어떤 식으로든 공간이 필요하다는 걸 어렴풋이 깨달은 셈이다. 그렇다면 실험을 지속해보면 될 일이라 생각했다. 책상 옆의, 언제든 손에 닿을 책장이 문제일 수 있다. 언제든 편히 앉을 수 있는 소파가 바로 옆에 있는 것이 문제일 수도, 눈앞에 보이는 너무 많은 것들, 혹은 재미없게 생긴 공산품이 책상 위에 올라서 있는 것이 문제일 수도 있다. 문제들이 순식간에 곳곳에서 튀어나왔다.

책상 앞의 벽이 문제라던가, 벽에 붙어 있는 것들이 문제라던가, 스탠드의 위치, 햇빛이 드는 정도, 의자의 높이, 의자의 크기, 프린트가 놓인 자리, 에어컨 바람이 책상으로 불어오는 방향, 어쩌면 책상 앞에는 무용해 보이는 텅 빈 공간이 있어야 하는 것은 아닐까 하여 방 한가운데 책상을 두고 그 앞의 텅 빈 공간에 러그만 깔아두어 보기도 했다.

그러다가 애써 피하고 있던 본질적인 문제로 고개가 아주 조금 돌아갔다. 책상은 언제나 아웃풋을 목표로 한다는 자각이 생긴 것이다. (당최 이게 무슨 소린지 모르겠다 싶어도 그냥 참고 읽어주길 바란다. 생각해둔 이 책의 마무리를 위해 잘 나아가고 있는 중이다. 별거 아닐 수 있지만 아무튼간에 중요하고 그리 어렵지 않은 뻔한 이야기다.)

순도 높은 아웃풋을 위해서는 인풋의 공간과 철저히 분리되어야 한다는 결론이 났다. 여전히 이 말은 이치에 맞지 않는 얘기다. 인풋과 아웃풋을 분리하고 아웃풋의 공간을 정리하겠다니. 장을 보는 것과 요리를 분리하고, 요리하는 내내 싱크대를 닦고 냉장고를 청소하겠다는 말. 본질은 요리에 있다는 것까지는 용케 다가갔으나, 여전히 아직 나는 무엇인가를 피하고 있었다. 하지만, 그 당시에 난, 이제 이 공간을 정리할 수 있을 것만 같았다.

다이어리의 서너 페이지를 할애하여 '영혼의 골방을 위한 미장센'이라는 글을 쓰기 시작했다. 매우 그럴싸한 논리를 만들어냈고, 그 결과는 보기에 매우 깔끔하고 정돈된 책상, 그리고 최적이라 생각되는 책상의 위치, 그리고 또다시 새로이 생겨난 루틴과 또다시 필요하게 된 최적의 물건들의 리스트였다. 이뿐 아니라, 지금 이 집에서뿐만 아니라 다른 곳에 이사를 하여서도 유지되어야 할 특정 공간의 구성방식과 공간을 사용하는 순서까지 적어두었다. 그리고, 이 '정리'는 지금은 모조리 폐기되었다. 하여 상세히 기술하고 싶진 않다.

2019년 다이어리에 빽빽하게 정리한 이 내용을 신이 나 Y에게 말했을 때, Y는 처음으로 나의 미니멀라이프에 대해 – 사실은 강박증에 대해 – 우려를 표시했다.

그 내용을 최대한 간단히 말하자면 이렇다. 그 '정리'는, 그야 말로 '세부사항의 하위 세부 사항의 도그마의 원칙의 기본 이념의 핵심의 본질'을 찾아보고자 애쓰는 것처럼 보이는, 그러니까, 강박증의 결과다. 강박증에 관해서라면 이렇게 말할 수 있다. '이것이 저것의 원인일 것'이라고, 혹은 '이렇게 하면 저것이 저렇게 될 것'이라고 생각하는, '자기만의' 비합리적인 공식이 생겨나는 것. 강박증을 앓게 되면, 보통은 강박적으로 반응하게 되는 그 현상을 통제해가며 치료 효과를 볼 수도 있지만, 결국 궁극적으로 다른 문제가 해결되어야 한다.

나는, 결코 정리될 수 없는 것을 정리하려고 하고 있었다.
책상을 어디 두고 어떤 물건을 거기 두어야 하는지가 문제가 아님을 깨닫지 못했다. 그저, 내가 정한 세부사항을 지키면서 실험의 성과를 기대했다.

나는 벽에 부딪힌 것이고, 그 벽을 깨부술 단단한 망치, 혹은 뛰어넘을 사다리를 정교하게 설계하면 된다고 생각했다. 허들을 넘는 것과는 다르다. 나는 보여지고 싶거나 되고 싶은 모습을 위해 이러고 있는 게 아니었다. 벽을 넘어야 살 수 있다는 생각뿐이었다. 도전과제를 맞닥뜨린 것이 아니라, 과제를 해치우고 다음 레벨로 가는 것이 아니라, 이 벽을 뛰어넘어 도달한 어떤 상태가 되어야만 모든 것이 가능해질 것이고, 지금은 그 무엇도 불가능하다고 느꼈다.

내가 전 글에 두 번째 고문 기술자의 이름을 일러둔 것을 기억
하시기 바란다.

'이것만 되면'

그리고, 단번에 벽을 뛰어넘을 도약이라도 하는 듯, 굳이 급하
지 않다고 여겨 잠시 제쳐두었던 다른 영역도 말끔하게 '정리'
하기 시작했다.

덧

강박증에 관한 이야기가 전문적이거나 맞는 말이 아닐 수도
있다. 하지만, 팟캐스트의 패널로 출연하며 심리상담에 관한
코너를 전문가 선생님과 반복하여 녹음하고, 본인도 상담을
지속하며 보고 듣고 겪은 바, 강박에 관해 어느 정도 이해되는
부분이 있어 개인적인 생각을 적었다. 사실은 침구 세트와 벌
인 전투처럼 책상의 변모 과정에 관해서도 자세히 그 과정을
하나하나 기술하고 싶었지만... 무엇보다 큰 이유로 귀찮음을
들고 싶다. 귀찮아하는 걸 보니 못 다 한 이야기가 야기할 찝
찝함에 대한 강박은 없나보다. 여러분에겐 매우 다행.

덧2

그래서 지금은 책상이 어떠냐고?

뭐, 그때그때 다르다.

책상이 어때야 한다고 생각하는 것을 관두는 것이 유일한 원칙이다. 대신 마음속에 하나의 대전제가 있다. 그 대전제가 없이도 '그때그때 다르고, 변치 않을 원칙 따위는 없다.'고 말할 수 있겠지만, 그건 그야말로 천지 차이다. 대전제가 뭔지는 뒤로 미룬다. 그걸 쓰고 나면 더 쓸 게 없다.

기억할 순간. 그 모든 사진. 그런데 어느 폴더에 있지?

– 백업의 백업. 인증과 기록 강박. 최신 정보의 늪.

지금은 부재하는 것에 관한 기억 두 가지

1.

2008년 여름, 교토조형예술대학이라는 곳에서 내가 다니던 학교의 학생들을 초청했다. 그쪽에서 제안한, 두 학교 간의 교류를 위한 첫 행사였다. 전공별로 총 10명의 학생들이 선발되었고, 나도 어찌어찌 그중에 들게 되어 2주 남짓한 일정을 소화하고 돌아왔다. 우리는 학교로 돌아와 한 권의 보고서를 만들어 학교에 제출했다.

지금은 불매운동에 바이러스까지 겹쳐 더욱더 멀어진 이웃 나라지만, 그때 우릴 초청한 교토조형예술대학의 이사장은 우리에게 매우 호의적이었다. 아니, 사실 호의적인 것을 넘어, 애초에 그가 그 학교의 캠퍼스를 지은 장소는 윤동주 시인이 일본에 있던 시절의 하숙집이라고 한다. 그가 그 부지를 사서 학교를 세운 것이다. 그는 자신이 설립한 학교의 캠퍼스 안에 윤동주 시인의 시비를 세웠고, 매해 추도회를 열었다. 그는 한일관계와 한반도의 평화를 진심으로 기원했다.

같은 과가 아니기에 우리끼리도 초면이었던 일행들은, 숙소에 도착하자마자 어색하게 서로 인사를 나눈 뒤 분주하게 짐을 풀었고, 그동안, 인솔 교수 두 분이 교토조형예술대학 측의 관계자와 잠시 인사를 나눈 뒤 일정표를 받아왔다. 두 분은 우리에게, 편한 차림은 좋지만, 슬리퍼나 반바지 차림은 곤란하겠다고 했다. 우리를 위한 환영 행사가 준비되어 있었다. 우린 긴 바지에 스니커즈, 단추 달린 옷을 골라 입었다.

우린 그저 학교에서 공짜로 보내준 이곳에 도착해서, 관광을 좀 하고 학교 구경을 하고 맛있는 걸 먹고 잘 놀다 돌아가리라 생각했지만, 첫 행사와 그 이후의 일정이 계속되면서 생각을 완전히 고쳐먹었다. 일단, 그 학교의 모든 학생과 교수들은 우리의 이름과 전공을 알고 있었다.

몇몇 수업은 준비된 일정 기간 중에 우리와 함께 체험 수업 및 토론을 하기 위해, 한 학기 동안 자체적으로 발제를 지속해오고 있었고, 학과장, 학부장, 이사장, 그 학교 출신 예술가들도 우리와 함께할 시간을 고대하고 있었다. 우리가 할 수 있는 최선은, 귀 기울여 듣고, 많이 묻고, 머릿속에 드는 생각을 꺼내 함께 나누는 것이었다. 우리끼리조차 별로 친하지 않은 상태였지만, 그 2주가 지나자 우리는 누구보다 서로 친해졌다. 모두가 같은 타이밍에 새로운 인물들과 만나고, 곧이어 각자의 생각을 거침없이 내놓았으니, 서로에 대한 내외나 선입견이나 사전 정보가 전혀 없이 시작된 관계여서 그랬으리라.

우리는 교토, 도쿄, 야마가타, 다시 교토를 거쳐 한국으로 돌아 왔다. 이동하며 잠시 머무르는 휴게소나 식사를 하는 곳들조 차 그저 멈춰 선 곳이 아니라 그곳에서의 일정이 마련되어 있 을 정도로 빡빡한 2주였지만, 누구도 피곤해하지 않았다. 오히 려 그 반대였다. 그곳에서 만난 학생들, 교수님들, 재일교포 화 가, 조각가, 유학생, 그리고 일본인들조차 쉬이 방문하기 어렵 다는 장소들, 특별한 순간들, 공연, 전시, 세미나, 밤새 이어진 토론 등등은 아직도 잊히지 않는다. 그곳을 다녀오고 한동안 은, 같은 과 동기들보다 이들과의 유대가 더 깊다고 느끼기도 했다. 지금은 각자의 길에서 서로 교차하기 어려운 나날을 보 내고 있지만, 아마 그들도 지금 나처럼 느끼고 있을 것이다. 우 린 거기서 꽤 많은 것을 보고 느끼고 생각하고 왔다.

각설하고, 이 글이 여행기는 아니니까. 걔 중 한순간이 있다. 수많은 순간들에 대해 쓰고 싶은 욕망이 들끓지만 집중해야 한다. 항상 모든 걸 전부 다 이야기할 수는 없다. 그래서도 안 되고.

멋진 슈트를 입은 단발의 여교수님은, 현직 엔터테인먼트 업 계의 프로듀서라고 했다. 그리고 그가 기획에 참여한 아이돌

그룹의 공연을 본 뒤, 그 아이돌들과 기획자들 등과 이야기를 나눌 수 있는 일정이 진행되었다. 우리는 아키하바라에 도착했다. 그 아이돌 그룹은 AKB48이라는 그룹으로, 아키하바라에는 그 그룹이 1년 365일 내내 로테이션으로 공연을 하는 상설극장이 있었다. 총 48명의 멤버가 A팀, K팀, B팀으로 나뉜다던가. 메인이 되어 매체에 주로 등장하는 팀과, 연습생, 준메인 멤버 등으로 나뉘는 듯했다. 아무튼 그 그룹의 구성원은 가장 어린 13세부터 20대 중반까지 다양했고, 공교롭게도, 그날 공연에는 가장 어린 멤버와 가장 나이 많은 멤버가 포함되어 있었다. 특히나, 어느 한 부분에서는, 13세의 멤버가 혼자 객석의 관객들과 짧은 토크쇼를 진행하기도 했는데, 마이크 워크나 관객 호응 유도, 시선 처리가 거의 완벽에 가까웠다.

게다가 그날 공연 중이던 멤버 한 명은 생일이었는데, 우린 그 사정을 몰랐지만, 객석의 팬들 대부분은 그 사실을 알고 있는 것 같았다. 프레스카드를 목에 걸고 무대와 가장 가까운 1열에 멀뚱멀뚱 앉아 있던 우리를, 처음엔 다른 관객들이 힐끗힐끗 쳐다보는 것이 느껴졌다. 기자도 아니고 팬도 아닌데 제일 좋은 자리에 앉은 쟤들은 뭐지? 뭐 그런 마음이었으리라. 그런데 어쩌겠나. 우린 토크쇼나 콩트, 가사의 내용을 전부 알아듣지도 못하고, 처음 보는 무대 위의 아이돌이 누구인지도 몰랐다. 하지만, 우린 이내 다른 관객들처럼 분위기에 휩쓸렸다. 우리 중 몇몇은 여전히 적응 안 되는 분위기라 말하기도 하고, 몇몇은 응원 구호를 다 외워 따라 하기도 했다. 공연 막바지에 이르렀을 땐, 우리 모두 형광봉으로 하는 단체 응원 율동마저 마스터하게 되었다.

공연의 마지막 하이라이트로, 관객들과 다른 멤버들이 생일을 맞은 멤버에게 몰래카메라처럼 깜짝 이벤트를 해주었고, 돌아가는 분위기를 감지하고 있던 우리도 생일 축하 노래를 힘껏 불러주었다. (물론, 다른 수많은 팬들처럼 눈물을 흘리진 않았다. 우리 말고 거의 모든 관객이 울었다.)

우리 중 조금이라도 일본 아이돌에 관심이 있는 사람이 있었다면 어땠을까. 재미있고 새로운 경험이긴 했지만, 열광적이진 않은, 약간의 도취된 기분. 그런 기분으로 백스테이지에 마련된 자리에 앉았다. 프로듀서들이 아이돌 업계, 그리고 원소스 멀티유즈를 도입하여 만드는 여러 콘텐츠들, 그리고 그 건물에 적용된 마케팅, 건축물 설계와 관람객 동선 등에 관해 이야기해주었다. 우리 일행 중엔 건축과도 있었고 애니메이션과도 있어 이들은 자신들의 전공과 관련된 것들에 관해 이런저런 질문을 했다.

공연을 마치고 땀을 식히고 편한 옷으로 갈아입은 아이돌들이 우리와 함께 대화하기 위해 자리에 왔다. 팬이 아니지만, 방금 본 공연의 주인공들을 가까이서 보니 절로 응원을 하게 된다.

이윽고, 각자 궁금했던 것을 물어보았다. 연습 기간이나 롤모델로 삼는 가수가 누구냐라던가, 콩트도 하던데 연기 수업도 따로 받는지 등등. 우리의 질문에, 너무도 능숙하게 마치 공연 중의 객석에 앉은 관객에게 답하듯 시선을 적당히 옮겨가며, 서로의 말이 겹칠 때는 마이크를 서로에게 넘겨주며 대답하는 그 아이돌들을 보며 신기한 마음이 들었다. 이들은 청중 앞에서 스피치를 할 때의 시선 처리나 적당한 호응 유도를 위한 수업을 듣는다고, 우리를 초대한 프로듀서가 설명해주었다. 뭐, 한국에도 아이돌들은 많지만, 뭔가 다른 것도 같고, 정말 어린 나이의 멤버가 너무 프로페셔널하게 공연하는 것도 봤고, 아무튼 신기한 경험이었다. 그리고, 너나 할 것 없이 모두 와자지껄 기념사진을 찍었다.

하지만, 난 뭔가 불편한, 아니 좀 이질적인 기분이 들었다. 나는 사진을 결국 찍지 않았다. 같이 찍지도, 내가 그들을 찍지도 않았다. 나는 일행 중 유일하게 필름 카메라를 목에 걸고 있었는데도. 대기실의 자연스러운 그들의 모습을 찍으면 정말 근사한 사진이 될 것 같다는 생각을 하면서도.

이상하게, 별말을 하지 않고 잠자코 있었는데, 내내 목이 간질간질한 기분이 들었다. 주어진 시간이 거의 끝날 때쯤, 결국 가장 어린 멤버에게 물었다. '아까 그렇게 열광하는 나이 많은 팬들을 보면 무섭지 않아요? ' 다른 일행이, 그 질문은 좀 이상한 거 아니냐고 내게 물었다. 우릴 초대한 프로듀서가 통역을 맡은 학생에게 우리 대화의 내용을 물었다. 그리고, 뭐든 물어봐도 괜찮다고, 이상할 게 없는 질문이라며 그 멤버에게 내 질문을 다시 말해주었다. 그 멤버가 말했다.

'녹화 무대가 아닌 라이브 공연이라서 가사나 음을 틀리거나
안무를 까먹거나 해서 공연을 망칠까 봐 걱정되기는 한다.
하지만 같은 장소에서 여러 번 공연하다 보면
아무래도 익숙해져서, 이곳에서 공연하는 것이 이제는 편하다.
다른 곳에서 메인 멤버로 공연할 때가 되면
긴장할까 봐 걱정이다.'

대충 이런 내용의 대답이었다. 내가 물어본 것에 대한 명확한 답이라고는 느껴지지 않았다. 재차 물어보려고 다시 통역에게 내 질문의 의미를 다시 말해주려는데, 그 13살의 가수는 나를 보면서 이렇게 말했다.

'자기한테 열광하는 팬을 보는 게 무서우면
애초에 무대에 서는 것 자체가 어려울 거 같아요.
저는 재밌거든요.'

우문현답.

일정을 마치고 대기실에서 나오기 직전, 그 멤버와 눈으로 인사를 했다. 그녀는 내게 손을 내밀었고, 우린 악수를 했다. 한 수 배운 기분. 그때는 적확한 단어를 몰랐지만, 지금 생각해보면, 나는 '시혜적이고 편협한 시선'의 한계를 조심하라는 교훈을 얻었던 것 같다.

한참 시간이 지난 후, 영화 팟캐스트의 패널로 꽤 오래 출연했다. '마리옹 꼬띠아르'가 주연한, 다르덴 형제의 영화 '내일을 위한 시간'에 대한 에피소드를 녹음하면서, 나는 그녀가 영화 내내 입고 나오는 브라탑 나시와 웨스턴 부츠에 관해 언급하며, 그녀의 그 패션으로 표상되는, 세상의 시선과 맞서는 여성의 주체성이니 어쩌니 운운하는 망언을 했다. 그 옷과 부츠는 그렇게까지 의미 부여할 것이랄 게 없는, 평범한 여성의 특별할 것 없는 일상복이다. 내가 그것의 의미를 발견해주어 그 당사자를 해석해주어야 할 것이 애초에 없을 사안이다. 아시아의 장남으로 태어난 남자의 눈으로, '넌 스스로 모르겠지만 내가 알려줄게.'라는 식으로 그걸 짐짓 해석해주시는 척하는 건 건방진 짓이다. 지나고 보니 똑같은 맥락의 실수를 한 것이다. 그걸 깨달았을 때, 곧바로 아키하바라에서의 그 순간이 고스란히 기억났다.

나는 그때 그 가수가 누구였는지 모른다. 이름을 들었으나 잊었다. (있어 보이려, 일부러 잊으려 한 건 아니다. 한국에 돌아와 한동안 그 그룹의 기사를 찾아보곤 했지만, 멤버가 워낙 많기도 하거니와, TV에서 활동하는 메인 멤버 중엔 찾을 수 없었다는 게 기억난다.) 같이 찍거나 내가 찍은 사진조차 한 장 없다. 그런데, 그래서 더 이 경험이 이야기로서 완전해지는 느낌이 든다. 이야기하면 할수록 그렇게 느껴진다.

2.

2005년 여름엔, 컴퓨터와 책상, 프린터, 가죽 잠바 따위를 판 돈으로 유럽에 갔다. 첫 해외여행이었다. 애초에 유럽 여행은 내가 아닌 내 친구의 계획이었다. 그 친구는 대학 졸업 전, 마지막 방학인 지금이 아니면 못 갈 거라면서도, 혼자 가긴 겁이 났던지 자기와 함께 가자며 설득했다. 루트를 자기가 짜겠다며, 가보고 싶은 곳을 말하면 계획에 넣겠다고 했다. 나는 딱 세 가지를 말했다.

　　'에펠탑에 올라가서 담배 한 대 피우고 싶다.'
　　'바티칸 안에서 담배 한 대 피우고 싶다.'
　　'투우 축제인지 뭔지 거길 가고 싶다.'

그 친구는 황당해하며, 모나리자는? 가우디가 만든 성당은? 하다못해 콜로세움은? 등등 쉼 없이 내게 정녕 하고 싶은 것이 없냐고 물었고, 나는, '어차피 니가 다 가보고 싶어 할 테니 뭐가 문제냐'라고 되물었다.

얼마 지나지 않아 당연히 알게 될 것이었지만, 우린 여행 스타일이 달라도 너무 달랐다. 그는 먹어보고 싶은 것이 많았고, 자신이 나오는 사진을 많이 찍고 싶어 했고, 여러 장소를 빠짐없이 빠르게 찍고 넘어가고 싶어 했고, 그에 걸맞게 아주 세부적인 계획을 세웠다. 나는 뭘 먹든 상관없고, 들르는 모든 곳에서 일단 광장 길바닥에 누워 자고, 일어나면 줄기차게 담배를 말아 피고, 술을 얻어먹었다. 나는 기차역에서 다음 행선지로 가기 위해 기다리는 시간이 길어지면(연착이 왜 그렇게 많은 거야.) 그냥 유레일패스를 들이밀고 눈앞에 보이는 아무 기차에나 올라타려 했다.

결국 우린 여행 중간에 따로 헤어졌다. (피렌체에서 다시 만날 때 광장 끝에서부터 서로를 알아보고 달려가 얼싸안고 울었….) 사진기는 필름 카메라만 가져갔다. 내 짐 중 가장 거추장스러운 것은 흑백 필름 스무 롤이었다. 두 달이니까 한 달에 10롤. 3일에 1롤. 하루에 10컷 남짓. ㅇㅋ. 나머지는 이러나저러나 아무 상관이 없었다.

우린 심플하게 계산을 마쳤다. 비행기는 반년 전에 예약해서 왕복 70만 원 정도로 해결했다. 여행 기간 내내 쓸 유레일패스도 결제했다. 나머지 쓸 돈은 아주 명쾌하게 단순 계산했다. 하루에 3만 원! 한국에서 여관도 3만 원이면 구하는데, 시설이

후진 다인용 도미토리가 그것보다 비쌀 리 없지! 매일 숙박업
소에 갈 것도 아니고, 기차에서 이동하면서 자면 되지! 200만
원도 안 되는 돈을 들고 비행기에 탔다.

게다가 우리에겐 나름 믿는 구석이 있었다. 여러분도 이제 익
숙할 이름, 맹. 그가 파리에 있었다. 그땐 스마트폰이 없던 때
다. 핸드폰으로는 문자와 통화만 되던 시대다. 맹은, 자신이 공
항으로 마중을 나가겠지만, 혹시나 엇갈리면 찾아와야 할지도
모르니 자기 집 주소를 알려줬다. 하지만 맹은 우리의 도착 날
짜를 헷갈렸다. 아, 맹. 내 친구 맹. 나는 맹을 좋아한다. 맹이
그런 맹이 아니게 되면 나는 맹을 뱅으로 부를 참인데 아마 그
럴 일은 남은 평생 없을 것이다.

우리는 종이에 적은 집 주소를 달랑 들고, 첫 외국 경험을 시작
했다. 아직도 기억난다. 빌어먹을 '히퍼블릭 역'에서 내려서 '
뤼 뒤피스 거리' 어딘가에 있는 녹색 현관문 3층의 그놈의 집.
우여곡절 끝에 집에 도착했지만, 1층 현관문은 굳게 닫혀 있었
다. 비가 내렸다. 공중전화로 가서 전화를 했지만 꺼져 있었다.
1층 현관문 앞에 서성이자 모두 우릴 쳐다봤다. 공중전화부스
안에서 번갈아 가며 비를 피했다. 결국 그 집을 드나들며 우릴
주시하던 영감님이 우리에게 뭐라 뭐라 말을 걸었다. 우린 손
짓, 발짓 초급영어 회화를 섞어가며 아무튼 간에 저기 3층이
내 친구 맹의 집이라는 걸 전하려 노력했고, 말을 알아들었는

지 귀찮았는지 모르겠지만 영감님은 문을 열어주었다.

3층 문 앞 계단에 앉아 비행기에서 읽던 책을 마저 꺼내 읽었다. (그땐 e-book이 없었다. 나는 책을 딱 두 권 들고 갔다. 열린책들, '백치 상, 하권') 비행기에서부터 읽던 상권을 거의 다 읽은 참이었다. 백치 상권을 다 읽고 한참을 더 있다 보니 맹이 계단으로 올라왔다. 계단을 내려다보며 우리가 '야이씨~맹!' 소리치자 그는 소스라치게 놀라며 계단에 주저앉았다.

그는 어학원에서 수업을 듣고 영화관에서 영화도 한 편 땡기고, 거기서 새로 만나게 된 친구와 밥도 잘 먹고 오는 길이었다. 그래, 파리에서 만날 사람 다 만나고 하루를 알차게 보내고 있던 참인데, 수업 때 꺼 둔 핸드폰을 다시 켜 둘 이유가 없지. (생각해보니 꿈만 같은 삶이네.) 그리고, 우린 다 같이 나의 유럽 여행의 제1 목표를 그 날밤에 이루었다. 에펠탑 올라가서 담배 피우기. 하고 싶은 게 두 개 남았네. 두 달이 더 남았다.

남은 두 달 동안 일어난 일 중에 가장 기억에 남는 것을 말해보라고 하면 보통 세 가지쯤을 이야기한다. 하지만, 남에게 잘 이야기하지 않는 기억이 하나 있다.

축구를 좋아하던 내 친구는 바르셀로나의 캄프 누 경기장을 가보고 싶어 했다. 그때까지만 해도 놀랍게도 축구에 별 관심이 없던 나는 콧방귀를 꼈다. 바르셀로나에서의 일정은 계획대로 된 것이 하나도 없다. 우린 계획한 날짜보다 훨씬 빨리 바르셀로나에 도착했다. 그 전에 즉흥적으로 니스에 갔던 것부터 계획에서 틀어진 것이었는데, 니스에서 바르셀로나로 왜 바로 튀어갔는지 모를 일이지만 아마 기차로 이동 시간이 꽤 길어서 그동안 자려고 그랬었던 것 같다. 니스에서 바르셀로나로 바로 안 가고 다시 파리에 들렀다가 바르셀로나로 갔던 것 같기도 하다. 아무튼 이미 여행 시작 몇 주 뒤부터 우린 엉망진창으로 돌아다니기 시작했다.

숙소도 안 구하고 도착한 바르셀로나에서, 무슨 공짜로 볼 수 있는 거대한 분수가 있다는 얘길 듣고 분수를 한참 구경하다가 누군가의 안내로 근교의 누드 비치도 갔다가, 맨날 까르푸 매장에서 산 식빵과 싸구려 와인만 먹던 짓을 관두고 랍스터 따위를 한번 먹어보자며 해산물 뷔페도 갔다가, 람브라스 거리를 싸돌아다니며 한국에서 온 여행객들과 친해지기도 했다. 가우디의 유산들도 봤다. 할 건 해야지. 그 유명한, 아직 짓고 있는 '바로 그 성당'과 까사밀라, 그리고 구엘 공원. 뭐 암튼 그런 거 용케 다 봤다. 안심하시라.

그러다 생각보다 오래 그 도시에 머물렀다. 헤나 문신을 해주는, 어디로 보나 놈팽이같지만 금발의 존잘인 동네 애들이랑도 얼굴을 텄다. 구엘 공원에서 기타 치는 애가 같은 도미토리에 있어서, 로마 어디선가 주운 팔찌를 주며 그의 CD와 바꿨고, 그 CD는 들고 다니기 거추장스러워 결국 맹의 집에 뒀던 거 같다. 헤나 문신을 하고 싶다는 한국 여행객 두세 명에게 길거리의 그 헤나 친구들을 소개시켜 주기도 했다.

걔들은 항상 골목길 안으로 들어가 임시로 펼쳐 둔 낚시 의자 같은데 앉아 구깃구깃한 도안을 보여주고 빨리 고르라고 했다. 도안대로 문신을 그리는 동안에도 한 명은 연신 골목 밖을 망을 보며 끊임없이 관광객들에게 담배를 얻어 피는, 하여간 웃긴 놈들이었는데, 결국 사달이 났다. 가슴팍 쇄골 아래 멋들어진 나비 문양을 새기고 싶어한 한 한국 여자애에게 문신을 그려주다 말고, 어디선가 들리는 호루라기 소리와 함께 이 야매 시술자 놈들이 냅다 튀기 시작한 거다. 재빠르게 짐을 다 챙겨 곧바로 골목 안으로 사라졌다. 옷깃을 제쳐 가슴팍을 반쯤 드러내고 있던 여자애는 황당해하고, 우린 걔들을 찾으러 돌아다니고, 그러다가 한 번도 안 들어와 본 골목 구석을 싸돌아다니다가 플라멩고 공연을 하고 있는 바를 발견했다. 우린 공짜로 공연을 봤다. 문신은 어떻게 됐냐고? 다들 그냥 웃어 넘긴 지 오래였다.

람브라스 거리에는 행위예술을 하는 젊은 예술가들도 즐비했다. 그들은 매일 같은 자리에 같은 시간에 나왔다. 짐을 자기 자리에 놓고, 옆의 누구나 까페 점원에게 짐을 봐달라고 한 뒤

골목에 들어가 안 보이는 곳에서 분장을 마치거나, 혹은 아침 일찍 나오는 경우에만 자신의 자리에서 분장을 했다.

며칠을 내키는 대로 뛰놀고 아무 데서나 누워 자면서, 자연히 그들과도 얼굴을 익히게 되었지만, 그들이 분장을 하고 있는 도중에 조용히 사진기를 꺼내면 어김없이 고개를 돌리고 손사래를 쳤다. 퍼포먼스 중이거나 분장이 다 된 모습은 얼마든지 찍어도 되었지만, 내가 찍고 싶은 건 그게 아니었다.

그런데, 그 헤나 패거리가 그렇게 도망치고 다음 날 다시 어슬렁어슬렁 모습을 드러내었을 때, 마침 그 헤나 놈팽이들과 함께 수다를 떨며 분장을 하는 한 명을 발견했다. 나는 사진기는 목에 걸고 캡도 열지 않은 채로, 사진 찍을 시늉도 하지 않고 그들에게 다가갔다. 헤나 패거리가 나를 알아보고, 날 보자마자 익살스러운 표정을 지으며 도망치는 시늉을 했다. 나는 내 가슴팍 한쪽을 마치 헤나를 받으려는 듯 내놓으며, 어제 일을 상기시키며 웃었다. 말은 서로 한마디도 안 통하고 그냥 손짓, 발짓을 하며 웃었고, 나는 플라멩고 공연을 하던 골목을 가리키며 플라멩고 시늉을 하였고, 우리의 기묘한 커뮤니케이션을 지켜보던 분장하던 이도 뭐라 뭐라 말을 시작했다.

그리고, 다들 동시에 침묵하고 어색하게 입맛 다시며 작게 웃고 있을 때, 분장하던 이가 요상한 영어로 대충 말했다.

'두 유 원트 픽쳐 마이 리얼 페이스? '

'오브 코스, 마이 프렌드.'

그는 매일 동상처럼 서 있는 자기 자리로 가서 앉아 분장을 마무리했다. 그리고 우릴 보는 다른 이들에게도 우리가 무엇을 할지 카메라 셔터 누르는 시늉을 하며 알려주었다.

그 거리의 모든 행위 예술가를 다 찍지는 못했다. 하지만, 꽤 여러 명의 분장 전과 분장하는 모습과 분장 후의 모습을 찍었다. 흑백필름 2롤을 썼다.

여행을 마치고 돌아와서, 필름을 모두 현상하고 밀착인화하고 스캔해서 CD에 보관하고 괜찮은 사진들은 따로 인화했다. 람브라스 거리에서 찍은 2롤은 어디에도 없었다. (맹에게 연락해 집을 다 뒤져서 찾아달라고도 했지만, 거기에도 없었다.)

순간, 기억, 이야기

사진에 담기는 것은 뭘까. 장면, 감정, 우스꽝스러움, 즐거움, 아름다움, 정보…. 무엇보다 순간. 그 시간.

그 시간을 정말 담을 수 있을까? 말장난은 그만하자. 우린 그 시간을 담는다고 생각한다. 그렇게 생각하는 것은 틀린 생각은 아니다. 어렴풋이, '순간이, 시간이 담긴다.'고 생각하는 만큼, 어렴풋하지만 무엇인가가 확실히 그 안에 남는다.

하지만, 그렇게 담기는 것이 무엇인지 좀 더 해석할 필요가 있는 순간이 온다. 기억에도 희미한 순간들의 흔적들이 감당할 수 없게 잔뜩 쌓여있을 때. 각각의 빛나는 순간이 아니라 하나의 정리되지 않은 덩어리 채로 굴러와 이렇게 아우성칠 때.

'정리를 해라!'

어떤 광고나 문구, 연락처, 장소에 관한 정보 등을 필요에 의해 핸드폰으로 찍어 저장해두었다면, 그 정보가 필요한 일을 마친 뒤, 아무 고민 없이 그 사진들을 지운다. 혹시나 해서 지우지 않을 때엔, 연락처에 저장을 해두고 지우거나, 따로 메모를 해두고 지우거나 하는 식의 방법을 취하기도 하고, 따로 폴더로 정리할 수도 있을 것이다. 이는 누구에게나 쉬운 일이다.

때론 마음에 드는 식사를 하기에 앞서 음식 사진을 찍을 수도 있을 것이다. 더 나아가 폴더에 음식 사진을 따로 보관할 수도 있을 것이다. 더 나아가, 기억할만한 날의 일들, 그날 찍은 사진, 그날 갔던 장소의 티켓, 그날 있었던 일의 소회를 써놓은

재활일지

기억할 순간. 그 모든 사진. 그런데 어느 폴더에 있지?   239

글들과 함께 정리할 수도 있을 것이다. 더 나아가, 그것들(이미지, 글, 물리적인 증표들)을 모두 디지털화하여 편집한 후에 아카이빙할 수도, 그리고 개 중 몇몇을 다시 아날로그화할 수도 있을 것이다. (슬라이드 쇼를 만들거나, 영상을 만들거나, 다시 인화하거나, 다시 CD로 굽거나, 직접 종이에 인쇄한다던가.) 그렇다면 영상과 문서, 책과 CD가 또다시 생겨난다. 어떤 때엔 그렇게 늘어난 사진이나 아날로그 문서 자체를 사진으로 찍어 다시 또 디지털로 보관하기도 한다.

그래서, 그리하고 나면, 그것에 무엇이 담기는가. 사진 이외의 것에 관해서까지 논의를 넓혀가기 전에 다시 사진에 대해 해석해보면 생각을 이어가는 데에 도움이 될 것이다. 나는 어떻게든 나의 해석을 거치고 난 후라야 생각을 계속할 수 있다.

모든 것에 대해 모든 말을 할 수는 없다. 여행을 다녀온 뒤 모든 것에 대해 모든 관련 정보를 끝없는 링크로 첨부하여 영원히 말할 수 없는 것처럼. 우린 여행을 다녀온 후, 선택해서 이야기한다. 우리는 여행을 하는 동안, 선택해서 프레임에 담는다. 선택해서 녹음한다. 녹화한다. 혹은 마음에만 담는다. 혹은 그저 지나친다. 그러다 멈추어 선다. 어떨 땐 그냥 음미한다. 메모한다. 기억한다. 그리고, 이야기한다.

이야기되지 않을 수도 있다. 하지만 그럴 땐 이야기하지 않은 이의 기억에 남는다. 모든 것이 기억나진 않는다. 하지만 기억나는 것들이 있다. 기억하고자 자꾸 되짚어 보는 것들이 있다. 그렇게 남은, 남긴, 기억들은 그 당사자에게 무엇인가. 나는 그게, 그가 자신에게 들려주는 이야기라고 생각한다.

여기에 답이 있다. '순간, 기억, 이야기'. 지금은 없어져 버린, 싸이월드라는 플랫폼에 내가 만들어 두었던 사진첩의 이름이다. 순간을 기억해서, 그것이 계속 이야기되게 하는 것.

나는 이 글을, 지금은 내게 없는 사진들에 관해 이야기하면서 시작했다. 사진이 없다는 아쉬움으로 시작되는 기억이, 기억할수록 선명하고 결국 이야기로 남았다. 사진이 있었다면 더 좋았을지도 모른다. 하지만, 사진이 없음으로 인해 없어진 것은 아무것도 없다.

물론, 내가 단 한 장의 사진도 남기지 않고 모두 지워버렸다는 것은 아니다. 그럴 필요도 없고 그래서는 안 되는 경우도 있을 것이다. 하지만, 우린 오히려 언제든 사진으로 남길 수 있기 때문에, 아무것도 기억하지 못하는 지경이 되는 것은 아닐까. 우리는 아무 이야기도 아니게 되는 이미지들로 무엇인가를 전하고 싶어 하는 것일지도 모른다.

짤들이 그렇고 무심코 습관처럼 찍어서 남기는 인증샷이 그럴

지도 모른다. 그리고 그것을 접하는 입장이 되면, 우리는 그에 관한 해석을 가능한 한 최대한 간편하게 해주는 것들에게, 그 이미지들에 대한 나의 해석을 위임한다. (눈웃음, 하트, 좋아요, 이모지, 아바타, 라인 프렌즈….)

우리가 무심코 남기는 사진들로 우리가 닿고자 하는 것들은, 사실, 편집 없이 계속되는, 모든 것을 보여주는, 평생에 걸친 브이로그 생방송과 모두가 눌러주는 '좋아요'는 아닐까. 그건 불가능하다. 바래서는 안 된다는 측면이 아니라, 진지하게 그 것을 가능케 하기로 마음먹고 실행하고자 하면 실제로 불가능 하다는 것을 깨닫게 된다는 측면에서 그렇다.

모든 것을 동시에 보여주는 카메라는 없다. 웃는 얼굴이 클로 즈업되면, 그와 동시에 발가락을 까딱이며 조바심을 표현하는 당신의 일부를 보여줄 수 없을 것이다. 풀 샷으로 그 모습을 모 두 찍는다면, 그때 당신의 얼굴의 눈 밑 경련을 보여줄 수 없 다. 무엇을 보여줄 것인가. 무엇을 남길 것인가. 남겨서 누구에 게 전달할 것인가. 전달해서 무엇을 얻을 것인가. 혹은, 나 자 신에게만 기록으로 남기고자 할 때, 모든 것을 기억할 수 있게 되길 바라는가. 진정 그걸 바라는가.

인간이 망각할 수 있다는 것이 얼마나 축복인지 말하는 이들 이 많다. 우린 그런데 망각이 불가능한 세계로 나아가고 있다.

모든 것이 즉각적으로 모두와 연결될 수 있는 세계가 가능하다고 말한다. 그것이 우리를 좀 더 좋은 사회의 좀 더 나은 일원으로 만들어준다고 말한다. 과연 그럴까.

방금 위 두 문단은 디지털과 관련이 있다. 그리고 디지털에 관해서는 다음 글에서 따로 다룰 것이다. (모든 것에 대해 모든 것을 남기고 담을 수는 없다는 명제에 따라.)

하여, 이쯤에서 나의 해석을 정리하면 이렇다. 이 글은 여행기가 아니라고 했지만, 길게 봐서 미니멀 라이프는 여행기라 할 수도 있을 것이다. 우리는 여행 중이다. 이야기가 남는다. 이야기는 흘러가고 연결된다. 우리가 그 모든 것을 통제할 수도, 타인의 기억에 강제로 남겨둘 수도 없다. 여정은 계속되지만, 여로는 계속 바뀐다. 우리는 동시에 여러 길을 걸을 수 없다. 돌아선 길에도 이야기가 있었을 것이다. 하지만 내가 지금 걷는 길에서도 이야기가 계속 생겨난다.

무엇을 남길까. 무엇을 담을까. 어디로 갈까. 그리고 그러다가도 결국 어디로 가게 될까. 미지수로 남겨두는 것, 놓친 것에 대해 인지하는 것, 그럼에도 지금 얻은 것에 대해 기억하는 것. 네비게이션을 찍고 정한 시간까지 도착해야만 하는 길에선 얻을 수 없는 것들일 것이다.

sns피드를 최상의 아웃풋들의 조합으로 완벽하게 꾸미는 것이 최적, 최단 시간 경로 설정일까. 그래서 도착하고 나면 여행이 끝이 날까. 그렇게 지나와버린 순간은 어떻게 남을까. 혹은 거의 매 순간을 남긴 모든 것은 기억에 남게 될까. 그것이 나에게 무엇을 이야기해줄까.

나는 이야기를 하는 사진만 남기기로 결심했다. 그랬더니, 이야기가 남는다면 사진은 없어도 된다고 생각하게 되었다.

솔직히 말하자면, 내 책상 서랍에 들어 있는(그 이전엔 지갑에 들어있었으나 지갑을 가볍고 얇은 것으로 바꾼 뒤엔 서랍으로 이사 간) 내가 사랑하는 가족과 Y의 사진을 제외하고서는, 언제든 없어져도 된다는 생각을 한다.

물론, 정보를 담은 사진들을 그 정보가 필요한 기간 동안 보관하는 것은 필수적일 것이다. 하지만 그것은 '순간, 기억, 이야기' 가 아니다. 거기 담긴 정보일 뿐이다. 물론, '순간, 기억, 이야기'가 담긴 사진들이 있다. 그 사진이 담고 있는 기억을 이야기로 다듬기 위해 글을 쓰고 그 글에 사진을 첨부할 수도 있을 것이다. 그런 사진들은 계속 지니고 있는 것이 중요할지도 모른다. 하지만, 그렇게 쓴 글도 영원하지 않을 것이다.

그 자체로 어떤 이야기를 하는 사진을 찍기도 할 것이다. 하지만 그것이 영원할 거라고 생각지 않는다. (이렇게 생각하는 건 쉽다.) 영원해야 한다고도 생각지 않는다. (이 말도 당연한 소리처럼 들리겠지만, 이렇게 생각하는 건 쉽지 않다. 이상하지 않나? 우린 무심코 영원을 바란다. 불가능한 걸 알면서도.) 모든 이야기가, 남겨지고 전해지기도 하고, 때론 변하고 흔히 사라지기도 한다는 것을 이해하듯이, 사진도 그런 거라고 생각해보라.

우리의 유한함을 뼈저리게 알고 있는 동시에 순간을 영원에 담아놓고 싶어 하는 우리의 불가해한 욕망(물론 그것이 지구상에서 인간만이 유일하게 위대한 창작을 할 수 있게 만드는 이유일지라도!)을 한 번만 접어둬 보자. 우린 때론 단지 그러고 싶어서, 그것이 후대에 남겨질 것이 아니라도, 그저 어떤 감정을 나누기 위해, 전달되지 않더라도 나의 진심과 나의 진실을 전하기 위해, 누군가에게, 혹은 자기 자신을 위해 글을 쓰거나 말을 건네거나 이야기를 한다. 그렇게 표현하고 전달하고 나면, 그것이 남겨지고 전해지는 것은 우리의 소관이 아니다.

역설적으로, 순간과 기억을 거슬러 영원히 남을 이야기가 되고자 하는 마음을 접으면, 우린 창작할 수 있다. 담백하게. 자연스럽게. 그렇지 못하면 계속해서 부자연스러운 몸부림을 치게 될 것이다.

정보의 효용에 관한 판타지

그렇다면, 지금 말고 차분할 때에 시간을 내어 찬찬히 읽기 위해 저장해 둔 웹페이지 링크들은? 유튜브에 저장해둔 영상들, 인스타그램에 항목별로 저장해둔 레퍼런스 이미지들, 영감을 주는 트위터 계정의 글귀들, 다운받은 이미지들, 누군가의 어떤 글, 누군가의 글이 실린 책, 수업 노트들, 책의 거의 모든 페이지마다 귀퉁이를 접거나 밑줄 빼곡히 치다가, 결국 자체적으로 내용을 정리해 둔 서평들은? 그러니까, 반드시 도움이 될만한 내용이 들어 있는, 언젠가는 필요할 '정보'들은?

세상의 모든 정보는 가짜가 아닌 한 반드시 도움이 되지, 당연하지, 그렇고말고. 내가 세상 모든 일에 언제든 어떤 관심을 가지게 될지, 어떻게 그 길로 접어들어 새로운 도전을 하게 될지, 가능성은 무한하니, 언젠가 필요하게 되면 도움이 될 것이란 건 당연하지, 암, 물론이지.

뒤처지지 않고 분주하고 열심인 우리의 이런 생각을 뒷받침하는, 광활한 네트워크의 끝없는 지식과 영감의 보고. 모든 것에 연결되고 소통하는 우리의 끝없는 관심. 그리고 마법의 단어, 자기계발! 생산성! 내가 쓰지 않은 글, 내가 찍지 않은 사진이 기억에도 없는 사이 산처럼 쌓여가는 이유.

개인적인 생각으론, '정보의 효용'이라는 것은, 엄밀히 말해 단 하나의 경우, 그러니까 이미 있는 정보인지 아닌지에 대한 확인을 제외하고는, 정보 생산과정에서 고려할 사안이 아니다. 정보의 생산과정에서 효용보다 더 중요한 것은 그 정보가 맞느냐 틀리냐일 것이다. 요즘 쏟아지는 정보들 중 즉각적이고 파괴적 위력을 지닌 것들 다수가, 의도적으로, 정확히 그와 반대로 작동한다. (누구보다 빠르게 새로운 이야기를 하는 가짜 뉴스들)

내가 쌓아둔 것들이 단순한 팩트가 아니라 누군가의 의견이나 통찰일 수도 있을 것이다. 게다가 사진이나 그림의 경우엔 팩트보다 창의적 영감을 주는 효용이 있는 것이니 맞고 틀리고를 논할 수 없다. 그렇다면 정보가 아니라 인풋이라고 말을 달리해보자.

인풋의 효용은, 그것의 맞음, 탁월함, 위대함 그 자체에 있지 않다. 내가 고르고 골라 저장해 둔, 혹은 언제든 섭취하고자 하는 인풋이라면 웬만하면 틀리지 않고, 나와 생각의 결을 같이하고, 혹은 나와는 생각이 다르지만, 충분히 참고할만한 저명한 이의 의견일 테고, 나의 취향의 결과로 내가 아카이빙하는 이미지(사진,그림)라면 탁월함과 위대함은 무의미하고, 교양을 위해 접한다면 공인된 탁월함과 위대함을 내가 이해해야 하는 수순이 진행될 것이다. 그래서, 그 인풋. 언제든 접속할 수 있는, 도움이 될 것이 확실하다 여겨지는 이 인풋들에 관해서라면, 대체 이것을 왜 정리하고 버려야 한단 말인가.

싸이월드에 오늘 이 글을 쓰기 위해 참고하기에 딱 좋은, 보르헤스의 '픽션들'에 관한 나의 서평이 있다. 그 책에 수록된 단편 '바벨의 도서관'을 중심으로, 보르헤스가 궁극적으로 지향한 글쓰기의 한 방향이라 할 수 있는, 세계의 도서관의 진실의 책에 관한 주석을 단다는 개념에 맞게 쓴 나름의 야심작이었다. 내 글의 형식도, 가상의 글에 대한 비평과 그에 따른 가상의 참고문헌에 대한 각주와 주석의 형식을 띠게 썼다. 실로 명문이라 할 수 있는 탁월한 서평. (이제 어디서도 확인할 수 없으니 걍 그렇다고 허풍 쳐야지. 하지만 덧붙이자면, 얼마 전 'KBS 저널리즘 토크쇼 J'에 패널로 나왔던 강유정 교수가, 우리 학교의 나름 유명한 수업, 황지우 교수의 '명작읽기'를 물려받아 강의하던 시절, 그 수업에 단 두 명 있던 영화과 학생 중 하나였던 나는 A + 를 받았다. 자랑이다.)

그 글 또한 싸이월드와 함께 사라져버리고 이제 찾을 수 없다. 정말 웃긴 일이 아닐 수 없다. 왜냐고? 난 다른 글들은 모두 레포트를 썼던 한글 파일 그대로 이미 백업해두었거든. 그리고 보르헤스 서평은, 유독 마음에 들어 싸이월드 게시판에 파일 첨부를 해놓지 않고, 바로 읽을 수 있도록 글을 다 복사해서 게시글로 직접 붙여넣기를 해 두었다. 그리고 싸이월드가 완전히 문을 닫았다. 그리고 이제 나는, 제일 마음에 들었던 그 글만 영영 잃었다.

다음에 어떤 글을 쓰게 된다면 그 서평의 형식을 다시 써먹어 보아야겠다는 생각을 하게 된다. 당연히 노트북 폴더 안에 그 글이 있을 거라 생각했을 땐 한 적이 없는 생각이다. 무엇이 남았는가. 이제 앞으로 나는 또 무엇을 남길 것인가. 이야기 하나가 남았고 앞으로의 목표가 하나 생겼다.

그리고, 내가 만들어내는 이야기는, 아주 커다란 도서관의, 대출된 지 수 세기가 지난 책에 관한 주석일 뿐일지도 모른다고 생각한다. 모든 책이 모두에게 읽혀야 되는 것은 아니다. 하지만, 찾는 사람은 찾을 것이다. 나 또한 그렇게 찾은 것들이 있고, 누군가가 나를 찾을 것이다. 그 순간이 온다면, 기억될 수도 있고 잊혀질 수도 있다. 기억된다면 이야기가 될 것이다. 이야기가 전해질 수도 있고 그저 기억에 남아있다 사라질 수도 있다. 하지만, 우리가 세계와 역사라는 그 도서관을 벗어날 리 없다면, 연결되지 않을 것을 걱정할 필요는 없다. 필요하다면 누군가가 사진을 찍든 메모를 하든 다시 찾든 할 것이다. 그 필요는 내 소관이 아니다.

우린 세상의 모든 양질의 정보에 언제나 연결되어 있을 필요가 전혀 없다. 지금 내가 중요하다. 내가 만들어내는 것이 중요하다. 우린 홀로 무언가를 창조할 수 없다. 그래서 정보가 필요하다. 우리가 만들어낸 정보가 맞을 수도, 틀릴 수도 있다. 내게서 통찰을 얻을 수도, 반론을 할 수도 있다. 우린 그렇게 교류한다. 하지만 교류가 목적은 아니다. 교류는 창조에 기여해야 한다.

저장과 피드백 - 우리가 창조 대신 하는 것

얼마 전, 파타고니아에서 제작한 다큐멘터리 '스톤 로컬스'를 보았다. 인터뷰 중에, 요즘 내가 하는 생각들에 관해 통찰력 있는 이야기가 한 클라이머의 입에서 흘러나왔다. 컴퓨터로 재생되는 그 다큐멘터리 화면을 실시간으로 캡처를 하기 위해 핸드폰을 꺼냈다. 핸드폰으로 연신 사진을 찍으며, 다큐멘터리가 재생되는 컴퓨터의 화면을 핸드폰 카메라 촬영 화면으로 보고 있는 일이 발생했다. 웃기는 모습이었다. 머쓱한 표정으로 핸드폰을 치우고 그냥 다큐멘터리를 끝까지 봤다.

다큐멘터리의 맥락과 유려한 화면까지 모두 다 본 뒤, 시간이 날 때 다시 아까 그 부분을 틀어 내용을 메모해두자고 마음먹었다. 하지만, 이내 그럴 마음이 없어졌다. 나는 차라리 그 다큐멘터리 전체에 관한 나의 감상을 따로 정리하고 싶어졌다.

며칠 후 다르게 접한 다른 책들과 다큐멘터리, 그리고 내가 '스톤 로컬스'를 보던 중에 캡처하고 싶어 한 내용들이 다 한데 엉켜서, 내가 근래 하던 생각들을 더 구체화시켜주었다.

우리는, 가치가 생겨나는 순간에, 즉각적으로 그 시간을 봉인할 수 있다고 착각하기 쉬운 시대를 살고 있다. (그게 얼마나 어려운 건지 맛보려면 안드레이 타르코프스키의 '봉인된 시간'을 추천……. 농담이다.) 하지만, 사실 우린 지금, 이 순간에 일어나는 모든 것들(그게 감정이든, 어떤 장면의 온전함이든, 우스움이든, 스릴이든, 번뜩이는 생각이든)을 '잘 다듬어' 그것이 시간을 견디도록 만들고 싶은 마음에 그것을 '봉인'한다기보다, 하나의 욕망 때문에 두 가지 목적을 지향한다.

하나의 욕망은 소통, 달리 말해 '연결되고 싶음'이고, 그에 따른 두 가지 목적은 '저장'과 '피드백 요청'이다. 소통에 시간이 걸린다는 생각은 '저장'을 낳고, 그 순간이 지나면 소통이 불가해진다고 생각하여 '피드백을 요청'한다. 이 두 가지 모두 하나를 불가하게 만든다. '자기만의 해석'.

지금까지 한 이야기는 전부 나에 관한 이야기다. 그러니까, 쉽게 말해, 사진과 글에 대한 나의 경험에 대한 '나의 해석'이다. 해석이 필요할 때, 정보를 찾는다. 정보를 취합해 생각을 정리한 결과로 해석을 한다. 해석은 그 자체로 창조가 될 수도 있고

(이 글처럼), 창조 활동의 기반이 되어주기도 하고, 창조를 위한 영감을 주기도 한다.

월터 아이작슨이 쓴 '레오나르도 다 빈치' 전기를 보면, 다 빈치의 수많은 분야에 관한 어마어마한 호기심에 대한 일화들을 만나게 된다. 그는 대포알이 어떻게 날아가는지, 어떤 무게의 대포알을 얼마만큼의 화약을 사용해서 어떻게 쏘아야 얼마나 날아갈지 등을 계산하고 싶었다. 계산이 난관에 부딪혔을 때, 그는 자기가 아는 신부에게, 대포에 관한 정보를 제공해줄 수 있는 장교를 소개시켜주기를 부탁했다.

그는 또한, 언젠가 문득, 느닷없이, 스스로에게 새로운 연구과제에 대한 명령을 내렸다. '딱따구리의 혀를 묘사하라.' 그는 딱따구리의 혀에 관한 연구를 죄다 노트에 남겨놓지는 않았다. 결국은 실패한 도시계획과 수로 건설 프로젝트에 매달리느라였는지, 또 다른 호기심에 이끌려 잊어버렸는지는 알 수 없다. 하지만, 딱따구리의 혀가 도대체 무슨 상관인가.

그런데 다 빈치는 다른 인류사에 남은 걸작들을 다룰 때도 그런 식으로 대했다. 그의 왕성한 정보습득과 광범위한 관심 중별 성과 없어 보이는 지점이 있을 수도 있을 것이다. 하지만, 딱따구리의 혀에 관한 관찰이 언젠가는 그의 창작품이나 발상에 어떤 영향을 미쳤을지 모를 일이다. 아마 그 자신은 그것이 무엇과 연결될지 말지 아무래도 상관없었을 것이다. 몇 안 되는 그의 그림 중 대부분이 미완성이란 것과, 마치 절규하듯 스스로 노트에 써둔 것을 보고 있노라면, 인류 역사상 가장 위대한 천재라 일컬어지는 이 인간은 주의력 결핍 장애가 확실해 보일 지경이다. 그는 이렇게 썼다.

'니가 도대체 하나라도 제대로 마무리한 일이 있으면 말해봐,
말해보란 말이야!'

여러분이 아는 그 다빈치가 쓴 글이다. 믿기지 않겠지만. 그러나, 그를 평가한답시고, 결국 제대로 하는 일 없이 이런저런 쓸데없는 곳에 관심만 두던 괴짜라고 말하는 이는 아무도 없다.

그는 인간의 신체를 하나의 건축물의 관점으로 보았고, 그러다가 건축에까지 관심이 옮겨갔다. 원근법과 더불어, 가까운 곳은 또렷하게, 먼 곳은 흐릿하게 경계를 흐리게 그리는 기법을 써서 놀라울 만큼 입체적인 그림을 그렸다. 그는 이를 위해 강가에 피어오르는 안개를 관찰했다. 물의 흐름을 관찰하다가, 인간의 몸이 자연을 모방한 소우주임과 동시에 건축물이라는 생각을 하다가, 심장의 판막 구조에 대한 그림을 남겼다.

오로지 관찰과 추론에 따른 그 주장은, 200년쯤 뒤에 과학적으로 사실임이 입증되었다. 때로는 실제로 눈에 보이는 것보

다 더 왜곡되게, 일부러 원근법에 맞지 않게 그리면서까지 그림이 걸려있는 위치와 그 그림을 보는 사람들이 보게 될 그림의 효과를 계산했다. ('마지막 만찬'이 그렇게 그려졌다.)

그러면서 줄기차게 흐르는 물을 관찰하면서 소용돌이를 어떻게 그릴지 연구했다. 그러니까, 심심하면 노트에 소용돌이를 끄적였다. 월터 아이작슨이, 개 중 가장 아름다운 소용돌이 그림이 보관된 박물관의 관계자에게, 다 빈치가 그 그림을 단지 일종의 실험으로써 그렸을지, 아니면 그 자체로 미적인 가치가 있는 미술 작품으로 간주하고 그렸을지 물었다. 관계자는 이렇게 답했다.

'아마 다빈치는 그 둘을 구분하지 않았을 거예요.'

원하는 지식이 무엇인지 알고, 그 지식을 지닌 이에게 직접 묻고, 궁금한 것은 관찰하고, 동시에 여러 가지 생각을 하면서, 관찰한 것을 실험하고, 실험한 대로 적용하고, 그러면서 동시에, 무엇인가 만들어내는 것.

흘러넘치는 물처럼, 쉼 없이 흐르면서, 달리 말해 소리 내고 굽이치고 표현하면서, 흐르는 물처럼 다른 물을 흡수하면서. 심지어 누가 볼 거라 생각지도 않으면서도 만들어내는 것. (그에게 애걸하듯 몇 년에 걸쳐, 다른 영향력 있는 모두에게 부탁하여 그로 하여금 자신의 초상화를 그려달라고 했던, 어느 귀족의 초상화를, 그는 결국 완성하지도 못했다. 그의 사후에 그의 방에 그 그림이, 여전히 그려지는 중인 채로 놓여 있었다.)

다시, '소용돌이 그림이 실험이었을까요, 작품활동이었을까요.'라는 물음과 '아마 그는 둘을 구분하지 않았을 거예요.'라는 답을 곱씹어 본다. 정말이지, 그는 구분할 필요가 없었을 것이다. 도태될까 봐 정보를 습득한 것이 아니라, 앞서나가기 위해 공부한 것이 아니라, (실제로 그는 정식 교육을 받지 않았다.) 네트워킹을 위해 소통한 것이 아니라, 피드백을 위해 완성한 것이 아니라, 흐르듯이 계속, 배우고, 만들었으니까.

우리는 연결되고 싶어 한다. 소통을 원한다. 나는, 소통이 즉시 제대로 되지 못할 것을 두려워해 '저장'한다고 했다. 이 말은, 내가 틀릴까 봐 더 정보를 찾아본다는 말이 될 수도 있을 것이다. "세상 모든 정답을 내가 '다 알아야' '누구와도' '제대로' 대화할 수 있으니까…"라는 생각.

소통이 즉각 일어나지 않을까 봐 피드백을 요청한다는 말은, 반응을 받아야만 한다는 말로 달리 말할 수 있을 것이다. '반드시 지금 상호작용이 일어나야만 한다.'는 생각.

정보의 저장과 네트워킹을 통한 즉각적 피드백. 이 둘 모두, 그

것 자체가 목적이 되면 창조와는 아무 상관이 없다.

혼자 강가에 앉아 온 신경을 집중해 소용돌이를 바라보면서, 마음속 한 켠으론, 강가의 나무에 딱따구리가 앉길 바라는 사람에게는, 누구도 섣불리 말을 걸지 않으리라. 하지만, 다 빈치는 세상 화려한 빨간 비단옷을 한껏 멋을 내며 걸쳐 입고, 온갖 곳을 쏘다니면서 사람들에게 궁금한 것을 물어보길 즐겼고, 자기가 만든 애들 장난 같은 것을 자길 찾아오는 누구에게나 보여주고 싶어 안달을 했다.

그는 자기가 원할 때, 자기가 원하는 것을 접했다. 인터넷이 없던 때에, 우리보다 훨씬 많은 것에, 우리보다 훨씬 광대한 관심을 기울이면서, 우리보다 훨씬 많은 것을 '남겼다.' '담았다.' '느꼈다.' 그 모든 것을 연결하여 자신의 이야기로 만들었다. 나는 이렇게 생각한다. 아마, 다 빈치는, '지금' '여기' '나' 만 생각했을 거라고.

그는 소통과 교류 그 자체를 원한 적은 한 번도 없었을 것이다. 소통하고자 하면 누구나와 소통했을 것이고, 기꺼이 즐겼을 것이다. 하지만 그것이 목적이 된 적은 한 번도 없었을 것이다. 또한, 지식과 최신정보를 원한 적은 한 번도 없었을 것이다. 그는 관찰하다 궁금하면 물어봤다. 해석을 위해서, 표현을 위해서, 그는 탐욕스럽게 호기심을 채웠다. 하지만, 그 호기심의 발로가, 누군가가 아는 것을 내가 모르는 것이 두려워서는 아니었을 것이다. 누군가의 것이, 아직 내가 뭘 원하는지 모르지만 어떻게든 영감을 줄 수 있을 것이기에 그것을 강박적으로 접하고 저장해두고 시간이 날 때마다 음미하진 않았을 것이다. 그는 눈을 밖으로 돌렸다. 거기엔 관찰할 것, 배울 것이 지천으로 널려있었다.

관심을 쏟는 것

얼마나 관심을 쏟느냐의 척도는 시간을 얼마나 쓰느냐일 것이다.

앤디 워홀이 이렇게 말했던가?

'앞으로 누구나 15분 동안 유명해지는 세상이 올 것이다.'

놀랍게도, 세상은 정말 그리되었다. 누군가의 관심이 목표인 세상. 이건 우리의 의도로 된 것이 아니다. 2008년 인스타그램과 아이폰이 있었다면, 그래서 AKB48과 함께 사진을 찍어 인스타에 올렸다면, 하트를 몇 개 받았을까? 내게 그 사진이 올라간 인스타 계정이 있다면 이야기를 들려주는 대신, 피드를 한참 스크롤해서 보여주고 말 것이다. 새로 나와 알게 된 사람은 내 계정을 팔로우하고 '좋아요'를 누를 것이다. 기억은 숫자로 치환된다. 피드에 묻힌다. 인스타그램마저 싸이월드처럼 없어질 것이다. 또다시 우린 모든 것을 백업할 것이다.

그럼 누군가에게 보여지기 위한 것들 말고, 습관적으로 모으고 팔로우하는 정보들 말고, 내가 만들어낸, 내가 남긴, 나에 관한 기록들은 괜찮지 않을까? 아니, 그것도 계속하면 순리에 어긋나는 것을 꿈꾸게 된다. 강박이 생긴다. 나의 경우엔 기록 강박이 생겼다. 나의 시간과 경험은 유한한데, 모든 것을 영원히 박제시키고 싶어 하게 되었다.

고등학교 1학년 때까지 일기를 썼다. 누가 시켜서가 아니라 수첩을 좋아해서(심지어 수첩 수집은 몇 년 전까지 계속 이어져, 안 쓴 수첩들을 지인들에게 선물하는 것이 습관이 되고 나서도 아직 사서 모은 수첩이 더 남았다.) 거기 그림, 낙서, 심지어 만들어지지 않을 노래의 가사, 앨범 재킷 따위를 그렸다. 점차 그날 있던 일 모두를 짧게라도 기록하는 강박에 시달렸다.

그러다가, 기억해야만 한다고 여겨지면 묘사가 길어졌다. 기억해야만 한다고 여겨지는 것들이 점점 늘어났다. 모든 걸 자세히 쓸 수 없으니 키워드만 적기도 해보았지만, 다시 펼쳐 읽었을 때 그 순간이 생생히 재생되지 않기에 다시 묘사로 돌아왔다. 나는 수첩과 펜과 나의 현재를 무기로, 나의 기억과 한 방향으로 흐르는 시간에 덤볐다. 사실 현재의 모든 순간에 관찰자의 시점으로 계속 유체이탈을 시도하며 나의 생을 피했다는 게 맞겠다. 기록에 할애하는 시간이 점점 늘어났다. (그런 시점을 취하고 기억을 정제된 기록으로 남기려는 강박이, 어느 정도는, 지금의 내게 도움이 된 면도 있는 것 같다. 어디까지나, 어느 정도만.) 그리고 마침내, 어느 하루에, 3:3 농구를 하며 있었던 일, 스코어와 역전한 순간, 팀의 구성원, 그들과 나눈 대화 따위를 모두 적어넣다가... 모든 것을 기록할 수는 없다는 생각을 처음 했다.

'기록 또한 선택의 결과로 골라낸 것인데
  그것이 아무리 자세하게 묘사된들 나머지는 어쩌려고.'

내가 일기장에 마지막으로 쓴 문장이다.

거의 유년, 청소년기를 모조리 갖다 바친 그 행위를 그만두기 위한 논리를 내가 스스로 발견했다는 것을 기념하기 위해, 마지막 일기를 그 내용으로 쓰고, 그 이후로 절대 기록을 위한 기록은 하지 않겠다 다짐했다. 나는 그날 쓴 글을 그 일기장을 펼치지 않아도 똑똑히 기억한다. 그럼 된 것이다. 방과 후 3:3 농구를 한 것에 대한 나만 보는 보고서를 작성하다 말고 일기장을 집어 던지고 다시는 쓰지 않았으니 소소한 이야깃거리이긴 하지 않나. (그 뒤로 광활하게 펼쳐진 '기록의 밤 시간'이 남아돌아 술, 담배, 춤에 헌신한 게 더 안줏거리….)

사실, 우리에게 중요한 장면들은 그리 많지 않다. 중요한 것은 그렇게 각인이 된다. 혹은 중요하게 여기면 각인시켜야 한다.

외우지 못하는 시를 좋아한다고 할 수는 없는 것처럼. 검색하면 나오는 결과를 내가 찾을 수 있다고 해서 내가 세상 모든 것에 대한 '지식인'이 될 수는 없는 것처럼.

마르케스는 '백 년의 고독'이라는 책을 써서, 정말이지 근 백 년에 이르는 한 가문의 이야기를 마술적 리얼리즘으로 그려냈다. 방대한 이야기이긴 하지만, 그들의 그 역사를 엮어주는 흐름, 줄기, 그러니까 그 의미, 달리 말해 그들의 '이야기'는 사실 몇십 가지 정도의 장면들로 드문드문 이어진다. 그 사이사이에 온갖 일이 있었을 것이다. 우린 알 도리가 없다. 알 필요도 없다. 우린 전해 들은 이야기로 맥락 안에 각인시킨다.

중요한 것은 골라서 남긴 이야기다. 잊혀지고 누락된 것들이, 그럼에도 기억되는 이야기를 중요하게 만든다.

덧

사진과 추억을 디지털로 보관하는 법을 많이들 추천한다. 하지만 그렇게 되면 결국 디지털 폴더들도 미니멀라이즈해야 할 순간이 온다. '디지털로 보관'은, 내 개인적 생각으론 비우기가 아니라 임시로 잘 정리한 것으로 느껴진다. 수납장에 물건을 안 보이게 깔끔하게 잘 넣어둔 것. 하지만 여전히 남아있는 것. 미뤄둔 것.

이놈의 미니멀라이프라는 것은, 미뤄둔 것, 담아둔 것, 꿈꾸던 것들을, 지금, 내가, 해치우고 해결하고 놓아 보내주는 것의 반복 아닐까 싶다.

누군가와의 추억이라…. 그렇다면 연락하고 만나는 건 어떤가. 잊혀지면 어떡하냐고? 그럼 계속 되뇌면 어떤가. 누군가에게 말해주기 위해서..가 아니라면 뭐 어떤가. 내 기억의 디테일이 조금 바뀌면.. 실제와 다르면 또 어떤가. 아니면 글로 남겨놓는 건 어떤가. 사후에 발견된 편지들을 엮은 작가들의 책들이 많다지만.. 뭐 그건 내 사후의 문제 아닌가.

덧2

나와 y가 농담 삼아 하는 말이 있다. 팀 버튼 전시를 다녀와 생긴 농담인데, 우리가 제법 괜찮은 예술가가 되면 한가람미술관에서 우리 메모와 쪽지와 콘티와 책상 위 잡동사니와 낙서도 모아 전시를 해야 하니, 우리의 그 모든 '그딴 끼적인 잡동사니'들을 도저히 버릴 수 없단 거다. 이게 농담인 이유와 같은 이유로, '디지털로 보관' 또한 어불성설이다.

잊혀지면 또 어떤가. 잃어버리면 어떤가. 하나라도 한순간이라도 부여잡기 위해 멀티테스킹을 하고 클라우드에 연동하고 모든 것을 저장하고 킵하는 걸 언제까지 할 것인가. 킵해서 좋을 것이라곤 바카디 밖에 없..

덧3

이 글을 쓰고 문득 궁금해 2008년 일본에서 찍은 사진을 찾았는데, 폴더만 있고 안은 비어있는 것을 확인했다. 할렐루야.

몇 년 동안 폴더를 열어보지도 않았단 얘기.
백업이란 게 이렇다. 인샬라~

내 아이폰엔 사파리와 구글이 없다.
- 지속 불가능한 항시 대기, 소화 불가능한 전송속도

상태 표시 : 접속 중 / 대기 중

허리가 작살난 이후, 괄약근에 힘을 잘못 주다 디스크가 터질지 모르니 큰일을 치르러 화장실을 갈 때 꼭 핸드폰을 들고 가라는, 후배 I의 진심 어린 충고가 있기 전에도, 난 이미 화장실은 물론이거니와 잠깐 설거지를 할 때나 빨래를 널 때조차 주머니에 든 핸드폰을 치워두지 않았다.

스티브 잡스가, '애플은 오늘 전화기를 재발명합니다.'였는지 '애플은 이제 컴퓨터 말고 전화기 만드는 회사입니다.'였는지, 아무튼 간에 뭐라 멋지게 말하며, 애플의 기행 정도로 여겨지는 제품을 발표한 지 십몇 년쯤 흘렀다.

내가 핸드폰을 스마트폰으로 바꾼 순간을 기억한다. 졸업 영화 촬영을 열흘쯤 앞둔 때였다. 핸드폰이 박살 났다. 최대한 빠른 시간 안에 되살리거나 새것으로 교체해야 했다. 다행히 할부금은 완납한 뒤였고, 통화요금은 3만 원이 넘지 않았다. 콘티와 아역배우 리스트를 프린트하다 말고, 곧바로 학교 바로 앞 핸드폰 대리점으로 갔다. 점원은 뜬금없이 스마트폰을 추천했다. 스마트폰이 아닌 2G폰을 사려면 기계값으로 수십만 원을 제값을 다 주고 사야 했다. 스마트폰은 이런저런 할인과 약정을 묶어 그보다 싼 가격에 살 수 있었다. 번호이동을 하면 거의 공짜라고 했다. 그러자고 했다. 제작비도 쪼들려 돈을 빌리고 다니던 참이었다. 공짜로, 그러니까 할인을 받고 수년 동안 할부 약정에 묶여, 까만색 모토로라 스마트폰을 샀다.

'와이파이가 되는 곳에서 카톡을 보내면, 그건 공짜야!'
'진짜? 그냥 공짜라고? '

인터넷도 와이파이가 있는 곳에선 공짜라고 했다. 모두가 날 의심하고 공격하고 반문하며, '도대체 네가 하고자 하는 그것을 넌 도대체 왜 때문에 굳이 하려느냐.'는 표정으로 날 씹어먹고 싶어 한다는 망상에 허우적대고 있던 시기, 그러니까 졸업 영화 촬영 열흘 전에, 스마트폰이란 분은, 잘만하면 다 공짜라며 나를 다독여주었다. 감동하여 눈물이 다 났다. (아니, 사실은 자전거를 타고 학교 정문 오르막길을 오르는 동시에, 한 손으로 안 보고도 스태프들에게 분노의 문자를 날릴 수 있는, 내 피처폰이 그리웠다. 장갑을 끼면 버튼을 누르지도 못한다니. 이런 바보 같은 핸드폰이 어딨어!)

그런데 이 '스마트한 폰'이라는 분으로 말할 것 같으면, 파일도

보낼 수 있고, 보낸 파일을 볼 수도 있었다. 찾을 것이 있으면, 인터넷에 접속해서 검색해볼 수도 있었다. 오, 놀라워라, 이것은 그야말로 영화제작 프리프로덕션을 위한 '워크스테이션'이 아닌가! 놀라지 마시라. 아이패드가 없던 때다. 그 시기 네안데르탈인, 아니 X세대, 아니 386, 586…. 암튼 라떼꼰대들은 아이패드 없이 콘티라는 걸 그릴 수 있었다고 전해진다.

애플은 이제 전화기 만드는 회사에서 아이패드와 무선이어폰을 만드는 회사로 시가총액 지구 짱을 먹고 있다. 다시 말하지만, 아이폰 1세대가 나온 지 불과 10여 년이 지났다.

그리고, 오늘날, 나는 핸드폰을 작업 능률을 비약적으로 높여주는 스마트한 기계라 생각하지 않는다. 나는 인터넷으로 무엇인가를 찾고 싶을 때마다 브라우저를 열지 않는다. 어쩔 수 없이 눈을 떼서 실재하는 세상의 무엇인가와 마주해야 할 때만 브라우저 창을 닫는다. 이제, 나와 핸드폰이 맺는 관계는 두 가지 상태뿐이다. '접속 중'이거나 '대기 중'.

이제, 아무도 핸드폰을 '사용 중'인지 '사용 중이지 않은지' 말하지 않는다. 전화기라는 것이 원래 그렇긴 했다. 예전엔 노트북이든 라디오든 사용하고 나면, 전원 버튼을 눌러 그 기계를 '껐다.' 다시 사용하고 싶으면 다시 전원 버튼을 눌러 그 기계를 '켰다.' 나머지 시간 동안, 그 기계는 '사용되지 않는 상태'를 유지했다. 하지만, 전화기만은 예외였다.

핸드폰이 있기 전, 집에 하나씩 있던, 소위 '집 전화기'는 통화를 끝내면, '끊을 수'는 있지만 '꺼둘 수'는 없었다. 그럼 안 되는 것이므로. 언제든 벨이 울려 내가 그 소리를 듣고 받을 수 있어야 하니까. 물론, 아주 간혹, 부득이한 경우나, 의식적인 선택의 결과로 전화기의 선을 뽑아 놓곤 했지만, 그것은 어디까지나 예외상황이었다.

요즘엔, 노트북이나 데스크탑도, 전원을 끄지 않고 '잠자기 모드'나 '절전모드'로 잠시 멈춰두는 기능을 자주 사용한다. '잠자거나', '절전 중'인 노트북을, 우린 껐다고 하지 않는다. 굳이 완전히 끄지 않고 그렇게 두는 이유는, 언제든 클릭 한 번으로, 잠시 쉬고 있는 이 컴퓨터들을 바로 깨우기 위함이다. 완전히 끄고 난 뒤 다시 켜서 재부팅 하는 데는 시간이 들고, 우린 그 시간이 아깝다. 그리고, 무엇보다, 그들이 나에게서 그렇게 멀리 떨어져 있다가 돌아오는 것이 탐탁지 않다. 그들이 사용 중이지 않은 상태를 유지하게 하고 싶지 않다.

우린, 그들을 실제로도 '사용하지 않고 있는 때'에도, 그들을 '대기'시키고 싶다. 배터리만 채워져 있다면, 그들은 얼마든지 그럴 수 있는, 우리를 위한 최신 기기니까.

손에 쥔 핸드폰을, 쓰지 않을 때 꺼두는 사람이 있을까? 스마트폰을 통화에 이용하는 빈도가, 다른 모든 용도의 빈도보다 압도적으로 적게 된 지금에도, 결국 스마트폰은 전화기이므로, '연락을 위한 항시 대기 상태'는 우리에게 가장 익숙한 기능이다. 그리고, 그것 때문에, 우린 사용하지 않는 순간에도 핸드폰을 손에서 놓지 않는다. 우린 전화기가 탄생한 이래로 줄곧, 무엇인가가 내게 신호를 주면 일단 그에 응하는 것에 익숙해지도록 길들여져 왔다.

그리고, 그런 인류를 보며, 모든 인류에게서 돈을 벌고 싶은 인류 모두가 같은 생각을 한다.

> "스마트폰을 쥔 사람들이
> 스마트폰을 사용 중이지 않게 만들고 싶지 않다.
> 우린, 그들이 실제로도 스마트폰을 '사용하지 않고 있는 때'에
> 도, 그들을 '대기'시키고 싶다."

이 영역은 새로 개척된 항로다. 한 번도 가 본 적 없는 새로운 바다가 열렸다. 대항해시대가 다시 도래했다. 이 다재다능한 스마트한 분을 대부분의 시간 동안 '대기 상태'로 가만두기엔, 이제 할 수 있는 것이 너무 많다. 손에 쥔 컴퓨터, 라디오, 사진기, 비디오카메라, 텔레비전, VTR 플레이어, 게임기, 메모장, 노트, 녹음기 등등의 상상할 수 있는 모든 것의 조합의 총합으

로서의 '핸드폰' 이라니! 그러니까, 그 모든 것들을, 현관문을 두드려 노크해서 직접 배달하고, 그 예측불가능한 불시의 방문 배달에 응할 수밖에 없도록 할 수 있는, 각 개인의 성역을 보호하는 유일한 성벽이자, 항상 열릴 준비가 된 단 하나뿐인 문이라니!

배터리만 채워져 있다면, 스마트폰은 전원을 끄지 않고 얼마든지 '켜진' 채로 즉시 접속 가능한 대기 상태로 있을 수 있다. 하지만, 스마트폰의 방전이 아니라, 우리가 문제다. 우리가 핸드폰의 놀라운 고해상도 최신 디스플레이를 통해 만나고 향유하는, '공짜'처럼 보이는 모든 것들은, 우리를 대기 상태로 만든다. 그 모든, '의도를 가지고 제공되는 공짜'와 '내가 요구하지 않았지만 내 관심을 끌어 나와 교류하고자 하는', '흥미로운 콘텐츠'와 '유용한 정보'들은, 항시 대기 중인 우리에게 언제나 접근할 수 있다. 우리가 그것을 기꺼이 허락했다.

우리는, 우리를, 우리가 만든, '다시 켜는 데 오래 걸리니까, 멀리 떨어뜨려 놓고 싶지 않아 계속 켜두는' 물건처럼 대하기 시작했다. 혹은, 우리는 서로가 그 물건을 통해 서로의 아바타로서만 만날 테니, 실재하는 우리는 화면 뒤에서, 각자의 물건을 때에 따라 충전케이블에 잘 연결해주는 존재쯤으로 간주한다.

상상해보자. '집 전화기'가 있던 시기를 살아온 이들은 쉽게 머

리에 그려질 것이다. 그때를 모르던 이들도 그저 한 번 머릿속
에 그려보라.

선을 뽑아버려서 내가 전화를 걸 수도 받을 수도 없게, 완전히
'꺼' 버리지 않는다면, 그러니, '연결'만 되어있다면, 연락이 오
면 그 즉시 벨을 울리는 집 전화기가 있다. 그리고, 내 전화번
호를 아는 사람들이 내게 연락을 하는 것 이외에도, 누군가가,
내 통화내역을 통해, 어떻게 했는지 알지 모를 방법으로 내 관
심사와 집안 대소사를 알아내어, 시도 때도 없이 전화를 걸어
온다. 전화를 받으면 TV를 켜보라고 한다. 채널을 맞추면 내
가 보고 싶어 할 것만 같은 것을 공짜로 틀어주겠다고 한다. 전
화만 받으면 카탈로그도 보내주겠다고 한다. 카탈로그를 보고
어떤 물건을 한 번 주문하고 나면, 그와 비슷한 업체에서 계속
전화를 한다. 집으로 공짜라며 우편물을 보낸다.

전화를 받기 싫고, 중요한 전화는 받아야 하니, 우린 벨 소리를
진동으로 대체한다. 하나하나 번호를 차단한다. 이제 우편물이
도착하면 우편함에서도 벨 소리를 낸다. 우린 우편함의 벨 소
리를 없앤다. 하지만 우편함이 터지기 일보 직전일 때마다 슬
리퍼를 신고 내려가 현관문을 열고, 온갖 우편물 중 공과금 납
입통지서 같은 중요한 우편을 분류해야 한다. 우린 전선을 뽑
지 않는다. 중요할지도 모를 것들이 아예 없진 않기 때문이다.

집은 어수선하고 소란스럽고 집중이 하나도 안 되고, 집 앞엔 온갖 선량한 얼굴의 방문 판매객과, 지나가다 멈춰서서 내가 오픈 하우스 기간 동안 오픈해두었던 거실이 맘에 든다며 오늘도 거실을 볼 수 있냐는 관광객과 나랑 말이 잘 통할 것만 같아 서로의 집 주소와 우편 사서함과 전화번호를 교환하자고 했던 누군가가 찾아와 북적인다.

이런 집에 사는 기분은 어떨 것 같은가? 지금 여러분의 집은 어떤가? 아니, 여러분의 머릿속과 손 위는 지금 어떤가?

비약이 심하다고 느껴질 수 있다. 뭐 그럴 수 있다.

그럼, 또 다른 짧은 예.
초창기 MMORPG 게임들이 유행을 얻기 시작할 때, pc방 죽돌이들이 만렙을 찍기 위해 몇 주씩 pc방에서 기거하는 현상이 생겨나는 것을 두고 사람들이 우려를 표했을 때, 길드의 수장이거나 서버의 저명인사가 된 캐릭터의 본캐, 그러니까 실제 유저의 인터뷰를 해보면 그들은 이런 이야기를 하곤 했다.

'오히려, 제 삶에서 여기 접속 중인 시간이 압도적으로 많고,
일어나는 일도 이곳이 훨씬 많거든요.
중요한 건 여기 다 있어요. 저라는 사람은 여기 이 캐릭터랑 이
캐릭터가 한 일들로 더 정확히 설명되는 것 같아요.'

'실제 자신은요? '

'밥도 먹고 잠도 자야 되죠.

제 캐릭터가 잠을 자거나 밥을 먹을 수는 없으니까.'

식음을 전담하는 본캐.

배터리 충전을 담당하는 본캐.

알림에 즉시 화답해야 하는 본케.

앱을 지울 수는 있지만, 다시 까는 본캐.

가상의 아이덴티티를 가꾸기 위한 계정 생성을 위해

본인인증을 해주는 본캐.

스마트폰과 포털사이트와 SNS를 잘 활용하는 것은 어디까지 나 나 자신이며, 이것은 게임이 아니라 실제 삶과 교류와 소통 이므로, 게임 폐인과는 다르다고 생각하는 본캐.

우린 접속 중, 대기 중이다. 우린 게임에 중독된 것이 아니다. 우린 우리 자신으로서, 스스로의 의도와 선택에 따라 시간을 할애하여 스마트폰으로 창의적 활동 중이다. 맞나?

ㅇㅋ 그렇다 치자. 그럼 여러분 대다수는 중독이 아니라고 치 고, 뭐 하나 묻고 싶다. 업무 중에, 1:1의 소통을 넘어서는, 처 음 알게 된 십 수 명의 사람들과 몇 달에 걸쳐 전쟁같이 치러 낸 프로젝트가 우여곡절 끝에 드디어 종료되었다. 가장 먼저

하고 싶은 일은? 자신에게 주고 싶은 가장 손쉽고 간단하고 도 짜릿한 보상은? 나는 답을 알고 있다. 내가 그랬고, 나와 같이 일한 사람들이 항상 그랬고, 내가 만나는 선배, 후배, 동기 모두 그 간단한 행위로 입꼬리를 올리지 않는 것을 본 적이 없다.

"단톡방 일괄 탈퇴!"
"나! 가! 기! 버튼 눌러버리기"

여러분은 나처럼 스마트폰 중독은 아니라고 하겠지만, X 같은 알림 소리에 관한 단상을 시로 쓸 수는 있겠지. 노이로제 유발을 줄이려 까똑음을 보신각 종소리나 목탁 소리로 바꿔보았자 부처가 싫어지게 될 뿐이란 걸 나만 아는 건 아니겠지. ㅇㅋ 그 정도로 합의하고, 내 경우, 그러니까 중독이라 스스로 여기는 경우로 넘어가자.

상태 진단 : 중독

중독은 그냥 중독이다.
중독을 달리 말해보자. '심각한 중독.'
중독을 돌려 말해보자. '사실은 중독.'

나는 이 외에 다르게 말하거나 돌려 말하는 방법을 모르겠다. 담배가, 마약이, 야식이, 알콜이, 도벽이, 모두 이렇게 표현될 수 있을 것이다. '그 정도면 사실 중독이야…'라거나, '그거 심각한 상태인 거야…'라고.

요즘 시대에, '나 스마트폰 중독인 거 같아.'라는 말은, 그냥 관용어구나 인사말이 된 것 같다. 이런 말들처럼 들린다.

> '말도 마, 요새 넘 바빠.'
> '아, 퇴사하고 싶다.'
> '나도 코인 해볼까?'

하지만, 중독은 쉽게 말할 것이 아니다. 본인이 중독이 아니라고 여기면 그에 대해 다른 말을 보탤 생각은 없다. 하지만 난 내가 중독이 확실하다고 느꼈다. 매일 밤, 밤새 스마트폰을 켜놓고 뜬눈으로 밤을 새는 정도는 아니었지만, 어느새 방문하는 페이지나 웹사이트, 확인해야 할 SNS 피드 등을 정해진 시간 동안 한 바퀴 둘러보는 것이 습관이 되었다. 그 루틴 속에는 요일별 웹툰이나 알림이 뜬 OTT 플랫폼의 새로운 콘텐츠도 속속 추가되었다. 일주해야 할 코스의 거리가 점점 늘었다.

이건 시간 단축의 게임이 아니다. 한 번이라도 RPG 게임을 해본 사람들은 알 것이다. 게임을 한 번 끝장을 보고 나면, 이제 엔딩까지 달려가 빠른 시간에 게임을 클리어하는 것이 더 이상 목적이 아니게 된다. 게임의 모든 장소와 모든 경우의 수를 모두 경험하기 전까지는, 그 게임을 관둘 수 없다. 그러니, 인터넷의 바다, SNS의 창공, 콘텐츠의 산맥을 모험해보겠다고 하면, 그곳 어딘가에서 뼈를 묻겠다는 것 말곤 다른 결론이 날 리가 없다.

식당에서 주문을 시켜놓고 같이 온 사람을 앞에 놓고서, 아님 잠깐 버스나 지하철을 기다리는 중에, 나는 내가 들러야 할 모든 항로를 클리어하겠다며 또다시 스마트폰을 연다. 그러나, 불과 몇 분 전 봤던 페이지에는 이제 또 다른 최신 정보와 링크가 업데이트되어 있다. 원하는 정보는 점점 찾기 힘들어진다. 그 대신 헤매다 곁길로 빠져 애초에 생각조차 않던 것들이 중요한 정보처럼 여겨지는, 새로운 모험의 장이 열리는 경험은 끝없이 계속된다.

나는 이러한 사태가 발생하는 것이, 나의 불안과 취약함에 따른 결과라고 지레짐작했다. 그 말은 절반만 맞는 소리다. 지난 글에 쓴 것처럼, 나는 즉각적인 피드백을 구하고 싶은 욕망과 저장하고 싶은 욕망을 떨칠 수 없다. 모든 것에서 뒤처지지 않고 싶은 마음과, 외롭게 고립되고 싶지 않은 마음을 접어둘 수 없다.

그러나, 모든 것이 내 탓만은 아니다. 우울증이 나약함의 증거가 아니듯. (실제로 SNS가 우울증을 유발한다는 연구는 이제 놀랄 일이 아니다. 아, 곁가지로 빠지지 말자. 니가 인터넷 익스플로러냐.) 내가 그러한 상태에 놓여있다는 것을 누구보다 더 잘 아는 것은, 바로 나와 같은 다른 사람들이다. 그 사람들이, 마치 자신처럼, 자신의 욕망을 실현하거나 해소하기 위한 것처럼, 나를 위한 마법의 물약을 제조해낸다.

나의 기분이나 느낌, 지레짐작만으로 이렇게 글을 계속 쓰는 것은 의미 없는 일일 것이다. 내가 말할 수 있는 것은 나에 관한 것 뿐일 테니. 그에 관해서는 글 말미에 다시 쓰도록 하고, 이제 좀 편하게 남의 말을 몇 개 옮겨보자. 넷플릭스 다큐멘터리 '소셜딜레마'에 출연한, 미국의 저명한 통계학자가 이렇게 말한다.

> "고객을 '사용자(user)'라고 부르는 산업은
> 단 두 종류가 있는데, 하나는 마약이요,
> 하나는 소프트웨어 산업이에요."
> ―에드워드 터프티―

구글의 디자이너였고, 구글을 위시한 IT기업들의 디자인과 알고리즘이 사용자들에게 끼치는 영향을 우려하는 보고서를 작성한 뒤 구글의 디자인 윤리학자로 일하다, 지금은 인간을 위

한 디자인을 주창하고 있는, 디자이너이자 심리학 전공자이자
이제는 윤리학자이기도 한 누군가는, 같은 다큐멘터리에서 이
렇게 말한다.

"자전거가 나타났을 땐 아무도 화를 내지 않았어요.
도구라는 것은 쓰지 않을 때는 가만히 있습니다.
뭔가를 당신에게 요구한다면 도구가 아닌 거죠.
소셜 미디어는 사용되길 기다리는 도구가 아닙니다.
그만의 목적이 있고 그 목적을 달성하려고 합니다.
당신을 유혹하고 조종하며 당신에게서 뭔가를 요구해요.
당신의 심리를 역이용해서 말이죠."
– 트리스탄 해리스 –

난 그냥 내가 중독자라는 걸 인정하기로 했다. 나를 중독시키
려 한 계획에 따라 중독되었다는 것을 알기로 했다. 지구를 실
시간으로 하나로 묶은 만큼의 덩치를 지닌 디지털이라는 골리
앗이, 사춘기의 다윗보다 허약한 나 하나를, "고객이라 이름
붙인 '데이터와 리소스'"로 쪽쪽 빨아먹는 것에, 그런 줄도 모
르고 당했다는 것은 쪽팔린 일이 아니다. 그래. 그렇게 생각하
니까, 그러니까, '헐, 진짜 X 됐다'라고 생각하니까 맘이 편해
졌다. 나는 전사의 심장을 장착하고 예리한 전략을 통한 반격
을 꾀했....던 것이 아니고 그냥 서둘러 하나의 액션을 취했다.
내 홈타운 대구식으로 말하면,

"마, 딱 놔."

그 자리에 딱 놓고 자리를 떴다.

재활 루틴 : 인터넷 -> 뉴스 -> SNS -> 메신저

그리하여 내 폰엔 인터넷 브라우저가 없다. 아이폰에는
safari(이하 '사파리')라는 앱이 기본 브라우저로 설치되어 있
다. '사파리'는 아이폰의 기본적인 앱 중 하나이므로(문자, 통
화, 날씨, 시계 등과 같은), 완전히 삭제할 수 없다. 물론 쉬운
방법으로, 앱의 아이콘을 꾸욱 길게 누른 뒤 삭제 버튼을 누르
면 화면에서 사라진다. 하지만, 아이폰의 OS가 업데이트된 이
후, 화면을 오른쪽으로 끝까지 계속 스와이프 하다 보면, 비슷
한 기능을 하는 앱들끼리 모아서 보여주는 화면이 나오는데,
그곳에서는 여전히 '사파리' 앱을 볼 수 있다.

하여, 나는 여러 단계를 거치면 화면에서 '사파리'를 완전히 없
앨 수 있는 법을 찾아냈다.

[설정] -> [스크린 타임] -> [콘텐츠 및 개인 정보 보호 제한]
-> [허용된 앱] -> [safari] '비활성화'

누군가는 이렇게 말할 것이다.

'뭐야, 완전히 없애는 건 아니네.'

맞다. 완전히 없애는 방법은 아니다. 그런 방법이 있을지도 모르지만, 난 그 방법을 모른다. 그러니, 다시 앱을 되살릴 수도 있다. 하지만, 사파리가 너무 그리워 다시 화면으로 불러오려면, 다시 한번 저 과정을 거쳐야 한다. 내겐 저 정도로 충분히 귀찮아 미칠 노릇이다.

내 핸드폰에는, 접속하고 접속을 끊기까지, 내가 그 앱으로 어떤 것을 할지 확실히 예상 가능한, 하나의 앱이 하나의 기능만을 담당하는 것들만이 설치되어 있다. 예를 들면 은행, 극장 예매, 내비게이션, 지도, 미세먼지 측정, 걸음 수 측정, 사전, 홈텍스 등등이다. 이렇게 되니, 필요할 때 해당 앱으로 그것만 하면 되니까 애초에 무심코 핸드폰 화면을 보게 될 일이 없게 되었다.

그런데 의외로 새로 깔게 된 앱도 생겼다. 교보문고와 알라딘 서점 앱이 그것이다. 원래 인터넷 브라우저로 접속하곤 했는데, 브라우저가 없으니 앱을 그냥 깔았다. 오히려, 포털로 홈페이지에 들어가 이 책, 저 책, 신간이 뭐가 있나 기웃거리지 않게 되는 효과가 있는 듯하다. 책 이름을 외우고 있는 것에 한해서, 앱으로 들어가 검색하고 구입한다.

내가 핸드폰을 붙잡고 가장 습관적으로 하는 것은 각종 포털 사이트의, 내가 사용자 지정을 해놓은 모든 탭의 모든 기사를 계속해서 죄다 살펴보는 것이었다. 필요해서 내가 찾아본 건 극히 일부에 불과했다. 아주 오래전부터 나는 그것을 잘 알고 있었고, 급기야, 인터넷 포털을 둘러보는 일에 내 스스로의 당위성을 부여해보고자, 우습게도 댓글들을 쓰던 시기도 있었다.

사태는 더 악화되었다. SNS와 뉴미디어의 폐해라 여겨지는 '분극화'에 나도 일조하고 있었다. 분극화라는 말은 새로운 개념처럼 들리지만, 사실 오래전부터 우린 '확증편향'이라는 개념을 잘 알고 있다. 쉽게 말해, 우린 각자 보고 싶은 것만 보는 경향이 있다는 그 개념. 뉴미디어와 SNS는 이 확증편향을 더 공고히 하고, 더 나아가 그 확증편향의 사이즈를 줄이고 또 줄이고 수를 늘려, 더 폐쇄적이고 자기방어적이고 공격적인 집단들이 형성되는데 일조한다. 그것이 분극화다.

우린 더 좁고 높고 견고한 울타리에 둘러싸여, 더 기세 좋고 화끈하고 '우리'를 신봉하고 '저들'을 멸시하는데 일가견이 있는 전사들이 된다. 나는 스스로를, 자유롭게 정보의 바다를 항해하며, 내가 찾아낸 사람들, 내가 찾아낸 정보를 올라타고 세상을 본다고 여기지만, 사실은 바람이 밀어낸 곳에 도착해, 나와 비슷한 사람들과 편하게 팀을 짜고 이미 알던 것들에 서로 기분 좋게 동의하고 그와 다른 견해에 대한 적개심을 서로 공유하고 키우면서, 세상에서 시작해 섬 하나를 향해 항해를 한다.

네이버에서는, 연예기사에 이어 스포츠 기사에서까지 댓글을 막았다. 내가 매일 수 차례 드나들던 해외 축구 뉴스들에는 '아디오스'를 고하는 마지막 댓글들이 도배되었다. 댓글들이 모두 막히고 나자, 나는 사실 서로 까대고 비꼬고 적절하게 웃기면서 수위를 지키는 듯 넘는 듯 드립을 날리고 거만하게 평가하고 그 평가에 무례하게 반박하는 모든 말들을 즐겼다는 것을 깨달았다. 댓글이 미디어일 수 있을까. 미디어는 메시지라는 마샬 맥루한의 말에 따르면, 그것도 미디어이겠지. 트위터의 똥글도 미디어일 수 있지. 메시지니까.

그래. 그런데 어떤 메시지? 간단히, 그 순간에 늦지 않게, 자극과 이슈를 낳을 수 있도록, 즉시, 표현하는, 무엇. 메시지는 점점 단순해진다. 결국, 그때의 Kibun을 말하는 것이 메시지라 할 수 있을까. 혹은, 모든 것이 속보인, 제목과 따옴표 안의 단어 몇 개가, 진위여부를 떠나 트래픽을 유도하는 것이 지상과제인, 그 글들이 기사라 할 수 있을까.

포털 뉴스를 그만 보자. 댓글을 그만 읽자.

매일 쏟아지는 기사들을 읽지 않아도 될 것 같다. 주간지를 정기구독하고 있다. 구독하는 주간지와는 다른 견해와 보도 방향을 지닌 곳의 주간지 중에서도 하나를 추가로 구독하려고 알아보는 중이다. 시간이 지나면서, 참고 넘길 수 없는 것이 많아지는 것보다, 들어보고 가늠해보고 내 의견이 왜 다른지를 말하는 것이 중요하다고 느껴진다. 분노는 불을 붙일 수는 있겠지만 불을 끌 수는 없는 것 같다는 생각이 든다.

포털사이트 접속을 관두고 나자, 당연한 수순처럼, 페이스북과 트위터도 탈퇴했다. 페이스북 탈퇴는 쉬웠다. (과정이 쉬웠던 건 아니다. 사이보그, 아니 주커버그는, 페북 탈퇴에 구구절절 복잡한 과정을 거치게 만들어두었다.) 이미 페이스북 앱은 내 아이폰에서 사라진 지 몇 년이 지났고, 그 후로도 PC로 접속한 기억이 없다. 앱을 지울 당시에도, 타임라인이 광고로 도배되기 시작하던 때였고, 이참에 회원탈퇴를 하기로 마음먹었다.

트위터의 경우엔 조금의 문턱이 있었다. 트위터 앱은 페이스북 앱을 지우던 몇 년 전에 이미 함께 지웠지만, 트위터는 그나마 아직까지 효용이 있는 부분이 있다 여겨졌기에, 인터넷 브라우저를 통해 가끔 접속했었다. 광고 글이 많다고 생각되지도 않았고, 새로운 타임라인을 모조리 확인하지도 않았고, 다만 내게 필요한 것들을 찾아볼 때만 사용을 했었다. 무엇보다, 어떤 물건을 사용한 후기(나와 비슷한 성향과 취향을 가진 트친들이 내가 관심을 가진 물건을 직접 사용해보고 믿을만한 후기를 쓰는 경우가 많다.)나 Y와 함께 가고자 하는 음식점에 대한 리뷰, 그리고 여러 영역의 전문가로서 신뢰할만한 이야기를 한다고 여겨지는 몇몇 리뷰어들의 글들을 찾아보고 싶을 때 트위터에 접속하곤 했다.

그런데, 그게 꼭 내가 트위터에 가입된 상태에서만 가능한 것들일까? 트위터에 접속하여, 내가 필요한 정보를 직접 검색해서 찾아보리라 마음먹더라도, 결국 어찌어찌 타고타고 들어가 나와 별 상관없는 첨예한 이슈의 각기 다른 입장에 관한 날선 공방을 보며 얼떨결에 나도 분노하는 때도 종종 있었다.
ㅇㅋ 탈퇴!

몇몇 이들과는 문자로만 소통한다. 이를테면 상담 선생님. 상담 선생님과 카톡을 하면 뭔가 너무 서로 가까워지는 기분이 들 것 같기도 하다. 이런 생각을 내비친 적은 없지만, 어쨌든 아직도 문자로만 연락을 한다. 목공소 원장님과도 문자메시지만 주고받는다. 이들 이외에도 몇 명이 더 있다. 이들과 급한 통화가 필요할 때, 혹은 길거나 복잡한 내용이나 뉘앙스까지 전달하고 서로의 말을 주고받아야 할 때는 통화를 한다.

단 한 번도 이모티콘을 쓰지 않아 딱딱하고 건조한 느낌을 받은 적은 없다. 우린 충분히 서로 예의 있게, 기분 좋게, 정확하게, 서로의 감정과 생각을 주고받는다. 이모티콘을 쓰지 않으니 오히려 더 정확하게 표현하는 것 같기도 하다. 격식을 차리게 되는 것 같기도 하고, 그 격식이란 게 허례허식이 아니라 존중이라는 생각도 하게 된다.

문자메시지 하나로 뭘 그렇게까지 생각하냐고 할 수도 있겠지만, 가끔씩 업무상으로 서로 그때그때 짧은 단답과 이모티콘을 주고받다가 메일이라도 한 번 써본다면 그 차이를 즉각 느낄 수 있을 것이다. 글로 충분한 것을, 우리는 귀엽뽀짝한 움직이는 그림으로 하위호환작업을 거친 것은 아닐까 하는 생각이 든다.

이쯤 되니 카톡도 삭제할까 싶었다. 아니, 이왕 삭제할 거면 탈퇴는 어떤가. 그러나 그러진 못했다. 카카오톡 계정으로 가입한 것들이 있는데, 그게 무엇무엇이었는지 모두 기억이 나지는 않고, 다시 그걸 하나씩 찾아내 다른 계정으로 등록을 하는 일이 여간 귀찮은 일이 아니다 싶었다. 게다가, 카카오톡으로 가입한 것 중 가장 확실히 기억이 나는 것이 있는데, 그게 이 글을 쓰게 된 계기가 되어 준 브런치라는 플랫폼이다. 그래, 카카오톡은 건드리지 말자. 그냥 두자. 대신 알림과 배너 설정을 없앴다. 자주 연락하는 이들과의 대화창만 알림을 살려두었다.

중요하고 급한 일로 연락을 해온 사람은 어떡하냐고?

중요하고 급하면 전화를 할 것이다. 전화번호 없이 카카오톡 아이디로만 친구추가 되어 있는 사람은 하다못해 보이스톡이라도 걸 것이다. 그리고, 그런 일은 아직 일어나지 않았다.

얼마나 먹으면 소화불량에 걸리나

핵심은 이렇다.
핸드폰에, 내가 의도를 가지고 설치한,
하나의 기능만을 하는 앱들만 두는 것.

이를테면, 저녁에 뭘 먹을까 생각하는 것과 비슷하다.
냄새에 이끌려 하릴없이 헤매지 말자.
의도를 가지고 목표를 정하고 찾아가자.

항상 같은 결과를 주는 단골집을 찾아가는 것도, 전혀 먹어보지 못한 새로운 음식을 먹어보고 취향이 아님을 알게 되는 것도 좋다. 다만, 이것저것, 내가 뭘 먹고 싶은지, 얼마나 배가 고픈지, 어쩌면 배가 정말 고픈 것인지 아님 기분이 울적한 것인지, 그도 아니면 맘이 허해서 뭐라도 주워 삼키자는 것인지, 혹은 그냥 빡쳐서 집에서 뛰쳐나와 사람 많은 먹자골목을 쏘다니며 시빗거리를 찾는 것인지조차 모르지 말자.

우린 모두 소화불량에 걸렸다. 잘난 척하려는 것은 아니다. 나를 포함해서 단 한 명의 예외도 없을 테니까.

최근 들어, 8k 해상도의 영상을 찍을 수 있는 기기들이 만들어지고 있다. 진짜보다 더 진짜 같은 화질이라는 말은 이제 수사가 아니다. 이미 4k만 해도 우리가 못 보는 모공마저 생생히 보여준다.

'열차의 도착'이라는 초창기 영화에 대한 일화는 유명하다. 요즘으로 치면 그저 기차역에서 기차가 도착하는 모습을 찍은 짧은 영상을 보고, 극장에 앉아 있던 관객 모두가 소스라치며 밖으로 뛰쳐나갔다는 일화는 이제 의미가 없어졌다. 태어날 때부터 터치스크린을 접한 아이들은, 실제 책을 보고도 손가락 두 개를 움직여 확대를 시도한다. 화면 안 가짜가 너무 진짜 같아서 놀라는 세상이 아니라, 손에 잡히는 실물이, 화면 안의 가짜에 못 미치는 세상이 온 것이다.

심지어, 현실이 도저히 따라잡을 수 없는 그 놀라운 가짜들이, 우리 눈에 보이는 것 그대로 재현해준다고 믿는 이들도 없다. 이미, 눈에 보이는 것을 뛰어넘은 지 오래니까. 내 눈으로 보는 낙엽보다, 8K로 촬영하고 QLED TV로 보는 낙엽이 더 쨍하고 밝다.

DSLR 사진기의 화질은 1억 화소의 시대가 도래했다. 수많은 테크 유튜버들이, 4K 영상용 캠코더의 화질이 도리어 그에 한참 못 미친다며, 스펙을 나열하고 장단점을 설명하고 비교한다. 1억 화소의 화질로 raw 파일로 촬영한 사진은, 아마 모르긴 몰라도 낮을 밤으로 바꿔놓아도 핸드폰 크기의 화면으로 보면 그럭저럭 볼만해지리라. 웬만한 사람 눈에는, 피사체의 색깔 일부를 아예 다른 색으로 바꿔도 괜찮아 보일지 모른다.

1억 화소의 사진을 얼마나 커다란 인화지에 인화하면, 그 깨진 픽셀이 눈에 보일까. 우린 그 사진을 얼마나 큰 크기로 벽에 걸고 싶은 걸까.

우린 이미지가, 말이, 문학이, 그림이, 메시지가, 실재하는 것과 그 이면의 보이지 않는 것을 비추는 거울임을 안다. 그러니까 사소하거나 무겁거나 거대하거나 새롭거나, 논란의 여지가 있거나, 당연하지만 주목받지 못한 것을 강조하거나, 아무튼 간에 일말의 진실을 비추는 거울이 필수적으로 갖추어야 할 이 간극, 우회 통로가, 일상을 예술로, 스치는 단상을 통찰로 만들어준다.

모든 것이 디지털로 가능한 시대로 넘어온 뒤로는, 이런 신기술이 우리의 사고에 끼치는 영향과, 우리의 사고 자체가 조금 달라졌다. 우린 이미지가 실체가 아니란 것을 잘 안다. 그리고

점점 고도화되는 기술에 더 이상 속지 않는다. 저건 진짜가 아
니야. 여기에서 통찰을 만들어내거나 느낄 겨를 없이, 우린 다
른 의미에서 경이로움을 느낀다.

"오, 진짜보다 더 진짜 같아, 대단해 우리의 기술."
"자, 이제 우린 더 이상 오리지널하지 않아도 탁월할 수 있어,
다들 무한대로 뻗어 나가 연결될 수 있어."

'네트워크상에 의식만 남아 어디서건 접속 가능하다면 인격체
로 볼 수 있는가.'라는 사뭇 진지한 주제를 던진, 수십 년 전에
나온 '공각기동대'라는 시대를 앞선 만화가 있다. 그 만화의
마지막 대사는 이렇다.

"네트워크는 광대하니까…."

'공각기동대'가 물음표로 남겨둔 질문들.

'네트워크에 접속되어 있다면,
한 인간의 의식이 신호체계로 전환되어,
소위 디지털 정보의 형태로 존재하는 것이 가능한가.
'클라우드 기술과 전송속도의 발전이 이를 해결할 수 있는가.
그렇다면 용량은 얼마나 되어야 하나.'

하지만, '저 너머의 미래'를 우린 이미 넘어섰다. 위의 질문들은 딥러닝, 머신러닝, ai 앞에 무용해졌다. 빛의 속도로 접속이 가능하다면, '나'라는 개인의 영역은 무의미하다. 네이버와 구글이 아는 것은 다 내 것이니까. 그런데... 정말 그런가? 우린 결국엔 그냥 데이터가 통과하는 버스일 뿐이게 되고 싶은 걸까? 아니라고? 하지만 우린 실제로 그 모양을 하고 있다.

내가 가진, 다재다능한 나의 기기들이 배터리가 다 되지 않도록 충전을 잘해주는 존재로 전락하거나, 나의 기기들과 나를 분석한 앱들이 내게 제안하는 대로 이리저리 이끌려 각각의 앱에 대한 체류 시간을 점차 늘려가고, 그럼으로 인해서 광고주의 나에 대한 잠재적 수익을 나도 모르는 사이에 증가시키는 것이 문제라고 말하는 것도 정확하고 옳다.

그런데 그보다, 우리의 사고체계에 일어나는 일이 더 문제가 아닐까?

우리는 스스로 소화가 안 될 속도와 스케일을 생성해낸다. 우리는 습득에 문제가 생긴다. 우리는 아는 것이 없어져도 되는 세상으로 나아간다. 하지만 이것은 허상이다. 누군가는 무엇인가를 알아서, 모르는 사람들이 이제는 도저히 좁힐 수 없는 간극만큼 멀어진다. 우린 공감과 이해에 문제가 생긴다. 맥락 없이도 대화(로 보여지는 각자의 말하기)가 가능하다. 톡에선 서로의 말이 씹히지 않는다. 묻힐 뿐이다.

순식간에 지나가고, 돌연 끊어진다.
그래도 이모티콘은 귀엽게 우리 모두를 토닥여준다.

속도와 스케일 vs 시간

중력의 단위가 G라고 하던가. 정확한 수치는 모르지만, 전투기 조종사가 되려면 기체의 콕핏 안에서 몇G까지는 의식을 잃지 않고 견뎌내도록 훈련을 받아야 된다고 한다. 그런데, 우리는 벌써 감당 안 되는 중력가속도에 이미 모두 의식을 잃고 내 의식을 대신하는 광대한 네트워크에 영혼을 걸쳐놓고 되는대로 흘러가는 걸지도 모른다.

"탈 디지털"과 "아날로그 지향"은 감성이나 취향, 트랜드의 문제가 아니다. 디카로 찍은 사진을 세피아 톤으로 보정하고 노이즈를 얹어 갬성 물씬 풍기는 이미지로 만드는 것이 아날로그 지향은 아닐 것이다. 탈 디지털과 따로 놓을 수 없는 아날로그 지향은, 욕망의 감당 가능한 사이즈와 속도의 문제를 돌아보는 것이라 생각한다.

내가 주목하고 싶은 것은 속도와 스케일이다.

어처구니없도록 어마어마하지만, 그렇게 어마어마해서 실감이 나지 않고 숫자로만 어렴풋이 인식되는....정보의 용량과 전송속도. 하드를 처음 달고 태어난 286 컴퓨터의 용량은 40메가였다. 불과 20여 년 전 이야기다.

커지고 빨라지고 높아지면 그저 계속 원할 것인지, 그게 아니라면, 감당 가능한 만큼만을 원할 것인지, 내가 얼마나 감당할 수 있는지 아는 것부터 시작할 것인지, 생각해 본 적 있었던가. 가치가 만들어지려면 시간이 걸린다. 시간이 걸려 만들어진 가치는 오래 남는다. 달리 말해 천천히 사라진다. 혹은, 천천히 사라지지 않는 것은 가치가 없다고 말해도 될 것이다.

'김아타'라는 사진작가가 있다. 그는 장노출과 다중노출 기법을 이용한 사진들로 세계적인 작가의 반열에 올랐다. 2008년, 아무 전시나 보고 와서 레포트를 써내라는 과제를 해치우려고, 아무 전시나 고른 것이 그의 사진전이었다.

그는 같은 사물을 같은 위치에서 찍은 이미지를 다중노출 기법으로, 적게는 수백 번에서 많게는 수천 번 겹쳐놓아 하나의 새로운 이미지를 만들어낸다. 때로는 셔터를 수 분에서 수십 시간까지 장노출 시켜 그 시간 동안 프레임 안에서 존재하던 이미지들을 새롭게 끄집어낸다. 말로 하면 복잡하나 이미지를 한 번쯤 찾아보면 쉽게 이해가 갈 것이다. 중요한 것은 그의 주제다. 그는 '존재하는 것은 결국 사라진다.'는 것을 이미지로 표현한다.

그중에는, "*ON-AIR Project, New York Series, Park Avenue, 8 Hours (2005)*" 라는 제목의, 뉴욕 파크 애버뉴의 전경을 8시간 장노출로 찍은 사진이 있다. 작가는 그 사진을 찍는 8시간 동안, 저곳에 서서 지켜보았을 것이다. 무엇을?

운 좋게도, 저 사진을 직접 볼 때, 김아타 작가가 마침 전시장에 있었다. 그는, 함께 같은 전시를 보러 간 나와 내 일행에게 이렇게 말해주었다.

"새로 나타난 거, 빨리 움직이는 거... 그런 것부터 사라져요.
오래된 거나 천천히 움직이는 건 오래 남아요."

계속 지켜보다 보면, 나중에 생긴 것 순으로 흐릿해진다. 10여 년 전에 그의 사진들을 실제로 처음 보았을 땐 그의 작업의 의도를 가늠하지 못했다. 지금은 그의 말이 무엇인지 정확히 이해한다. 그는 정지된 프레임 안에 시간을 가두고 그 안에서 속도를 늦춰보려 한다. 그의 사진기의 셔터보다 빨리... 이 세상은 그의 눈과 손아귀에서 삽시간에 벗어난다.

셔터에 담기지 못하는 이미지들뿐일까. 뉴스와 정보의 경우에도 김아타의 통찰은 그대로 적용된다.

주 1회 저널리즘 비평프로그램 -> 주간지 -> 일간지 -> 인터넷 기사
-> 실시간 업데이트 포털뉴스 -> 속보 -> 저명인사의 실시간 트위터

맥락이 아니라 속도전의 목적이 뚜렷한 정보들. 맥락은 해석을 거쳐서 만들어진다. 해석은 시간을 들여 생겨난다. 무엇부터 사라질까. 무엇이 남을까.

정보뿐일까. 네러티브의 힘은 그 여정에 동행한 우리의 물리적 시간에도 깃들어 있다. 과거를 회상하는 플래시백 장면이나, 교차편집의 효과는, 영화가 시작되고 지금까지 지나온 영화 상영의 물리적 시간만큼의 힘을 지닌다.

1편과 2편, 그리고 그 이후 16년이 지나 만들어진 3편으로 완결된 '대부' 트릴로지의 마지막엔, 알 파치노가 연기한, 노년에 이른 주인공 '마이클 콜레오네'의 모습이 보인다. 그의 죽음 직전에, 자신의 인생에서 사랑했던 세 여인과 함께 춤을 추던 각각의 장면들이 몽타쥬로 등장한다.

물리적으로 그 컷들은, 불과 몇십초 길이로 연속해서 붙어 있지만, 그 시간 동안 흘러드는 감흥은, 영화 속 수십 년의 시간과, 그 영화를 보는 이가 살아온 시간과, 그가 그 영화를 처음

접했던 때부터 지금까지의 시간이 합쳐져, 설명할 수 없지만 분명히 존재하는 감정을 만들어낸다.

내비게이션 없이, 목적지로...

혹시 모를 도움을 바라지 않고 직접 탐구하는 것에 관해서, 완전한 우연에서 오는 예기치 못한 기쁨에 관해서, 산책과 뜻밖의 발견과 느닷없는 연결지점에 대해서 생각해본다.

그에 반해, 우연처럼 보이지만 의도된 랜덤 새로 고침, 플랫폼과 알고리즘 하에서의, 무한해 보이는 착각, 그리고 강박과 저장, 와이파이가 끊기면 무로 돌아가는, 결코 내 것이라 할 수 없는 지식인 답변에 대해 생각해본다.

나는 다시 길을 잃고 내비게이션을 끄고 직접 헤매길 원한다. 시간을 들이고 내가 찾은 나만의 답을 적길 원한다. 다른 이의 나와 다른 답변으로 그의 궤적을 역추적할 수 있기를, 이해의 가능성을 서로 전제하고 격하게 토론하기 원한다.

그래서, 최소한 누군가와 마주 앉아, 핸드폰을 꺼낼 이유를 이제 찾지 못하겠다.

'책 버리기'가 클라이맥스일 줄이야.

- Be original.

그들 각자의 하이라이트

넷플릭스 검색창에 '미니멀리즘'이라고 검색하면, 첫 번째 혹은 두 번째로, "곤도 마리에 : 설레지 않으면 버려라."라는 TV쇼 프로그램이 나온다. 짐을 줄이고 간소하게 살라는 말을 입 밖에 내는 것조차 엄두가 안 날 정도로 어마무시한 양의 짐들과 함께 살아가는 미국 중산층 가정의 커다란 주택을, 체계적이고 말끔한 모습으로 바꿔 주는데 일가견이 있는 '곤도 마리에'는, 그야말로 정리와 정돈의 대가라고 불릴 만하다. 거의 집을 재창조해주다시피 하는 각 에피소드를 보다 보면, 자연스레 그녀의 정리의 기술과 순서에 익숙해진다.

1. 옷과 신발을 버리고 옷장을 정리한다.

2. 책을 버리고 서재를 정리한다.

3. 문서, 서류 등을 버리고 책상과 수납장을 정리한다.

4. 잡동사니를 버린다. 창고를 정리한다.

5. 애착이 있는 물건,

   추억이 깃든 감상적인 물건(sentimental item)을 정리한다.

정리하기 쉬운 것부터 시작해서 점차 버리기 어려운 영역으로 가야, 마지막에 애착을 가진 물건을 정리하기가 쉬워진다는 것이 그녀의 지론이다.

각 순서에서, 물건을 항목별로 모두 꺼내놓고 그 양이 얼마나 되는지 눈으로 직접 확인하고, 하나씩 집어 들어 자신의 마음을 설레게 하는지 살펴본 후, 마음이 설레면 정리해서 넣고, 설레지 않으면 그 물건에게 감사의 인사를 하고 버린다. 그녀는 버리는 물건에 감사 인사를 하는 것이 중요하다고 강조한다. (이는 실로 효과가 대단하다. 나는 10년이 넘은 내 분홍색 암막 커튼을 세탁까지 하고 고이 접어 '필요한 분 가져다 쓰세요.' 메모까지 써서 마지막으로 보송보송한 세제 향이 나는 커튼을 들고 고맙다고 인사를 했는데, 헌 옷 수거함 옆에 서서 울었다. 근데 왜? 왜 운 거야...)

프로그램 참가자들은, 비교적 버리기 쉬운 것들(이를테면 몸에 맞지 않고 유행이 지나고 낡은 옷가지들)부터 시작해서 점점 난이도를 높여가며, 물건 하나하나가 나를 설레게 하는지 그렇지 않은지를 알아내는 연습을 한다. 집 정리는, 짧게는 며칠에서 길게는 몇 주에 걸쳐 계속된다. 그리고 하이라이트가 찾아온다.

1, 2, 3, 4 단계를 거치고 나서, 셀 수도 없이 설레임 확인 훈련을 거치고 나서, 누구에게나 한두 박스 쯤 있을, 아예 손을 대거나 버릴 생각조차 해보지 못한 물건들이 마침내 등장한다. 그 박스에는, 지금은 세상에 없는 사랑하는 누군가가 내게 보낸 편지가 있을 수도 있고, 결코 잊을 수 없는 한순간을 기억하게 해주는 기념품도 있다. 이제 더 이상 사용할 수 없는, 오래되고 늘어난 카세트테이프나 낡은 흑백 사진도 있다.

곤도 마리에는 이런 물건들을 '센티멘탈 아이템'이라고 부른다. 그녀에게 의뢰한 참가자들은 이 센티멘탈 아이템 앞에서 하나하나 의미를 다시 새긴다. 잃어버린 줄 알았던 물건도 있고, 있는지조차 모르고 살았지만 사실은 지금 그 어떤 물건들보다 필요한, 잊고 있었지만 지금 되찾아야 할 무언가를 상징하는, 그래서 매일같이 눈앞이나 머리맡에 두어야 할 바로 그 물건들이 발견된다. 이 모든 것들이 먼지 속에서 빠져나와 다시 빛을 받는다.

그리고, 그것이 거기 있었음을 확인함으로 충분하다 여겨지면, 감사 인사를 하고 나서 그 물건을 비운다. 이제는 보내줘야 할 때라는 것을 깨닫기도 한다. 혹은, 정성스레 닦아 다시 진열해 둔다. 참가자들은, 그들의 생과 한 데 엉켜 시간을 같이 견딘 그 애착과 애증과 회한과 다짐이 가득한 물건들을 앞에 두고 이 프로그램의 하이라이트를 연출한다.

'굳이 그럴 필요 없음'과 '그럼에도 해보는 걸 권함'

다시 넷플릭스 검색창으로 돌아가 보자. '미니멀리즘' 이라고 치면, '곤도 마리에'와 함께 1, 2순위를 다투는 또 다른 콘텐츠가 있다. "미니멀리즘 : 비우는 사람들 이야기"라는 다큐멘터리다. 이 다큐의 주인공들이자, '미니멀리스트'라는 책의 공동 저자이기도 한 '조슈아 필즈 밀번'과 '라이언 니커디머스'는, 홀가분하고 가뿐하게 살아가고자 하는 이들에게 자신들의 경험담을 전하는, 쿨한 라이프스타일 전도사의 느낌이 있다.

이 둘은 중고차를 타고 미국 전역을 돌며 세미나와 강연을 다닌다. 초창기에는 불과 몇 명이 모인 곳으로 반나절을 꼬박 차를 운전하고 가서 자신들의 경험을 공유하곤 했다. 많지 않은 사람들이었지만, 그곳에 온 사람들과 대화를 하고 나면, 기꺼이 어디든 자신들을 부르는 곳으로 찾아가서 함께 이야길 나누고자 하는 마음이 더 커졌다고 한다. 이제 책도 출간되었고 수많은 사람들이 이들의 이야기를 듣고자 일 년 내내 초청 강연을 의뢰한다.

그들이 쓴 '미니멀리스트'라는 책에는, 비단 짐과 물건을 줄이는 것뿐만 아니라, 의미 있는 대화를 하기 위한 방법, 작업실을 효과적으로 관리하는 방법, 혼자만의 시간을 만들어 내는 법,

삶의 태도와 창의적 활동을 위한 자기계발에 관한, 이들의 고민도 깨알같이 적혀 있다. 특히나 '하루 18분 운동법'이라는 챕터의 주장이 재미있다. 18분 동안만 해보자며 몸을 움직이는 것 정도는, 스스로가 아무리 핑계와 변명을 지어내도 하지 않기가 쉽지 않다고 말한다.

다큐멘터리에서는, 이 둘이 세미나에서 참가자들의 질문에 답하는 장면이 나온다. 한 여성이, '조슈아 필즈 밀번'이 여러 매체와 책에서 직접 소개한 그의 집을 보고 많은 자극이 되었다고 말한다. 그런데 조슈아의 집에는, 책이라는 것은 다 합쳐봤자 현재 그가 생업을 위한 강의를 하는 데 참고하기 위해 도서관에서 대여한 참고 서적 네 권이 전부이다. 질문자는, 조슈아가 그 외의 책은 필요치 않다고 말한 부분은 동의하기가 어렵다고 말한다. 그녀는, 자신이 책을 무척 좋아하며, 어떤 책을 자신이 좋아하는지도 정확히 알며, 누군가가 자신의 집을 방문했을 때, 책장에 꽂힌 책을 빌려주고, 책을 다시 되돌려주기 위해 온 지인들과 그 책에 대해 대화하는 것이 자신에게 매우 큰 기쁨이라면서 이렇게 질문한다.

"그렇게까지 책을 모두 없애야 할까요?
다른 물건에 관해선 충분히 실천을 해봤고 효과도 있었지만,
책은 굳이 그렇게 해야 할 필요를 못 느끼겠거든요.
오히려 그게 더 강박적인 것 같아요."

옆에 있던 '라이언 니커디머스'가 말을 거든다.

"아시다시피 저도 조슈아 못잖은 미니멀리스트이지만,

그리고 제 여자 친구도 제 생각에 동의하고 있지만,

그녀는 신발을 정말로 좋아하거든요.

그녀는 신발을 줄여야겠다는 생각을 하지 않아요.

억지로 그걸 다 처분하라고 말할 필요는 없는 것 같아요.

그리고 저도 그녀의 신발들이 좋아요.

자신이 좋아하는 것들을 지니고 있다고 해서

그것이 잘못된 것은 아닌 것 같아요.

미니멀리즘이라는 건,

결국 나의 상태를 잘 유지하기 위한 하나의 방법이니까요."

그러자, 조슈아가 말한다.

"저도 책이 무척 많았습니다.

족히 2천 권은 넘게 팔았을 거예요.

라이언이 한 말도 일리가 있고, 전 그의 견해를 존중합니다.

우리가 모든 의견이 일치되진 않을 거예요.

하지만, 그래서 저도 제 의견을 말씀드려보자면,

그럼에도 책을 한 번쯤 최소한으로 가져보라는 겁니다.

전 확실히, 책이 집 안 가득 쌓여있을 때보다 훨씬,

'책 버리기'가 클라이맥스일 줄이야. 299

마음이 간소해졌다는 걸 넘어서, 심지어 책을 더 많이 읽어요.

믿기지 않으시겠지만 사실입니다.

그래서, 제게 그 질문에 답하라고 하신다면,

그럼에도 한 번 책을 최대한 줄여보라고 말씀드리고 싶어요.

가능하면 10권 이내로 최소화해보라고 꼭 말하고 싶어요."

내게 이 대화는 너무 흥미진진했다. 질문을 한 여성의 말은 바로 내 입에서 나왔다고 해도 될 만큼, 나 또한 그걸 묻고 싶었으니까. 게다가 라이언과 조슈아가 각자 다른 의견을 가졌다니, 놀라우면서 고마운 일이었다. 그리고, 라이언이 한 대답이 위안을 주면서도 허망하게 느껴졌다. 기분 좋으라고 해준 말은 아니겠지만, 그렇다고 아무것도 명쾌하게 해결해주진 않은 것 같았다. 그렇다고 조슈아의 대답이 해결책을 준 것도 아니었다. 그는 그녀의 질문에 무례하게 자신의 생각만 굳이 강조한 것도 같았다. 분위기가 그리 좋지 않아질 것을 감안하고서라도 그리 강하게 주장했어야 했나 하는 생각도 들었다.

그러다가, 라이언과 조슈아가 의견 일치가 되지 않을 만큼, 사실 나에게뿐만 아니라 다른 많은 이들에게도, 책이라는 건 미니멀하기에는 꽤나 애매하거나 어려운 과제, 혹은 굳이 그럴 만한 강한 동기를 찾기 힘든 영역이다 싶었다.

다르게 생각해보면, 굳이 건드릴 필요 없는 부분이라고 하기에는, 사실은 엄두가 나지 않을 만큼 큰 영역이라는 생각도 들었다.

처음 짐 정리를 하면서도, 은연중에 책은 부담을 주는 영역이었다. 그러다 보니, 곤도 마리에가 쉬운 것부터 해치우라며 옷 다음으로 책을 정리하라고 할 때, 나는 조금 빈정이 상하는 기분도 들었던 것이다.

　'책이 정리하기 쉬운 거라고?　책이 얼마 없잖아, 쟤들은. 아니 얼마 없더라도, 책이라는 건 버릴 물건은 아닌 거 아냐?'

도리어 나는, 곤도 마리에가 말하는 그 '센티멘탈 아이템' 류의 물건들을 비우는 것에 더 내성이 있었다. 첫 극장의 기억인, 그 옛날 서부영화 '실버라도'에서부터 아마 '러브레터' 정도에 이르기까지, 바인더에 고이 모셔두었던 모든 영화 팸플릿을 위시하여, 편지나 쪽지, 손으로 그린 그림 등을 모아둔 박스나, 전화기에 저장해둔 연락처나 문자, 어릴 때부터 쓰던 일기장과 수첩 등이 한 번씩 죄다 사라지곤 하는 경험을 거치며, 나는 체념과 아련함과 이상한 홀가분함을 느끼는 것이 조금은 익숙해졌다. 하지만, 책을 그냥 버려?　곰팡이가 슨 것도 아니고 물에 젖어 찢어지지도 않은 책을?　왜?

그러다가, 나 대신 물어봐 주기라도 하는듯한 아주 솔직한 질문과 그에 따른 각기 다른 견해를 듣게 된 것이다.

'굳이 그럴 필요 없음'과 '그럼에도 해보는 걸 권함.'

'굳이 그럴 필요 없음'이라는 대답은 전혀 새롭지 않았다. '그럼에도 해보는 걸 권함'이라는 말은 무례하고 편협한 답이라 느껴지다가도, '아니 그럼 쟤가 뭐라고 답하겠어?'라는 생각을 하게 만들었다. 조슈아는 자신이 그렇게 해보았더니 이렇더라고 말한 것뿐이다. 그리고, 그럴 맘이 들지 않는다는 이에게, '그럼 그러지 마라.'는 말 말고 다른 답이 주어져야 한다면, 바로 조슈아 자신이 저렇게 대답해주는 수밖에 없는 것이다.

'그렇다면, 뭔가 변화를 주고 싶다면,
그럼에도 불구하고, 나처럼 한번 해봐라.'

퇴원하자마자 수건을 버리고 나서부터 지금까지 줄기차게 해온 것들이 내게 주는 교훈을 따랐다. '찜찜하지만 그대로 있는 것'과, '후회할지도 모르지만 다르게 해보는 것' 중에 후자를 선택하는 것.

하지만, 곧바로, 이 일이 여태까지와는 다를 거 같다는 기분, 그러니까 내게는 바로 이게 하이라이트라는 삘이 왔다.

클라이맥스

"2019. 3. 13. 새벽 1:30 - '책'을 정리하기로 결심."

정확한 날짜와 시간을 다이어리에 써서 남겨두어야겠다는 생각을 한 걸 보면 긴장을 하긴 했다. 긴장을 한 걸 보면, 어렴풋이 알고 있긴 했다. 어렴풋이 알고 있는 걸 보면, 직시할 때가 왔다. 내가 전의 글들에서, 이 글 전체가 막바지로 잘 나아가고 있는 중이라 말한 그 마지막 고비가 이제 왔다.

결론부터 말하자면, '책 버리기'는 하이라이트라기보다 클라이맥스였다.

하이라이트는, 요약본이나 축약본, 혹은 무삭제판이나 예고편, 그중에 어느 곳에 어느 타이밍에 들어가도, 빠지지 않고 들어가기만 하면 그 임무를 다 한다. 반짝, 빛나는 한순간. 말 그대로 하이라이트.

하지만, 클라이맥스는 그와는 다르다. 클라이맥스는 정해진 자리가 있다. 오르막의 끝에, 아주 잠깐 멈추어 설 수 있을 만큼만 평평한, 이 산봉우리의 가장 끝. 여기 도달하라고 놓인 가파른 오르막. 그 뒤론 내리막이다. 산봉우리에 서서 본 것들 때문에 오르막을 올라온 것이고, 그것을 보았기에 내려갈 수 있다. 내려가는 길이 발걸음이 가벼울 수도, 마음이 무거울 수도, 이도 저도 아닐 수도 있으나, 그 내리막에서의 그 소회가 이번 산행의 결과다.

그러니 클라이맥스는 엔딩 직전 외에 다른 곳에 있을 수 없다.

책장 젤 왼쪽 두 번째 칸은 지금 바로 비울 수 있다 싶었다. 종이가방을 있는 데로 다 꺼내왔다. 도미니크 로로의 '심플하게 산다'와 '작은 집 예찬', '소식의 즐거움', '심플한 정리법', 사사키 후미오의 '나는 단순하게 살기로 했다', '나는 습관을 조금 바꾸기로 했다', 조슈아와 라이언의 '미니멀리스트', 미니멀 라이프 연구회의 '아무것도 없는 방에 살고 싶다', 칼 뉴포트의 '디지털 미니멀리즘', 밀리카의 '마음을 다해 대충하는 미니멀 라이프', 미니멀리스트 시부의 '나는 미니멀리스트, 이기주의자입니다'를 담았다.

이제 막 한 칸이 비워진 책장 앞에 섰다. 그리고 어떻게 해야 하나? 설레는 책을 찾아야 돼? 안 설레는 책이지만 필요한 책은? 필요하지만 안 꺼내 본 지 1년이 넘은 책은? 아니, 질문을 똑바로 해야지! 이번 산행의 목적지가 여기라는 것이 실감이 났다.

'너 책 왜 사? '

'책을 왜 사다니. 읽으려고 사지.'

'아니, 그 질문이 아니지.'

'필요한 게 그 질문이 아닌 줄은 어떻게 아는 거지? '

나는 스스로에게 답을 하고 싶은 게 있는 걸까? 그 답을 내가 입 밖으로 꺼내 직접 말할 수 있게 하기 위해서 뭐라 물어봐야 되는 건지 찾고 있는 건가? 묻고 싶은 것은 확실했다. 단지 여태 군이 묻지 않았을 뿐이다.

'너 책 왜 읽어? '

올 것이 왔다. 물론 그것도, 나 스스로에게도, 여태까지처럼 대충 뭉개는 대답을 할 수 있다. 하지만, 질문은 꼬리에 꼬리를 물었다. 질문이라기보다는 유도신문에 가까웠지만.

'너 책 왜 못 버려? '

'읽은 책은 왜 안 팔아? '

'책 귀퉁이는 왜 그렇게 접어놔? '

이어질 질문은 충분히 알고 있다.

이제 정말로 대답을 해야 한다.

'됐어, 그만 물어봐.

이유를 안 물어도 돼.

책을 내가 못 버리는 건...

책을 전시하듯 저렇게 쌓아두는 건...

그러면서도 또 사는 건...

죄다 읽어야 한다고 여겨지는 것들을

소화를 못 시키면서도 끝내 끌어안고 있는 건...

책장을 볼 때마다 가슴이 답답한데,

그렇다고 단 한 권의 책도 버릴 수 없는 건...

접어둔 페이지마다 다시 펼쳐서 내용을 곱씹고

모조리 내 머리에 집어넣어야 한다고 여기는 건...

그러면서도 정작 아무것도 하지 못하는 건...

그런데 그러면서도 또 다시 책을 사는 건...'

"나는,
어쩌면 절대로
오리지널을 쓸 수 없을 거라고 생각해서야."

나는 내가 그렇게 생각하고 있다는 걸 몰랐다. 그렇게 생각하고 있었다는 것을 알고 나니, 다른 것들이 다 이해가 갔다. 이걸 알려고, 아니 직시하려고, 이렇게 해야 된 거였구나 싶었다.

"나는 내 글을 지금 당장 못 써내고 있다면
내가 오리지널이 아니라고 생각했구나."

"그렇게 생각해서 오히려 오리지널을 쓰지 못했구나."

"그래서 오리지널해지려면
닥치는 대로 섭렵해야 한다고 생각했구나."

나는 한때,(몇 년을 지속했다.) 각종 세세한 에피소드의 특정 대사나 캐릭터의 설정, 생김새, 가상의 지리적 배경, 각 씬의 무드를 표현해 줄 색감 등등을 차곡차곡 쌓아두고 있는, 내 개인적인 꿈의 프로젝트에 집착했다. 관련이 있다고 여겨지거나 조금이라도 영감을 줄 만하다 싶은 이미지들과 책들(픽션, 논픽션, 그래픽 노블을 망라하여)을 미친 듯이 모았다. 발상은 점점 더 세밀해지고 점점 더 방대해지고 점점 더 예리해지고 있다고 느꼈다.

인스타와 트위터와 핀터레스트를 오가며 모은 이미지들이 수

천 장이 넘었고, 메모장의 메모들과 에버노트에 링크를 걸어
둔 기사들, 워드와 한글로 정리한 글들, 떠오르는 대로 그 자리
에서 수첩에 끼적여놓은 메모들, 뺄 꽂힐 땐 그 세계관을 설명
해줄 지도도 직접 그렸고, 내가 쓴 시놉시스를 프린트해 둔 뒷
장에 적은 몇 개의 문구 때문에 프린트한 종이도 수첩에 껴 두
었고, 한쪽은 가로줄이 그어져 있고, 다른 쪽은 아무 줄이 없
는 식으로 만들어진 몰스킨 노트도 따로 하나 샀다. 모든 정보
와 자료를 망라해서 오프라인의 수첩에 옮겨 적고자 시도한
것만 두 번, 하나의 폴더에 일련번호를 붙여 따로 디지털화하
려는 시도는 최근까지도 계속되고 있었고, 캡처하고 다운로드
받고 링크를 걸어두고 보관함에 저장해 둔 이미지들은 아직
정리되지 않은 채 방치되어 있었다.

가진 모든 것을 팔아치운 돈에 빚을 얹어 불안과 조바심을 동
력 삼아 가냘픈 자아를 모조리 쏟아부은 졸업 영화가 나 스스
로에게조차 충분하지 못하단 생각이 든 이후로...

함께 해준 이들이 고맙고 자랑스럽지만, 한편으로는 나 자신
이 너무나 부끄럽다고 여긴 이후로...

그 이후로, 나는 내가 창조할 세계를 완벽히 통제할 만큼 모든
것을 갖춘 완전한 신적인 존재가 되기 전까진, 첫 씬의 첫 장면
조차 절대 쓰지 못했다.

미니멀리즘을 접하기 직전 즈음에, 내가 출연한 팟캐스트는 고정 패널 중 연예인 한 명도 없이 전체 팟캐스트 순위 10위 안에 들었다. 마음만 먹으면, 앉은 자리에서 세상 모든 영화에 대해 그걸 만든 사람을 그 영화의 러닝타임만큼(비유적인 표현이 아니다. 같이 녹음하는 패널이 내 말을 막기 전까지, 난 멈추지 않고 떠들어댔다.) 잘근잘근 씹어대며 욕할 수 있게 되었다. 그리고, 머릿속 한 켠에 떠오르는, 만들고 싶고 쓰고 싶은 또 다른 아이템들의 작은 발상들이, 온갖 곳에서 쓸어 모은 파편들과 욕망과 갑갑함과 함께 찐득하게 덩어리져서 가슴팍에 눌어붙었다.

남은 건 엔딩 수순

캐리어 두 개에 책을 가득 담아 Y의 차로 수십 번을 옮겨 실었다. 이윽고 텅 빈 세 개의 책장 중 세트로 구성된 2개의 책장은 Y의 집 서재에 설치해주었다. 하나 남은 책장엔 개 중 살아남은 책들이 서로 겹쳐 쌓이지 않고 여유 있게 자리를 잡았다.

그리고, 조슈아의 말이 맞았다. 가진 책을 비우고 나니 책을 훨씬 더 많이 읽었다. 진짜 이상한 일이다. 그런데 정말 그렇게 된다!

작년부터 다이어리에 읽은 책과 그에 관한 짧은 메모를 써두는데, 그걸 세보지 않아도 버리기 전과 후의 차이가 명확하게 느껴진다. (책을 버린 2019년 3월부터 그해 말까지 다이어리에 기록된 목록만 70여 권쯤 된다.) 읽어야 할 것 같은 책이 아니라, '그때그때 읽고 싶은' 책을 빌려 읽거나 사서 읽은 후 내용을 정리해두고 반납하거나 되판다. 정리해 둔 내용은 몇 번 다시 읽고 더 짧게 줄여 요약하고, 납득이 되거나 이해되면 메모해준 문서도 때가 되면 비운다. 그러니까, 책은 내용을 읽은 것이 아니라 그 안의 뜻을, 찾아가거나 우연히 만나고, 그와 아는 사이가 되고 친해지는 것이라는 걸 이제 알겠다.

만나고 싶은 사람을 찾아가서 만나고, 열린 마음으로 작은 모임에 참여해 가까워진 사람에게서 존경할만한 부분을 찾는 과정과 다르지 않다. 당연한 소리다. 하지만 난 이제까지 필요할 것만 같은 사람들의 명함을 받아 둔 기분이 든다. 말하자면, 그렇게 한 발이라도 걸쳐두어야 할 이의 명단은 계속 늘어났고 그들과 어떠한 것도 함께하지 못했다.

이제 클라이맥스가 지나고 엔딩으로 가는 수순만이 남았다. 여운 있는 엔딩을 위해서는 반전과 캐릭터의 변화가 필요하다. 그래야, 영화가 끝나도 영화로 시작된 우리의 생각은 극장 밖을 나서도 끝이 나지 않고 지속된다. 나의 반전은 이러했다.

태양이 내 주위를 도는 게 아니라
내가 태양 주위를 돌고 있다는 뻔한 사실.

허나, 생각하기 전까진 상상조차 힘든
코페르니쿠스적인 대전환.

지구가 태양이 아니라고 해도,
그건 말 그대로 그냥 지구가 태양이 아닐 뿐인 게다. 그뿐이다.

그러니까, 지금 난 장편영화 감독이 아니라는 것.
난 글을 못 쓰고 있다는 것.

결국, 아주 오랜 시간 동안,
어쩌면 영영 영화를 못 만들 수도 있다는 것.

그리고, 그래도 괜찮아.
지금, 내가, 그렇게 생각한다는 걸 아니까 괜찮아.

이어진 캐릭터의 변화는 이러하다.

'be original.' 이 아니라 'I am original.'

마치, 여태껏 안경을 쓴 채로 안경을 찾던 것 같은 기분이 들었다. 영화를 만들지 않고 있어도, 글을 쓰지 않고 있어도, 고르고 분류하고, 남기고 버리고, 남은 것을 관찰하고, 새로 들일 것을 고심하면서, 버리고 비우고 나서도 사라지지 않고 남겨져 점점 더 선명해지는 '나'에 대해서 조금씩 더 알고 있다.

버리고 나니 남은 것

책도, 자랑할 만한 물건도, 남의 평가에 영향을 미치려 몸에 걸친 것도, 하릴없이 앞에 놓인 허망한 순간을 채워 주리라 기대하며 자학하듯 하는 소비도 없이 덩그러니 남은 사람 하나.

이야기하는 것이 가장 즐거운 사람.
그런데 지금은 이야기를 쓰는 게 도무지 잘 되지 않는 사람.

나는, 내가 훔쳐서 이름을 바꿔 넣더라도, 그것을 세상이 모른다면 바로 내 것이라고 말하고 싶을 정도로 좋은 영화들의 목록을 썼다. 처음엔 50여 개 정도였다. 그중에 추리고 추려 30개에서 20개로, 그리고 12개로 줄었다. 그 12편의 영화 제목을 쓰다 남은 노란 색 수첩 종이를 찢어 하나씩 적었다.

만약, 그 12편의 영화를 한 명이 만들었다면, 그는 인류 역사에 다시 없을 필모그래피를 지닌 인간일 것이다. 그러기란 불가능해 보였다. 불가능해 보인다는 것이 기분 나쁘지 않았다. 오히려 그 반대였다. 그건 누구라도 불가능한 거야! '지금부터 피겨를 열심히 탄다고, 어쩌면 김연아 정도로 탈 수 있을 거라 생각하지 마.'라는 말에 누가 기분 나빠할 것인가.

내 노트북의 [item]이라는 이름의 폴더 안에는, 각기 다른 제목을 붙인 폴더가 50개는 넘게 있다. 스무 살 남짓 때부터, 그러니까, 컴퓨터로 글을 쓸 수 있게 되었을 때부터 지금까지의 결과다. 다음 까페, 싸이월드, 네이버 클라우드, 아이클라우드, 구글 드라이브, 에버노트, 메모장, 텍스트 문서, 워드, 한글, 스크리브너 등등 각종 클라우드와 문서 도구로 작성하고 링크를 걸어두고 비슷한 것들끼리 모으고, 행여 연관이 있을 것 같은 사건 기사나 기획 기사, 해외 사건들, 실존 인물 인터뷰, 거기 더해 레퍼런스 이미지 등등을 총망라하면서, 시시각각 재분류하고 다시 편집하고 이름을 바꾸고, 진행되는 수준이나 중요도에 따라 일련번호의 순서를 바꿔가며 다시 리스트업하며, 끝없이 확장되는, 보이지 않는 나의 영토.

끄집어내 다 토해내고 써 내려가고 만들고 쌓아 마무리 짓고 나서, 끝내 털어내기를 간절히 바라지만, 그저 폴더 안에서 영원히, 될 리 없는 '정리정돈'만을 무한 반복하던, 나의 질리지 않는 유일한 유흥, 겨우 감당 가능할 만큼만 찾아오는 통증.

어쩌면 나의 구원. 나의 원죄.

나는 이야기를 할 수 있을까. 시작한 이야길 끝낼 수 있을까. 이야기가 끝나는 것을 원치 않아 남에게 들려주지 않는 걸까. 나의 이야기가 다른 사람 안에 들어설 수 있을까. 그러지 못하게 되면, 나는 그걸 감당할 수 있을까. 이런 생각을 하는 건, 사실 이야길 하고 싶지 않은 걸까.

> '걱정 마, 넌 궁극의 12편은 고사하고,
> 아마 아주 운이 좋아 온 우주가 널 도와도,
> 볼만한 대여섯 편도 못 만들고 죽을 거야.'

'너 지금 별로 영화 안 만들고 싶은 거 아무도 뭐라 안 그래.'

마음이 편해졌다. 내가 한 건 인생 영화 리스트('개 중 보는 것뿐만 아니라 만들어봄직하다는 맘이 드는 것'이라는 단서 하나만을 덧붙인)를 '비운 것' 뿐인데, 즉시 현실을 인식하게 되었다. 불안함이나 뒤처진다는 생각이나 비교하는 마음이나 조바심은 없어졌다.

이후로 [item] 폴더 안의 폴더 개수는 12개 이하로 유지하려 한다. 각 폴더에는 내가 종이에 적은 그 영화들 각 한 편씩과, 그에 상응하는 내 글들이 들어 있다. 나는 오래 살 작정이다.

그렇게 한 것이 2020년이다. 그리고서는, 사실 한동안 아무런 글도 쓰지 않았다. 목공소에서 가구를 만들고 바리스타 자격증을 따고 수영을 배웠고 자주 걸었다. 들어오는 일 중 꽤 많은 일을 고사하고, 다른 꽤 많은 일을 맘이 동하면 기꺼이 했다.

그리고, 글을 쓰자는 생각이 들었다. 마지막으로 머릿속도, 요 몇 년의 나 자신도 정리해보자. 그걸 쓰자. 결국 무엇인가에 대해서 글을 쓰자는 생각이 남는다면, 정제된 글을 어떻게든 쓰고 다음으로 넘어가자. 써야 한다는 생각이 없어지고 참고하고 섭렵해야 한다는 생각이 없어진 뒤로 글을 더 많이 쓰게 된다. 심지어 즐겁게.

그리고 이 글을 쓰고 있다. 나의 지난 몇 년에 대한 모든 것을 다 쓸 수는 없었다. 가장 핵심을 놓고 그에 대한 글이 12개가 넘지 말자고 생각했다. (1부와 후일담을 제외한 본편 – '진단서'와 '재활일지' – 는 그래서 총 12개의 글이다) 미니멀리즘에 관한 글이 되어야 했다. 계획한 것보다는 각각의 글의 분량이 훨씬 길어졌고, 그 안에서 또 나는 무언가 발견하고 비우고 배운다.

하지만, 마지막은 '나는 내가 오리지널을 만들어내지 못할 거라 생각하는구나.'를 깨달은 시점에서 마무리될 것을 알고 있었다. 쓰면서 자연스레 그리되었다. 내가 시작하고 끝맺어도 되는 이야기가 만들어졌다. 나의 이야기라 가능했던 것 같다. 내겐 내 이야길 하는 시간이 필요했다. 그러려고 나를 알아차리는 데 몇 년을 보냈던 거구나 싶다.

대전제

대전제에 대해 말하고 나면 더 이상 쓸 말이 없어진다고 쓴 적이 있다. 이제 말할 수 있다.

> "그때그때 다르고, 그래도 상관없다."

라고 말하기 위한 대전제는 이렇다.

"그런다 한들, 나는 내가 아닐 수 없다."

그리고, 정말 그렇게 되기 위해서, 책상은 오로지 아웃풋을 위한 공간이란 생각과 '누가 봐도'와 '이것만 되면'의 함정을 피하자. 이야기를 하는 사람이 되자던 기억을 지우려 하지 말자. 기록의 강박에서 벗어나자. 선택하고 정제한 기억들과 이미지와 인풋들을 감당 가능한 사이즈만큼만 수용하자. 누굴 위해서도 아니고 지금의 나와 상관없는 과거나 미래의 나를 위해서도 아니다. 의도를 지닌 것만이 남았다.
사라지지 않을 것만을 지녔다.

나만 남았다.

그러고 나니 내 안엔 다른 것을 담을 공간이 생겼다. 이제야 겨우, 뭐가 되었든 왜곡되지 않고 그대로 담길 것이다. 탐욕스레 끌어모으지 않아도. 담을 수 있는 것과 담을 수 없는 것이 있을 게다. 그래도 나는 나일 것이다.

충만함과 그저 순간에 몰입함, 그것 이상을 바라지 않는 것. 그 연장선상으로써의, 쓰지 않으면 안 될 것 같아서, 아니 이렇게 쓰고 정리하고 비우기 위한 글쓰기. 그런저런 연유로 쓰기 시작한 이 글을 마무리를 짓고 있다. 그리고 이제야, 다시 이렇게 이야기를 하는 사람이 되었다. 그리고 나는 그럴 준비가 된 것 같다. 이제 창작할 수 있다. 그러고 싶다.

여기, 지금, 나는,
도무지 그럴 수 없을 리 없게,
오리지널하다.
이제 그걸 알겠다.

지금 이 글 앞에 앉아 있는 당신도 그렇다.

4. 효능 및 효과

'하려면 제대로'의 늪 탈출

- 완벽주의와 실용주의 타파

calm

명상의 효과는 '알아차림'이라는 말로 알려져 있다. 기술로써의 명상은 짧게는 3분에서 길게는 몇 시간이고 편한 자세로 앉아, 그야말로 '아무것도 하지 않고 지금과 나에 집중하는 것'을 일컫는 것이리라. 짧은 명상 후에, 자신이 알아차린 자신에 관한 것에 대해 글로 기록해두는 것도 좋은 연습이 된다. 기술로써의 명상에 어느 정도 익숙해지면, 일상의 삶 속에서도 명상을 통한 '알아차림'을 유지할 수 있다고 한다. 다른 말로 '평정심'과 비슷할까?

내가 이해한 바에 따르면, 마음속의 변화든, 신체의 불편감이든, 자신이 알아차릴 수 있는 모든 것, 자신에게 일어나는 모든 것이 자신의 선택에 의해 이루어지는 것임을 알고, 더 나아가, 그 모든 것이 자신의 의식적인 선택에 의해 일어나게 하는 것이 '알아차림'의 목적이 아닐까 싶다. 예를 들면, '화가 나서 그랬다.' 가 아니라, '화를 내기로 선택했다.' 로의 이행.

나는 전문가가 아니므로, 더 말하면 밑천이 다 드러날 것이다. 이쯤에서, 명상에 대해 알고 싶은 이들에겐 책 한두 권쯤을 권하는 것이 최선일 듯싶다.

'일단 앉으면 (just sit)'– 수키 노보그라츠, 엘리자베스 노보그라츠 저
'당신의 삶에 명상이 필요할 때' – 앤디 퍼디컴 저

유튜브 채널이라면 나의 사심을 담아 '요가 일상' 채널을 소개한다. (수년 전 내게 음식 명상과 요가의 세계를 선사해주신 선생님….)

뜬금없이 명상을 운운하는 이유는, 내겐 그게 정말이지 쉽지 않기 때문이다. 가만히 앉아 생각과 내 몸과 나라는 존재를 관찰하면서도 그것에 몰입하지는 않고 평온한 상태, 그러니까 '그저 있는 것' 말이다. 이유는 짐작하고도 남는다. 내 마음속 깊은 곳의 불안을 떨쳐내지 못해서 일 것이다.

이걸 내 수준에서 바꿔 말해보자면, 내 '존재'가 '쓸데없을지, 쓸모 있을지'를 판단하는 것을 멈출 수가 없다. 달리 말하자면, 매 순간, 나의 유용함, 존재 이유, 유의미함 등을 지향하지 않는 것을 견딜 수 없다. 무슨 소리야, 그냥 가만히 누워서 핸드폰을 손에 쥐고 몇 시간이고 그저 빈둥대거나 시간을 죽이며 삶을 때우는 나날이 부지기수인 게으른 중생이 그런 말을 하는 건 핑계요, 거짓말이지. 글쎄, 오히려 '무용'해질 것이 두려워 불안한 나머지 생각은 폭주하고 몸은 마비되는 상태라 보는 것이 더 정확하다는 생각을 한다.

사람마다 다르겠지만, 공황 발작을 일으키면 심장이 곧 몸 밖으로 튀어나오리라 믿어질 만큼 빨리, 세차게, 말 그대로 미친 듯이 뛰는 것을 스스로 느낄 수 있다. 그리고, 머릿속은 꽉 들어찬다. 해소가 불가능할 정도의 감정이나 어떤 기분이 한 번에 밀려온다. 그리고, 총체적으로, '불안'에 잠식된다. 겉으로 보기엔, 그저 걷던 길에 주저앉아 가만히 있는 것으로 보인다. 그래서, 그렇게 보이니, 정말 고요하게 아무것도 일어나지 않는 상태라 할 것인가?

유명한 명상 앱 이름이 'calm'이라는 건 정말 절묘하게 느껴진다. 잔뜩 부푼 어떤 마음도 아니고, 끝간데 없이 침잔하는 마음도 아닌, calm. 어쩌면, 아무 일도 일어나지 않는 상태. 아이러니하게도, 어쩌면 가장 명확하고 투명하고 강한 상태.

빈 땅

집에서 호수공원으로 가는 도중에 빈 땅이 있다. 아니 있었다. 불과 몇 년 전만 하더라도, 그 빈 부지의 끝에서 멀리 바라보면, 킨텍스 IC로 접어드는 자유로가 다 보일 만큼 광활한 땅이, 아무것도 지어지지 않은 채 비어 있었다. 눈에 걸리는 것이라곤 '킨텍스 이마트타운'과 '킨텍스' 뿐이었던 그 땅에, 순식간에 아파트와 오피스텔들이 들어섰다.

물건들을 비우면서, 짐 정리를 빌미로 인생을 정돈해보던 시기에, 내가 '지양'하고자 하는 속도와 스케일을 맹렬히 '지향'하는 곳이 생겨난 것이다. 나는 그곳을 지날 때마다 심장이 빨리 뛰기 시작했다. 새로 생긴 '힐스테이트'와 '꿈에그린'은 잘못이 없다. 나의 속도와 눈높이에 맞지 않았을 뿐이다.

그리고, 난 내가 무용하거나 튕겨져 나온 것 같다는 생각이 들었다. 나는, 지금 내가 선 곳에서 서울로 가려면 가장 빠르고 효율적이고 합리적이고, 사실 유일한 길인 킨텍스 IC로 진입할 속도와 연료를 갖추지 못해, 자전거나 두 발로 애처롭게 골목길을 배회한다는 생각이 들었다. 나는 자유로를 진입하지 않아도 된다고 말하고 있는 건 아닐까. 나는 서울로 가지 않아도 된다고 말하는 것으로 나의 뒤처짐과 비겁함과 무능함을 왜곡하는 건 아닐까.

처음 상담을 받고 몇 달이 지났을 때, 나는 내 목소리가 떨리면서 얼굴이 화끈거리고 눈물이 날 것처럼 어떤 기억을 말했다. 어린 시절의 트라우마나 나의 과거에 관한 회한이나 슬픈 기억 등이 아니라, 그런 생각을 한 것도 까먹고 있던, 오래전 어떤 순간에 잠깐 들었던 생각이 또렷하게 기억이 난 것이다.

누군가의 소개로, 사실은 부탁을 받고, 학교의 한참 선배가 만드는 어떤 영상을 만드는 것을 돕게 되었다. 그 영상은, 그 선배와 마찬가지로 까마득한 선배들이 만든 프로덕션에서 그 선배에게 연출을 의뢰한 일이었다. 연출을 맡은 선배는 졸업 후 이런저런 다른 작업들을 하며 지내왔다. 연출은 오랜만이라고 했다. 어려울 것 없는 짧은 영상이었다. 사실 촬영과 편집이 어느 정도 능숙하다면 한두 명이 간단하게 작업해도 될 사이즈였다. 클라이언트나 출연자와 소통하는 것도 버거울 때가 있으니, 뭐 기술적인 부분을 도와주면 되겠다 싶었다.

일을 하면서, 선배가 꽤 올드스쿨이란 생각을 한 것 같다. 소규모로 그때그때 상황에 맞게 기동성 높은 촬영을 하면서도 가성비 높은 장비들로 조명이나 촬영의 퀄리티를 높여야 하고 편집도 빨리 마무리하고 피드백에 따른 수정도 빨리 이뤄져야 되는 작업인데, 선배는 배우들의 연기 연출, 꽉 짜인 콘티에 집착했다. 구색을 갖춘 풀 스텝들이 있는 것이 아닌 소규모 현장에서의 멀티플레이어로서의 역할에 대해선 조금 어려워하는 듯했다. 툴을 다루는 것도 서툴렀고, 여러 단계를 거치는 외부인들과의 소통에서도 내외했고, 목소리에는 확신이 없었고, 급작스러운 피드백이나 요청에는 수동적이었다. 그것이 가능하지 않을 때의 대안에 대한 대처가 빠르지 못했다. 뭐, 그래도 그럭저럭 작업은 잘 마무리되었다. 그렇게 별 탈 없이 기한 내에 그 일을 잘 마무리하게 하려고, 프로덕션의 대표인 선배는 나와 다른 친구를 그 연출을 맡은 선배에게 붙여준 것이었으니까.

그 일이 마무리되던 중에, 편집 방향이 크게 바뀌고, 또 다른 시리즈 영상에 대한 요구가 생겨 기획 회의를 하게 된 날이 있었다. 할 이야기도 많고, 연출이 직접 정리하고 결정지어야 할 것들이 남았음에도, 회의를 이끌어가야 할 연출이 예정된 회의 시간을 칼 같이 지키고 자리에서 일어났다. 대차게 내게 일임하고 선배로서 일을 시키는 것도 아니었다. 미안함을 표하면서 소심하게, 조심스레, 자신이 잘 모르는 영역에 대해서는 양해를 구하며, 언제 시간을 내 나와 따로 만나 자신이 부족한 것들에 대해 조언을 구하겠다면서, 그러면서도 지금 그 자리에서는 회의를 끝내고 자신의 개인적인 일이 있다며 회사를 나섰다. 다른 선배들에게, 무슨 일이 있는 것인지 걱정해서 물었다. 집중하지 못하는 상황일 정도로 큰일이 있는 거라면 무리하지 않게 하는 게 맞지 않냐고 물었다. 내심 속으론 이럴 거면 왜 연출이라고 앉아있냐는 생각을 하며, 겉으론 상냥하고 싹싹한 후배답게 '그냥 제가 할게요, 다 저한테 넘겨주세요.'라고 말한 것도 같다.

크게 기분 나쁘지도 않았고, 일이 크게 틀어지지도 않았다. 그 저, 그 선배의 그 날의 중요한 일이라는 것이, 수제화 공방의 수업을 듣는 일이라는 걸 들었을 때, 내가 느낀 감정, 내가 한 생각 하나가 있을 뿐이다.

몇 년이 지났어도 그날의 일이 다시 기억나지는 않다가, 상담 을 하던 중에 그 일이 생각났다. 나는, 일을 쉬면서 목공과 커 피를 배우고 있었다. 짐을 버리고, 산책을 하고, 설탕 액정처럼 바스러지기 쉬운 멘탈과 연약한 디스크를 부여잡고 살금살금 걷고 있었다.

상담 선생님에게, 무섭게 솟아오르고 있는, 오래된 신도시 외 곽의, 갓 만들어진 새 동네를 지날 때면, '사실 못 견디고 뒤처 지고 튕겨져 나온 것을, 여유를 찾고 있다고 변명하는 것 같 다.'라고 말하면서, 그 선배가 생각났다. 그는 요즘 자신이 수 제화 한 켤레에 몰두하고 있다고 했다. 곧 자신이 연출해야 하 는 프로모션 영상도, 스텝들과의 소통도, 새로운 장비들과 툴 에 대한 관심도 아닌, 뜬금없는 수제화. 기껏, 자신이 신을 구 두를 자기가 한번 만들어보고 싶다는 생각에 용기를 내 수업 을 듣고 있는데 너무 재밌더라고 말하던 그 선배를 보며, 나는

'튕겨 나갔구나. 까마득한 선배가 저렇게 사그라지고 있구나.
후배 앞에서 쪽팔리는 게 뭔지도 모를 만큼 정신이 없구나.'

라고 생각했었다. 상담실에 앉아, 그게 기억이 났다. 눈물이 났다. 미안하고 부끄러웠다.

텅 비어있던 땅에 아파트들이 들어서다가, 어느 날부터 자투리땅 한 켠에 꽃들이 피었다. '킨텍스 미래용지'라는 이름이 붙은 그 땅은, 앞으로 30년 동안 그대로 비어있을 예정이라고 했다. 그 '미래용지'의 한 귀퉁이에는, 내가 이곳에 이사 왔을 때부터 지금까지 자리를 지키는, 콘크리트 덩어리가 하나 있다. 말 그대로, 아무 짝에 쓸모없는 콘크리트 덩어리다. 사거리의 신호등 바로 옆에 덩그러니 놓여 있는 그 덩어리에는, 까만 스프레이로 누군가가 '똥' 이라고 쓴 낙서가 적혀 있다.

나와 Y는 그 앞을 지날 때마다, '뚜웅!' 이라고 크게 읽고 지나가곤 했다. 아파트들이 들어서기 시작할 때, 우린 그 '똥' 덩어리도 곧 사라지겠다고 농담을 했다. 그런데, 그 '똥'도 미래용지 안에 속하게 되었다. 앞으로 30년 동안, 미래를 위한 알토란 같은 땅이 그 자리에 그대로, 예쁜 꽃밭으로 가꾸어져 잘 남아있을 거란 생각보다, 천하에 쓸모없는, 그냥 어쩌다 거기 자리 잡은 콘크리트 덩어리, '똥'이 거기에 30년 동안 그대로 있을 거라는 생각이 나를 더 위로한다.

빈말이 아니라, 그 빈 땅, 그대로 놓인 그 '무용한' 돌이, 내가 사는 도시에서 내가 가장 좋아하는 장소가 되었다. 그곳을 지날 때마다, 내일도 그저 목적 없이 거길 거닐어도 좋다는 허락을 받는 기분이 든다. 앞으로 최소한 30년 동안은, '무용함에 대해 논하지 않겠다.'는 세상의 다짐을 받아 둔 기분이 든다.

무용함을 논하는 무례함

혹은 유용함을 논하는 거만함이라 해도 될까?
무용함에 대해 논할 때, 그 뜻은 대체로 이럴 것이다.

> '지금 그 사람(그것)은 내게 도움이 안 돼.'
> '그 사람(그것)은 너에게 도움이 안 돼.'

어떤 도움을 말하는 것일까? 주로 돈이 안 된다는 말이다. 남에게 하는 충고도, 내가 하는 판단도 그렇다. 잘못은 아니다. 하지만, 무엇이 유용하냐를 따질 때, 지금 내 기준이 틀릴 리 없다는 생각에 대해서 돌아보지 않는 것은 명백한 잘못, 무례함일 것이다.

이는 실용주의나 완벽주의의 결과다. 생각이 해석이나 설명이 아니라, 그 자체로 기능적인 도구라는 견해가 실용주의라면, 완벽주의는 이와 단짝을 이룬다. 완벽주의는, 완벽을 기하는 꼼꼼함이 아니라, 안 하니만 못할 가능성이 있는 모든 것을, 애초에 하지 않음에 대한 영원한 변명이다. 완벽주의는, 그래서 행동하고 창조하는 모든 것을 비웃는다.

완벽주의의 덫에 걸리지 않는 것은 시의성뿐이다. 시의성이란 말은 시의적절과는 다르다. 누구보다 먼저 지금 곧바로 뭔가 해버리는 것에 대해서, 완벽주의는 판단하지 않는다. 그는, 고심하고 성장하고 고쳐나가며 느릿느릿 나아가는 다른 것들로 고개를 돌려, 부족하고, 무용하고, '이미 늦었다.'는 판결을 내린다.

유효 타격을 위한 고심 끝의 촌철살인의 140자에 꾹꾹 채워 넣은 트윗이든 즉각적으로 리액션하는 휘발성 댓글이든, 혹은, 유튜브나 블로그를 하며 결국 아무 반응이 없거나 내가 의도한 결과를 도출하지 못한 것들이든, 이미 늦었거나 틀렸거나 완벽하지 않거나, '아무튼 충분히 유용하지 못하다고 판단되는' 것들은 추후에 삭제된다. 프레이밍 밖의 것은 삭제되고 프레이밍 안의 의도만 남는다.

잉여는 일절 없다. 우리는 시간을 견디지 못한다. 우리는, 내 판단하에 즉각 유용한 것만을 남기려 한다. 의미 있고 중요하고 맞고 늦지 않은 제때의 제대로 된 것이 되려 하지만, 그러기 위한 시간은 주어지지 않는다.

불안해하지 않고 받아들일 것

나는, 그 선배는, 튕겨 나간 것이 아니다. 그렇다고 우리가 완벽하게 잘 해내고 있는 것도 아니다. 우리가 도달해야 할 곳에 도달할 수 있으리라 확신하는 것도 아니다. 어제보다 나은 오늘이라 자위하는 것만이 가능하다고 자조적인 말을 한다고 해결되는 것도 아니다.

다만, 더 나아져야 한다고 말하지 않아도 된다는 것을 받아들이고, 불안해하지 않아도 된다고 말할 수 있다.

그러니 우린 괜찮다.

어떤 문제가 내 당대에 해결되지 않을 것에 대해 생각해본다. 어떤 문제가, 왜 나의 당대에 반드시 해결되어야 하는가? 이것은 핑계나 변명이 아니다. 나의 당대에 해결되지 않는 문제라면, 노력하지 않을 것인가? '그럼에도!'라고 답할 수 있다면, 어떤 성과나 상태에 있어도 괜찮다.

사실 나의 일신에 대하여서도 도무지 해결할 수 없는 것 투성이다. 하지만 그럼에도 희망을 가지고 행동을 바꾸는 것, 그 희망이 나에 관한 것이 아닐지라도 희망하는 것, 쓸데없어 보이는 시간이 쌓여 서서히 드러나는 변화나 결과를, 혹은 가만히, 그저 있기만 해도 된다고 생각해야만 '알아차려지는 것들'을 알아채는 것.

가만히 잠자코 앉아, 그것을 생각한다.

별것 아닌 것 같지만, 도움이 되는
- 덕질의 최고봉, 남 돕기와 지구 덕후

스티커를 붙여주세요

크리스마스를 앞둔 겨울이었다.

5년을 쓴 핸드폰이 수명을 다했다. 때마침, 최신 기종보다 저렴한, 내가 지금 쓰는 모델과 크기와 모양도 거의 같은, 보급형 새 기종이 출시되었다. 망설이지는 않았다. 다만, 마음이 조금 급했고, 날씨는 예상보다 더 추웠다. 그달이 가기 전에 지급될 것이라는 페이 중 하나가, 설이 지나고 지급될 것 같다는 연락을 받았다. 놀랍게도, 계약서를 쓰지 않고 하는 일이 아직도 비일비재하지만, 누군가의 소개를 거쳐서 하게 된 일이니 돈이 떼이진 않겠지 싶었다. 그냥, 연말 전에는 잔금을 다 받지 못할지도 모르겠다는 생각을 미리 하고 있던 차였다. 연말을 그냥저냥 무심하게 보내는 것은 그리 새롭지 않지만, 예상 못 했던 지출이 더해지니 짜증이 올라왔다.

하얀 롱패딩을 입은, 키가 훤칠한 여자분이, 고개를 푹 숙이고 빠른 걸음으로 걷던 내 앞에 멈춰 섰다. 빨리 지나쳐 가려는데 살짝 손을 들어, 내 고개를 들게 만들었다. 길을 물으려나보다

고 생각했다. 그녀는 밖에 오래 있었는지, 코가 빨갰다. 하지
만 표정은 밝았다.

'스티커 하나만 붙여주시고 가실래요? '

옆에는 판넬 세 개가 세워져 있었다. 각각의 판넬에는, 독거노
인으로 보이는 누군가의 사진, 아프리카로 보이는 어떤 곳의
흙으로 지은 집, 그리고, 내가 이사 오기 전 살던 곳과 크게 다
르지 않은, 오래되고 허름한 주택가의 반지하 방의 사진이 하
나씩 붙어있었고, 손톱만 한 동그란 스티커들이 그 아래에 여
러 개 붙어 있었다.

'한국 해비타트'라고 했다. 벽돌 하나의 가격이 얼마 정도 할
것 같냐고 물었고, 나는 얼마 정도일 것이라 대답했던 것 같다.
아님, 얼마의 돈이면 벽돌 몇 개를 살 수 있는지를 물었던가.
아무튼, 한국 해비타트의 활동과 취지에 대한 간략한 설명을
들었다. 내가 선 채로 무릎을 비비자 설명하는 말이 빨라졌다.
바쁘시냐고 했고, 나는 그냥 좀 추워서 그런 것이라 말했고, 그
녀는 죄송하다며 양해를 구했고, 나는 괜찮다고 했다.

한국 해비타트에서는 독립유공자 후손들의 집을 고쳐주는 활
동도 하고 있다고 말했다. 사진 속 노인은 독립유공자의 후손
이었다. 아프리카에서 짓는 집의 흙벽돌 하나의 가격이 불과

얼마라는 말도 들었다. 마지막 사진처럼, 노후하고 오래되어 붕괴의 위험이나 위생상의 문제가 있는 건물들을 리모델링해 준다는 말도 들었다.

얼마의 돈, 그러니까 벽돌 몇십 장을 쌓을 수 있는 몇천 원의 돈(정확히 기억나지 않는다.)이 있다면, 그것으로 세 곳 중 어디에 벽돌을 쌓아주고 싶냐는 질문이었다. 원하는 곳에 스티커를 붙이면 된다고 했다. 아마도, 새로이 독립유공자를 위한 후원을 시작하며 그 의의를 아무래도 조금은 강조하는 느낌이라, 판넬에 붙은 스티커들의 수도, 홀로 사는 독립유공자 후손의 사진에 가장 많이 붙어 있었다. 그다음으론 아프리카. 오래된 주택이 가장 적었다.

남 돕는 게 아니라

내가 이사 오며 떠난 동네는, 작년부터 재개발이 한창이다. 한국에 잠깐 귀국한 나의 후배 C는, 나와 자신이 예전에 살던 그 동네를 한 번 다시 가보고 싶어, 한국에 머무르는 짧은 며칠 중 한나절 동안, 그곳에 혼자 다녀왔다. C가 그곳에 다녀온 다음 날, 개봉한 한국 영화를 한 편 보고 싶다고 하여 '악인전'이라는 영화를 보러 갔다. 그 영화 속에서, 좁은 골목길의 추격전이 벌어졌을 때, C는 흥분해서 소리쳤다.

"햄! 저기 거기 아니가? "

사람 한 명 겨우 지나다닐 수 있는, 가파른 오르막, 녹슨 대문들, 미로 같은 골목길에서 다시 더 구불거리는 골목길로 접어들면 모습을 드러내는 '팡팡 노래방' 간판. 나와 C가 살던 집이 있던 바로 그 골목이었다.

"어제 갔더니 다 비어 있더라고요.
아, 요새 저기서 촬영 많이 하나 보네.
우리 살던 집은 아직 불이 켜져 있더라고.
누가 사는 거 같던데, 담이 다 무너졌어요."

나는 C에게, 저런 집들의 무너진 담벼락을 다시 쌓는데 벽돌이 몇 개 들 것 같냐고 물었다. 벽돌 백 장이면 얼마인 줄 아냐고도 물었다. C는 갑자기 무슨 소리냐고, 그래서 그게 얼마냐고 물었다. 나는 정확히 기억나진 않는다고 말했다. 하지만, 작년 연말부터 한 달에 2만 원 씩, 아무튼 간에 저런 집을 고치는 벽돌값을 내고 있다고 말했다. C가 말했다.

"누가 누굴 도와, 돈도 없는 양반이."
"그러게."

나는 세 개의 판넬 중, 가장 스티커의 개수가 적은, 흔히 볼 수 있는 골목의, 그중 가장 허름하다 싶은 집이라면 으레 그런 상태일, 습기와 먼지가 빠져나갈 곳이 없이 현관 앞까지 쌓아 둔 세간살이가 빼빽한, 기우뚱한 반지하 방이 찍힌 사진을 한동안 계속 쳐다보았다. Y가 먹을 것을 사와 넣어두려고 연 싱크대 선반 안에서 행진을 하던 바퀴벌레들도 생각나고, 길고양이 다섯 마리가 밤마다 잠을 자고 똥을 싸던 반지하 내 방 창문 앞 담벼락도, 토니 스콧 감독이 죽던 날에 미친 듯이 쏟아지는 비가 새서 슬리퍼가 둥둥 떠다닐 만큼 바닥이 찰랑거리던 옥탑방 부엌도 생각났다.

반지하 방 옆집, 우리 집과 똑같은 넓이와 구조를 가진 집의, 퀵오토바이를 모는 아저씨의 가족도 생각났다. 여름에는 더워서 누구 할 것 없이 방충망만 쳐놓고 활짝 열어놓던, 그 골목의 모든 집들에서 풍기는 음식 냄새와 흘러나오는 대화 소리나 말다툼 소리들도 생각났다. 바로 옆집의, 퀵 아저씨의 아내인 아주머니는, 저녁 식사 때마다 음식 냄새와 딸아이와의 실랑이가 우리 집으로 다 넘쳐흐르는 것을 미안해했다. 그러면서, 가끔 조금 넉넉하게 부친 전을 먹어보라며 열린 우리 집 싱크대 위에 올려두곤 했다.

그 아주머니는 나에게, 이 근처 대학교 학생이냐며, 전공이 뭐냐며, 졸업 때까지 이곳에 살 거냐며 이런저런 말을 걸곤 했다.

쿽 아저씨와 아주머니는 그 집에 9년을 살았다고 했다. 딸 아이는 이곳에서 태어나 내년에 학교에 들어간다고 했다. 쿽 아저씨의 오토바이는 원래의 색상인 짙은 자주색은 찾아볼 수 없을 만큼 새까맸다. 아저씨는 매일같이 새벽부터 일을 나가 밤늦게 돌아왔다. 그때의 나는, 내게 먹을 것을 챙겨주는 것이 '여유인지 배짱인지'에 대해 생각했다. 마음속으로 '2년만 어떻게 잘 버티자. 어떻게든 열심히 살아 하루빨리 이곳을 벗어나자.'라고 생각했다.

나는 그때 살던 그 집처럼 보이는 사진에 스티커를 붙였다. 그 아주머니를 돕는 마음에서가 아니었다. 그 아주머니는 나의 도움을 가장한 동정이 필요치 않은 분이다. 그 집 가족들에게는 뭐든 남으면 남을 챙길 만큼의 여유가 있었다. 나는 오히려 그 집에 살며 마음이 다 갈라지고 병들어 가던 가련하고 건방지고 조바심에 아등바등하던 나를 돕는 마음이 들었다. 한 달에 한 번쯤, 그 미숙하고 짠한 놈의 집에 한 2만 원 어치의 물티슈와 담배와 콜라를 사 들고 불쑥 찾아가서, 가스레인지 뒤의 기름때 눌어붙은 타일을 대충 닦아주다 말고 현관문 앞에 걸터앉아 담배 몇 대 같이 피고 콜라를 원샷하고 올, 딱 2만 원어치의 벽돌만큼만 단단한 친구를 보내주잔 심정으로 정기 후원을 시작했다. C에게 이렇게 말했다.

"그 사진을 보니까, 내가 나를 돕는 거 같더라고."

"맞네. 남 돕는 게, 지 돕는 거다."

우린 왕돈까스를 거하게 해치우러 갔다.
세상을 배불리는 심정으로.

나보다 큰 것에 합류하기

십몇 년쯤에는 2년간 '옥스팜 코리아'라는 곳에 후원했다. 나는 내가 그러고 있다는 것을 까먹고 있다가, 계좌에서 2년째 빠져나가고 있는 후원금을 확인했다. 내 2년의 후원의 결말은 내 맘속에서 치밀어 오르는 화였다. 왜 화가 났을까. 그깟 돈 얼마 때문에? 마음으로부터 동의하고 사인한 게 아니라, 그 상황을 모면하려고 후원을 약속하고 몇 달 뒤에 후원을 그만 두자고 생각해놓고, 그러기엔 찝찝해서 그냥 두던 것을, 지금에 와서 그 돈을 아까워하는 자기에게 화가 나서? 아마 대충 그런 게 맞을 게다. 나는 여유가 없었다. 나는 나 스스로 공감하고 의식적으로 선택하지 않았다. 그 결과는 나에 대한 자책과, 그렇게 자책하는 나에 대한 죄책감이다.

뭔가를 비우면 뭔가가 찾아온다. 빈 만큼의 물리적 공간이 생기면 여유도 생긴다. 이해하기 힘들지만 확실히 그렇다. 책상을 벽에 붙여놓았던 것을, 방 한가운데에 두고, 책상 앞의 방바닥에는 러그를 깔고, 마주한 벽은 텅 비웠다. 그러자 차분히 생각할 여유가 생겼고, 생각을 정리할 시간도 생겼다. 경제적인 상황은 옥스팜 코리아를 후원할 때보다 한국해비타트의 후원을 시작할 때가 더 어려웠다. 하지만, '더 해서 더 벌면 되지.' 라는 생각을 했다. (기껏 월 2만 원 가지고 그런 다짐까지 해야 되냐고 자문하다가, 그게 뭐 어때서? 라고 답했다.)

그러니, 남을 돕는 것은 분명 나에게 도움이 된다. 나만을 위하며 살면서 나를 만족시키기란 매우 어렵다. 하지만, 남을 돕는 나를 보며 만족하기는 쉽다.

지금은 스토리가 안드로메다로 날아가고 있어, 보지 않은 지 몇 년이 지난, 그 유명한 만화 '원피스' (이렇게 쓴 이 시점에 설마 이미 완결된 건 아니겠지…?)에 이런 대사가 나온다. 오그라드는 대사들로 사춘기 갬성을 자극하기로 유명한 소년만화지만, 이 대사는 지금 다시 생각해도 곱씹을 만하다.

주인공이 어떤 악당(악당이었다가 동료도 되는 경우도 많아 확실치 않다.)과 결투를 벌이다 이렇게 말한다.

> "정말로 악당이 되는 거, 그건 쉬운 일이 아니야.
> 정의의 사도가 되는 건 쉬운 일이야."

마치, 스티븐 핑커의 명 저서 '우리 본성의 선한 천사'와 맥이 닿는 말이랄까.

미니멀라이프 계의 공인된 튜토리얼 비슷한 것이 있다. 이런 식으로 이어지는 연쇄 작용이다.

[물건 비우기 – 새벽 기상 – 글쓰기

– 운동 – 명상 – 요가 – 후원 – 친환경 – 채식]

(반드시 그래야 하는 것도, 정해진 순서도 없고, 모두가 그런 것도 아니나 생각의 궤적이 비슷해지는 경향은 확실히 있는 듯하다.) 다들 그렇게 되는 그 길에 나 또한 올라선 것이 마치 유행을 좇는 사람이 된 기분이 들 때도 있을 것이다. 하지만, 그렇다고 지구와 타인을 생각하는 게 나쁜 건 아니잖아?

누가 봐도, 그건 나쁜 게 아니라고 당연히 긍정할 수 있는, 바로 그것에 내가 공감하는 것.

배움과 성장에 관한 말 중에도 비슷한 말이 있다. 뉴턴이 말했다던가.

"거인의 어깨에 올라타서 세상을 더 멀리 보라."

이는 개인의 단계적 성장이나 문명의 발전에 관한 과학자적인 관점을 설명하는 말이기도 하겠지만, 내겐 우리 모두가 어깨에 타고 오를 수 있고, 우리 중 누구도 그에게 자격지심을 느끼지 않을 '거인'이 있다는 개념으로 내게 다가와 위로와 평안함을 준다. 다른 말로는, 종교적인 관점에서 이렇게 말할 수도 있을 것이다.

'진리가 너희를 자유케 하리라.'

속박처럼 느껴지던 원칙이, 나 또한 그 안에 있음을 인정할 때 나를 지켜 주리라는 생각.

그래서 나 또한 저 뻔하지만 입증되고 공인된 넓은 대로를 걸어간다. 산티아고 순례길이 아무리 전 세계인의 개나 소나 위시리스트라 한들, 그 길을 걷는 순례자의 여정이 무색해지는 것은 아니니까. 그 길이 '바로 그' 순례길인 것은, 그럼에도 그 길이 그런 길이니까.

남을 돕고, 연대하고, 당대에서 벗어나 후대를 위한 시각을 갖고, 다름을 경청하고, 나의 옳음을 재고하고, 아끼고, 재활용하고, 쓰레기를 줄이고, 동물을 사랑하고, 소수자를 지지하고, 다시 돌아와 내 몸을 아끼고, 나를 존중하는 것이 자연스럽다. 그럴 때, 내 몸이 덜 아프다. 이기적인 발로로 그렇게 해도 좋다.

그것이 당신의 몸도, 남의 마음도 구한다면 그걸 하지 않을 이유가 없다.

그래서 신약 성서의 이런 케케묵은 말이 2천 년 째 라임마저 살아있는 펀치 라인인가 보지.

'네 이웃을 네 몸과 같이.'

딱 그만큼만. 딱 그 마음가짐으로. 남을 돕는 것이 나를 구한다. 앞으로 또 여러 취미와 새로운 경험에 열린 마음으로 임하겠지만, 결국 이러나저러나 지구 덕후가 짱이다. 지금, 여기 다 있으니까. 지구에 우리 모두가 사니까.

그렇게 되면, 모든 것을 도움으로, 스스로를 도울 수 있다.

셀프와 아웃소싱의 이중주
- 뭣이 중헌디

다이슨 옴니 글라이드과 프로젝트 슬립

미니멀리스트를 자처하면서, 궁극의 미니멀리즘을 실천하는 수많은 선배 미니멀리스트들의 반짝이고 텅 빈 공간들을 염탐하다 보면, 나는 그냥 잡동사니를 좀 줄인 1인 가구인 데 불과하지 않을까 싶어진다.

그도 그럴 것이, 나는 아직도 물건이 많다. 하지만, 눈에 보이는 것보다 마음의 변화가 중요하다고 변명해본다. 그 마음의 변화 중 남에게 공감받기 가장 쉬운 예는 아마 '먼지를 다소 싫어하게 됨'일 것이다. 그렇다고 매일같이 우드 블라인드나 싱크대나 화장실 타일을 박박 닦는다는 것은 아니다. 솔직히 말해, 더러운 건 여전히 더럽다. 그래도 더 말할 수 있는 눈에 띄는 변화라면, 정리정돈. 사용 중이지 않은 물건은 보관되어야 할 제 위치에 곧바로 돌려놓는 것에 관해서라면 자랑스레 말할 수 있다. 멀티탭에 꽂은 전자기기의 충전케이블도 내가 정한 순서를 바꾸지 않으려 한다.

아이러니하게도, 이런 상태를 위해서 추가로 필요한 물건들이 생기기도 한다. 나는 큰 방의 구조를 또다시 바꾸고 또다시 물건 몇 개를 비웠다. 그러면서, 바닥에 펼쳐져 있는 요가 매트와, 방구석에 3단으로 접힌 두꺼운 요와 이부자리들이 계속 눈에 밟혔다. 지금부터 하는 말은 아주 웃기게 들릴지도 모른다. 하지만, 나는 이 소비를 위해 반년을 고심했고, 지금 여기서 당당히 밝힌다. (뭘 또 당당하기까지 할라 그래.)

나는 다이슨 옴니 글라이드 무선 진공청소기를 체크카드로 사서 들고 왔다. 이마트에서 주차정산을 할 필요도 없었다. 나는 그 물건이 어디 있는지 알고, 얼마인지 알고 무게가 얼마인지도 알고 있었다. 주차하고 내려서 걸어가서 그걸 사고 다시 주차장에 오는 데까지 12분쯤 걸렸다.

그리고, 프로젝트 슬립이라는 브랜드에서 철제 프레임과 라텍스를 샀다. 태어나 처음으로 네이버 쇼핑 라이브라는 것을 실시간 시청하며 20% 할인과 라텍스 베개까지 사은품으로 받았다. 나는 그 라텍스 베개의 가격과 만약 그 베개가 공짜로 주어진다면 쓸 용도를 알고 있었다. (지금 앉은 자리, 의자 등받이와 내 허리 사이를 받치고 있다.) 프레임과 매트리스의 가격도 당연히 알고 있었다. 여러 단계의 제품들 중 얼마짜리가 적당한지 반년 전부터 정해두고 있었다. 하지만 사지 않고 있다가, 다이슨이 입주함과 동시에 사야겠다 마음먹었는데, 웬 걸, 할

인까지 하고, 선착순으로 그 베개마저 사은품으로 준다는 게다. 그래서 질렀다. 요가 매트와 접어둔 이부자리가 맘에 걸렸다는 건 알겠고, 그런데 침대와 무선청소기를 산 건 왜 때문인데?!

이유는 앞서 말한 바 있다. 나는 먼지가 싫다. 그런데 내 10년 넘은 유선 청소기는 모터가 죽어간다. 차라리 빗자루질을 하는 것이 더 나아 보인다. 물론, 내겐 이쁜 빗자루와 쓰레받기 세트도 있다. 그럼 걍 다이슨 사고 싶었단 거잖아! 아니다, 사고 싶었던 것이 아니다. 사야만 했던 것이다. 다이슨의 V 뒤에 숫자가 붙는 대표적인 시리즈에 비하면 60~70%의 가격으로 살 수 있는 옴니 글라이드를 사는 것은 합당하다 여겼기에 산 것이다.

내겐, 매일 매 순간 내 눈앞에 보이는, 그리고 그렇게 눈앞에 보이면서도 미관을 해치지 않는, 가볍고 무선이면서 흡입력도 세고, 앞에 붙은 브러시를 쉽게 탈착해서 러그든 맨바닥이든 요가 매트든 상황에 맞게 갈아끼고 즉시 청소할 수 있는, 그러면서도 너무 비싸진 않은 진공청소기가 필요했다. 그게 있다면, 나는, 하루에도 수십 번, 먼지가 눈에 보이는 족족, 기꺼이, 즐거운 마음으로, 곤도 마리에의 말에 따르면 '설레임에 몸부림치며', 청소를 할 것이다! 실제로 그렇게 되었다. 참으로 다행한 일이 아닐 수 없다.

그럼 침대는? 바닥에 깔고 자는 요는, 바닥에 닿는 부분을 번갈아 가며 뒤집고 접어두어도, 먼지가 들러붙는 표면을 어찌할 수 없었다. 이불을 접어두면 펼칠 때마다 꿉꿉함이 느껴져 기분이 좋지 않았다. 아침에 일어나 가장 먼저 하는 행위, 그것으로 내 하루를 내가 통제할 수 있다고 느낄 수 있게 해주는 나의 가장 첫 루틴, '이부자리 정리'가, 할 때마다 찝찝했다. 다시 침대를 사야 하나 생각했지만, 근 1년간 그 생각을 하면서도, 내 허리 걱정을 하느라 시간만 갔다. 그러다, 기회가 있을 때마다 라텍스 매트리스 매장에서 모든 침대에 누워보았다. 가격은 천차만별이었지만, 내게 중요한 것은 한 가지 기준뿐이었다. 허리가 내려앉는 느낌이 드는지, 그리고 그래서 누워서 뒤척일 때 움찔하게 되는지, 누웠다 일어날 때 나만 아는 그 위험천만한 감각이 느껴지는지.

놀랍게도, 라텍스 매트리스 중 그 어느 것도 그런 느낌을 주지 않았다. 살이 빠지기도 했고, 조금은 건강해진 탓이라 짐작했다. 뻐근하면 스트레칭을 하면 된다. 라텍스가 나에게 위험한 물건은 아니다. 내게 라텍스가 위험했을 때엔, 그 어떤 것도 내게 안전하지 않았던 게다.

그렇다면, 적당한 가격의 괜찮은 라텍스 매트리스를 찾아보면 될 일이었다. 프로젝트 슬립은, 원가절감을 이루면서도 품질은 괜찮은, 서울시에서 지원받은 기업의 제품이다. 양면이라 한쪽은 소프트, 한쪽은 하드한 재질인 것도 유용하다. 프레임은 바닥에 그냥 둘 수 있게 만든 것이 아니라 다리가 있는 프레임이어야 했다. 그래야, 그 아래, 방바닥을 매일 청소할 수 있다. 침대 아래쪽엔, 공간을 활용한답시고 물건들을 놓지 않을 것이다. 내 목적은 먼지와의 전쟁이므로.

침대가 들어섰다. 요가 매트는 여전히, 아니 이제 더 중요한 물건이 되었다. 나는 혹시 모를 나의 허리에 일어날 불상사를 미연에 방지하기 위해, 지금까지보다 더 스트레칭에 만전을 기해야 한다. 그것은 내가 오히려 기다리던 바다. 나는 억지로라도 스트레칭을 더 자주 하고 싶다. 그래서, (말도 안 되는 것 같지만 내게는 매우 말이 되는 이유로), 사용하지 않는 요가 매트를 말아서 벽 한 켠에 기대두는 것보다 항상 펼쳐두는 것을 선택했다. 그리고, 그 매트 위에 온갖 먼지가 들러붙는 것을 매일 눈으로 확인해야 했던 것이다. 이제 이 모든 것이 이해가 가시나? 물건 산 걸 길게도 변명한다 싶겠지만, 아니다. 변명이 아니라 설명이다. (구질구질하네.)

하여, 나는 다이슨과 침대를 질렀고, 그 이후로 매일 몇 번씩 청소기를 돌리고, 요가 매트는 항상 어떤 먼지나 머리카락 한 올 없이 유지된다. 빗자루와 쓰레받기, 그리고 먼지 제거용 롤러 테이프가 있을 때, 좀 더 부지런히 청소를 했으면 되지 않았겠냐고? 나도 그렇게 생각했다. 몸을 움직이며 내 손으로 청소하는 것의 효과를 톡톡히 누린 적도 있다. 이불도 팡팡 털어 잘 펼쳐두었다가 잘 수납하면 되지 않냐, 또, 깔고 자는 요도 매일 펼쳐서 먼지를 털고 바닥을 쓸고 다시 접어두면 되는 것 아니냐고 물을 수도 있다. 물론 그럴 수 있다.

하지만, 난 그러지 않기로 했다. 미니멀리즘에 정면으로 위배되는 짓을 통해, 마음의 미니멀라이프를 지키려 한 결과다. 나는, 그냥 쉽게 자주 청소하고, 요가 매트 위에 내가 좀 더 가벼운 마음으로 선뜻 자리를 잡는 환경을 위해 돈을 쓰기로 결심했다. 그리고, 가능하면, 그 목표에서 아낄 수 있는 방법이 있다면 최대한 찾아보는 것 정도가 최선이라고 결론 지었다.

그러자, 다이어리나 메모장에 써놓은 청소기나 침대에 관한 메모나 링크, 매달 검색하고 고민하는 시간, 무엇보다 방바닥의 먼지, 이불의 눅눅함이 해소되고 있다. 그리고, 스트레칭을 더 자주 한다.

셀프의 효능과 아웃소싱의 목적

미니멀리즘을 접하고 나면, 일반적으로, '가능하다면 셀프로 할 수 있는 환경', 혹은 다음에도 다시 쓸 수 있는 방법을 만드는 것에 자연스레 관심이 간다. 누군가를 불러서, 아니면 돈을 써서, 아니면 무언가를 사서 해결할 수 있는 일들의 효과에 의문을 품게 된다. 한 번의 소비로 영구적으로 지속되는 것들도 있지만, 그때마다 소비나 외주로 해결해야 하는 것들도 많다.

재활용이나, DIY는 이런 문제를 해결해준다. 집의 전등이 나가거나 화장실 벽걸이 선반이 떨어졌거나, 자전거 페달이 부서졌거나, 버릴지 리폼을 해서 다른 용도로 쓸지 고민이 되는 의자를 분해해본다거나, 그런 식으로 생겨난 자투리 원목으로 새로 선반을 설치하고 싶을 때, 내가 그걸 할 수 있으면 좋은 것 아닌가? 가정용 로터리 전동 해머 드릴, 목공용 핸드드릴, 임팩트 드릴, 육각 렌치 세트 따위가 새로 입주하게 된 것도 이런 연유의 연장선상이다. 이미 본전은 뽑았다. 그걸로 고친 것도, 만든 것도 꽤 있다.

하나의 물건을 여러 용도로 사용하는 창의적 방법을 찾는 것도 익숙해진다. 용도가 확실한, 자주 사용하는 믿음직한 물건을, 다른 용도로도 사용할 수 있는 방법을 찾고, 내가 지닌 물건들이 늘어나지 않게 하는 것은, 물건의 가성비를 따지는 것과는 다르다. 예를 들면, 독서대를 노트북 거치대로도 쓰거나, 다 쓴 캔들 유리병을 잘 닦아 면봉 통이나 필통으로 쓸 수도 있을 것이다. 혹은 일회용이 아닌 다회용품으로의 관심도 자연스럽다.

이왕이면 친환경인 것에도 눈이 간다. 얼마 전, 드립 커피 용 종이필터도 다회용으로 바꾸었다. 천연수세미로 웬만하면 세제를 쓰지 않고 설거지를 한다.

그러다, 내가 직접 해 볼 생각을 미처 하지 못하던 것들에, 예전보다는 좀 더 쉽게 도전하게 된다. 실패에 느끼는 부담도 줄어든다. 이를테면, 이발기를 사서 머리를 직접 잘라볼까 싶은 생각도 든다.

그런데, 그러다 보면, 남들이 보기에 '지지리 궁상'으로 보여지거나, 아주 깔끔하고 세련되어 보여 겉으론 전혀 궁상맞지 않지만, 내 안에선 그 환경을 유지시키기 위해 '심적으로 지지리 궁상맞은' 상태에 처하는 때가 오기도 한다. 달리 말하자면, 강박이 생기게 된다. 강박적으로라도, 어찌 되었건 목표한 바를 잘 수행하고 있을 땐 뭐가 문제인지 모른다. 하지만, 그것이 버거워지면, 딱 하나의 감정으로 그것을 알아낼 수 있다. 죄책감. 그걸 해내지 못하고 있고 미뤄두거나 회피하고 있다는 것을 알면서도 그냥 둠으로써 생겨나는 죄책감이 그것이다.

그런 감정을 계속 지니고 있는 것과, 그냥 내가 감당하기 버거워한다는 걸 인정하는 것 중에 뭐가 나은지는 뻔하다. 하지만, 미니멀라이프를 지향하면서 후자를 선택하기란 어렵다. 왜냐하면, 그것은 소비나 지출을 의미하는 경우가 많기 때문이다.

나는, 그럴 때 시간을 확인해본다. 죄책감과 부담을 덜려고, 다른 해결책을 찾아보려고 하는 등, (사실은 마음을 먹고 하면 되는 것인데 도무지 되지가 않을 때, 우린 다른 방법을 찾는다고 말한다.) 그러는데 쓰는 시간이 얼마나 되는지 확인해본다. 몇 달에 걸쳐, 문득문득 올라오는 생각들과 감정들. 해결하지 못하고 방치된 영역들. 몇 달이 지나고 있다면, 그건 그냥 내가 그럴 의지나 능력이 없다는 것을 인정해야 하는 순간이다.

그리고, 그럴 때, 아웃소싱한다.

나에게는 죽어도 귀찮은 것이 있다는 걸 인정한다. 그렇다고 죽을 수는 없으니 살고는 있는데, 그러면서 속으로 계속 죽도록 나를 욕할 것이냐? 빗자루질 말이다, 이 인간아! 아니, 그냥 무선청소기를 사서 매일 청소할래. 모든 일을 직접 할 수 있게 되면 좋은 일이 아닐 수 없다. 하지만, 그런 도전 자체를 즐기는 것과, 빠르게 인정하고 역량을 집중하는 것 중에 무엇이 옳다고 말할 수는 없는 것이다.

개인 사업자가 세무사에게 의뢰하는 것과, 자신이 직접 복식부기마저 작성할 수 있는 것 중에, 뭐가 맞는지 따져보는 일과 비슷하다. 회사 대표가 에어컨 실외기까지 고칠 수 있다면 좋은 일이지만, 그게 그럴 일인가. 오히려 그게 무엇인가를 회피하는 것일 수도 있다. '열심히', '쉬지 않고', '밤잠을 설칠 정도로 마음의 부담을 가지고', 무언가를 계속하는 것이, 항상 현명한 것은 아니다. 잠 안 자고, 살 빠져가며, 수액을 맞아가며 모든 것에 실수하지 않으려 꼼꼼히 일하는 것은 불가능하다. 그래서, 나는 그런 스탠스를 지닌 이들과 일하는 것이나 내가 그런 마음을 갖게 되는 것을 피한다. 모든 것에 모든 시간과 노력을 제대로 다 쏟아붓는 것은 불가능하다. 그건 마치 자신이 무엇을 해야 할지 모르는 것과 같다. 할 것만 하면 된다.

그러니, 내가 빗자루로 잘 안 쓸리는 러그에 낀 머리카락을 맹렬하게 쓸다가, 다시 엎드려서 스카치 테이프로 그걸 뗄 필요 없다. 초강력 버튼을 누르고, 러그 전용 브러시로 한 번 밀고 치워라. 다이슨에 진 기분 따위 느끼지 마라. 다이슨에게 이길 필요 없고, 넌 못 이긴다. 그리고 그 다이슨은 니 꺼다. 너 도우려고 온 애랑 싸우지 마라. 어쩌면, 그래서 아웃소싱은 미니멀라이프의 중요한 한 태도로 보이기도 한다.

'이럴 수도 있고 저럴 수도 있다.'

'그때그때 다르다.'

'나는 완벽하지 않다.'

'지금 맞은 게 그때 틀릴 수도 있다.'

그래도 괜찮다. 머리를 직접 자르고 싶기도 하고, 그냥 미장원에 가는 게 편하기도 하다. 머릴 스스로 자르는 사람이고 싶은 마음과 사회적 인간의 끈을 놓고 싶지 않은 마음 사이에서 왔다 갔다 한다. 그러다, 유튜브로 셀프 이발을 찾아보는 시간이 길어지면, 뭐든 의식적으로 선택할 것이다. 자연스럽게.

'뭐가 중요한지 생각하고 의식적으로 선택해라.'
'버리고 남은 것을 더 중요하게 다뤄라.'

그러기 위해서, 모든 것을 다 내 깜냥으로 해결하려 하지 않아야 한다. 책을 버리고 나면, 도서관에서 필요한 책을 더 자주 빌려 읽는 것처럼, 내가 못하는 게 있다고 생각하면, 할 수 있는 것이 더 많아진다. 즉, 한계를 인정하면 의지와 역량이 강화된다. 도움을 잘 받게 된다. 겸허해진다. 남도 돕게 된다. 아프면 병원에 가듯, 모든 것을 직접 하지 않아도 된다. 그리고, 그게 그렇더라고 남에게 말해줄 수도 있게 된다.

혼자 집에서 스트레칭을 하다가, 때때로 도수치료를 받으러 갈 수도 있을 것이다. 마그네슘을 사 먹고, 병원에서 처방전을 받기도 하고, 그 전에 바나나와 견과류를 먹으며 자가 치유를 꾀할 수도 있을 것이다. 상담도 마찬가지다. 산책과 명상도 하고, 때로 상담도 받는다.

'반드시 이래야 한다' 라거나 '그런 모습의 나였으면 싶다' 라는 생각을 계속 유지할 필요는 없다. 혹은 단지 '그런 나'이고 싶어 뭔가 시도해도 좋다. 실패해도 좋다.

중요한 건, 아웃소싱해도 된다는 사고방식과, 할 수 있는 것은 직접 해보자는 마음을 더 자주 갖는 것이다.

놀랍게도, 이 둘은 양립할 수 있다.

말하기, 듣기. 아니 진짜로.

- 커뮤니케이션 기초교양 재수강 / feat.삼국지

커뮤니케이션학

대학교 전공이 언론정보문화학부 공연영상학이다. 지금은 그 학부의 이름이 커뮤니케이션학부로 바뀌었다. 이름이 바뀌기 전에도 커뮤니케이션 관련 수업은 전공필수 수업이었다. 커뮤니케이션에 탁월하진 못해도, 결코 못 하진 않는다 자부했다.

20년쯤 전에 들은 '커뮤니케이션의 요지'는 대충 이렇다. 1:1 대인 커뮤니케이션에서부터 소그룹 커뮤니케이션, 불특정 다수를 향한 일방적 커뮤니케이션, 혹은 쌍방향 커뮤니케이션, 뭐라 부르건 아무튼 사람 간에 일어나는 교류에는, '상황에 맞는 언어적, 비언어적 방법과 적정 거리가 있다'는 것.

긴밀한 말이나 정감 있는 대화를 한 명과 나눌 땐, 가까이 다가가게 되거나, 가까이에 있는 사람과 그런 대화를 나누기가 더쉽다거나, 그 반대이기도 하다는 것. 공식적인 자리에서 많은 사람들을 상대로 홀로 말할 땐, 1:1 커뮤니케이션에서 유효했던, 반응을 시시각각 살피며 활발하게 이뤄지던 티키타카보다,

명확한 발음과 발성으로 단정적으로 말하는 것이 정석이라는 것이 그런 예일 것이다.

뭐 당연한 소리, 하나 마나 한 말이라 들리겠지만, 상황에 맞게 '길'이 있다는 개념에 진지하게 동의하면, 때때로 정말 여러 길이 열린다.

커뮤니케이션 스킬?

이를테면 이런 것.

전문 연기자가 아닌, 전국 각지에서 모여들어 모두 똑같은 옷을 입은, 400명쯤 되는 6~9세 사이의 아이들과, 이 아이들의 부모들과, 이들을 줄 세우고 인솔하기 위해 급히 하루짜리 알바로 고용된 20대 초반의 50명의 인원을 효과적으로 통제하면서, 이들이 정해진 동선을 움직이며 아직 완벽히 숙달하지 못한 율동을 하게 만들고, 이를 실시간으로 가장 효과적으로 촬영하여 이들이 모두 지치기 전에 촬영을 종료하는 방법은? 덤으로, 장소는 휴일의 경복궁이다.

급한 연락에 도착한 그 현장에서, 내가 이미 알고 있는 사람은, 내가 혹시 몰라 데려간 후배 셋뿐이었다. 주최 측과 연출팀은 자기들끼리 소통할 무전기 하나 없이, 현장의 유일한 확성기를 내 손에 쥐여줬다.

줄을 어떻게 세울 것인가. 이동을 어떻게 시킬 것인가. 현장 통제를 해본 적 없는 알바들이 서로 누가 무엇을 어떻게 시킬지 모를 때 그들에게 뭘 시킬 것인가. 내 아이가 제일 잘하니 앞줄에 세워달라는 모든 부모의 말을 어떻게 수용할 것인가. 인형탈을 쓴 자원봉사자에게 달라붙는 아이들을 어떻게 떼어낼 것인가. 우왕좌왕하며 탈진 직전에 이른 율동 선생님들의 눈초리를 어떻게 스리슬쩍 넘길 것인가. 소리를 지를 것인가, 차근차근 반복해서 잘 설명할 것인가, 무전기를 당장 훔쳐서라도 가져오라고 윽박지를 것인가.

팁을 말해보자면, 불가능에 가까워 보이는, "나 이외의 모든 인간 vs 확성기를 든 나"로 형성되어버린, 1000:1쯤 되는 커뮤니케이션 구조를 전복시킴과 동시에, 나와 소통해야 하는 상대편 구성원의 핵심을 이루는 인원들의 특징을 파악하여, 주도권을 쥐되 반발이 없을 손쉬운 통제 방법으로 이들의 자발성을 득해야 한다.

해법이 까마득해 보이지만, 별거 아닌 방법이 꽤 효과가 있다. 그냥, 젤 앞에 있는 애들 중에, 제일 협조적으로 참여하면서 율동도 잘하는 아이를 계속 칭찬한다. 그 아이와 계속 긴밀하고 조용히 대화한다. 그 아이에게, 양옆의 아이를 도와주면 어떻겠냐고 말하고, 그 양 옆의 아이들이 그 아이의 말을 들으면, 도와준 아이를 다시 칭찬한다. 그 내용이 다른 아이들에게 다 전해질 필요는 없다. 확성기를 통해서는, 그 아이를 칭찬하는 말이 멀리 있는 아이들에게도 들리게 한다. 칭찬과 관심과 긴밀함을 빌미로 경쟁을 붙인다.

잘하는 아이에겐, 확성기를 10초간 쥐여주고 '빵꾸똥꾸'라고 소리지를 수 있게 해주고 제일 앞줄에 세운다. 제일 앞줄의 구성원들 중 일부는, 한 번의 율동 후에 다시 뒷자리와 바뀐다. 울기 직전의 표정으로 터덜터덜 걸어가며 바뀐 자리를 찾지 못하고 있는 아이들은, 자원봉사자가 목마에 태워 그 자리까지 데려다준다. 부모들이 이 경쟁에 자발적으로 참여한다. 나는 때때로, 칭찬을 하는 사이사이에, 갈라진 목소리로 힘겨워하는 나를 연출하지만, 꿋꿋이 해보려 한다는 모습을 내비친다. 인형 탈과 인지상정의 시선 교환을 나눈다. 넋 놓던 자원봉사자 중 한 명이 인형 탈에 자발적으로 물을 가져다준다.

다른 예가 무엇이 있을까.

신체검사에서 정상 판정을 받고 군대에 현역 입소하는 훈련병들 말고, 상근예비역이라는 이름으로 소집되는 훈련병들이 있다. 이들은 일정 기간 현역 복무를 하고, 예비역에 편입된 뒤에 자신의 주거지 인근에서 출퇴근하며 복무한다. 흔히 '공익'이라 부르는 사회복무요원과는 다른 제도이다. (자세한 규정은 정확히 기억나지 않는다. 아무튼, 이들은 훈련 끝나면 몇 개월 부대에서 생활하다가, 집에서 출퇴근한다.) 고졸이거나 자녀를 양육하고 있는 이들 중에 상근예비역에 선발되는 경우도 있고, 징역 6개월 미만의 실형이나 징역 1년 이하의 집행유예를 받은, 신체검사에서 1급을 받은 건장한 수형자도 선발된다.

간혹, 아마도 같은 동네 선후배거나 아는 사이인 것으로 보이는, 수형자 여러 명, 말하자면 서로 친한 '어깨'들이 이 한 번에 한 기수로 입소하는 경우가 있다. 그 기수의 다른 훈련병들은 긴장한다. 초장부터 분위기가 쏠린다. 다들 주시한다. 조교들도 긴장한다. 명분 없이 트집을 잡아 일부러 기를 죽이려는 것도 좋은 방법이 아니고, 그렇다고, 자연스레 서열이 생기고 여유를 부리게 놔두면서, 다른 훈련병들이 그걸 보고 훈련과정을 건성으로 보도록 그냥 넘어가기도 쉽지가 않다.

제일 덩치가 크고 험상궂은, 혹은 꼭 그렇지 않더라도 제일 꼭대기로 보이는 훈련병에게, 가장 덩치가 작고 뽀얀 피부의 얌전하게 생긴(보통은 짬밥과 반비례) 조교가 다가가, 신발 끈을 제대로 묶으라고 말한다. 묶는 법을 담담하게 정확하게 설명해준다. (군대에서는, 원칙적으로 신발 끈 묶는 법이 정해져 있고, 이건 듣지 않고는 절대 모른다. 보통은 군대 있으면서 그걸 일부러 트집 잡지 않고는 그냥 지나치기 십상이다. 하지만, 훈련소에서는 6주 내내 그런 사소한 트집거리를 가르친다.)

자기보다 쪼그만 조교가, 자기 신발 뒤꿈치에 발끝을 대고, '이 발부터 다시 묶어보라.'고 말하는데, 거기다 대고 방어적이거나 뾰족한 눈매를 계속하고 있기엔, 조교가 알려주는 신발 끈 묶는 법은 그리 어렵지도 않고, 시키는 대로 하지 않기엔 딱히 기분 나쁠 구석이 없다. 몸을 슬그머니 숙여 시킨 대로 하려고 움직이면, 쪼그만 조교가, 어디 어떻게 잘하고 있는지 한번 보자는 듯, 그 훈련병의 상의 깃을 살짝 뒤로 당긴다.

그 훈련병은 벌러덩 자빠진다. 속된 말로 와사바리, 혹은 모두 걸이를 걸어서 넘어뜨린 것이다. 사실 딱 그럴 수 있을 타이밍에 확 낚아채는 거지만, '어디 봐봐.'라고 친절히 말하다가 넘어진 훈련병을 보며 '어~?' 라고 되물으면, 넘어진 이도, 자기가 쉽게 자빠진 것처럼 느낀다. 조교는 어이없다는 듯, "어? ~ 왜 이래, 이거? 어지러?" 라며 일으켜 세운다. "똑바로 안 서?" 하며 엉덩이를 툭툭 털어준다. 이목이 쏠린다. 누가 봐도 얼굴이 연탄 같은 조교가 큰 목소리로, 넘어진 훈련병과 친해 보이는, 바로 옆의 훈련병에게 쏘아붙인다. "웃겨? 넌 니 동기가 자빠진 게 웃겨?" 넘어진 훈련병은 자기를 변호해주는 조교들에게 고마움을 느끼는 동시에, 케어받는 기분이 드는 건지, 아니면 뭐가 기분이 나쁜지 정확하게 모른 채로 일어선다. 그때 다른 조교가 그에게 한 마디 덧붙인다. "야, 빨리 안 일어나?"

복잡하면서 뭐가 뭔지 모를 이 과정의 요지는 이렇다. 일관적이지 않게 대하면서, 상황은 주도하는 것. 그리고, 상대의 신체를 그의 통제 밖에 두는 것. 기분이나 의도가 파악이 안 되게 해서 다소 불안하게 만드는 것. 지난 세기말의 훈련소 조교들의 교수법이라는 건 대충 이런 식으로 전수되고 이뤄졌다. 속된 말로, 그냥 야지나 주고 소리 지르고 윽박지르는 건 별 효과가 없다. 무서움을 느끼게 만드는 건 약효가 금방 사그라든다. 차라리 나를 전혀 존중하지 않는다손 치더라도, 그들에게 짜증과 귀찮음을 유발하는 이로 인식되는 것이 더 낫다.

남자 고등학교의 세계사 선생님의 경우는 이렇다.
그는, 학교 내의 반항기와 피지컬과 충만한 에너지와 그것들을 통해 쌓은 이력이 화려한, 그의 말에 따르면 '진짜 꼴통'들을 일부러 상대해주는 것에 취미가 있었다. 그 선생님은 졸업한 지 한참 된, 우리도 이름과 생김새와 요즘 입고 다니는 옷과 드나드는 곳을 잘 아는 '꼴통 형들'과 막역한 사이를 유지했다. 우리가 학교에 있을 때에도, 책상을 뒤엎는 것으로 포문이 열리는, '꼴통들의 화려한 이벤트'가 시작되면, 이야길 들어줄 테니 따라오라고 말하고, 덤빌 듯 다가서는 그 학생과 우리 눈에 보이지 않는 곳으로 사라졌다. 우린 급격히 관심이 사라졌고, 어찌어찌 일은 일단락되곤 했다. 우리끼리는, 그때마다 선생님은 골목으로 가서 무릎을 꿇고 빌거나 담배를 주거나 용돈을 삥뜯기고 돌아온 것이 아닐까 수군댔다. 선생님은 나중에 이런 말을 해주었다. 나는 대학에 가서야, 그것이 커뮤니케이션의 요체라는 걸 알았다.

"걔들한테 더 소리 지르고 더 소란스럽게 만들고,
몽둥이 들고 욕하고,
전교생이 다 모여들게 만들면, 걔들은 더 신나.
그게 지가 하고 싶은 건데.
나랑 둘이 있으면, 그냥 담배 한 대 물려 주고
하고 싶은 말 몇 마디 들어주면 끝나."

전국구 브로드캐스팅을 하고 싶은 것을, 담소를 나누는 상황으로 바꾸는 것이다. 거리와 사이즈 조절. 그리고 의외의 경청.

그와 비슷하지만, 양상은 다른 또 다른 쉬운 예.
능력과 출신은 남보다 뛰어나다고 평가받고, 자존심은 세고, 자존감은 낮아 가끔 방어적인 사원이 있다. 상사는 예민하고 불안이 크고, 그래서 꼼꼼하고 괴팍하다고 정평이 나 있다. 사원이 느끼기에 상사가 취할 수 있는 최악의 수, 그렇지만, 상사가 못마땅하게 여기는 그 사원에게 가할 수 있는 가장 치명적이고 효과적인 공격은, 1:1로 말해야 할 것 같은 대화를, 관중들 앞에서 큰 목소리로 하는 것이다.

예를 들면,

"야, 너, 어제 00한테, 내가 시킨 업무가 방법도 이상하고 효과
도 없을 거라고 말했다며? 나한테 할 얘길 나한테 말하는 게
어렵니? 아님, 일이 버겁다고 미리 말했으면 내가 그 일을 너
혼자 하라고 했겠어? 말을 했으면 내가 못 들은 척하니? "

사실, 그가 하는 말이야말로, 사원을 불러다 1:1로 말하면 되
는 일이다. 그는, 그가 책잡는 그 사원이 저지르는 잘못이라면
서 자신이 뭐라고 하는, 바로 그 방식으로 그 사원을 혼낸다.
여러 사람 앞에서. 개선을 바라는 게 아니다. 창피를 주는 것이
목적이다. 왜냐하면, 그는 그 사원의 커뮤니케이션 방식이나
일하는 태도를 문제 삼거나 걱정하는 것이 아니라, 그냥 그 사
원이 맘에 들지 않기 때문이다. 목적에 정확히 부합한다. 효과
는 즉각적이다. 완벽한 커뮤니케이션이 아닐 수 없다.

비언어적인 것들도 커뮤니케이션에 중요한 역할을 한다.
자신의 페르소나를 어떻게 만들 것인지, 혹은 다른 말로 개인
을 어떻게 브랜딩할 것인지를 고민하게 되면 이것을 무시할
수 없다. 먹고 마시고 입고 즐기는 모든 것이 나를 표현하는 메
시지가 된다. 특정 행동이 도움이 될 때도 있다. 싸움을 걸고
따지려고, 하지만 억지 주장을 펼치며 변호사까지 대동하여
나타난 난감한 상대에게 불려 나간 까페에서, 앉자마자 취하

는 행동. 만년필과 손바닥만 한 꾸깃꾸깃한 노트를 꺼내고, 녹음기를 켜고, 굳이 손목에 차고 나간 빈티지 손목시계를 끌러 테이블 위에 얹어놓고, 테이블 위에 얹은 두 손의 손가락 전체를 가지런히 맞대고 5초씩 번갈아 가며 맞은 편에 앉은 사람의 눈을 쳐다보는 것도, 일종의 '전하는 말씀'이 될 수 있다.

위의 상황에서, 내 친구 G가 실제로 그러고 앉아있었다. 일은 쉽게 풀렸다. 상대방이 데리고 나온 변호사는 상대방이 격양된 목소리로 따질 때마다, 그러니까 개소리를 할 때마다 '방금 그건 협박이에요', '모욕이에요.' 등의 말로 그의 말을 제지하고, 그날의 대화가 빨리 끝난 뒤, 그의 명함을 G에게 주며 필요한 일이 있으면 연락을 달라고 했다. 뭐, 물론, 애초에 그 상대가 터무니없긴 했다. 하지만, 아무튼 그날의 G의 바이브는 아주 그냥 스웩이 넘쳐 기억에 오래 남는다.

다짜고짜 장소 섭외가 필요할 때, 혹은 촬영 시 인근의 민원을 해결할 때, 내가 그걸 절대로 즐기지 않지만, 꽤 높은 성공률을 득할 수 있던 건, 뭔가를 찍을 때 입는, 지나가는 누군가가 보기에, '여기서 뭔가 찍는가 보다.'라고 생각할 그놈의 카고바지와 에어 맥스나 등산화를 벗어젖히고, 깔끔한 슬랙스(슬림핏에 복숭아뼈가 보이는 페이크 삭스 말고! 절대!)에 셔츠로 갈아입고 모자를 벗고 눈곱을 떼고 세수를 하고 로션을 바르고 그곳에 가서, 무릎을 살짝 굽히고 허리를 숙여 눈높이를 맞추고 또박또박 천천히 문장을 완벽하게 말하되, 상대가 말을 시작하면 즉시 말을 멈추는 것에서 비롯되었다고 확신한다.

'촬영 중인 우리'에서 벗어나 보면 상식인 것이, 그 안에 있으면 안 보인다. 촬영이 중요한 건 촬영하는 우리뿐이다. 그런 상황에 처했을 땐, 심정적으로 약간 유체이탈을 해서 제3자적인 위치에 있는 것이 도움도 되는데, 그렇게 유체이탈을 하여 전지적 시점으로 그 상황을 내려다보면서, 나는 내가 앞서 말한 그런 태도를 유지하고 있는지 아닌지를 의도적으로 계속 의식했다.

어쩌면, 이런 게 소위 '커뮤니케이션 스킬'이라 불리는 것들일 테다. (내 생각엔 그렇단 말이다. 커뮤니케이션 전문가들과 커뮤니케이션에 관한 여러 통찰에 딴지를 걸고 싶은 것은 아니다) 그냥 내가 느끼기엔 그렇다. 단지 느낌이 어떻다는 둥 말을 이어가지 말라고 할 수도 있으니, 내 '느낌'에, 그게 그럼 도대체 '무엇' 같은지를 말해보는 것이 좋겠다.

'종합 능력치 1위' 캐릭터의 특기

코에이라는 게임 회사의 대표작은 누가 뭐래도 '삼국지'다.
이 게임의 묘미는, 500~600명쯤 되는 중국의 삼국시대에 실존했던 인물들이 등장한다는 점이다. 각 인물은, 100점이 만점인 여러 분야에서 각기 다른 능력치를 달고 이 게임에서 활약한다. 예를 들면, 여포는 '무력'이 100인 반면 '지력'은 20을 넘지 못하거나, 제갈량은 '지력'이 100인 반면 '무력'은 참담하다. 유비는 '매력'이 100이다. 전체적으로 참담한 능력치를 지닌 인물도 있고, 특정 요소가 최상위인 인물도 있고, 골고루 적당한 만능형 인재도 있다.

이미 13편까지 출시된 이 게임이 요즘은 망조에 이르렀다는 것은 논외로 하고, 1편이 나온 지 35년(!)이 넘은 이 유서 깊은 게임을 통틀어서, 각 능력치의 총합이 가장 높은, '종합 능력치 1위'를 단 한 번도 놓치지 않은 인물이 있으니, 그것이 바로 '조조'다. 그리고, 이 게임은, 11편부터는, 각 인물에게 능력치뿐만 아니라 고유한 특기도 하나씩 부여했는데, 게임 역사상 능력치 올타임 넘버원의 조조에게 부여된 것은 '허실'이라는 특기다.

게임에 관해 설명하고 싶은 생각은 없으니 안심하시라. 그 '허실'이라는 단어에 대해 말하고 싶다. 대충 내가 알기론, 손자병법 '허실' 편에 나오는 개념이다. 조조는 평생 전쟁을 벌이면서도 남는 시간에 손자병법에 친히 주석까지 다는 고급 취미를 가졌는데, 그 또한 실제 전투에서 허실, 다른 말로 '허허실실' 전법을 즐겨 사용했다. 나관중이 쓴 '삼국지연의'에서는, 특히

나 조조의 이 '허실'에 관한 일화들이 강조된다.

(역사서로서의 가치를 평가받는 '정사 삼국지' 나, 다른 유명한 삼국지 판본들, 예를 들면 진나라의 입장으로 쓰인 정사 삼국지의 허점을 보완하는 시각이라고 일컬어지는 '배송지 주'나 하다못해 황석영, 정비석, 이문열의 삼국지의 미묘한 차이 등등…. 그리고 견과류나 육포에 비견될 만한 안주, '삼국지연의에 적힌 유명한 내용 중 대표적인 허구' 등에 대해서는 따로 따지지 않겠다. 뭐야, 삼국지 덕후인 거 같네. 아니라고 하면 지인들이 웃겠지만….)

'허허실실'은, 〈'허'를 찌르고 '실'을 꾀하는 계책으로 싸우는 모양을 이르는 말〉 이다. (라고 구글을 쳐보니 나온다.)

쉽게 말하자면, 구라를 쳐서 목적을 이룬다. 달리 말하자면 그런 척한다. 그럼 그냥 '뻥카'나 '블러핑'을 말하는 거 아닌가? 아니면 좀 고차원적이라 느껴지게 말해보면, 자기 연출? 허실은 그것들과 비슷하지만 좀 다른 구석이 있다.

조조가 덕질하던 '허실'은 '허장성세'랑은 다르다. 그는 상대방을 파악하고, 분석해서, 그의 행동이나 패턴을 예측해서, 그것이 작동하게 만든 뒤에, 그 예측대로 자신이 마련한 계획에 상대가 자발적으로 일조하게 만든다. 그러니, 뻥카를 날려놓고 반응을 살핀다거나, 기세를 이용해 자신의 취약함을 숨기고 반대로 상대를 위축되게 만드는 것에서 더 나아가, 일종의 커뮤니케이션 스킬까지 동원하여 계획 전 단계에서부터 '허실'을 적극적으로 활용한다. 요즘 말로 하면, '심리 조종'까지도 포함된 넓은 범위의 계책인 것이다.

예를 들어보자.

조조는 평생 편두통이 심했다. 그와 동시에 암살의 위협에 늘 불안해했다. 그는, 언젠가부터 측근들에게, 자신이 편두통이 심해 잠 못 드는 날이면, 가끔 잠이 깨지 않은 상태로 난폭한 행동을 하기도 하니 조심하라고 말하기 시작했다. 그리고, 그는 어느 날, 자신의 침실 앞을 지키는 호위무사를 직접 뽑아놓고, 밤에 자다 일어나 칼로 베어 죽였다. 그리고, 울며 미안해하며 장례를 성대하게 치러주었다. 그의, 소위 '몽유병'을 진심으로 믿은 이도 있을 것이고, 그렇지 않은 이도 있을 것이다. 확실한 것은, 그 이후로 누구도 조조의 침소 근처에 얼씬하지 않았다. 그 뒤로 잠을 좀 편하게 잤으려나?

다른 예로, 원소와 치른 그 유명한 '관도대전'도 크게 보면 허허실실이다. (저명하신 삼국지 덕후 선생님들의 지적이 있을 수 있겠으나, 정중히 거절….) 간략히 설명하자면, 원소에 비해 병사들의 수나 나라의 규모나 대외적인 인지도에서 당시로는 비교할 수 없을 만큼 열세에 있던 조조가, 원소가 대군을 이

끌고 남하하면 반드시 요충지인 '관도'에 모든 병력을 쏟아부을 것을 알면서도, 바로 그곳으로 나아가서 정면으로 맞선다. 죽자고 그곳을 지키면서, 자신의 모든 병력으로 원소에게 맞서도, 결국 처참하게 초토화되는 건 시간문제일 뿐이라 여겨지는 모습이 대륙의 모두에게 낱낱이 까발려진다.

원소는 모든 물량을 쏟아부어 정면승부를 하다 장렬히 산화하리라 마음먹은 조조를 신나게 두들겨 댄다. 조조는 그러면서, 뒤로는 온갖 미세한 상황들에 신경을 곤두세우고 있다가, 아주 사소한 균열을 찾아내고, 집요하게 물고 늘어진다. 결론적으로, 누구 하나의 배신으로 원소의 군대가 먹을 쌀이 한 데 쌓여있는 곳을 찾아내 모조리 불태우고, 원소의 군대를 그야말로 말려 죽인다.

미니멀리스트의 삼국지 강의라도 런칭하려는 건 아니니 슬슬 마무리하자. 정 반대의 예를 들어야 마무리가 된다. 조금만 참아주시고...

조조의 가장 뼈아픈 패배의 장면에서, 조조는 자기 꾀에 자기가 넘어간다. '적벽대전'에서 대패한 후, 겨우 살아남은 조조가 이런 두뇌 회전을 하는 것을 볼 수 있다. 대로변과 좁은 숲길이 있다. 좁은 숲길 주변에는 병사를 매복시키기 딱 좋다. 누가 봐도 좁은 숲길이 더 위험하다.

조조는 이렇게 생각한다.

"제갈량이라면, 대로변과 매복이 쉬운 산길 중에,
좁은 숲길에 병사를 숨겨두었을 거다."

그의 수하들은 이렇게 생각한다.

"아니, 당연히 제갈량 정도의 책략가라면
허허실실의 전법을 써서,
오히려 누가 봐도 사방이 탁 트여 매복이 쉽지 않아 보이는
대로변에 병사를 숨겨두지 않았겠습니까? "

"너흰 하나는 알고 둘은 모르는구나.
제갈량은, 나 조조가 허허실실의 대가라는 것을 알고 있다.
그러니, 자신이 그렇게 허허실실의 전략으로
대로변에 병사를 매복하면 그것마저 알아챌 것을 예측해서,
오히려 당연히 하수들이나 하는 계책으로
내 허를 찔러 나를 잡으려 하겠지."

제갈량도 조조 못잖게 그런 쪽에 머리 굴리는 걸 좋아한다.

"조조가 그렇게 생각할 테니, 대로변에 매복해라."

몇 번이나 이 짓이 계속되었는지, 그리고 누가 누구의 예측을 벗어났는지 기억이 잘 안 난다. 아무튼, 몇 번이나 죽을 고비를 넘기면서도, 겨우 매복을 빠져나온 조조는 호탕하게 웃으며

"제갈량도 별거 아니군.
바로 여기에 병사 몇십 명만 숨겨놓았어도
이 조조를 당장 잡을 수 있었을 텐데!"

라고 여유를 부린다. 그 여유 부리는 목소리가 채 끝나기 전에 바로 거기에 매복하던 병사들이 조조를 잡으려 든다. 이 짓도 몇 번 반복되었던지 잘 기억이 나지 않는다. 하이라이트는 마지막에 등장한다.

그 대단한 조조가, 평소 흠모하여, 유비의 의형제로서 절대 유비를 배신하지 않을 것이 확실한 관우를 구워삶고 감동을 주어 자신의 수하로 부리기 위해 얼마나 애를 썼는지는 이미 잘 알려져 있다. 일전에 조조가 관우를 포로로 잡았을 때, 조조는 관우에게 파격적인 대우를 해주었으며, 심지어 유비의 생사를 알지 못하던 관우가 유비의 소식을 들으면 바로 조조를 떠나겠다는 망언을 하는데도 그것을 허락해주었다. 둘의 브로맨스는 애틋하기가 이를 데가 없다.

그런데, 그 관우가, 화용도라는 곳, 조조가 절대로 도망칠 수 없는 마지막 길목에서 조조를 기다리고 있었다. 조조는 이제 야말로 정말 죽은 목숨이라 생각했다. 허허실실은 통할 리 없다. 조조는 넙다 엎드려 울며 목숨을 구걸한다. 관우는 조조가 그런 꼴을 보이는 것이 맘이 도저히 편하지 않다.

이 하이라이트의 주인공은 조조도, 관우가 아니다. 제갈량은 조조와 이번 전투를 치를 때, 관우를 제외시켰다. 그러니까, 라인업에서 뺐다. 후보로도 기용하지 않았다. 관우는 빠졌다.

> '능력치 최고인 내가 게임을 못 뛰어?
> 내가 유비 형님 동생인데,
> 어디서 굴러먹던 서생이 감독을 맡더니, 나를 빼? '

제갈량은 관우에게, 자신의 계략에 따르면 조조는 반드시 만신창이가 되어 화용도에 이를 것인데, 그곳에서 반드시 조조를 죽여야 한다고 한다. 그런데, 관우는 조조에게서 입은 은혜가 있으니, 아무래도 이번 전투에서 객관성을 지키기 힘들 것이라 말한다.

제갈량은, 그 말을 듣고 빠친 관우에게 이렇게 덧붙인다. 관우가 사심에 흔들리는 사람이라 여겨 그런 것이 아니라, 관우야 말로 의리를 지키고 은혜를 갚는 것에는 절대 타협이 없는 사람임을 세상 모두가 알고 자기 또한 그것을 너무나 잘 알기에 그렇다고, 그것을 타협하게 만들고 싶지 않다고 말한다.

그러니까, '너 조조한테 진 빚을 갚아야 하는데, 이번에 너의 그 원칙을 깨게 만드는 건 내가 참 슬퍼. 그러니까 다른 데서 다른 애랑 싸워서 공을 세우고, 이번엔 빠지자. 어차피 조조는 이번이 마지막이니까, 앞으로 난처한 상황은 없을 거야.'라는 소리다. 관우가 어떤 사람인가? 프라이드가 하늘을 뚫는 자 다. 도발에는 반드시 응한다. 관우는 냉큼 이렇게 맹세한다.

"내가 화용도에 도착한 조조를 못 죽이면,
돌아와 목을 내놓겠다."

군령장에 서명하고 싸인까지 한다.

어떻게 되었는지는 이미 스포일러가 널리 퍼져있다. 관우는 눈을 질끈 감으며 길을 터 준다. 조조는 줄행랑을 친다. 관우 는 다시 돌아온다. 제갈량은 버선발로 뛰쳐나가 관우 님이 가 장 큰 공을 세우고 돌아오는 길이니, 풍악을 울리라며 설레발 을 치는 연기까지 하며 관우를 쳐다본다. 관우가 자기 목을 내 놓고 사죄한다. 제갈량이 엄한 표정을 짓는 동시에 통탄해 마 지않는다. 그 나라 왕인 유비가 나서서 관우를 제발 살려달라 고 쇼를 한다.

제갈량은 관우한테 '허실'을 썼다. 그 뒤로, 최고참 관우는 굴러들어 온 낙하산 제갈량 말에 절대복종한다. 관우가 조조 같은 '허실빠'였으면 이야기가 사뭇 달라졌으리라.

> "네가 이럴 테니 내가 이러자고 하면
> 그걸 예상해서 너는 이렇게 할 테니
> 그럼 난 처음부터 저렇게 해야지."

이 끝없는 무한반복.

이러거나 저러거나 결과는 정해져 있는데, 그 안에서 무수한 판단과 의미가 중첩된다.

뭐 어쩌라고. 누가 알아. 누가 그걸 다 알아채.

재수강 : 말하기 듣기

말하기의 경우, 나는 돌려 말하지 않는 법을 배웠다. 아마 상담의 결과인 것 같다. 돌려 말하지 않는 것이, 무례하거나 잘못일 경우가 아닐 수도 있다. 그건 맞는 말이지만, 커뮤니케이션 전공자로서 어찌! 뉘앙스와 비유와 은유와 암시도 없이! 나오는 대로 나불대나! 대체 어떤 식으로 말해야 할지 망설여지는 건 당연지사.

'실수하면 어떡하지? '
'차라리 말 안 하느니만 못한 것 아닐까? '

하지만 여태 그래왔고, 그것이 문제라 느껴진다면 바뀌어야 했다. 그러니 연습이 필요했다. 내 입장만을 생각해서 뭔가 돌려 말하지 않고 솔직한 심정을 그대로 말해버리고 난 후에, 그런 걱정을 타파하기 위해 이렇게 덧붙여 말하는 것이 도움이 되었다.

"내가 그렇게 말하면서 내가 느끼는 진짜 감정은 00인데, 내가 그걸 그렇게 표현한 것 같아."

"내가 그렇게 말한 이유는, 사실 00가 맘에 걸려서 그걸 지적하고 싶었던 것 같아.“

그렇게 말을 하고 나면, 내가 소위 '허실'을 쓰지 않고, 그렇다고 무작정 솔직해지는 것을 목표로 삼아 '대화'가 아니라 '발언'을 쏟아내는 것이 아니라면, 그러니까 적절하게 허심탄회하면, 내 말은 받아들여졌다. 상대가 들어주고 그에 대해 대답한다는 것이 느껴졌다.

서로의 말을 하는 것이 아니라, 서로의 기분과 메시지를 듣고
그에 대해 생각한 바를 말하는 것. 그러니까, 진짜 대화.

듣기의 경우, 말하기를 다시 연습하면서, 누가 내게 무엇인가
를 말하면, 그 누군가의 말을 들을 때 이런 생각이 들게 되었
다.

> "저 사람이 저런 말을 저렇게 내게 해버리기까지,
> 내가 그러는 것처럼 용기를 내야 했을 수도 있겠지.
> 기분이 나쁠 것이 아니라,
> 저 사람의 말이 어떤 저의가 있다고 생각하지도,
> 나를 지레짐작한 결과만으로
> 함부로 말한다고 생각하지도 말고,
> 그냥 곧이곧대로 들어보자."

우린 조조나 제갈량이 아니다. 설령, 허허실실의 대가들이 어
마어마한 고찰의 결과로 펼쳐내는 대전략의 과정이 너무나 처
절하여,

> '대로변과 숲길 중에 어디에 매복이 있으리라
> 네가 생각한 것을
> 내가 어디까지 예상해서 내가 이렇게 준비해놓으면

넌 이렇게까지 생각한 나를 또 판단한 뒤에 그걸 뒤집어서 내게 이렇게 하려고 하는 바로 그것을 내가 예상한 결과로 결국 이렇게 하면 넌 이럴 수밖에 없어….'

이렇듯 생각에 생각을 거듭하는 이 고통의 무간지옥은, 사실, 존재하지 않는 짓이다.

결국 '그냥 그렇게 말해버린 것'처럼 들리는 게 있으면, 그건 그냥, 지금 내 귀에 들리는 그대로일 뿐이다.

그러니 그냥 들리는 것만, 그대로 듣는다.

커뮤니케이션 전공자의 심리상담 결과

상담 초창기에, 상담 선생님이 내게 해준 중요한 두 가지 말이 있다. 첫 번째는 이것이다.

"00 씨는, '부정적인 것'에 대한 견해가
극도로 부정적이에요."

잘못되면 어떤가. 안 좋은 건 안 좋은 것이다. 좋게 만들려고 할 필요가 없을 때도 있다. 아프면 아픈 거다. 슬프면 슬픈 거다. 힘들면 힘든 거다. 그때 느낄 수 있는 것이 있는데, 그것이 부정적이라고 하여 그것을 느끼지 않으려고 하는 것이 더 문제다. 그건, 극복이 아니라 회피다. 왜곡이다. 말하고 듣는 것에 이것을 적용해보니, 해야 할 말은 차분하게 제대로 말하고, 들어야 할 말은 잠자코 듣는 것이 조금은 익숙해졌다.

두 번째는 이렇다.

"OO 씨는, 아무도 못 빠져나올 미로를 짓는데 전문가예요.
대화가 조금만 틀어져도, 대답 못 할 질문들로 미로에 빠뜨리고, 미로를 점점 크게 만들어요.
누군가에게 '내 생각을 어디 한번 말해봐?'란 심정으로
진심을 다해서 전하고 싶을 때,
말하고자 하는 유일한 게 있다면 바로 그걸 거예요.
'자, 생각 없이 말하는 사람아. 여기 내 생각의 미로가 있다.'
혼자 한꺼번에 계속 생각을 이어가서,
그 과정 전체를 그냥 상대방에게 던져요.
미로에 들어와 볼래?
네 생각엔 쉬운 해법이 있다는 거지?
그게 아니면 어쩔래?
판단과 이해가 다 끝났다고 생각해서 나한테 가르치는 거지?
내가 미궁에 빠뜨려볼까?"

얼굴이 화끈거릴 만큼 부끄러웠다. 선생님은 말을 이었다.

"그런데, 사실, 그거 전부
OO 씨 머릿속에서 일어나는 일이에요.
실제론 그런 거 없어요.
사람들 별생각 없이 행동하고 말해요."

사람들은 그렇게까지 생각하지 않는다니... 나는 그 말을 듣고
소스라쳤다. 처음에는, 상담 선생님이 그렇게 말하는 것이, 마
치 인류 전체에 대한 멸시라고 느껴졌다.

"곱씹으면서 상처받거나
앙갚음하고 싶은 분노가 일어나는 사람은,
항상 거기에 뭔가 의도나 생각이 있어서
그렇다고 생각하는 OO 씨 같은 쪽이에요.
안 그래도 돼요."

'아니, 생각 없다는 소릴 듣고 기분 좋을 사람이 누가 있어? '
'실제로 생각 없이 말하고 행동해도,
그걸 그렇다고 하거나 그래도 된다고 하면 안 되는 거 아냐? '

그런데, 내가 이상하다는 걸 처음엔 도저히 인정 못 하다가, '
허실'에 관해 생각하게 되었다. 제갈량과 조조가, 평범한 건 아

니잖아. 비범하다는 말은 아니고, (그게 비범한 거라고 생각하는 것이, 여태까지 나의 '생각 없음에 대한 부정적 견해'를 강화해준 것이란 생각이 들었다) 이상한 거지. 걔네가. 하지만, 처음엔 아무리 곱씹어도 선생님이 한 말은 납득하기 어려웠다.

'대부분은 OO 씨처럼 그렇게까지 생각하지 않아요.
달리 말하면, 판단이 그렇게 빠르지 않아요.
판단이 빠르다는 게 칭찬은 아닌 것 같지 않아요?'

판단이 빠른 게 칭찬이 아니라니! 정말, 보이고 들리는 게, 정말 저렇게 허점투성이거나 무례하거나 모자란, 그냥 있는 그대로라니! 의도를 가지고 일부러 그런 게 아니고 정말 그런 거라고? 나의 저런 생각들이 문제라는 걸 진지하게 인정하는 것이 사실은 좀 힘든 일이었다. 하지만, 천천히 시간을 들여 받아들였다.

그래서, 이제 거절도 조금은 쉬워졌고, 칭찬도 격려도 위로도 조금은 쉬워졌다. 걱정은 줄고, 지적은 아프지 않다. 판단은 천천히 하려고 한다. 유보가 아니라. 회피가 아니라. 천천히.

더 저의가 없고 싶다. 더 저의를 모르고 싶다. 더 나아가, 서로의 마음과 생각을 주고받는 것에 있어서는, 경쟁이나 승패나 비교나 우위가 끼어들지 않기를 원한다.

처한 상황에 대해 스스로를 피해자의 위치에 놓는 태도를 버리기. 자책 않기, 후회라 부를 변명하지 않기, 잘 맺고 잘 끊기. 실망도 기대도 없이, 제대로 영향을 주고받기. 각자의 각기 다른 적정거리를 이해하기. 무엇보다, 잘 듣기와 잘 말하기.

차라리 순진무구하면, 아님, 그냥 생각이 단순하면 계략에 걸리지 않을까. 이런 발상이 현실감각이 없다고 말하는 이들은, 그런 무구한 애송이가 곧 발이 걸려 넘어질 것이라 말한다. 누가 발을 걸었는지조차 신경 쓰지 않는 이에게 그 말이 무슨 소용인가.

넘어져도 안 아프고, 툭툭 털고 일어나면서 웃는 이에게, 넘어져 있는 자신에게 뻗은 누군가의 손을 잡고 겨우 일어나도 쪽 팔리지 않고, 그저 진심으로 고마워하는 이에게, 누군가는 야망도 속도 없는 덜떨어진 인간이라 말할지도 모른다. 짐짓 진심으로 위험천만한 세상 어찌 살아나갈 거냐고 혀를 찰지도 모른다.

그런 이들에게 하고 싶은 말이 있다. 돌려 말할 필요 없고 저의도 없는 간단한 말이다. 걱정스럽다는 말 말고, 그냥 넘어진 사람에게 손을 빌려주는 건 어떤가? 그냥 궁금해서 하는 말이다. (비꼬고 싶은 저의를 숨길 수 없다…. 고 여기 적어야만 여태 내가 한 말을 지키는 게 된다. 제기랄)

그냥, 진짜로 말하고 진짜로 들으면 좋겠다. 진정성도 아니고, 진심도 아니고, 그냥 있는 그대로. 우린 그렇게 말할 수도, 들을 수도 있다고 생각하는 것이 듣는 이도 존중하고, 말하는 이도 존중하는 것 아닐까. 뭐 난 그렇게 생각한다. 우린 그럴 수 있다고 믿는다. 단순하게. 그게 자연스러워서.

만약 그렇더라도

지금, 여기에서 내가 존중과 신뢰를 보이지 못했거나, 미처 제대로 듣지 못하고 제대로 말하지 못했을 수도 있다. 그럼 그런 것이다. 그가 제대로 헤아려준다면 좋은 일이고, 그게 안 되어 각자의 길을 가더라도 나쁘지 않다. 돌이켜질 일은 돌이켜질 것이다. 영원불멸의 불가역적인 상태란 없다고 생각한다. 그러니 반드시 지키려 애쓰는 것보다, 잘 듣고 잘 말하는 것이 더 낫다.

존중하며 말하고 들어도 끝내 헤아려지지 않는 타인이 있다면 어떻게 할까. 내가 그에게 존중받지 못할 타인일 수도 있고, 그가 내게 그런 타인일 수도 있다.

나와 그는, 지금, 여기에서 서로 존중할 수 없는 것이다. 그렇다면 그런 것이다. 함께 있지 않아도 된다. 다른 곳, 다른 때에, 달라진 나와 그가 만날 수도 있고 그렇지 않을 수도 있다. 지금이 마지막일지도 모른다. 서로가 충분히 헤아리며 존중하는 사이라도 그럴 수 있다. 그럼 그런 것이다.

그러니 각자의 모든 '지금, 여기'가 중요하다.
얼마나 비우고 내줄 것인지는 우리 각자의 몫이다.

읽기, 쓰기. 그 중 '일단 쓰기'의 경우

- feat. 불렛저널 / 아티스트 웨이

사례 연구

부록, 혹은 덤으로 짧은 두 가지 에피소드를 공개한다.

먼저, 시행착오 사례.
이름하여, 〈영혼의 방들을 위한 미장센, 2019〉

(예전 글에서, 나의 강박이 점점 커진 사례로 들었던 그 메모. 다음 페이지부터, 4페이지에 걸쳐, 2019년도의 다이어리 219~220p에 적어놓은 것을 아무런 수정 없이 그대로 옮긴다. 진지하게 읽을 필요 전혀 없다. 그냥 대충 건성으로 읽고 지나가길 권한다. 뭔 말인지 못 알아들어도 걱정 마시라. 알아듣는 게 더 이상하다.)

< 영혼의 방들을 위한 미장센 >

(메모를 따로 하고, 이 페이지에는 확정된 개념만을 기재할 것)

공간은 세밀하게 분리되어야 한다.

각 공간과 거기에 놓인 물건은 창조하고자 하는 영역별로 나뉜다.
놓일 물건에 대한 기준은, 시각적 자극의 요구와 접근성에 따른다.

ex) 집필 / 명상 / 인풋 / 아웃풋 / 인풋과 아웃풋의 경계 (gray zone)
*　　/ 고립 후 훈련 -> '아웃풋'에 쪽에 어울림*
*　　/ 느슨한 접촉과 휴식 -> '인풋' or '경계' 영역에 어울림*

- 책상 위에는 의도적 여백이 있어야 한다.
  될 수 있는 한, 만약 가능하다면 텅 빈 것이 좋다.
- 모든 공간은, 올바른 자세 유지를 위한
  최선의 지원을 기본으로 한다.
- 같은 기능과 용도의 물건, 소품이라 할지라도,
  각 공간에 어울리는 일관된 군으로 구별한다.
- 그 기준은 항상 새로이 감각하여 스스로 예리하게 만들고,
  반드시 스스로를 논리로 설명 시켜 납득시킨 후 배치한다.
- 이동 가능한 물건들은 (쿠션, 트레이 등) 사용 후,
  '고정 스팟'에 안착시킨다.

-> 시각적 자극 요소 배치를 위함 + 불필요한 자극을 배제하기 위함

-> 사용을 위해 가지고 오는 과정을 제의적 루틴으로 정착시키고

  재미로 즐길 것. (의식화 / 양식화할 것)

- 모든 동선과 행위는 구분되며, 섞이지 않는다.

- 동선과 행위가 섞일 경우, 행위 완료 후 다시 구분 짓는다.

ex) / 침실에서 TV를 볼 경우 -> 침구는 사용하지 않는다.

       쿠션을 괘고 or 빈 백에 기대어

   / 노트북을 책상 이외의 곳으로 옮겨 유튜브나 영화를 볼 경우,

     외부로 가지고 갈 경우,

       -> 이때, 전원 케이블은 이동시키지 않는다.

       -> 몇 시간 이내로 행위를 한정, 시간에 집중하려는 의도.

효과 및 느낌

'작업실'

- 같은 수납 선반, 행거, 걸이, 찻잔 등이라 할지라도,

  DIY를 통해 뭔가 창조적 개입을 한 것들만 둔다.

- 이 공간은, 물건의 완성도보다,

  직접 만들거나 구성한 물건이 더 어울린다.

- 까페나 도서관 같은 개념 -> 인풋과 아웃풋의 경계 (gray zone)

- 책상, 테이블은 비어 있고, 시간을 들여 빌린 임시의 공터,

  but, 주변은 풍경, 사람, 소리, 소품, 잡지, 우연한 사건 등으로

  둘러싸여 '자극'이 존재한다. (시청각적으로도, 촉각적으로도)

– '촉각' : 부드럽다, 매끄럽다 등 보다는

   느껴질 때의 '재미'에 집중해서 생각해볼 것

– 그리고, '자극'과의 거리 유지 필요

–> 시선의 정면 쪽은 비워두고, 양옆이나 후경,

   고개를 들면 보이는 곳에 '자극'을 주는 요소를 배치할 것.

'아웃풋 책상'

– 자세 유지를 위한 최상의 의자

– 정면은 비워둘 것

– 선별한 문구 (종류별로 하나씩만)과 소품만을 배치

 –> 단일 품목이 절대 여러 개가 있으면 안 된다.

   사용할 때마다 취사선택하는 과정을 삭제할 것.

– 일기, 저널 등을 쓰는 공간과,

   네러티브가 있는 것을 집필하는 공간을 분리

– 공상, 아이디어 발상 및 인풋 공간과도 분리할 것

'기능적 인풋 공간'

– 흥미와 휴식을 위한 인풋 공간 / gray zone과 공간 공유

 –> 이때, 완성도 높은 물건과 촉감, 재미 요소를 섞을 것

ex) 빈 백, 좌식 테이블, 소품, 현재 읽는 소설 + 공부하는 책,

에세이, 구독하는 잡지

만약 그림을 그리고 싶다면

-> 화집은 이 공간에서 보고, 그림은 아웃풋 공간에서 그린다.

　하지만 집필 공간이, 하얀 벽의 텅 빈 곳이라면,

　그림, 낙서, 수기로 쓴 메모 등은 저널과 일기를 쓰는 공간에서.

- 좋아하는 브랜드의 완성도 높은 물건(무인양품? 마리메꼬?)

-> 아웃풋 공간 혹은 온전한 휴식공간에만 배치

- 새로 생긴 맘에 드는 물건, 혹은 완성도는 떨어지나 애착하는 물건

-> 그레이존 or 인풋 공간에 두어 의도적 자극요소로 기능하게 한다.

- 책들의 배치도 이 기준에 맞출 수 있다.

'비움'의 맥락

– 여백 -> 창조 -> 집중

'꽉 참'의 맥락

- 균형, 규칙, 배치의 일관성 -> 기능적 공간

- 다양함, 불규칙, 다양한 색, 개조한 물건 -> 자극 공간

'완성도'의 공간

- 최상의 것 / 불필요한 자극으로 머리를 깨우지 말 것, 무자극의 공간

저 두서없고 별난 메모를 요약해보자면, 인풋과 아웃풋에 대한 엄격한 구분, 아웃풋에 필요한 자극과 인풋의 퀄리티, 공간이 돕는 집중력, 그에 따른, 공간에 어울리는 색깔과 물건의 분류 등이라 할 수 있겠다. 옮겨 적으면서도 아찔하다. 다행히 지금은 저렇게까지 강박적으로 살지 않는다.

저 메모가 시행착오라고 말한 이유는, 지금의 나는, 인풋과 아웃풋, 혹은 모든 행위와 맥락을 칼로 두부 썰 듯 완벽하게 구분해내는 것, 그리고 각 행위에 필수적으로 정해져 있는(것처럼 보이지만 사실 내가 만들어낸) 온갖 순서를 따르는 것에서 더는 의미를 찾지 않기 때문이다.

요즘 내 생각은 이렇다. 인풋과 아웃풋은 따로 있지 않다. 인풋과 아웃풋, 그리고 그에 필요한 자극과 영감의 통로를 세밀하게 나누어두고, 내 안에 잠들어 있을지도 모르는 기가 막힌 창의력이라는 놈을 깨지기 쉬운 도자기처럼 조심스레 다뤄주어야 한다고 생각하는 것은 오히려 창조에 전혀 도움이 되지 않는다.

더 이상 인풋과 아웃풋이 구분되지 않게 된 이유는, '쓰기'라는 행위에, 굳이 필요 없는 쓸데없는 가치와 무게를 두지 않기 때문이다. 언제든 아무렇게나 그 자리에서 그냥 해버려도 되는 것이라 여기면, 오히려 더 자주 끄집어낼 수 있게 된다. 그리고, 그럴수록 능숙해지고, 능숙해지면 자극에 더 민감해지고, 더 민감해지면 더 쉽게 더 자주 행하게 된다. '쓰기' 대신 '그림 그리기'라는 단어를 바꿔 넣어도 마찬가지다. '활쏘기'를 넣어도 똑같을 것이다.

비슷한 종류의 물건들 중에, 자주 쓰고 가장 아끼는 물건을 하나만 남기는 짓을 자주 하다 보면, 이걸 깨닫게 된다. 방금 쓴 문장을 다시 깨닫게 된다. 그러니까, 뭘 깨닫냐면,

  "내가 가장 아끼는 물건은 내가 가장 자주 쓰는 물건이다."

이상하고 놀랍지 않나? 아낀다는 건, 애지중지하는 게 아니다. 무균실에 방수포장을 해두고 조명을 비춰놓는 게 아니란 거다. 믿고 막 쓸 수 있는, 그만큼 강인하고 튼튼하고 쓰기 편리하고 이미 나를 잘 알아 나의 필요를 충족시켜주는, 그러면서도 아름다운 물건을 우리는 좋아한다.

왜, 나의 창의력, 나의 잠재력에는 이런 대우를 해주지 않나. 나를 못 믿나? 못 믿는 건 아끼는 게 아니다.

두 번째 사례. 이건 다행히 반면교사가 아니라 나름의 팁이다. 두 개의 팁이 있다.

첫 번째 팁.

책의 귀퉁이를 잔뜩 접어 둔, 저명하고도 훌륭한 몇몇 책, 그 책들의 내용이 참 좋고 언젠가 또 읽을 것만 같아 버리기 아깝다면, 제발 그 생각이 드는 바로 그때, 혹은 그날 저녁에 시간을 내서, 아니면 새벽에 커피를 한 사발 마시고, 그 책을 당장 다시 읽고 자신의 글로 정리하고, 일목요연하게 정리하는 것이 버거우면 해당 페이지를 메모하거나 핸드폰으로 찍어놓고 팔아라. (참고로 말하자면, 핸드폰으로 찍어둔 페이지는, 며칠 내로 그 사진을 보며 다시 정리하지 않는 한평생 다시 보지 않을 가능성이 높다. 페이지를 메모해 둔 것은 조금 낫다. 언젠가 다시 도서관에서 그 책을 빌려 읽을 때 그것이 유용할 때가 있다. 그보단 당연히 자신의 글로 요약해두는 것이 훨씬 낫다.)

완벽주의로 인한 기우 때문에, 그러니까, 행여 부족한 나의 역량 때문에, 내가 지금 이 부족한 상태로 그 책을 스스로 요약정리하는 것으로는 그 책의 가치를 그대로 보존하는 것이 어려울 것 같아, 우리는 그 책을 애지중지하는 척 그대로 방치한다. 책을 읽긴 읽었는데, 사실 읽은 것이 남진 않고 책등에 먼지만 쌓이는 것을, 우리는 지식의 보고에 역사가 더해진다고 여긴다.

두 번째 팁.

애착이 깃든 책부터 버리기!

내가 신나게 책을 캐리어에 담아가서 현금으로 바꿔오는 것에 재미를 붙인 때였다. 나에게 제동을 거는 나의 영혼의 단짝들만이 남았다. 한정판 '크로우즈', '슬램덩크' 완전판, '킬링조크', '창천항로'와 '대부', '대부' 영문판, '대부' 시나리오 & 제작노트, 트뤼포가 쓴 '히치콕과의 대화', '반지의 제왕', '실마릴리온', '나니아 연대기', 그리고 '삼국지', '삼국지 강의', '정사삼국지'...(징하네.) 버리기 아깝다고 하니 Y가 말했다.

"버리는 게 아니라 파는 거야."

"그러니까 그게 그 말이잖아."

"파는 건, 누가 읽게 될 거란 거야.

자기가 좋아한 책을 남이 좀 보라고 내놓지 그래?"

"그래도 아깝다고."

"내용이 기억이 안 나?"

"그건 아니지만..."

"여태 판 책들 통틀어서, 제일 내용을 잘 알고

대사도 다 외울 책들만 남은 거 같은데?"

"사실, 내가 그걸 지니고 있다...고 매일 눈으로 보면서

확인하는 걸 못하는 게 아쉬운 거 같아."

"이미 저 책들이야말로,

굳이 진열해놓고 '내가 이런 사람이다'고
덧붙여 말해도 되지 않을 만큼
뼛속까지 새겨진 책들 같은데?
자기를 잘 아는 사람이 자기 책장에 당연히 있을 거라 생각하
는 책들이 있다면 저 책들 같은데? "
"그러니깐. 가지고 있어야 되는 거 아닐까? "
"그래, 그러니깐 이제 필요가 없지.
저걸로 증명할 게 더 이상 남지가 않아 보이는데, 내 눈엔? "

Y의 말 그대로다. 나는 저 책들의 내용을 내가 다시 요약해서
쓸 수도 있을 것이다. 그 책들이야말로 가지고 있으며 이따금
펼쳐볼 필요가 전혀 없을 만큼 이미 내재화된 것들인 게다. 그
러니, 저 책들은, 저 책들이 없어도 이미 내 책이 되었다. 책은
마음의 양식이라고들 하는데, 그건 가지고 있는 게 아니라 먹
고 소화시키기 위한 것이란 말일까? 책을 내 것으로 만들지
않고, 쌓아만 두는 것은, 냉장고에 가득, 예쁘고 먹음직하고 몸
에 좋다는 모든 식재료를 사다 쌓아놓다가, 공간이 모자라면
냉장고를 하나 더 사는 것과 비슷하다. 요리해서 먹어야 한다.

'책 버리기' 챕터에 썼어야 할 것 같은 이 내용을 왜 여기에 쓰
는 걸까? 그건, 이 글이 '책 버리기'보다 '쓰기'에 방점이 찍히
는 내용이라 그렇다.

튜터

지난 몇 년간, 내게 영향을 준 수많은 책, 사람, 경험, 생각, 상황 등이 있을 것이다. 이 중 두 가지만 소개하고자 한다. 그 두 가지를 소개함으로써 내가 하고자 하는 것은, 여러분에게 '단 한 가지 제안'을 하는 것으로, 그 제안이야말로, 이 책의 끝에 이르러서야 비로소 밝히는, 내가 하고픈 마지막 말이다.

여태까지의 글들로, "그깟 짐 정리로 어쩌면 인생을 재활"한 이야기에 여러분이 어느 정도 공감이 된다면, 마음이 동한다면, 나에게 그랬던 것처럼 여러분에게도 이 두 개인 교사들이 매우 힘이 되어 줄 것이다. 한 명은, 12월 말에 당장 여러분과 함께 프로젝트를 시작할 것이고, 다른 한 명은 12주 동안 여러분과 순례길에 오를 것이다. 이 두 분이 어떤 분들인지는, 여러분이 각자 뒷조사를 하고 만나서 이야기를 나눠봄이 좋다. 나는 이들에 대한 간단한 소개와 연락처만 남겨드리겠다.

첫 번째 교사는 '불렛저널'(bullet journal method)이다.
내 글에 주구장창 나오는 그놈의 '다이어리'는, 좀 더 정확히 말하자면 '불렛저널' 양식으로 쓴 노트다. 이 메모법에 관한 아이디어는, '불렛저널'이라는 책의 저자가 자신이 다이어리를 쓰던 방법을 몇몇 지인에게 공유하던 것이 발단이 되었다. 그러니까, 불렛저널이라는 것은, '라이더 캐롤'이라는 작가가 쓴 책의 제목이자, 그가 그 책 안에서 설명하는, 다이어리 혹은 아이디어 메모법을 일컫는 말이다. 각종 SNS에 불렛저널이라는 해시태그로 검색을 해보면, 형형색색의 캘린더 그림이나 캘리그라피들이 넘쳐나는 것을 볼 수 있을 것이다. 하지만, 불렛저널의 핵심은 소위 '다꾸'(다이어리 꾸미기)로 알려진 이쁜 손글씨가 아니다.

불렛저널의 핵심은, '쓰기'다. 다이어리는 당연히 쓰는 건데 무슨 소릴까? 써놓은 것을 행하는 것이 더 중요하다. 행할 수 있게 쓰는 것, 생각을 지속해 나갈 수 있게 메모하는 법이 중요하다. 바로 해치울 일은 바로 해치울 수 있다고 표시해놓고 하나씩 처리하고, 길게 생각해야 할 것은 다이어리의 날짜들과 상관없이 달이 가고 해가 가도 계속 생각을 이어갈 수 있도록 내 생각의 궤적을 그대로 노트에 적어놓는다. 생각이 끊이지 않게 하되, 그 생각에 계속 사로잡히거나 신경이 거슬리는 일 없도록 한쪽에 잘 정리해 둔다. 이것이 불렛저널의 핵심이다. 여태 내가 강조한 것처럼, 불렛저널이라는 책의 내용을 '나의 글로 정리'해보면 이렇다.

> "생각을 노트에 쓰고, 쓴 대로 행동하도록,
> 내 생각과 우선순위를 정리한다."

여느 다이어리랑 다를 게 없다거나, 자신은 다이어리를 쓰지 않는다고 생각하는 이들도 있을 것이다. 안다. 우선 '불렛저널'이라는 책을 올해가 가기 전에 한 번 읽어보시라. 사지 말고 도서관에서 빌려 읽어도 좋다. 책을 다 읽고 내용에 공감한다면, 불렛저널을 쓰기 위한 노트를 사게 될 테니. 꼭 그러지 않아도 된다. 여러분이 판단할 일. 그러나, 늦어도 내년이 시작될 때부터는, 적어도 나의 생각을 간단하게나마 글로 써서 정리해보겠다고 다짐해보자. 시작은 그 정도면 충분하다.

두 번째 교사는 '아티스트 웨이'다.

줄리아 카메론이 쓴, 자기계발서의 고전 중의 고전인 이 책은, 인터넷은 고사하고 PC도 없던 시절에 쓰여졌다. 하지만, 여전히 이 책은 유효하다 못해 강력하다. 말하자면, 수십 년 전의 이 책은 예술하다 몸과 마음이 곪아 터진 가난뱅이 젊은이들에게 꿋꿋이 살길을 터 주었다면, 지금은 삶에 허덕이는 모두에게 창조적인 삶을 살라며 혈관에 건강하고 크리에이티브한 피가 돌게 만들어 준다.

사실 십몇 년 전에 이미 이 책을 소개받은 적이 있다. 첫 대학을 같이 다니고 같이 영화동아리 활동을 했고, 몇 년 동안 서로 얼굴을 보지 못하다가, 나의 두 번째 대학교 캠퍼스 안에서 우연히 마주친 '이내'가, 내게 이 책을 소개해주었다. 이내는, 내가 그 학교에 입학하기 전, 친구들과 함께, 그 학교 정문 앞에서 '다시 까페'라는 곳을 운영하면서, 친구들과 그 책에서 일러준 대로 글도 쓰고 많은 것을 느끼고 바뀌었다며 내게도 추천을 했었는데, 그때 나는 그러지 못했다. ('이내'는 후에, "모든 시도는 따뜻할 수 밖에"라는 책을 냈다. '동네 가수' 이내는 앨범도 여럿 냈다. 요즘은 '이내 책방' 이라는 유튜브 채널에 '이내 책방 라디오'라는 콘텐츠를 올린다)

2019년에 무슨 맘이 들었는지, 그 책을 다시 찾아봤다. 책을 샀다. 책을 읽었다. 책에 적힌 대로 해보았다. 그리고, 그 책에서 제안한 것 중 하나인 '모닝 저널', 달리 말해 아침일기는 아직도 쓴다. (내가 좋아하는 브랜드의 똑같은 노트를 사서 계속 쓴다. 매일 쓰진 않지만, 쓸 때면 항상 새벽에 일어나 딥펜에 잉크를 찍어 적는다. 그럼 기부니 무쟈게 조크든여.)

여러분이 할 것은 '아티스트 웨이'라는 책을 사는 것뿐이다. 이 책은 빌리지 않고 사는 것을 추천한다. 이 책을 진지하게 대한다면, 12주 동안 이 책이 시키는 대로 해보아야 하니까. 아티스트가 되지 않아도 된다. 아티스트에게만 필요한 책은 더더욱 아니다. 나 또한 예술 운운하고 싶어 이 책을 추천하는 것이 아니다.

우리는 자신에 관해 생각하는 것에 능숙하지 않다. 얼마만큼의 시간을 써서, 어떤 방식으로, 나의 무엇에 대해 생각해보아야 할지에 대해서 우린 사실 잘 모른다. 나는 그랬다. 누구보다 생각을 멈추지 않고 살아간다 자부했지만, 머리만 복잡해졌다. 그리고, 12주 동안, 이 책은 그걸 해보라고 한다. 아주 솔직하게. 자신에게 얼마나 많은 거짓말을 하고 있었는지, 자신을 얼마나 못 미더워 했는지, 확인해보라고 한다.

추천의 말은 이 문장을 덧붙이는 것으로 충분할 듯하다.

  '결국, 이 두 튜터들이, 내가 이 글들을 쓰게 만들었다.'

그래서, 무엇에 관해 쓸 것인가

해야 할 일이나 계획, 혹은 일어난 일에 대한 소회를 쓸 때, 우린 우리를 속일 수 없다. 가능하겠지만 쉬운 일은 아니다. 자신에게 항복해보자. 항복하고 나서 자신이 하는 말을 들어보자. 글로 생각을 적으면, 생각이 글씨를 쓰는 속도에 맞춰 달리던 속도를 늦춘다. 내게 아우성치던 말들이 조금씩 조곤조곤 읊조리는 어조로 바뀐다. 그럼 들린다. 내가 하는 말이 들린다. 내가 하는 말들을 들어 본 적이 오랜만이라는 생각이 들 것이다. 그럼 받아 쓸 준비가 된다. 받아쓰다 보면, 할 말이 더 생긴다. 글이 써진다.

나에 대해 생각하기. 보이지 않는 맥락을 찾기. 흘러가는 생각을 붙잡아 맥락 안에 안착시키기. 그것을 쓰기. 솔직하게 쓰기. 다시 내게 말 걸기. 화두를 던지고 답하기.

혼자 써서 스스로에게 읽히는 글이니, 나오는 대로 쓰면 된다. 만약, 솔직할 수 없다면 쓸 준비가 안 된 걸까?

나만 읽을 것이니 자기검열 없이 쓰자. 말이 쉽지, 사실 처음엔 쉽지 않다. 하지만, 연습하면 된다. 연습이 필요하다는 것을 인정하는 것이 포인트다. 그럼 차츰 어렵지 않게 된다. 그리고 나면, 남에게도 말하고 싶어질 만큼 생각이 정리가 될지 모른다. 그런데, 자기검열 없이 쓴 그 글들이, 남에게 읽히기엔 적절치 않다는 생각이 들면? 뭐 어떤가? 아직 아무도 그 글을 읽지 않았다. 우선 생각을 정리하여 글을 마무리 지으면 될 일이다. 생각이 바뀔 수도 있다. 그럼 다시 읽어 본 뒤에 스스로 내용을 고치게 될 것이다.

넷플릭스의 고유의 기업문화가 요즘 핫 하다. 널리 알려진 그들의 '자유와 책임' 문화 중 솔직함에 관한 것이 있다. 그들은 자신들이 업무상 행한 치명적인 실수마저도 솔직하게 드러내는 것을 원칙으로 한다. 이를 일컫는 그들만의 용어 '선샤이닝'이라는 말이 있을 정도다. 이들의 솔직함에 대한 신조는 이런 것들이다.

"당사자에게 말하지 못할 말이라면 다른 곳에서도 하지 말라."
"절반의 솔직함은 냉소를 가져온다."

그렇다면, 자신에 관하여 글을 쓰는 중에도, 저렇게 할 수 있는 것들을 솔직하게 쓰는 건 어떤가? 그렇게 쓴 글을 남에게 보여주면, 자신은 그 말에 책임져야 하게 된다는 것까지 감안하면 어떨까? 그럼, 남에게 글이 보여져도 될 준비가 된 것 아닐까? 많은 이들이 읽어야만 한다는 강박 없이, 자신을 위한 일종의 선언으로써 글을 쓸 수도 있을 것이다.

그 선언을 행여 모두 지키지 못해도 상관없다. 정말 그렇게 생각한다면, 그 말엔 힘이 있을 것이다. 생각이 정리된다면, 삶이 따라올 것이다. 반대로, 남에게 말하려고 남에게 읽히려고 글을 쓰는 행위를 하는 동안 내 생각이 정리되기도 한다. 내가 믿던 것, 믿는다고 생각하지만 그렇지 않은 것, 내가 정말 원하는 것들이 드러난다.

다만, 솔직하라. 할 수 없는 말은 다시 생각해보라.
그리고, 나를 믿어보자.
나아질 용기를 내자.
그런 나에게 기회를 줘 보자.
무언가 창조해낼 수 있는 내게 귀 기울여 보자.

그리하여, 내가 마지막으로 말할 단 하나의 제안은 이러하다.

"나의 생각을 쓰자. 지금, 일단, 글자로 써 보자."

그럼, 모두들, 굿나잇 & 굿럭.

5. 후일담

전기 끊긴 태풍 속 보라카이에서 스쿠버 다이빙하기

- 내가 그토록 바라던 그것들이 사실은

C와의 여행의 결말

몇 년 전, Y가 일하던 베이징에 며칠 갔다 온 것을 제외하고,
(물론 그것도 해외여행이긴 하지만) 해외여행을 가는 건 십
년이 넘었다. 인천에서 출발하여 칼리보 공항에서 내려, 다시
버스를 타고 까띠끌란으로 갔다. C와 나는 그곳에서 만나 점심
을 먹었다. 보라카이에서 4박 5일간 머무를 숙소를 C가 미리
예약해놓았다. 배를 타고 잠깐만 가면 보라카이였다. C는 내
게, 마치, 첫 유럽 여행 때 내게 계획을 묻던 친구처럼, 보라카
이에서 무엇을 하고 싶냐고 물었다. 나는 그때 대답했던 것처
럼, 깨끗한 물속에서 스쿠버다이빙, 숙소 앞 해변에서 맥주와
담배, 그것 말곤 아무래도 좋다고 했다. C는, 할 것과 먹을 것
이 얼마나 많은데 그러냐며, 자기가 알아본 액티비티, 가볼 곳,
먹을 것 등등을 신나게 말했다. 난, 좋다고 했다. 하고 싶은 거
다 하자고 했다. 사실 나도 신이 났다. C가 그렇게 오래 살았던
라오스에 한 번 가보지 않았었는데, 우리 둘은 보라카이 바로
앞에 있었다.

판폰과 빅터

판폰은, 2019년에 필리핀 전역을 강타한 어마어마한 태풍이다. 우린 까띠끌란에서 보라카이로 가는 배를 6시간을 기다렸다. 배는 뜨지 않았다. 여행사를 끼고 온 단체 손님들이나, 이미 동남아를 죄다 돌다가 보라카이에 잠시 들른 것으로 보이는 배낭 여행객들은 이미 삼삼오오 모여, 이리저리 연락해서 다른 숙소들을 구하고 있었다. 우린 파란 하늘과 미풍이 부는 날씨를 보며, 곧 배가 뜰 것이라 믿었다. 우리 같은 사람들도 이미 수백 명이 넘었다. 까띠끌란의 부두엔 여행객들이 속속 도착해서 가득 찼다. 저녁 6시쯤, 항구가 폐쇄되었다.

그제서야, 아직 숙소를 구하지 못한 이들은 캐리어와 짐을 끌고 분주하게 움직였다. 우린 느긋했다. 왜 그랬을까? 하루 호텔비가 날아간 것이 좀 아쉬웠지만, 숙소를 금방 구할 줄 알았다. 숙소는 없었다. 꽉 찼다. 아주 허름한 곳부터 아주 비싼 곳까지, 모두 다. 다른 관광객들 중에도 우리처럼 방을 구하지 못한 이들이 헤매고 있었다. 해는 금방 졌고, 가로등은 어두웠고 차와 오토바이는 쌩쌩 달렸다. 이리저리 물어보니 차를 타고 인근의 다른 도시나 동네로 가면 구할 수도 있을 것 같다고 했다.

그러다가, 툭툭이(바퀴 셋 달린 오토바이) 운전사가 우릴 데리고 숙소 몇 군데를 순회했다. 결국 못 구했다. 자기가 아는 곳에 가자고 했다. 흥정을 했다. 싼값에 넓고 빈방이 있다고 했다.

툭툭이 운전사가 사는 동네인 것 같았다. 오르막길을 오르다 툭툭이 시동이 꺼졌다. 우리는 내려서 툭툭이를 같이 밀면서 걸어 올라갔다. 짓다가 만 건물이 보였다. (진짜다. 짓다가 말았는데, 1층엔 가족이 살았다. 2, 3층이 모두 비어 있었고, 창문 자리엔 창틀이 없이 네모 난 구멍만 뚫려있었다.) 에어컨은 당연히 없고, 선풍기가 있냐니까 꼬맹이가 창고에서 선풍기를 꺼내 줬다.

배가 고팠다. 동네 슈퍼로 갔다. 관광객은 우리뿐이었다. 동네에선 크리스마스 파티를 하고 있었다. 우린 컵라면과 콜라, 맥주를 사서 다시 숙소로 걸어왔다. 전기 포트가 없었다. 또 어디선가 꺼내서 주었다. 우린 컵라면을 먹고 콜라와 맥주를 마시고, 선풍기를 켰다. 비가 쏟아지기 시작했다. 바람이 미친 듯이 불었다. 태풍이 오긴 온 모양이었다. 첫날은 그렇게 갔다.

두 번째 날, 필리핀 전역에 비가 왔다. 보라카이로는 절대 갈 수 없었다. 그렇다고 그 숙소에 더 있을 수도 없었다. 까띠끌란에는 방이 단 하나도 남아 있지 않다고 했다. 우린 칼리보로 가

보기로 했다. 비가 미친 듯이 쏟아지는데, 동네 남자애가 우릴 항구까지 데려다주었고, 거기서 택시 기사를 소개해 주었다. 마침, 집이 칼리보라서 집으로 향하는 필리핀 현지인과 그를 태운 택시 기사가 막 출발하려던 참이었다.

택시 기사의 이름은 빅터였고, C가 일하던 코이카와 함께 일한 적도 있고, 까띠끌란과 칼리보를 잇는 길 위의 모든 가게의 사람들과 다 친분이 있었다. (내가 이런 사실을 알게 된 것은, 나와 빅터와 또 다른 필리핀 손님이 꼬박 하루를 더 함께 지냈기 때문이다.)

칼리보에 금방 도착할 수 있으리라 생각했다. 그리고, 거긴 여기보다 큰 동네니까 방도 있겠지. 그런데, 필리핀 전역의 통신망이 먹통이 되었다. 핸드폰과 와이파이가 모두 죽었다. 왜 그 지경이 되었을지 궁금해할 필요도 없었다. 칼리보로 가는 도로의 가로수와 전신주가 쓰러졌고, 언덕에서 내 몸만 한 돌들이 굴러내려 왔다. 길 위의 사람들은 바람이 조금 잦아들면 집 안에서 나와 돌을 치웠다. 전기톱으로 가로수를 자르고 길을 냈다. 하지만 우린 칼리보까지 갈 수 없었다.

그 길 위에서, 차를 휘청이게 만드는 바람을 잠시 피해 체육관 앞에 택시를 세워두고 잠시 쉬는 동안, 눈앞에서 전신주가 갑자기 쓰러져 축 늘어진 전깃줄에 오토바이가 걸려 사람이 날아가는 걸 보았다. C가 뛰어갔다. C가 그를 들쳐 엎고 인근의 집으로 뛰어갔다. 우린 오토바이를 길에서 치웠다. 그는 다행히 크게 다치지 않았다.

빅터의 친구들이 길을 오가며 길의 상황을 마을 사람들에게 전했다. 빅터는 또한 막힌 길에 쓰러진 가로수를 치웠다. 마을 사람들이 나와 그를 도왔다. 우리도 그를 도왔다. 비가 다 새서 진창으로 엉망이 된 마을 사람의 집에서 물을 퍼냈다. 모두가 모두의 담배를 나눠 피웠다. 집주인에게 커피를 얻어 마셨다. 칼리보로 가는 길은 완전히 봉쇄되었다. 빅터든 누구든, 아무도 다른 사람들과 통화를 할 수 없었다. 곧, 와이파이뿐만 아니라 전기도 나갔다.

빅터는 길 위를 오가며 사람들을 돕는 그의 친구들에게 이런 저런 상황들을 물으며, 인근의 아주 작은, 몇 개의 숙소와 학교, 음식점 등이 모인 동네로 향했다. 우리가 어제 보라카이로 가는 항구 앞에서 본 단체여행객들이 숙소에 이미 다 들어차 있었고, 미처 방을 못 구한 이들이 숙소 로비와 폐쇄된 식당 의자에 앉아 있었다.

학교로 갑자기 트럭들이 계속 오기 시작했다. 트럭에서 수백 명의 현지인들이 짐을 모두 들고 내려 학교로 들어갔다. 수재민들이었다. 까페테리아가 있는 호텔의 사장님이 빅터와 이야기를 나눴다. 사장님은, 우리가 화장실에서 홀딱 젖은 옷을 갈아입고 씻는 동안 화장실 앞에서 다른 손님들에게 양해를 구했다. 말끔한 모습이 된 우리에게 테이블 하나를 내주었다. 빅터, C, 나, 그리고 다른 손님(그의 이름이 기억나지 않는 것이 너무 아쉽다.)은 그곳에서 다시 한나절을 보냈다. 비는 밤새 계속 쏟아졌다. C가 자신의 의자와 내 의자를 나란히 붙여주며 허리가 불편할지 모르니 누으라고 했다. 그는 바닥에서 잤다.

자고 일어나니, 해가 떴다. 태풍이 지나갔다. 하지만, 와이파이와 통신선, 전기는 아직 복구되지 않았다. 빅터와 다른 손님은, 칼리보로 가보겠다고 했다. 그곳에 가족들이 있으니, 걱정이 되어 지금 출발해야겠다고 했다. 빅터는, 또 다른 그의 친구이자 보라카이 여행 가이드인 누군가에게 우리를 보라카이의 숙소까지 데려다 달라고 부탁했다. 곧, 와이파이와 전화선이 복구되면, 전화를 걸 테니, 우리가 한국으로 돌아가기 위해 공항을 갈 때, 빅터가 태워주기로 했다. 우린 빅터와 사진을 찍고 헤어졌다.

하지만, 우리가 한국으로 오기 위해 공항에 도착해서야 와이파이와 전화선이 복구되었다. 그전까지, 모든 시스템이 수기로 작성하는 시스템으로 운영되었다. (Y는 4박 5일 내내 연락이 되지 않는 내가 걱정되어 외교부에 전화를 했다. Y만 그런 것이 아니었다.) ATM기도 작동하지 않았고, 환전소도 문을 열지 않았다.

까띠끌란에서, 환전소를 찾아 헤매다, 문 닫은 환전소를 세 군대 쯤 들르고 있다가, 누군가의 도움으로 C가 가진 달러를 가까스로 환전할 수 있었다. 이틀 동안 각지에서 태풍을 피한 관광객들이 다시 항구로 몰려들었다. 하루 종일 줄을 서서 배를 기다렸다. 보라카이에서 까띠끌란으로 배를 타고 나온 관광객들도 피곤해 보였다. 그들은 일정이 다 끝났는데도 이틀을 더 보라카이에 있다 나온 것이었다. 우리보다 하루 늦게 칼리보 공항에 도착한 관광객들은, 아예 비행기에서 내리지도 못하고 8시간을 대기해야 했다고 했다. 배에 오르자, 불과 10~15분 만에 보라카이에 도착했다.

보라카이

드디어 보라카이에 도착했다. 태풍이 지나고 난 하늘은 너무 아름다웠다. 하지만, 아직 전화, 와이파이, 전기는 복구되지 않았다. 길은 진창이었고, 호텔의 카운터에서는, 우리가 예약한 방이 몇 호인지, 며칠부터 며칠까지 예약이 되어 있는지 확인할 수 있는 시스템을 켤 수 없었다. 직원들이 일일이 방을 확인하고 메모를 건네며 투숙객을 관리해야 했다. 뭐, 그래도 그 누구도 화를 내지 않았다.

우리도 그랬다. 오히려 재미있었다. 길바닥에서 교통사고를 수습하고 나무를 자르고 쓰러진 전신주를 줄로 매서 세우고 돌을 치우고 호텔 로비에서 호텔 사장의 비호 아래 옷을 갈아입고 화장실에서 샤워를 하고 온 보라카이 아닌가. 이쯤이야.

하지만, 자체 발전기를 사용해서 전기를 쓰는 상황이라, 에어컨이 하루 두 시간 밖에 켜지지 않는 상황에 이르러서는 살짝 정신이 나갔다. 4박 5일 중 3일째의 밤, 하지만 보라카이에서의 첫잠을 자다가 너무 더워 깼을 때부터, 한국에 돌아올 때까지, 헛웃음이 멈추지 않았다. 하지만, 그렇다고 재미가 없었느냐? 전혀! 누가 보라카이에 가서 그런 나날을 보내고 올 수 있겠나? 그리고, 아직 클라이맥스는 오지 않았다.

스쿠버 다이빙

나는 물을 그렇게 좋아하진 않는다. 보라카이에 도착하기 전, 수영을 몇 달 배우고 있었다. 수영을 잘하고 싶다기보단, 허리 디스크에 좋아 다니는 것이 더 컸다. 하지만, 25m를 어찌저찌 한 번에 자유형으로 오갈 수 있을 정도가 되자 뿌듯해졌다. 한창 재미가 붙은 목공 수업 때도, 마침 캠핑이나 수영, 서핑, 스쿠버 다이빙 등에 취미가 있는 형, 누나들과 친하게 되어, 이들이 각기 내게 같이 하자며 그들 각자의 취미에 대한 찬사를 늘어놓는 것에도 익숙해져 있던 터였다.

'서핑이 요즘 그렇게 핫하다던데.
맞아, 영화 '폭풍 속으로'를 보면
키아누 리브스랑 페트릭 스웨이지가 진짜 넘 멋졌지.'

하지만, 서핑을 체험이라도 하려면, 아예 수영을 못 하는 건 곤란할 것 같았다. 물이 너무 무섭지만 않으면, 서핑도 할 수 있을 것 같았다. 게다가, 목공 수업을 같이 듣는 누님 중 한 명은, 스쿠버 다이빙 경력이 십 년이 넘었다고 했다. 마스터라고 했다. 전 세계를 다니며 스쿠버 다이빙을 한다고 했다. 내게 오토캠핑의 매력을 한창 설명하던 형님 한 분은, 다른 건 몰라도, 신혼여행 때 했던 스쿠버다이빙은 정말 아직도 또 해보고 싶다고 했다.

아무튼, 그런 스쿠버다이빙이었다. 보라카이에서 딱 하나 해보고 싶은 게 있다면 그거라고 말한 그 스쿠버다이빙. C는 수영을 매우 잘했다. 그는 오히려, 호핑 트립이나 다른 기구를 타거나 하는 것들이 더 재미있을 것 같다고 말한 터였다. 하지만, 착한 C는 내 말을 흘려듣지 않았다. 가장 먼저 스쿠버다이빙을 예약했다. 3일을 그냥 보내버렸으니, 다른 액티비티를 후순위에 놓더라도 스쿠버다이빙만큼은 꼭 해야 되는 것이었다.

수영을 그렇게 잘하는 C도, 기본적인 교육이 진행되는 동안 긴장하는 듯했다. 오히려 나는 별 느낌 없이 짧은 영어로 OK를 연발하며 잠수복을 입고 산소통을 착용했다. 잠깐동안 발판 위에서 물에 1m 정도만 들어가서 수신호와 수압에 따라 해야 할 행동수칙을 연습했다. 올라가자, 내려가자, 준비되었다, 위급상황이다 등등의 수신호. 우리와 함께 교육을 받는 일행 중에는 한국에서 온 일가족도 있고, 커플도 있었다. 일가족은 몇 번의 경험이 있는지 자연스러워 보였고, 커플들은 조금 긴장한 것 같았다.

마스터는, 그들에게, 만약, 무슨 일이 생기면, 마스터가 몸에 붙은 끈을 당겨, 곧장 수면 위까지 떠오르게 해줄 테니, 너무 걱정 말라고 했다. 너무 긴장하지 않으면, 그럴 일은 거의 일어나지 않는다고 했다. 물이 정말 맑았다. 가장 아래, 바닥까지 다 보였는데, 그래봤자 까마득한 바다가 아니라 바닥이 훤히 보이는, 수심 5, 6미터 정도 되는 물로 보였다. C와 나를 담당한 다이버가 우리 눈을 보며, 수신호를 하며 우리 상태를 꼼꼼하게 체크하면서, 우리는 조금씩 깊게 내려갔다. 그리고...

나는 패닉이 왔다. 길게 설명할 것도 없다. 숨 쉬는 법을 까먹었다. 바다가 위아래 앞뒤에서 한 번에 확 펼쳐졌고, 나는 숨을 들이켜지도 내뱉지도 못했다. 코로, 입으로 물이 미친 듯이 들어왔다. 다이버가 내 수신호를 즉시 알아챘다. 그는 C의 잠수복의 끈을 당기고, 나를 잡아 올렸다. 물 만난 물곰처럼 바다를 만끽하던 C는, 영문도 모른 채, 잠수복이 부풀며 곧장 수면으로 올라왔다.

두 번 정도 더 시도했지만, 손과 발이 굳을 정도로 상태가 안 좋아졌다. 난 그냥 배에 올랐다. 배에는, 일가족 중 엄마로 보이는 아주머니가 평온하게 커피를 마시고 있었다. 다른 다이버들이 내 상태를 체크했다. 종종 나처럼 자신이 그런 공포증이 있는지 없는지 모르다가, 맞닥뜨려서 알게 될 수도 있다고 했다. 음료수를 마시고 햇빛을 받으며 누웠다. 아주머니가 말을 건넸다.

"보라카이엔 첨 왔어요? "

"아, 네."

"우린 애들이랑 같이 매년 와요. 벌써 5년 됐네.
애들이랑 아빠랑 다
스쿠버다이빙이랑 물놀이를 너무 좋아해."

"아…. 좋네요. 어머니는 안 하세요? "

"모든 사람이 물을 좋아하는 건 아니지, 안 그래요?
나는 여기서 혼자 조용히 앉아서 구경하는 게 좋더라구요."

나는 어쩌냐면

모든 사람이 물을 좋아하는 건 아니다. 그럴 필요도 없다. 당
연한 말이다. 그런데, 재밌는 건, 내가 무엇인가를 원한다거나,
좋아한다거나, 그것이 내게 잘 어울리리라 생각하는 것 중에,
그렇지 않은 것도 있다는 거다. 물속에서 패닉이 오는 스쿠버
다이빙이 아니라면, 그걸 모르면서 그냥 계속하는 경우도 있
을 것이다. 그리고, 그보다 못한 경우도 있다. 해보지 않고 꿈
꾸기만을 계속하는 경우다. 적어도 직접 해보지 않으면, 그래
서 패닉이 오기 전까지는, 우린 그게 내게 맞는지 그렇지 않은
지조차 모른다.

그래서 어땠냐고? C는 평생의 안주가 하나 생겼다. 그때 내가
소스라치며 정신이 나간 얼굴로 수신호를 하던 것을 흉내 내
곤 했다. 나는, 여태 말하던 그게 남았다.

'이야기.'

"이틀 동안 전기 나가고 전화도 안 돼서
택시기사 아저씨랑 같이 개고생을 했다니깐.
그리고 드디어 도착해서, 물에 들어갔는데,
나한테 물은 정말 아닌 거야. 아닌 건 아닌 거야.
스쿠버다이빙? 쉬워 보이지? 정신 나갈 수도 있어.
진짜, 내가 그랬다니깐? "

이러고 다닌다. 그리고, 나는 등산과 캠핑을 가겠다고 마음먹
고 있다. 거기선 어쨌든 숨은 쉬어지니까.

나는, 내가 그토록 원하던 그걸, 사실 못하는 사람이었던 걸 알
게 되었다. 신기한 경험이다. 아마, 이게 우리가 얻을 수 있는
통찰 중 가장 중요한 것일지도 모른다.

내가 할 수 있는 것과 할 수 없는 것을 아는 것.
내가 원하는 것 중 할 수 있는 것도,
할 수 없는 것도 있다는 것.
내가 사실은 원치 않는 것을 원한다고 생각할 수도 있다는 것.
사실은 내가 원하는 것은 무엇이라는 것.
원하는 것 또한 바뀐다는 것.
어쩌면, 할 수 있는 것과 없는 것도 바뀔 수 있다는 것.

뻔한 말이라고? 정말 알고 있나? 당연히 여기는 것으론 충분치 않다. 이해하고 동의하고 경험 뒤에 곱씹어 보고 끝내 체화해서, 삶을 변화시키고 돌이키는데 반드시 적용하며, 그 모든 과정을 자연스럽게 여기는 지경에 이른 것이 비로소 '아는' 것이라면, 나는 이제 겨우 알아갈 마음이 생겨 살펴보는 중이다.

C와 나는, 간절히 며칠 더 있고 싶었다. 보라카이도 좋지만, 까띠끌란과 칼리보로 가는 길 사이를 또 돌아다니고 싶어 했다. 나무를 치우고 물이 넘친 집들을 정비해주고 커피를 얻어 마시고 사람들과 수다를 떨고 싶고, 빅터에게 동네 구경을 시켜달라고 하고 싶었다. 우린 우리가 이문동에서 함께 살 때, 집 앞 골목의 눈을 죄다 쓸어 없애던 때를 동시에 떠올렸는지도 모른다.

'난 어떤 사람이냐면...'

이 뒤에 덧붙일 것에 관해 잘 아는 것. 그것에 관해 맘에 들어 하지도, 맘에 안 들어 하지도 않는 것.

그런 걸 배우고 있다. 그런 생각을 한다. 생각한 것을, 언젠간, 늦더라도 반드시, 안다고 말할 수 있는 사람이 되면 좋겠다.

호수 한 바퀴는 경주가 아니다.
- Plain thinking. Simple living.

티카

티티카카라는 브랜드의 미니벨로 자전거를 샀다. 접이식은 아니고, 일반 자전거보다는 크기가 조금 작다. '티카'라고 부른다. 집에 물건이 줄면서, 집 안의 빈 벽 한 켠에 '티카'를 세워두면 사이즈가 딱인 공간이 생겼다.

처음엔, 서울로 나가는 것이 아니라면, 어디든 티카를 타고 다니리라 마음먹었다. 실제로 많은 경우에 그렇게 한다. 하지만, 목공소로 가는 길은 내게 생명의 위협을 느끼게 했다. 목공소의, 다이버이자 백패킹 베테랑이자 로드바이크 마니아이기도 한 누님이, 헬멧을 추천해주었다. 하지만, 레미콘 트럭이 맹렬하게 지나는 좁은 도로를 어찌저찌 극복하고 나면 나타나는 오르막은 아무리 다녀도 적응이 되지 않았다. 그냥, 셔틀버스를 타기로 했다.

며칠을 타고 다니던 자전거 없이 목공 수업을 듣기 시작하자, 사람들이 묻기 시작했다. 내겐 너무 힘든 코스라고 솔직하게 말했다. 우리 집에서 차로 이십 분쯤 걸리는 곳에 사는 젊은 동

생이, 자기 차로 매번 나를 태워주겠다고 했다. 티카는 자존심
상한 티를 내지 않고 잘 지낸다.

산책할 마음

티카는, 그렇지만, 다른 곳으론 잘 다닌다. 대표적인 경우가,
조깅을 하러 호수공원까지 가는 길이다. 걸어가면 30분쯤 걸
리는데, 그렇게 걸어가서 조깅을 하고, 다시 집으로 걸어올 때
면 다리가 후들거려, 오가는 길엔 자전거를 탄다. 가끔, 조깅을
하고 나서, 자전거로도 호수를 한 바퀴 돌곤 하는데, 어느 날,
이런 생각을 하고 나서 혼자 계속 웃었다.

"호수 한 바퀴 도는 건,
그냥 각자의 출발지에서 자기 속도로 도는 거잖아.
호수로 진입하는 시기도 사람마다 다 달라.
꼭 한 바퀴 다 돌 필요도 없고. 산책은 경주가 아니지!
그런데 왜 난, 나를 추월해서 지나쳐가는 사람이
날 앞서가는 거라 생각했을까? "

경주가 아니라 산책일 때, 가장 큰 재미 중 하나는 한눈팔기다.
산책 자체가 일종의 한눈팔기일 수도 있다. 꼬리에 꼬리를 무
는 생각을 관둬보려고 집을 나설 때도 있고, 연결될 듯 말듯 아

른거리는 무엇인가의 실마리를 잡아보려 무작정 한참을 걷고 있는 자신을 발견하기도 한다. 그러다가, '몰라, 일단 앉아서 좀 쉬자.' 싶어 멈춰 선 곳에서 뭔가 문득 떠오르기도 하고, 눈을 감고 기대앉아 있는 내 뒤로 조잘대며 지나치는 아이들의 대화 속에서 머릴 번쩍하게 만드는 아이디어를 얻기도 한다.

식당에서 혼자 밥을 먹다가도, 핸드폰을 주머니에 넣어두고 주변을 둘러보다 보면, 보이는 것들이 있다. 불과 어제만 해도, 식당 아주머니와 서빙하는 알바생이 하는 말을 재빨리 메모해두었다. 산책하듯 지내다 보니 그럴 수 있게 된 거라고 하면 지나친 말일까?

경주에 참가하지 않은 사람에게도 길은 펼쳐져 있다. 아니, 경주가 아닌 산책을 하는 사람의 길은 더 넓다. 트랙의 경계선을 밟아 실격되는 일도 없다.

산책하다 만나는 자갈은, 햇빛은, 노을은, 단풍은, 바람은, 생각은, 사람은, 시간은 모두 공짜다.

오래 산책하는 사람이면 좋겠다.

티카에 적힌 글귀가 내게 훈수를 둔다.
더 보탤 말이 없다.

"Plain thinking. Simple living."

– fin. –

디스크, 미니멀, 그리고 산책할 기분

초판 1쇄 2022년 5월 5일

지은이 cpt
디자인 Joo
펴낸이 배준현
펴낸곳 cpt studio
출판등록 2022. 4. 8 (제2022-000054호)
경기도 고양시 일산서구 대화로398번길 37-13, 201호

ISBN 979-11-978548-0-4 (03800)